GOLDMANN

Harold Robbins, 1916 in New York geboren, schrieb 1948 seinen ersten Roman. Heute gehört er zu den meistgelesenen Autoren der Welt. Seine Bücher erschienen in einer Gesamtauflage von 250 Millionen Exemplaren und wurden in alle wichtigen Sprachen übersetzt.

Außer dem vorliegenden Band sind von Harold Robbins
als Goldmann-Taschenbücher erschienen:

Adieu, Janette. Roman (8400)
Die Aufsteiger. Roman (6407)
Hollywood. Roman (9140)
Die Moralisten. Roman (9200)
Der Seelenfänger. Roman (6830)
Die Unsterblichen. Roman (8516)

HAROLD ROBBINS

Der Pirat

Roman

Einzig berechtigte Übersetzung
aus dem Amerikanischen
von Willy Thaler

GOLDMANN VERLAG

Für meine Töchter Caryn und Adréana.
Möge ihre Welt voll Verständnis, Liebe und Frieden sein.

Der Goldmann Verlag
ist ein Unternehmen der Verlagsgruppe Bertelsmann

Made in Germany · 1. Auflage · 2/89
Ungekürzte Ausgabe
Titel der Originalausgabe: The Pirate

Umschlagentwurf: Design Team München
Umschlagfoto: H. Hesselmann / Gruner + Jahr Fotoservice, Hamburg
Druck: Elsnerdruck, Berlin
Verlagsnummer: 9247
MV · Herstellung: Sebastian Strohmaier
ISBN 3-442-09247-7

PROLOG: 1933

Seit acht Tagen tobte ein Sturm, wie keiner ihn je erlebt hatte. Nicht einmal Mustapha, der Kameltreiber, der schon ein alter Mann gewesen war, als die anderen in der Karawane noch Kinder waren, konnte sich an einen solchen Sturm erinnern.

Die Ghutra dicht vor dem Gesicht, erkämpfte er sich mühsam seinen Weg zum Zelt des Karawanenführers Fuad. Alle paar Schritte blieb er stehen und spähte durch die schmalen Stoffschlitze, um sich zu vergewissern, daß er nicht die Richtung verlor und aus dem geringen Schutz, den die Oase bot, in den prasselnden, wirbelnden Sand der offenen Wüste geriet. Sobald er anhielt, bohrten sich die Sandkörner wie Schrotkugeln in sein Gesicht. Er hustete und versuchte, genug Speichel zu sammeln, um sich zu räuspern, bevor er das kleine Zelt betrat. Aber sein Mund war voll trockenem Sand und wurde nicht feucht.

Fuad blickte hoch, als der Kameltreiber eintrat. Er saß auf einem Schemel vor einem kleinen Tisch, auf dem die Öllampe flackerte und Schatten ins Dunkel warf. Schweigend blickte er zu Mustapha hoch. Er war riesig und nicht sehr gesprächig.

Wie stets, wenn er mit dem Karawanenführer sprach, richtete Mustapha sich zu seiner vollen Größe von etwas mehr als anderthalb Metern auf. »Es ist Sand in Allahs Augen geraten«, sagte er. »Er ist blind und sieht uns nicht mehr.«

Fuad brummte, bequemte sich dann aber zu sprechen. »Du Esel«, sagte er, »glaubst du, er würde uns gerade jetzt, da wir von Mekka zurückkehren, aus den Augen verlieren?«

»Es liegt Tod in der Luft«, sagte Mustapha beharrlich. »Sogar die Kamele können ihn riechen. Sie sind unruhig.«

»Zieh ihnen Decken über die Köpfe«, sagte Fuad. »Wenn sie nichts mehr sehen können, werden sie in ihre Kamelträume versinken.«

»Das habe ich schon getan«, erwiderte Mustapha, »aber sie schütteln die Decken ab. Zwei habe ich schon verloren.«

»Gib ihnen Haschisch zu kauen«, schlug Fuad vor, »nicht so viel, daß sie verrückt werden. Nur gerade genug, um sie zu beruhigen.«

»Dann schlafen sie zwei Tage lang.«

»Das macht nichts. Wir bleiben ja vorläufig hier.«

Der Kleine beharrte auf seiner Meinung. »Es ist aber doch ein schlechtes Vorzeichen. Wie geht es dem Herrn?«

»Er ist ein guter Mensch«, antwortete Fuad, »er beklagt sich nicht. Die ganze Zeit pflegt er seine Frau, und sein Gebetsteppich ist immer nach Mekka gerichtet.«

Der Kameltreiber schmatzte mit den Lippen. »Glaubst du, daß ihre Gebete jetzt Erfüllung finden werden, nachdem sie die Pilgerfahrt gemacht haben?«

Fuad rollte bedeutungsvoll mit den Augen. »Alles liegt in Allahs Händen. Aber ihre Stunde ist nah. Bald werden wir es wissen.«

»Ein Sohn«, sagte Mustapha. »Ich flehe zu Allah, daß er ihnen einen Sohn schenkt. Drei Töchter sind eine schwere Last, selbst für einen so bedeutenden Mann wie ihn.«

»Einen Sohn«, wiederholte Fuad. »Allah sei ihm gnädig.« Er erhob sich von seinem Schemel und stand wie ein Turm vor dem kleinen Mann. »Los, du Esel«, brüllte er plötzlich, »geh zurück und kümmere dich um deine Kamele, sonst begrabe ich deine alten Knochen in ihrem Dung.«

Das große Zelt, das man inmitten der Oase zwischen vier Riesenpalmen errichtet hatte, war hell erleuchtet. Hinter einem der Vorhänge summte leise der Benzingenerator, der den elektrischen Strom lieferte.

Zum zwanzigstenmal an jenem Tag öffnete Dr. Samir Al Fay den Türvorhang und spähte hinaus in den Sturm.

Sand drang durch den schmalen Vorhangschlitz in seine Augen, so daß er nicht einmal die kaum vier Meter hohen Baumwipfel über dem Zelt oder den Rand der Oase ausmachen konnte, wo der wirbelnde Sand eine in den Himmel ragende Mauer zu bilden schien. Er schloß die schmale Öffnung, rieb sich den Sand aus den Augen und kehrte in den Hauptraum des Zeltes zurück. Seine Füße in den weichen Pantoffeln bewegten sich lautlos und sanken tief in die dicken Teppiche ein, die den Sandboden bedeckten.

Nabila, seine Frau, blickte zu ihm hoch. »Noch nicht besser?« fragte sie leise.

Er schüttelte den Kopf. »Noch immer nicht.«

»Wann, glaubst du, wird der Sturm aufhören?« fragte sie weiter.

»Ich weiß es nicht«, antwortete er. »Vorläufig scheint er noch gar nicht nachzulassen.«

»Bedauerst du es?« Ihre Stimme war sanft.

Er trat zu ihrem Stuhl und blickte auf sie nieder. »Nein.«

»Ohne mein Drängen hättest du diese Pilgerfahrt nicht unternommen.«

»Ich habe sie nicht deinetwegen unternommen, sondern um unserer Liebe willen.«

»Aber du glaubst nicht daran, daß die Pilgerfahrt nach Mekka etwas ändern wird«, sagte sie. »Du hast mir gesagt, daß das Geschlecht eines Kindes bei dessen Empfängnis bestimmt wird.«

»Weil ich Arzt bin«, sagte er. »Aber ich bin auch gläubig.«

»Und wenn das Kind ein Mädchen ist?«

Er antwortete nicht.

»Würdest du dich dann von mir scheiden lassen oder eine zweite Frau nehmen, wie es dein Onkel, der Fürst, wünscht?«

Er griff nach ihrer Hand. »Du bist eine Närrin, Nabila.«

Sie blickte ihm ins Gesicht, Schatten verdunkelten ihre Augen. »Meine Zeit rückt heran. Und ich bekomme Angst.«

»Ohne Grund«, sagte er beruhigend. »Übrigens wirst du einen Sohn haben. Ich sagte dir doch, daß der Herzschlag des Kindes der eines Jungen ist, nicht wahr?«

»Samir, Samir«, flüsterte sie. »Du würdest mir alles mögliche sagen, um mir Kummer zu ersparen.«

Er hob ihre Hand an die Lippen. »Ich liebe dich, Nabila. Ich will keine andere Gemahlin, überhaupt keine andere Frau. Wenn wir diesmal keinen Sohn bekommen, dann eben das nächstemal.«

»Es gibt kein nächstes Mal für mich«, sagte sie traurig. »Dein Vater hat dem Fürsten schon sein Wort gegeben. Dein Sohn wird den Titel erben.«

»Wir werden das Land verlassen. Wir können nach England ziehen. Ich bin dort zur Schule gegangen und habe noch eine Menge Freunde.«

»Nein, Samir. Dein Platz ist in der Heimat. Dein Volk braucht dich. Schon jetzt hilfst du ihm mit den Dingen, die du gelernt hast. Wer hätte je geträumt, daß der Generator, den du aus England mitgebracht hast, um deinen Operationssaal zu beleuchten, dazu führen würde, daß elektrisches Licht in unser Land kommt?«

»Und noch mehr Reichtum in unsere Familie«, fügte er hinzu. »Reichtum, den wir nicht brauchen, da uns ohnehin schon alles gehört.«

»Aber nur du kannst dafür sorgen, daß der Reichtum zum Wohle aller und nicht nur für einige wenige verwendet wird. Nein, Samir, du darfst nicht fortgehen. Unser Volk braucht dich.«

Er schwieg.

»Du mußt mir etwas versprechen.« Sie sah ihm in die Augen. »Wenn es ein Mädchen ist, läßt du mich sterben. Ich kann den Gedanken an ein Leben ohne dich nicht ertragen.«

»Der Sturm«, sagte er. »Es muß der Sturm sein. Nur so kann ich mir deine törichten Gedanken erklären.«

Sie senkte den Blick. »Es ist nicht der Sturm«, flüsterte sie. »Die Wehen beginnen schon.«

»Bist du sicher?« fragte er. Seinen Berechnungen nach war es noch drei Wochen zu früh.

»Ich habe schon drei Kinder geboren«, sagte sie ruhig, »ich weiß es. Die erste Wehe war vor zwei Stunden, die letzte gerade vorhin, als du in den Sturm hinaussahst.«

Mustapha schlief, durch drei Decken vor dem Wind geschützt, die er über den Kopf gezogen hatte, und gewärmt von den Kamelen zu seinen beiden Seiten. Er träumte von einem Paradies voll goldenen Sonnenscheins und reizender, ebenso goldfarbener Huris mit festen Brüsten, Bäuchen und Hinterbacken. Es waren wunderschöne Haschischträume, denn niemals wäre er so selbstsüchtig gewesen, seinen Kamelen Haschisch zu geben, ohne selbst davon zu nehmen. Er konnte sie doch nicht ohne seine Führung ins Paradies wandern lassen. Ohne ihn wären die armen Geschöpfe ja verloren.

Über ihm tobte der Sturm, der Sand prasselte auf seine Decken. Am Rande des Paradieses änderte ein Kamel plötzlich seine Lage, und Kälte kroch durch Mustaphas alte Knochen. Er schob sich instinktiv näher an das warme Tier heran, aber es rückte nur weiter von ihm ab. Er wickelte sich in seine Decken und versuchte es bei einem anderen Kamel. Doch auch das verließ ihn, und nun griff ihn die Kälte von allen Seiten an. Langsam erwachte er.

Die Kamele erhoben sich mühsam. Wie gewöhnlich, wenn sie unruhig waren, begannen sie zu urinieren und ihren Darm zu entleeren. Ein kräftiger Spritzer auf seine Decken weckte Mustapha endgültig. Er fluchte zornig, weil man ihn seinem Traum entrissen hatte, und brachte sich vor dem heißen, stinkenden Strom in Sicherheit.

Er stützte sich auf Hände und Knie und lugte unter den Decken hervor. Plötzlich stockte ihm der Atem. Aus der Sandmauer tauchte ein Reiter auf einem Esel auf, gefolgt von einem zwar gesattelten, aber reiterlosen zweiten Esel. Der Reiter kam direkt auf ihn zu.

Da schrie Mustapha auf. Der Reiter hatte zwei Köpfe. Zwei weiße Gesichter auf einem einzigen Körper starrten ihn unheilvoll an.

Mustapha sprang auf. Er vergaß den Sand, der ihm ins Gesicht peitschte und rannte zum Zelt des Karawanenführers. »*Ah-jii! Ah-jii!* Der Todesengel kommt uns holen!« schrie er.

Fuad schoß wie ein Blitz aus dem Zelt, packte Mustapha mit seinen Riesenarmen und hob ihn hoch, schüttelte ihn wie ein unartiges

Kind »Halt's Maul!« brüllte er. »Hat unser Herr nicht genug Sorgen mit seiner Frau in den Wehen? Soll er sich noch deine Rauschgiftträume anhören?«

»Der Todesengel! Ich habe ihn gesehen!« Mustapha klapperte mit den Zähnen. Er streckte die Hand aus. »Sieh doch! Bei den Kamelen!«

Inzwischen waren mehrere andere Männer herbeigelaufen. Alle blickten in die Richtung von Mustaphas ausgestreckter Hand. Ein allgemeines Stöhnen der Furcht ertönte, als die zwei Esel jetzt aus dem Dunkel und dem Sand auftauchten. Denn auf dem ersten Esel saß ein Mann mit zwei Köpfen.

Die Männer verschwanden fast ebenso schnell, wie sie gekommen waren, jeder an seinen eigenen Zufluchtsort; nur Mustapha strampelte weiter in Fuads Armen. Unwillkürlich lockerte Fuad den Griff, mit dem er den Kameltreiber festhielt; der kleine Mann riß sich los und tauchte im Zelt unter; Fuad blieb allein zurück, um dem Todesengel die Stirn zu bieten.

Nahezu gelähmt vor Schrecken sah Fuad, wie die Esel vor ihm anhielten, und hörte die Stimme des Reiters: *»Assalaam aleikum.«*

Automatisch antwortete Fuad: *»Aleikum assalaam.«*

»Ich bitte dich um Hilfe«, sagte der Reiter. »Wir irren seit Tagen durch den Sturm; meine Frau ist krank, und ihre Zeit ist beinahe gekommen.«

Langsam, vorsichtig, wand sich der Reiter aus einer Decke und stieg ab. Da erst sah Fuad, daß die Decke zwei Menschen eingehüllt hatte, einen Mann und eine Frau. Schnell trat er vor und hob die Frau von dem Esel. »Komm«, sagte er, »ich helfe dir.«

Aus dem Dunkel tauchte Samir auf, in eine beigefarbene Mischlah gehüllt. »Was ist los?« fragte er.

Fuad wandte sich um, die Frau lag wie eine Feder auf seinen Armen. »Reisende, die sich im Sturm verirrt haben, Herr.«

Der Mann lehnte sich schwach gegen seinen Esel. »Ich weiß nicht, wie viele Tage wir dort draußen waren«, flüsterte er und glitt langsam zu Boden.

Samir sprang vor und schob seinen Arm unter die Achseln des Mannes. »Stütz dich auf mich«, sagte er.

Dankbar lehnte sich der Mann an ihn. »Meine Frau«, wisperte er. »Sie ist krank. Kein Wasser.«

»Sie wird sich erholen«, tröstete Samir ihn. Er wandte sich an den Karawanenführer. »Bring sie in mein Zelt.«

»Die Esel«, sagte der Mann.

»Für sie wird man auch sorgen«, beruhigte ihn Samir.

Das Gesicht des Mannes war vom windgepeitschten Sand zerkratzt und blutete; seine Lippen waren aufgeschwollen und voller Blasen. Er war groß, größer als Samir, hatte eine kräftige Nase und durchdringende, blaue Augen. Unter den geschwollenen Augenlidern hervor beobachtete er Samir, der sich von dem Lager, auf dem die Frau lag, aufrichtete.

Der Arzt wußte nicht, was er sagen sollte; die Frau lag im Sterben. Sie war fast völlig ausgetrocknet, ihr Puls schwach und unregelmäßig, ihr Blutdruck beängstigend niedrig. »Wie viele Tage wart ihr in dem Sturm?« fragte er.

Der Mann schüttelte den Kopf. »Ich weiß es nicht. Es kam mir vor wie eine Ewigkeit.«

»Sie ist sehr schwach«, sagte Samir.

Der Mann schwieg eine Weile. Er starrte in seine Teetasse, die in seinen narbigen Händen fast verschwand. Seine Lippen bewegten sich, aber Samir hörte keinen Laut. Dann sah er Samir an. »Du bist Arzt?«

Samir nickte.

»Wird sie am Leben bleiben?«

»Ich weiß es nicht.«

»Meine Frau wollte, daß unser Kind im Heiligen Land zur Welt kommt«, sagte der Mann. »Aber die Engländer ließen uns nicht herein. Wir wollten heimlich über die Grenze, aber dafür müssen wir die Wüste durchqueren.«

Samir fragte erschrocken: »Mit nur zwei Eseln? Ihr habt noch fast neunhundert Kilometer Wüste vor euch.«

»Der Sturm kam, und wir verloren unseren Proviant«, berichtete der Mann. »Es war ein Alptraum.«

Samir wandte sich erneut der Frau zu. Er klatschte in die Hände, und Aida, die Dienerin seiner Frau, betrat den Raum. »Mach mir etwas Zuckerwasser zurecht«, sagte er. Als sie gegangen war, sagte er: »Sieh zu, daß sie davon trinkt.«

Der Mann nickte, schwieg einen Augenblick und sagte dann: »Du weißt natürlich, daß wir Juden sind.«

»Ja. Wir alle sind Reisende auf demselben Meer«, sagte Samir. »Würdest du mir Hilfe verweigern, wenn unsere Lage umgekehrt wäre?«

Der Mann schüttelte den Kopf. »Nein. Wie könnte ich das im Namen der Menschlichkeit?«

»So ist es.« Samir lächelte und streckte die Hand aus. »Ich heiße

Samir Al Fay.«

Der Mann ergriff die Hand. »Isajah Ben Esra.«

Aida kam mit einer kleinen Tasse und einem Löffel zurück. Samir nahm es ihr aus der Hand. »Bring mir eine saubere Serviette.«

Als sie die Serviette gebracht hatte, setzte er sich neben das Lager der Frau, tauchte das Tuch in das warme Zuckerwasser und drückte es an den Mund der Kranken. »Sieh mir zu, wie ich es mache«, sagte er zu dem Mann. »Du mußt ihre Lippen vorsichtig öffnen und ihr die Flüssigkeit in die Kehle träufeln. Es ist der einzige Ersatz für intravenöse Glukoseernährung, den ich mir denken kann. Aber sehr langsam, damit sie nicht erstickt.«

»Ich verstehe«, nickte Ben Esra.

Samir erhob sich. »Nun muß ich mich um meine Frau kümmern.«

Ben Esra blickte ihn fragend an.

»Wir sind auf der Rückreise von einer Pilgerfahrt nach Mekka, und der Sturm hat uns hier überrascht. Wir hatten damit gerechnet, daß unser Kind zu Hause geboren wird. Das ist aber jetzt unwahrscheinlich. Die Wehen haben drei Wochen zu früh eingesetzt.« Samir machte eine ausdrucksvolle Gebärde. »Allahs Wege sind geheimnisvoll. Wären wir nicht nach Mekka gereist, um ihn um einen Sohn zu bitten, hättest du nicht gewollt, daß dein Kind im Heiligen Land geboren wird, so hätten wir einander nie getroffen.«

»Ich danke dem Herrn, daß du hier bist«, sagte Ben Esra. »Möge Er dir den Sohn schenken, um den du betest.«

»Ich danke dir«, entgegenete Samir. »Und möge Allah deine Frau und dein Kind behüten.«

Er verließ den Raum, der durch Vorhänge von dem übrigen Zelt abgetrennt war; Ben Esra beugte sich über seine Frau und drückte das befeuchtete Tuch an ihre Lippen.

Eine Stunde vor Tagesanbruch erreichte der Sturm seinen Höhepunkt. Er heulte um das Zelt wie das Echo gewaltigen Kanonendonners, und der Sand trommelte gegen die Zeltwände wie Hagelkörner, die ein zorniger Himmel herniederschleudert. Da schrie Nabila in Schmerz und Angst: »Das Kind in meinem Leib ist tot. Ich kann sein Leben, seine Bewegung nicht mehr spüren.«

»Still«, sagte Samir beruhigend. »Es ist alles in Ordnung.«

Nabila griff nach seinem Arm. Ihre Stimme klang verzweifelt. »Bitte, Samir, denke an dein Versprechen. Laß mich sterben.«

Er blickte sie an, Tränen verschleierten seinen Blick. »Ich liebe dich, Nabila. Du wirst am Leben bleiben und mir einen Sohn schenken.« Schnell, so schnell, daß sie es gar nicht spürte, fand er die Vene und gab ihr eine Spritze; sie fühlte nur das Nachlassen des Schmerzes, als das Morphium zu wirken begann.

Müde richtete er sich auf. Seit über zwei Stunden schon hatte er den Herzschlag des Kindes mit dem Stethoskop nicht mehr feststellen können. Nabilas Wehen waren immer heftiger geworden, aber der Gebärmuttermund hatte sich nicht weiter geöffnet.

»Aida«, sagte er zu der alten Dienerin. »Ruf den Karawanenführer. Ich brauche seine Hilfe, um das Kind herauszuholen. Aber er soll sich gründlich waschen, bevor er ins Zelt kommt.«

Sie nickte und lief ängstlich aus dem Raum. Samir breitete eilig die Instrumente auf dem sauberen weißen Tuch neben dem Bett aus. Plötzlich zuckte Nabila zusammen, und ein Blutstrom färbte die Leintücher rot. Etwas war ganz und gar nicht in Ordnung – offenbar ein Blutsturz. Ihr sich aufbäumender Leib war bereit, das Kind herauszupressen. Aber Samir konnte den Kopf nicht tasten. Die Nachgeburt versperrte den Gebärmutterausgang.

Der rote Fleck auf den Leintüchern vergrößerte sich rasch. Samir arbeitete in rasender Eile und mit zunehmender Furcht. Mit der Hand erweiterte er die Öffnung des Gebärmuttermundes und holte die Nachgeburt heraus. Dann öffnete er die Fruchtblase, zog das Kind nach unten und heraus. Er durchtrennte die Nabelschur und wandte sich dann wieder Nabila zu. Einen Augenblick lang hielt er den Atem an, seufzte dann aber erleichtert auf, als er sah, daß die Blutung zum Stehen gekommen war. Zum erstenmal betrachtete er jetzt das Kind.

Es war ein Mädchen, und es war tot. Das wußte er, auch ohne es zu berühren. Tränen stiegen ihm in die Augen, als er sich umwandte und Nabila ansah. Nun konnte sie ihm keinen Sohn mehr schenken. Auch kein anderes Kind. Er würde dafür sorgen, daß sie nie mehr schwanger wurde – es wäre zu gefährlich für sie. Er fühlte eine Welle der Verzweiflung in sich aufsteigen. Vielleicht hatte sie recht, vielleicht wäre der Tod gnädiger für sie gewesen.

»Doktor!« Ben Esra stand am Türvorhang.

Samir starrte den Juden mit tränenverschleierten Augen an; er konnte nicht sprechen.

»Meine Frau, Doktor . . .« Panik klang in Ben Esras Stimme auf. »Sie atmet nicht mehr!«

Mit einer Reflexbewegung griff Samir nach seiner Ärztetasche. Er warf noch einen Blick auf Nabila. Das Morphium hatte gewirkt, und sie schlief. Samir eilte in den anderen Raum.

Er kniete neben der stillen Frau nieder und suchte mit dem Stethoskop ihren Herzschlag. Kein Ton. Schnell zog er eine Adrenalinspritze auf und stach sie der Frau direkt ins Herz. Er öffnete ihren Mund und versuchte es mit Mund-zu-Mund-Beatmung. Vergeblich. Schließlich wandte er sich an Ben Esra. »Mein Beileid«, murmelte er.

Ben Esra starrte ihn an. »Sie kann nicht tot sein«, sagte er. »Ich sehe wie sich ihr Bauch bewegt.«

Samir drehte sich schnell um und betrachtete die stille Gestalt genau. Ben Esra hatte recht, der Bauch der Frau schien sich zu heben und zu senken. »Das Kind!« rief Samir. »Das Kind kann noch gerettet werden!« Er griff nach seiner Tasche und nahm ein Skalpell heraus.

»Was tust du da?« rief Ben Esra. Samir nahm sich nicht die Zeit, die Kleider der Frau zu öffnen, er schnitt sie auf, bis der blauverfärbte und geschwollene Leib der Frau frei lag.

»Schließ die Augen – nicht hersehen!« sagte Samir.

Ben Esra gehorchte wortlos. Samir machte den Einschnitt, und die dünne Haut klaffte mit einem fast platzenden Geräusch auseinander. Er öffnete den Unterleib und hielt einen Augenblick später das Kind in Händen. Rasch durchtrennte er die Nabelschnur und band sie ab. Zwei kurze Schläge auf die Hinterbacken des Kindes, und das gesunde Schreien des Neugeborenen erfüllte das Zelt.

Samir sah Ben Esra voll an. »Du hast einen Sohn.«

Aber Ben Esra starrte mit einem seltsamen Ausdruck zurück und schwieg.

»Du hast einen Sohn«, wiederholte Samir.

Ben Esras Augen füllten sich mit Tränen. »Was soll ich mit einem Sohn?« fragte er. »Ohne Frau und noch neunhundert Kilometer Wüste vor mir, die ich durchqueren muß. Das Kind wird sterben.«

»Wir werden dir Vorräte geben.«

Der Jude schüttelte den Kopf. »Es hat keinen Zweck. Ich muß mich vor der Polizei verstecken. Ich kann dem Kind nichts bieten.«

Samir schwieg und hielt weiterhin das Kind in den Armen.

Ben Esra sah ihn an. »Und dein Kind?« fragte er den Arzt.

»Tot«, antwortete Samir einfach. »Ich nehme an, Allah fand es in seiner Weisheit richtig, unsere Gebete nicht zu erfüllen.«

»War es ein Sohn?« fragte der Jude.

Samir schüttelte den Kopf. »Ein Mädchen.«

»Vielleicht ist Allah weiser als wir beide«, sagte Ben Esra, »und hat uns deshalb in der Wüste zusammengebracht.«

»Das verstehe ich nicht«, bemerkte Samir.

»Ohne dich wäre das Kind mit der Mutter gestorben. Du bist mehr sein Vater, als ich es bin.«

»Du bist wahnsinnig«, sagte Samir.

»Nein.« Ben Esras Stimme schien an Kraft zu gewinnen. »Bei mir wird es sterben. Und die Belastung, die es bedeutet, wenn ich es mitnehme, könnte leicht auch zu meinem Tod führen. Aber Allah hat mit diesem Kind dein Gebet um einen Sohn erhört. Als dein Sohn wird es sicher aufwachsen.«

Samir blickte dem Juden in die Augen. »Aber als mein Sohn wird er ein Moslem sein, kein Jude.«

»Spielt das wirklich eine Rolle?« fragte Ben Esra. »Sagtest du nicht selbst, daß wir alle Reisende auf demselben Meer sind?«

Samir blickte auf den winzigen Knaben in seinen Armen nieder. Plötzlich durchströmte ihn eine Liebe, wie er sie noch nie gefühlt hatte. Wahrhaftig, Allah hatte ihre Gebete auf seine eigene Weise erfüllt.

»Wir müssen schnell handeln«, stieß Samir hervor. »Folge mir.«

Er trug das Neugeborene in den Raum, in dem Nabila schlief.

Ben Esra aber nahm das totgeborene Kind und ging damit zurück zum Lager seiner toten Frau. Samir legte den Knaben auf den Tisch und hüllte ihn in ein sauberes weißes Tuch. Kaum war er damit fertig, kamen Aida und Fuad herein.

»Reinige meinen Sohn und wasche ihn«, befahl Samir der Frau.

Sie starrte ihm einen Augenblick in die Augen, dann bewegten sich ihre Lippen. »Gepriesen sei Allah.«

»Dafür wird Zeit sein beim Morgengebet«, wies er sie scharf zurecht. Dann wandte er sich an den Karawanenführer. »Ich brauche dich hier nicht mehr«, sagte er und ging ihm voran durch den Vorhang.

So plötzlich, wie er gekommen war, legte sich der Sturm. Der Morgen brach hell und klar herein. Die beiden Männer standen neben den frischen Gräbern am Rand der Oase. Esra hielt seine zwei Esel am Zügel, der eine beladen mit Wasser und Proviant, der andere gesattelt mit dem alten, abgenutzten Ledersattel. Ben Esra und Samir wechselten einen verlegenen Blick. Keiner von beiden wußte, was er sagen sollte.

Isajah Ben Esra streckte seine Hand aus.

Samir nahm sie wortlos. Ein warmes Gefühl der Verbundenheit erfüllte sie. Nach einer Weile lösten sich ihre Hände, und der Jude schwang sich in den Sattel. *»Chatrak«,* sagte er.

Samir sah zu ihm hoch. Mit seiner rechten Hand machte er die traditionelle Gebärde: er berührte Stirn, Lippen und schließlich sein Herz. *»As-sa-laam aleikum.* Geh in Frieden.«

Ben Esra schwieg einen Augenblick. Er warf einen Blick auf die Gräber, dann auf Samir. Beide Männer hatten Tränen in den Augen *»Aleichem schalom«*, erwiderte Esra und trieb die Esel an.

Samir schaute ihm eine Weile nach, dann kehrte er langsam zum Zelt zurück. Aida erwartete ihn aufgeregt am Eingang.

»Die Herrin wacht auf!«

»Hast du es ihr gesagt?« fragte er.

Die Dienerin schüttelte den Kopf.

Er ging durch den Vorhang ins Innere des Zelts und nahm das Kind auf. Er stand neben seiner Frau, als sie die Augen aufschlug. Lächelnd blickte er auf sie nieder.

»Samir«, flüsterte sie, »es tut mir so leid.«

»Es gibt nichts, was dir leid tun müßte«, sagte er zärtlich und legte ihr das Kind in die Arme. »Allah hat unsere Gebete erhört. Wir haben einen Sohn.«

Sie blickte das Baby eine Weile an, dann wandte sie ihm das Gesicht zu. Ihre Augen füllten sich mit Tränen. »Ich hatte einen entsetzlichen Traum«, murmelte sie. »Ich träumte, das Baby sei gestorben.«

»Das war ein Traum, Nabila«, sagte er. »Nur ein Traum.«

Nabilas Blick heftete sich auf das Kind, ihre Finger streiften zart das weiche Tuch von seinem Gesichtchen. »Er ist schön«, sagte sie. Dann sah sie erschrocken hoch. »Samir!« rief sie. »Unser Sohn hat blaue Augen!«

Samir lachte laut. »Aber meine liebe Frau«, sagte er, »wirst du denn nie klüger? Alle neugeborenen Kinder haben blaue Augen.«

Doch Allah hatte wirklich ein Wunder vollbracht. Denn Baydar Samir Al Fay bekam, als er heranwuchs, dunkel-, fast violettblaue Augen; sie hatten die Farbe des nächtlichen Himmels über der Wüste.

ERSTES BUCH

Frühlingsende 1973

Der nadelfeine Strahl der Dusche auf seinem Kopf übertönte den Lärm der vier Düsenmotoren. Dampf stieg an den Wänden der engen Kabine hoch. Schnell seifte er sich ein, bis duftender Schaum seinen Körper ganz bedeckte, dann spülte er sich ab und stellte den Wasserhahn von heiß auf eiskalt. Fast augenblicklich fiel die Müdigkeit von ihm ab, und er war hellwach. Er drehte das Wasser zu und trat aus der Duschkabine.

Wie gewöhnlich erwartete Dschabir ihn mit dem schweren Frotteémantel und dicken Handtüchern. Er hüllte seinen Herrn in die Tücher. »Guten Abend, Herr« sagte er leise.

»Guten Abend, mein Freund«, sagte Baydar und rieb sich kräftig ab. »Wie spät ist es?«

Dschabir warf einen Blick auf seine Armbanduhr, ein Geschenk seines Herrn. »Es ist neunzehn Uhr fünfzehn nach französischer Zeit«, sagte er stolz. »Hat der Herr gut geruht?«

»Ja, danke«, sagte Baydar, ließ die Handtücher fallen und schlüpfte in den bereitgehaltenen Bademantel. »Wo sind wir?«

»Über dem Ärmelkanal«, antwortete Dschabir. »Der Kapitän hat mich beauftragt, Euch mitzuteilen, daß wir um zwanzig Uhr vierzig in Nizza sein werden.«

»Gut«, sagte Baydar.

Dschabir hielt die Tür des kleinen Baderaums auf, und Baydar ging in seine Kabine. Obwohl die Hauptkabine groß war – sie nahm fast ein Drittel des Innenraums der Boeing 707 ein –, war die Luft darin schwer, und es roch durchdringend nach Haschisch und Amylnitrit.

Baydar blieb einen Augenblick stehen. Die Gerüche machten ihm nichts aus, während er die Drogen nahm, aber nachher waren sie ihm zuwider. »Hier drin stinkt es«, sagte er. »Schade, daß man kein Fenster aufmachen kann.«

Dschabir verzog keine Miene. Er machte sich aber sofort daran, sämtliche Luftklappen zu öffnen, und versprühte anschließend einen stark parfümierten Spray im Raum. Dann wandte er sich wieder zu Baydar. »Hat der Herr sich entschieden, welchen Anzug er heute wünscht?«

»Noch nicht«, antwortete Baydar mit einem Blick auf das riesige Doppelbett, das fast die Hälfte der Kabine einnahm.

Die beiden Mädchen lagen in inniger Umarmung ihre nackten Körper glänzten in dem sanftgoldenen Licht der Kabine. Sie schliefen tief und fest. Baydar dachte mit Vergnügen an die letzte Nacht. Die Mädchen hatten ihre Aufgabe glänzend erfüllt: ihm die Langeweile während des langen Flugs von Los Angeles nach Nizza zu vertreiben. Doch jetzt konnte er sich nicht einmal mehr an ihre Namen erinnern. Er wandte sich ab und ging zur Tür. Dort drehte er sich nach Dschabir um. »Weck sie auf und sag ihnen, sie sollen sich anziehen«, sagte er und schloß die Tür hinter sich.

Er ging durch den schmalen Gang, vorbei an den zwei Gästekabinen und in den Salon. Dick Carriage, sein Sekretär, saß von Telefonen und Fernschreiber umgeben am Schreibtisch im vorderen Teil, der als Büro diente. Der junge Rechtsanwalt war wie stets korrekt gekleidet: weißes Hemd, Krawatte, dunkler Anzug. Baydar konnte sich nicht erinnern, ihn jemals in Hemdsärmeln gesehen zu haben.

Carriage erhob sich. »Guten Abend, Boss«, sagte er förmlich. »Haben Sie gut geruht?«

»Ja, danke«, entgegnete Baydar. »Und Sie?«

Carriage verzog ein wenig das Gesicht, das Höchste an Ausdruck, was er sich gestattete. »Ich kann im Flugzeug nie schlafen.«

»Das wird noch kommen«, bemerkte Baydar lächelnd.

Carriage lächelte nicht. »Wenn ich's in zwei Jahren nicht gelernt habe, werde ich es wohl nie lernen.«

Baydar drückte auf den Rufknopf für den Steward. »Irgendwas los?«

»Alles ruhig«, antwortete Carriage. »Sie wissen ja, Wochenende.«

Baydar nickte. Er hatte auch kein Neuigkeiten erwartet. Es war Samstag, und sie hatten Los Angeles um ein Uhr morgens verlassen.

Raoul, der Chefsteward, kam aus der Küche. »Bitte, Sir?«

»Kaffee«, sagte Baydar. »Amerikanischen Kaffe.« Sein Magen war nicht in der richtigen Verfassung für den starken Filterkaffe, den der Steward gern servierte. Er wandte sich wieder an Carriage. »Hatten Sie Verbindung mit der Jacht?«

Carriage nickte. »Ich sprach mit Kapitän Petersen. Er hat alles für die Party heute abend organisiert. Der Rolls und die *San Marco* erwarten uns. Wenn das Meer ruhig ist, kann die *San Marco* Sie in zwanzig Minuten nach Cannes bringen«, meinte er. »Im Wagen würde es wegen des Verkehrs beim Filmfestival über eine Stunde dauern.«

Der Steward brachte den Kaffee; während er einschenkte, zündete sich Baydar eine Zigarette an. Er trank einen Schluck. »Wünschen Sie etwas zu speisen?« fragte der Steward.

»Jetzt nicht, danke«, anwortete Baydar. Er wandt sich an Dick. »Ist meine Frau an Bord der Jacht?«

Der Kapitän sagte mir, sie sei in der Villa. Aber Jussef ist aus Paris angekommen und bereits an Bord. Er bat mich, Ihnen mitzuteilen, daß er für heute abend einige sensationelle Talente besorgt hat.«

Baydar nickte. Jussef Ziad war der Leiter seines Pariser Büros; er hatte einen in jedem Land. Es waren kluge, charmante, gebildete junge Leute, die das Geld liebten und gern nahe dem Zentrum der Macht saßen. Ihre Hauptfunktion bestand darin, hübsche Mädchen als Dekoration für die Partys, die Baydar im Verlauf seiner Geschäfte gab, aufzutun. »Verbinden Sie mich bitte mit Mrs. Al Fay«, sagte er.

Er ging zurück in den Salon und setzte sich an den runden Mahagonitisch. Raoul goß ihm wieder Kaffee ein; Baydar schlürfte ihn schweigend. Kurz darauf summte das Telefon neben ihm. Er nahm den Hörer ab.

Carriages Stimme ertönte: »Mrs. Al Fay ist nicht zu Hause. Ich sprach soeben mit ihrer Sekretärin; Mrs. Al Fay sei zu einer Filmvorführung gegangen und werde von dort aus direkt zur Jacht fahren.«

»Danke«, sagte Baydar und legte auf. Er war nicht überrascht. Er hatte nicht erwartet, Jordana zu Hause vorzufinden, schon gar nicht während des Filmfestivals oder wenn eine Party im Gang war. Sie mußte immer dort sein, wo etwas los war. Einen Augenblick lang fühlte er Ärger in sich aufsteigen, der aber schnell vorbeiging. Schließlich war es gerade das, was ihn vor allem an ihr gefesselt hatte. Sie war Amerikanerin, keine Araberin. Amerikanische Mädchen blieben nicht daheim sitzen. Er hatte vergeblich versucht, das seiner Mutter zu erklären. Sie war immer noch enttäuscht darüber, daß er nach der Scheidung von seiner ersten Frau nicht wieder eine Araberin geheiratet hatte.

Das Telefon summte erneut. Er hob den Hörer ab. Diesmal war es der Pilot, Kapitän Andrew Hyatt. »Wenn Sie gestatten, Sir«, sagte er, »möchte ich das Flugzeug von der Air France überholen lassen, falls wir lange genug in Nizza bleiben.«

Baydar grinste. Das war die höfliche Methode des Kapitäns, um herauszubekommen, wieviel Urlaub er der Besatzung geben konnte. »Ich denke, wir können bis Mittwoch bleiben. Wird das genügen, Andy?«

»Ja, Sir.«

»Es war ein angenehmer Flug, Andy. Danke.«

»Ich danke Ihnen, Sir.« Die Stimme des Piloten klang erfreut, als er auflegte.

Baydar drückte auf den Knopf für Carriage. »Logieren Sie die Besatzung bis Dienstag im *Negresco* ein.«

»Ja, Boss.« Carriage zögerte. »Und die beiden Mädchen, sollen wir sie zur Party einladen?«

»Nein«, antwortete Baydar kurz. Diesen Punkt hatte Jussef bereits erledigt.

»Was sollten wir mit ihnen anfangen?«

»Bringen Sie sie zusammen mit der Besatzung im *Negresco* unter«, sagte er. »Geben Sie jeder fünfhundert Dollar und eine Rückflugkarte nach Los Angeles.«

Er legte auf und starrte aus dem Fenster. Es war beinahe dunkel, und weit unter ihm begannen Lichter in der französischen Landschaft zu flimmern. Was Jordana wohl tun mochte? Es war fast einen Monat her, seit er sie mit den Kindern in Beirut gesehen hatte. Sie hatten verabredet, sich zu Jordanas Geburtstag in Südfrankreich zu treffen. Er dachte an das Diamanthalsband von Van Cleef und fragte sich, ob es ihr gefallen würde. Schwer zu sagen. Heutzutage waren verwaschene Jeans und Modeschmuck alles. Nichts war mehr echt, sogar ihre gegenseitigen Gefühle nicht.

Jordana stieg aus dem Bett, ging ins Badezimmer und nahm auf dem Weg ihre Kleider mit.

»Warum so eilig, Darling?« fragte die Männerstimme aus dem Bett.

Sie blieb in der Badezimmertür stehen und wandte sich zu ihm um. »Mein Mann kommt an«, sagte sie, »und ich muß rechtzeitig auf dem Schiff sein, um mich für die Party umzuziehen.«

»Vielleicht hat sein Flugzeug Verspätung«, sagte der Mann lässig.

»Baydars Flugzeug hat nie Verspätung«, erwiderte sie kurz, ging ins Badezimmer und schloß die Tür hinter sich. Sie beugte sich über das Bidet, drehte die Hähne auf und regelte den Warm- und Kaltwasserzufluß, bis sie die gewünschte Temperatur erreicht hatte. Dann öffnete sie ihre Handtasche, nahm einen Plastikbehälter mit ihrer eigenen Seife heraus, setzte sich rittlings auf das Bidet und begann sich zu waschen. »Eines Tages werde ich mich mal nicht waschen«, dachte sie. »Ich möchte nur wissen, ob er es merkt.«

Sie drückte auf den Abflußknopf, erhob sich und trocknete sich ab, während das Wasser durch den Abfluß gurgelte. Französische Hotelbidets klangen immer gleich, ob in Paris, Cannes oder in der Provinz. Gluck, gluck, Pause, gluck, gluck, gluck. Sie tat etwas Parfüm auf ihre Fingerspitzen und strich damit leicht über den seidenweichen Venusberg. Dann zog sie sich schnell an und verließ das Badezimmer.

Der Mann saß nackt im Bett und folgte ihr mit den Blicken.

»Sehen wir uns nachher bei der Party?« fragte er.

Sie sah ihn verächtlich an. »Du kommst nicht zur Party.«

»Aber warum denn nicht, Darling?« protestierte er. »Ich war die ganze Woche mit dir auf dem Schiff.«

»Eben deshalb«, sagte sie. »Baydar ist kein Dummkopf.«

»Wann sehe ich dich dann wieder?« maulte er wie ein Kind.

Sie zuckte die Achseln. »Das weiß ich nicht.« Sie öffnete ihre Handtasche, zog einen mit Hundertfrancnoten gefüllten Briefumschlag heraus und ließ ihn auf das Bett fallen. »Das dürfte deine Hotelrechnung und deine sonstigen Spesen decken«, sagte sie. »Und es bleibt dir noch etwas als Überbrückung, bis du deine nächste Bekanntschaft machst.«

Die Stimme des Mannes klang beleidigt. »Aber, Darling, glaubst du, es war nur wegen des Geldes?«

Sie lachte. »Hoffentlich nicht. Ich würde nur sehr ungern glauben, daß ich eine so schlechte Geliebte war.«

»Ich werde nie wieder eine Frau finden wie dich«, sagte er traurig.

»Du brauchst nicht lange zu suchen. Es gibt eine Menge unseresgleichen. Und wenn du Referenzen brauchst, sag ihnen, ich hätte gefunden, du seist der Beste.«

Sie war draußen, bevor er noch antworten konnte. Während sie im Korridor auf den Aufzug wartete, blickte sie auf die Uhr. Es war Viertel vor acht. Sie würde gerade genug Zeit haben, um auf dem Schiff ein heißes Bad zu nehmen und sich kurz hinzulegen, bevor sie sich für die Party umzog.

2

Als Jussef aus dem Taxi stieg, erkannte er Jordanas weißen Sportwagen vor dem *Carlton*. Während er zahlte, sah er sich nach ihr um, entdeckte aber nur Guy, ihren Chauffeur, der mit anderen Fahrern plauderte. Er wandte sich um und betrat das Hotel.

Es war der Tag vor der offiziellen Eröffnung des Filmfestivals und der Reklamerummel schon in vollem Gange. Jussef blieb kurz stehen, um sich die Plakate anzusehen. Am auffallendsten war eine riesige Fahne, die quer durch die ganze Halle gespannt war: *Alexander Salkind* präsentiert *Die drei Musketiere*. Langsam las er die Darstellerliste durch: Michael York, Oliver Reed, Richard Chamberlain,

Raquel Welch, Charlton Heston, Faye Dunaway. Wirklich eine Starbesetzung.

Sogar er, Filmfan von Kindheit an, war beeindruckt. Er ging zum Empfang.

Elie, der Empfangschef, verneigte sich lächelnd. »Monsieur Ziad, ich freue mich, Sie wieder hier zu sehen.«

Jussef erwiderte das Lächeln. »Man kommt immer wieder gern hierher, Elie.«

»Und was kann ich für Sie tun, Monsieur Ziad?« fragte der kleine Mann.

»Ich soll Mr. Vincent hier treffen«, antwortete Jussef. »Ist er schon angekommen?«

»Er erwartet Sie in der kleinen Bar«, sagte Elie.

»Danke.« Jussef wollte schon gehen, wandte sich aber nochmals um, als sei ihm etwas eingefallen. »Übrigens, haben Sie Madame Al Fay gesehen?«

Elie schüttelte den Kopf. »Nein«, sagte er ohne Zögern. »Soll ich sie ausrufen lassen?«

»Es ist nicht wichtig«, winkte Jussef ab und begab sich in die kleine Bar neben den Aufzügen.

Elie nahm den Hörer von dem Telefon hinter seinem Pult und flüsterte eine Nummer. Der Liftboy im Abwärtslift meldete sich, hörte zu, hängte ein und sagte zu Jordana: »Monsieur Elie empfiehlt, daß Madame den Aufzug zur Rue de Canada hinaus nehmen. Er hat einen Pagen hingeschickt, um Madame im Zwischenstock abzuholen.«

Jordana sah den Liftboy an; sein Gesicht war ausdruckslos. Der Aufzug hielt bereits im Zwischenstock. Sie nickte. »Danke.« Sie trat hinaus und ging durch den Gang bis zum anderen Ende des Hotels. Elie hatte Wort gehalten und einen Pagen hingeschickt, der sie in dem altmodischen kleinen Kabinenfahrstuhl erwartete, der für besondere Anlässe auf dieser Gebäudeseite verwendet wurde.

Sie verließ das Hotel durch die *Carlton Bar* über die Terrasse und kam über die Einfahrt zum Hoteleingang. Guy, ihr Chauffeur, sah sie und eilte zur Tür des Rolls. Jordana wandte sich um und warf einen Blick in die Halle, bevor sie die Stufen zur Straße hinabging. Durch den Schwarm von Leuten am Empfang hindurch erhaschte sie Elies Blick und nickte zum Dank. Er neigte leicht den Kopf; seine Miene blieb unverändert.

Guy hielt die Wagentur offen, sie stieg ein. Sie wußte nicht, warum Elie sie umdirigiert hatte, aber es genügte, daß er es getan hatte. Der

Empfangschef war wahrscheinlich der klügste Mann an der Côte d'Azur. Und vermutlich der diskreteste.

Die kleine Bar war überfüllt, aber Michael Vincent saß an einem Tisch abseits von allen anderen zwischen Bar und Eingang. Er erhob sich, als Jussef eintrat, und streckte ihm die Hand entgegen.

Jussef ergriff sie. »Entschuldigen Sie meine Verspätung. Der Verkehr auf der Croisette ist mörderisch.«

»Das macht nichts«, antwortete Vincent. Es war erstaunlich, was für eine sanfte Stimme dieser über einsneunzig große Riese hatte. Er wies auf die jungen Damen, die mit ihm am Tisch saßen, und sagte: »Wie Sie sehen, war ich höchst angenehm beschäftigt.«

Jussef lächelte. Er kannte die Mädchen, sie gehörten zu der Gruppe, die er aus Paris mitgebracht hatte. »Suzanne, Monique«, murmelte er und nahm Platz.

Sie erhoben sich sogleich. Sie kannten die Spielregeln: das war eine geschäftliche Zusammenkunft. Sie würden auf ihre Zimmer gehen und sich für die Party bereitmachen.

Der Kellner öffnete rasch die Flasche und reichte ihm ein Glas zum Probieren. Wieder nickte Jussef, und der Kellner sah Michael Vincent fragend an.

»Ich bleibe bei Scotch«, sagte der Regisseur.

Der Kellner füllte Jussefs Glas und verschwand. Jussef hob sein Glas. »Ich hoffe, Sie sind mit Ihrer Unterbringung zufrieden.«

Der große Mann lächelte. »Die beste Suite im Hotel, und Sie fragen, ob ich zufrieden bin? Ich möchte nur wissen, wie Sie das geschafft haben. Als ich vor zwei Wochen anrief, gab es während des Festivals nicht ein freies Zimmer in der Stadt. Aber Sie rufen mich einen Tag davor an, und wie durch Zauberei gibt es plötzlich eine ganze Suite.«

Jussef lächelte geheimnisvoll. »Sagen wir, es fehlt uns nicht ganz an Einfluß.«

»Darauf will ich trinken«, sagte der Amerikaner. Er trank seinen Whisky aus und bestellte mit einem Wink einen zweiten.

»Mr. Al Fay hat mich ersucht, Ihnen für die Mühe zu danken, daß Sie sich freimachen und hierher kommen konnten. Er freut sich sehr auf die Begegnung mit Ihnen.«

»Ganz meinerseits«, entgegnete Vincent, zögerte einen Augenblick und fuhr dann fort: »Ich finde es beinahe zu gut, um wahr zu sein.«

»Was meinen Sie?«

»Das Ganze«, meinte Vincent. »Ich habe über fünf Jahre gebraucht, um das Geld für die Produktion von »Ghandi« aufzutreiben, und nun kommen Sie mit zehn Millionen Dollar und fragen, ob ich geneigt wäre, einen Film über das Leben Mohammeds zu drehen.«

»Für mich ist es nicht überraschend«, sagte Jussef. »Und für Sie wird es das auch nicht sein, wenn Sie Mr. Al Fay kennenlernen. Er ist ein Mann mit großartigem Instinkt. Und nachdem er Ihre Filme über die großen Weltweisen – Moses, Jesus Christus und Ghandi – gesehen hatte, war es ganz natürlich, daß er sich an Sie wandte. Sie sind wahrscheinlich der einzige Mann, der diese großartige Geschichte gestalten kann.«

Der Regisseur nickte. »Es wird Probleme geben.«

»Natürlich«, stimmte Jussef zu, »die gibt es immer.«

Vincent runzelte die Stirn. »Es wird nicht leicht sein, einen solchen Film zu vertreiben. Im Filmgeschäft sitzen viele Juden.«

Jussef lächelte. »Darüber wollen wir uns erst den Kopf zerbrechen, wenn es soweit ist«, sagte er gleichmütig. »Vielleicht wird Mr. Al Fay eine der großen Gesellschaften kaufen und den Film selbst vertreiben.«

Vincent trank wieder einen Schluck Scotch. »Ihr Mr. Al Fay muß ein großartiger Mann sein.«

»Davon sind wir überzeugt«, sagte Jussef ruhig. Er beobachtete den Filmemacher und fragte sich, ob der Mann noch der gleichen Meinung wäre, wenn er wüßte, wie sorgfältig man sich über ihn informiert hatte. Alles, was Vincent seit seiner Kindheit je getrieben hatte, war in einer Akte auf Baydars Schreibtisch festgehalten. Auch nicht ein Bruchteil aus dem Privatleben dieses Mannes war darin ausgelassen. Die Mädchen, die Frauen, das Trinken, sogar seine Mitgliedschaft bei der geheimen John Birch Society und bei anderen leicht antisemitisch gefärbten Gruppen, alles stand darin. Auch eine Analyse darüber, warum er persona non grata in der Filmindustrie war. Antisemitismus ließ sich in einer so sensiblen Industrie wie dem Filmgeschäft schwer verbergen. Sein Film »Ghandi« war schon vor fünf Jahren abgedreht worden, in der westlichen Welt aber noch immer nicht herausgekommen. Und kein einziges neues Projekt hatte sich für den Mann seither verwirklicht. In den letzten Jahren hatte er von Freunden und Versprechungen gelebt. Und von der Whiskyflasche.

Jussef erzählte ihm nicht, daß Baydar bei vielen anderen angefragt hatte, bevor er zu Vincent gekommen war. Aber alle anderen hatten das Angebot abgelehnt. Nicht etwa, weil sie der Ansicht waren, daß der Prophet kein gutes Filmthema abgeben würde, sondern weil sie glaubten, daß ein solcher Film zum momentanen Zeitpunkt eher propagandistisch als philosophisch wirken würde. Sie wußten es alle besser und fürchteten sich vor den Juden; die Juden hatten das Geschäft fest in der Hand, und kein Produzent wollte sie sich zu Gegnern machen.

Er sah auf die Uhr und erhob sich. »Leider muß ich Sie verlassen. Ich habe noch ein paar Geschäfte zu erledigen.«

Vincent warf ihm einen Blick zu. »Natürlich, ich verstehe. Danke für Ihren Besuch.«

»Es war mir ein Vergnügen«, sagte Jussef. »Die Jacht liegt vor dem Hotel. Ab zehn Uhr dreißig warten am Pier des *Carlton* Schnellboote, um die Gäste zum Schiff zu bringen. Sie sind dann jederzeit willkommen.«

Der Kellner brachte die Rechnung. Jussef unterzeichnete sie, Vincent erhob sich. Die Männer schüttelten einander die Hände, und Jussef verließ die Bar. Vincent bestellte noch einen Scotch.

Als Jussef aus dem *Carlton* trat, stellte er fest, daß Jordanas Wagen fort war. Er sah auf seine Armbanduhr: kurz nach acht. Er ging die Stufen hinunter und auf das Hotel *Martinez* zu. Die Neugierigen sammelten sich bereits. In den nächsten Wochen würde es jeden Abend chaotische Szenen geben, wenn die Leute von überallher kamen, um die Berühmtheiten und Filmstars anzugaffen. Er schritt schnell und ohne nach links oder rechts zu schauen durch die Menge. Es blieb ihm noch mindestens eine Stunde Zeit, bevor er zum Schiff zurück mußte, um Baydar zu treffen.

Die Halle des *Martinez* war nicht so überfüllt wie die des *Carlton*. Er ging direkt zum Lift und fuhr zum Dachgeschoß. Dort stieg er aus, eilte den Gang entlang zur Penthouse-Suite am anderen Ende und drückte auf den Klingelknopf; im Inneren schlug leise die Glocke an. Er wartete eine Weile, dann drückte er wieder ungeduldig auf den Knopf.

Durch die verschlossene Tür drang eine heisere Stimme: *»Qui est la?«*

»C'est moi. Ouvre la porte.«

Man hörte, wie die Kette abgenommen wurde, dann ging die Tür auf, ein großer, blonder junger Mann erschien und sah Jussef mürrisch an. »Du kommst spät«, sagte er vorwurfsvoll. »Du wolltest schon vor einer Stunde hier sein.«

»Ich sagte dir ja, ich habe zu tun«, erklärte Jussef und trat an ihm vorbei in die Suite. »Ich muß nämlich arbeiten, um Geld zu verdienen, verstehst du.«

»Du lügst!« Der junge Mann sprach böse, als er die Tür schloß. »Du warst bei Patrick.«

»Ich hab dir doch gesagt, Patrick ist in Paris«, widersprach Jussef. »Ich wollte ihn nicht hier haben.«

»Er ist hier«, sagte der blonde junge Mann kurz. »Ich habe ihn heute nachmittag am Strand gesehen. Zusammen mit dem Engländer dem die Kaufhäuser gehören.«

Jussef schwieg; er versuchte, den Zorn, der in ihm kochte, zu beherrschen. Er hatte Patrick ausdrücklich befohlen, im Hotel zu bleiben und sich nicht vor morgen sehen zu lassen. »Der Scheißkerl!« fluchte er. »Den werde ich mir vornehmen, wenn ich ihn sehe!«

Er ging quer durch den Raum zu dem Tisch, auf dem die Flaschen standen, unter anderem auch eine geöffnete Flasche Dom Pérignon in einem Eiskübel. Er goß sich ein Glas ein und wandte sich an den jungen Mann. »Möchtest du Champagner, Darling?«

»Nein.« Der junge Mann war schlechter Laune.

»Hör mal, Jacques«, sagte Jussef versöhnlich, »sei doch nicht so! Du weißt, welche Pläne ich für dich habe.«

Zum erstenmal, seit er eingetreten war, blickte Jacques ihn an. »Wann werde ich sie kennenlernen?« fragte er.

»Heute abend. Auf der Jacht«, sagte Jussef. »Ich habe alles vorbereitet.«

»Gehe ich mit dir?« fragte Jacques.

Jussef schüttelte den Kopf. »Nein. Du kennst mich gar nicht. Wenn sie ahnte, daß wir befreundet sind, hättest du keine Chance. Ich habe es so eingerichtet, daß du Prinzessin Mara zur Party begleitest. Sie wird dich der Gastgeberin vorstellen.«

»Warum Mara?« wiedersprach Jacques. »Du weißt doch, ich mag sie nicht.«

»Weil sie tun wird, was ich sage«, antwortete Jussef entschieden. »Sie wird Jordana irgendwann am Abend erzählen, wie großartig du im Bett bist und was für einen herrlichen Schwanz du hast.«

Jacques blickte ihn an. »Und daraufhin wird sich die Dame in mich verlieben?«

»Nein«, sagte Jussef, »das hängt von dir ab. Aber Jordana ist noch immer Amerikanerin genug, um sich davon beeindrucken zu lassen, wenn eine so erfahrene Frau wie Mara dich empfiehlt. Außerdem ist Jordana schwanztoll.«

Der jüngere Mann schwieg, als er zum Tisch hinüberging und sich nun doch ein Glas Champagner einschenkte. »Hoffentlich hast du recht«, meinte er dann und trank einen Schluck. »Was aber, wenn sie sich für einen anderen interessiert?«

»Es gab da jemand«, sagte Jussef, »das habe ich von der Besatzung der Jacht erfahren. Aber wie ich Jordana kenne, hat sie ihm den Laufpaß gegeben, denn sie wünscht keine Komplikationen, wenn ihr Mann in der Nähe ist.«

»Und wenn ich ihr nicht gefalle?«

Jussef lächelte und stellte sein Glas hin. Er ging zu dem jungen Mann hinüber und zog an der Kordel, die seinen Bademantel zusammenhielt. Der Mantel öffnete sich. Jussef nahm Jacques' Penis in die Hand und streichelte ihn sanft. »Herrliche fünfundzwanzig Zentimeter«, murmelte er. »Wie sollte ihr das nicht gefallen?«

3

Der Fernschreiber begann zu rattern, sobald das Flugzeug am westlichen Ende des Flugplatzes bei den Lagerhäusern hielt. Dick Carriage löste seinen Sicherheitsgurt und ging zu dem Apparat. Er wartete, bis das Rattern aufhörte, dann riß er die Meldung ab, setzte sich an den Schreibtisch und schlug das Codebuch auf, das er immer bei sich trug.

Baydar warf ihm einen Blick zu, wandte sich dann aber wieder den beiden Mädchen zu. Sie hatten ihre Sicherheitsgurte bereits geöffnet und erhoben sich. Er stand gleichzeitig mit ihnen auf und sagte lächelnd: »Ich hoffe, euer Aufenthalt an der Côte wird euch gefallen.«

Die Blonde erwiderte sein Lächeln. »Wir sind schon ganz aufgeregt. Für uns ist es das erste Mal. Nur schade, daß wir Sie nicht sehen werden!«

Er machte eine vage Handbewegung. »Geschäfte, immer Geschäfte.« Seine Gedanken waren bei dem Fernschreiben; es mußte wichtig sein, wenn der Apparat am Wochenende arbeitete. »Aber wenn ihr etwas braucht, wendet euch nur an Carriage; er wird sich darum kümmern.«

»Das werden wir tun«, sagte die Dunkelhaarige. Sie streckte ihm höflich die Hand entgegen. »Vielen Dank für den schönen Trip.«

Die Blonde lachte. »Es war ein wirklicher Trip.«

Baydar stimmte in ihr Lachen ein. »Danke fürs Mitkommen.«

Raoul trat heran. »Der Wagen für die Damen wartet am Eingang.«

Baydar sah den Mädchen nach, die dem Steward zum Ausgang folgten, und wandte sich dann wieder an Carriage. Der junge Mann hatte gerade die Meldung dechiffriert, riß sie vom Block und reichte sie Baydar.

ZEHN MILLIONEN PFUND STERLING GEMÄSS VEREINBARUNG AN IHR KONTO BANQUE DE SYRIE GENF ÜBERWIESEN. FÜR WEITERE EINZELHEITEN KONTAKTAUFNAHME MIT ALI JASFIR MIRAMAR HOTEL CANNES
(UNTERSCHRIFT) ABU SAAD

Baydar las die Meldung teilnahmslos und zerriß sie dann sorgfältig. Carriage tat das gleiche mit dem Fernschreiben und sammelte die Fetzen in einem Umschlag. Er ging zurück zum Schreibtisch und zog darunter etwas hervor, das aussah wie ein gewöhnlicher Papierkorb mit einem geschlitzten Deckel. Er öffnete den Behälter, warf das Papier hinein, schloß ihn wieder und drückte auf ein Knöpfchen an der Seite. Der Knopf glühte rot auf und wurde nach einer Weile wieder schwarz. Er hob den Deckel und schaute nach. Von dem Papier war nur noch gekräuselte Asche übrig. Zufrieden nickte er und ging zurück zu Baydar.

»Wann wollen Sie Mr. Jasfir sprechen?« fragte er.

»Heute abend. Laden Sie ihn zu der Party ein.«

Carriage nickte und ging wieder zu seinem Schreibtisch. Baydar lehnte sich nachdenklich in seinem Stuhl zurück. Immer war es so. Wie sorgfältig er auch seinen Urlaub planen mochte, stets kam etwas dazwischen. Aber das hier war wichtig und durfte nicht vernachlässigt werden. Abu Saad war der Finanzbevollmächtigte der Al-Iquah, einer der mächtigsten Splittergruppen der Fedajin, und die Summen, die durch seine Hände gingen, waren astronomisch. Es waren Beträge von den Herrschern der reichen Ölscheichtümer und -königreiche wie Kuwait, Dubai und Saudi-Arabien, die darauf bedacht waren, ihr Image in der mohammedanischen Welt aufrechtzuerhalten. Und mit typisch nahöstlicher Vorsicht wurde ein Teil dieses Geldes in Investitionen und Depots beiseitegeschafft, für den Fall, daß die Bewegung Schiffbruch erleiden sollte. Kaum mehr als fünfzig Prozent der erhaltenen Gesamtsumme kam wirklich dem Befreiungskampf zugute.

Baydar seufzte leise. Allahs Wege waren seltsam. Für die arabische Welt war Freiheit stets ein flüchtiger Traum gewesen. Vielleicht stand geschrieben, daß es immer so bleiben sollte. Gewiß gab es Menschen wie ihn selbst, denen er zulächelte, für die anderen jedoch blieb nur das Ringen um die blanke Existenz. Aber die Pforten des Paradieses waren allen geöffnet, die da glaubten; eines Tages würden sie zu diesen Pforten gelangen. Vielleicht.

Er erhob sich und ging zum Schreibtisch. »Geben Sie mir das Halsband aus dem Tresor«, sagte er zu Carriage. Er schob das samtbezogene Etui in seine Jackentasche und ging zur Flugzeugtür. »Wir sehen uns um elf Uhr auf der Jacht«, warf er über die Schulter Carriage noch zu.

Der nickte. »Ja, Sir.«

Dschabir erwartete ihn am Fuß der Rampe. »Der Wagen steht bereit, Herr, um Euch zum Schnellboot zu bringen.«

Der große schwarze Rolls parkte neben dem Flugzeug. Raoul stand davor und sprach mit einem Mann in der Uniform des französischen Zolls. Der Beamte berührte halb salutierend seine Mütze.

»Avez-vous quelque chose à déclarer, Monsieur?«

Baydar schüttelte den Kopf. »Nein.«

Der Zollbeamte lächelte. »Merci, Monsieur.«

Baydar stieg in den Wagen. Dschabir schloß die Tür hinter ihm und setzte sich neben den Fahrer. Der Motor sprang an, und der Wagen machte eine Kurve, um zum westlichen Ende des Flugplatzes zu gelangen.

Dort lag die *San Marco* an dem klapprigen alten Pier vertäut. Zwei Matrosen und der Erste Offizier der Jacht erwarteten ihn. Der Erste Offizier salutierte, als Baydar ausstieg. »Willkommen, Mr. Al Fay.«

Baydar lächelte. »Danke, John.«

Ein Matrose half ihm in das Boot hinunter, Dschabir folgte ihm. Baydar ging nach vorn und trat ans Ruder.

Der Erste Offizier reichte ihm einen gelben Regenmantel und eine Mütze. »Ihr Wetterzeug, Sir. Wir haben etwas Wind, und unser Baby hier schleudert die Gischt ganz hübsch hoch.«

Baydar ließ sich schweigend in den Mantel helfen. Auch Dschabir und die Matrosen zogen Wetterkleidung über. Baydar drückte den Starterknopf. Der Motor sprang mit einem Getöse an, das die nächtliche Stille zerriß. Baydar warf über die Schulter einen Blick nach achtern. »Leinen los!«

Der Matrose nickte, ließ die Achterleine los. Sie löste sich vom Pfosten wie eine sich windende Schlange. Der Matrose stieß das Boot vom Pier ab. »Alles klar, Sir«, rief er und schoß die Leine auf.

Baydar ließ die Kupplung los, und das mächtige Schnellboot bewegte sich langsam vorwärts. Baydar gab vorsichtig Gas und steuerte auf das offene Meer hinaus. Das Boot glitt mühelos durchs Wasser. Baydar setzte sich und schnallte sich an.

»Schnallt euch gut an«, rief er. »Ich drehe jetzt auf.«

Hinter ihm war Bewegung zu hören, dann übertönte die Stimme

des Ersten Offiziers den Motorlärm. »Alles klar, Sir.«

Baydar drehte den Gashebel voll auf. Das Boot schien sich mit einem einzigen plötzlichen Ruck aus dem Wasser zu heben, und die Gischt wurde vom Bug in einem leuchtenden Bogen hoch über ihre Köpfe geschleudert. Der Wind peitschte Baydars Gesicht, der die Zähne zu einer Grimasse entblößte und den Atem anhielt. Ein Blick aufs Log zeigte ihm, daß sie bereits vierzig Knoten machten. Fast hätte er laut aufgelacht, als er das Ruder sanft drehte und das Boot auf Cannes zuraste. Die Kraft von dreihundertzwanzig Pferden lag in seinen Fingerspitzen, während ihm Wind und Wasser ins Gesicht schlugen. Irgendwie war das noch schöner als Sex.

In Ali Jasfirs Apartment klingelte das Telefon. Der schwammige Libanese hob den Hörer ab. »Jasfir.«

Eine amerikanische Stimme schnarrte in sein Ohr. Er lauschte eine Weile und nickte. »Ja, gewiß. Es wird mir ein Vergnügen sein. Ich freue mich darauf, Seine Exzellenz kennenzulernen.« Er legte den Hörer auf und watschelte zurück zu seinen Freunden.

»Es ist soweit«, verkündete er befriedigt. »Wir treffen uns heute abend auf seiner Jacht.«

»Das ist gut für dich«, sagte der schlanke, dunkelhaarige Franzose auf dem Diwan, »aber es löst noch nicht unser Problem.«

»Pierre hat recht«, stimmte ihm Tony, der Amerikaner in dem bunten Sporthemd, zu. »Meine Kontaktleute in Amerika haben ein größeres Problem.«

Ali Jasfir nickte. »Das verstehen wir, und wir tun auch unser Möglichstes, um es zu lösen.«

»Ihr tut es nicht schnell genug«, antwortete der Amerikaner. »Wir werden das Geschäft mit anderen Lieferanten machen müssen.«

»Verdammt!« meinte Pierre. »Gerade jetzt, wo die Labors so gut arbeiten.«

»Und reichlich Rohmaterial da ist«, fügte Ali hinzu. »Die Bauern haben geliefert, die Ernte war gut. Es gab keinerlei Zwischenfälle bei der Anlieferung. Aber mir scheint, daß sich der Ausfall durch die Lücke in deinem Verteilersystem jetzt auch auf uns auswirkt, Pierre. Die letzten beiden Sendungen aus Frankreich sind in den Vereinigten Staaten abgefangen worden.«

Das Gesicht des Amerikaners wurde hart. »Die durchlässigen Stellen sind hier, sonst hätten die Feds nie Wind davon bekommen. Wir werden einen anderen Weg für die Einfuhr finden müssen.«

»Über Südamerika«, schlug der Franzose vor.

»Geht nicht«, erwiderte Tony kurz. »Das haben wir bereits versucht und sind aufgeflogen. Wenn das Loch hier ist, wird die Sache schwierig.«

»Die undichte Stelle muß in eurer Organisation sein«, sagte Ali mit einem Blick auf den Franzosen.

»Unmöglich«, entgegnete der. »Jeder, der für uns arbeitet, wurde auf Herz und Nieren geprüft.«

»Wahrscheinlich bleibt uns gar keine Wahl«, sagte Ali. »Wir können eure Operation nicht weiter finanzieren, wenn die Ware nicht auf den Markt gelangt.«

Der Franzose schwieg nachdenklich. »Wir wollen nichts überstürzen«, meinte er schließlich. »Diese Woche geht wieder eine Ladung ab. Warten wir ab, was damit geschieht.«

Ali Jasfir sah fragend den Amerikaner an. Der nickte. Ali wandte sich abschließend an den Franzosen. *»D'accord,* Pierre.«

Nachdem der Franzose gegangen war, fragte Tony: »Was meinst du, Ali?«

Ali zuckte die Achseln. »Da wird keiner mehr klug daraus.«

»Möglich, daß er uns hintergeht«, sagte Tony. »An der Westküste kommt das Zeug immer noch ungehindert rein. Wir zahlen dem Mob dort Prämien, um gerade noch genug zu kriegen, daß wir im Geschäft bleiben können.«

»Kriegen die ihre Ware aus Indochina?« fragte Ali.

Tony nickte. »Und wesentlich billiger als wir.«

Ali schüttelte den Kopf. »Mit gutem Grund. Unsere Kosten wären auch niedriger, wenn wir von der CIA finanziert würden.«

»Das ist nur ein Teil des Problems«, sagte Tony. »Die heiße Ware in den Staaten heute ist Kokain. Und da sind wir schwach.«

»Mit der Frage haben wir uns schon beschäftigt«, warf Ali ein. »Ich habe Verbindungen in Bogotà und fliege nächste Woche selbst hin.«

»Die Jungs werden erfreut sein, das zu hören. Wir bleiben lieber mit euch im Geschäft, als uns nach einem neuen Partner umzusehen.«

Ali stand auf. Das Gespräch war beendet. »Wir werden noch lange miteinander im Geschäft bleiben.«

Er begleitete den Amerikaner zur Tür. Sie schüttelten einander die Hände. »Wir treffen uns Anfang nächsten Monats in New York.«

»Hoffentlich hat sich die Lage bis dahin gebessert.«

»Davon bin ich überzeugt«, antwortete Ali. Er schloß die Tür hinter dem Mann und legte Riegel und Kette vor. Dann eilte er ins Badezimmer, wo er sich umständlich die Hände wusch und trocknete. Als er damit fertig war, ging er zum Schlafzimmer und klopfte leise an die Tür.

Sie öffnete sich, und ein junges Mädchen stand im Türrahmen. Ihre olivfarbene Haut, die dunklen Augen und das lange schwarze Haar paßten nicht recht zu den Jeans und dem poppigen Hemd. »Ist die Besprechung beendet?« fragte sie.

Er nickte. »Möchtest du etwas Kaltes trinken?«

»Hast du eine Cola?«

»Gewiß«, sagte er, ging in die Küche und holte Coca-Cola aus dem Kühlschrank. Er füllte ein Glas und reichte es ihr.

Sie trank in großen Schlucken. »Wann fliegen wir ab?« fragte sie.

»Ich habe Plätze für den morgigen Flug nach Beirut gebucht«, antwortete er. »Aber vielleicht kommt es zu einer Verzögerung.«

Sie sah ihn fragend an.

Er erwiderte ihren Blick fest. »Ich bin heute abend mit deinem Vater verabredet.«

Sie erschrak. »Du wirst mich doch nicht verraten?« Sie stellte das Glas hin. »Du hast mir versprochen, daß er es nicht erfährt. Sonst wäre ich nicht aus der Schweizer Schule abgehauen.«

»Das heute abend hat mit dir gar nichts zu tun«, beruhigte er sie. »Dein Vater hat keine Ahnung. Wir haben geschäftlich miteinander zu reden.«

»Geschäftlich? Wieso?« fragte sie argwöhnisch.

»Dein Vater macht viele Investitionen für uns. Er hat Zutritt in Kreise, in die wir sonst nicht eindringen könnten. Er kann auch Nachschub und Material besorgen, an die wir nicht herankommen.«

»Weiß er, daß es für unsere Sache ist?«

»Ja.«

Ihr Gesicht bekam einen seltsamen Ausdruck.

»Er sympathisiert mit uns«, sagte er hastig.

»Ich traue ihm nicht!« erwiderte sie heftig. »Mein Vater sympathisiert nur mit Geld und Macht. Menschliches Leid und Gerechtigkeit bedeuten ihm nichts.«

»Dein Vater ist Araber«, sagte er steif.

Sie starrte ihn an. »Das ist nicht wahr! Er ist mehr Abendländer als Araber. Sonst hätte er sich nicht von meiner Mutter scheiden lassen, um diese Frau zu heiraten! Mit dem Geschäft ist es ebenso. Wieviel Zeit verbringt er bei seinem Volk, in seinem Vaterland? Zwei Wochen im Jahr? Es würde mich nicht wundern zu entdecken, daß er sogar mit den Israelis Geschäfte macht. Viele seiner westlichen Freunde sind Juden.«

»Dein Vater hat auf seine Weise viel für unsere Sache getan.« Ali sah sich plötzlich einen Mann verteidigen, den er gar nicht kannte. »Unser Kampf kann nicht von Soldaten allein gewonnen werden.«

»Unser Kampf wird von Männern gewonnen werden, die bereit sind, ihr Blut zu vergießen und ihr Leben hinzugeben, nicht von solchen wie mein Vater, die nur an Profit denken.« Zornig stapfte sie zurück ins Schlafzimmer und schlug die Tür hinter sich zu.

Er klopfte an die Tür. »Leila«, sagte er versöhnlich. »Soll ich dir etwas zu essen bestellen?«

»Hau ab, laß mich in Ruhe. Ich bin nicht hungrig!« Ersticktes Schluchzen war durch die geschlossene Tür zu vernehmen.

Eine Weile blieb er unschlüssig stehen, dann ging er in sein Schlafzimmer, um sich zum Abendessen umzuziehen. Die Jugend war voller Ideale. Für sie war alles schwarz oder weiß. Zwischentöne gab es für sie nicht, nur gut oder schlecht.

Aber es war nicht seine Aufgabe zu urteilen. Man führte keinen politischen Kampf einzig mit Idealen. Die Jungen wußten nicht, daß man Geld brauchte, um etwas zu erreichen. Geld, um ihre Uniformen zu kaufen, um ihnen Gewehre, Waffen und Ausbildung zur Verfügung zu stellen. Moderne Kriegsführung, auch Guerillakrieg, war kostspielig. Und das war der wahre Grund, warum man so viel Zeit darauf verwendet hatte, Leila zu indoktrinieren. Man hatte ihren Groll gegen ihren Vater benutzt, bis sie soweit war, sich auch physisch an die Fedajin zu binden. Es ging gar nicht darum, was sie selbst zu bieten hatte; es gab genug andere Mädchen, die ebensoviel leisten konnten wie Leila.

Aber keine von ihnen hatte einen Vater, der zu den reichsten Männern der Welt gehörte. Ali seufzte tief. Übermorgen würde sie in ein Trainingslager in den libanesischen Bergen verschwinden. War sie erst einmal dort und unter ihrer Kontrolle, würde Baydar Al Fay für einige Pläne, die er bereits abgelehnt hatte, vielleicht zugänglicher werden. Leila dürfte eine stärkere Waffe sein als ein Revolver in seinem Genick.

4

»Ihr Anruf in die Staaten, Mr. Carriage«, sagte die Hoteltelefonistin auf englisch.

»Danke«, erwiderte Dick. Es summte und krachte in der Leitung, dann ertönte eine Stimme. »Hallo«, sagte Dick.

Wieder knackte es mehrmals, dann kam ein Summgeräusch. »Hallo, hallo«, rief er ungeduldig. Plötzlich wurde die Leitung klar, und die Stimme seiner Frau kam durch. »Hallo, Margery«, rief er.

»Richard?« fragte sie.

»Natürlich Richard«, knurrte er seltsam ärgerlich. »Wer denn sonst?«

»Deine Stimme klingt so weit entfernt.«

»Ich bin auch weit entfernt; in Cannes.«

»Was machst du dort?« fragte sie. »Ich dachte, du arbeitest.«

»Mein Gott, Margery, ich arbeite ja. Ich sagte dir doch, der Boss will hier den Geburtstag seiner Frau verbringen.«

»Wessen Geburtstag?«

»Seiner Frau«, schrie er. »Ach, laß das doch, Margery. Wie geht es den Kindern?«

»Sehr gut, nur Tommy ist erkältet. Ich habe ihn heute zu Hause behalten. Wann kommst du heim?«

»Ich weiß nicht. Der Boss hat eine Menge Dinge vor.«

»Du sagtest aber doch, diesmal sei es nur für drei Wochen.«

»Es hat sich allerhand ergeben, es ist nicht meine Schuld.«

»Als du noch bei Aramco warst, ging es uns besser. Da bist du wenigstens jeden Abend heimgekommen.«

»Ich habe eine Menge weniger Geld verdient. Zwölftausend im Jahr statt vierzig.«

»Aber du fehlst mir«, jammerte sie, Tränen in der Stimme.

Er wurde weich. »Du fehlst mir auch, Liebling. Und die Kinder.«

»Richard?«

»Ja, Liebling?«

»Geht es dir gut?«

»Ausgezeichnet«, sagte er.

»Ich mache mir dauernd Sorgen. Ich habe den Eindruck, du fliegst ständig, du bist nie lang genug an einem Ort, um dich richtig auszuruhen.«

»Ich hab gelernt, im Flugzeug zu schlafen«, log er. »Mir geht's prima.« Er griff mit der freien Hand nach einer Zigarette und zündete sie an. »Wir bleiben auf jeden Fall bis Mittwoch hier. Bis dahin kann ich mich erholen.«

»Das freut mich«, sagte sie. »Kommst du bald nach Hause?«

»Sobald ich kann.«

»Ich liebe dich, Richard.«

»Ich dich auch. Und gib den Kindern einen dicken Kuß von mir.«

»Das tu ich«, sagte sie. »Lebwohl.«

»Leb wohl, mein Liebe.« Er legte den Hörer auf und nahm einen langen Zug aus der Zigarette. Er sah sich im Hotelzimmer um; es erschien ihm seltsam leer und nüchtern. Hotelzimmer waren überall in der Welt gleich. Sie waren so entworfen, daß man sich darin nicht zu Hause fühlen konnte.

Wäre er nur wie Baydar veranlagt! Der schien sich überall, wo er hinkam, wohl zu fühlen. Fremde Räume und fremde Orte bedrückten ihn überhaupt nicht. Natürlich hatte er in den wichtigsten Großstädten ein Haus oder eine Wohnung: in New York, Los Angeles, San Francisco, London, Genf, Beirut, Teheran. Aber auch wenn er im Hotel wohnte, wußte er ein Zimmer so umzuändern, daß es zu seinem Stil paßte.

Vielleicht deshalb, weil er sein ganzes Leben im Ausland verbracht hatte. Sein Vater hatte ihn nach England zur Schule geschickt, dann in die Staaten aufs College, zuerst auf die Harvard Business School, später nach Stanford. Sein Leben war schon vor seiner Geburt genau geplant worden. Als Vetter des regierenden Emirs und einzigem männlichen Erben der Familie wurden ihm natürlich alle geschäftlichen Angelegenheiten anvertraut. Mit wachsender Ölproduktion war immer mehr Geld in ihre Schatzkammern geflossen. Und die Investitionen dieser Riesensummen wurden Baydar übertragen, weil man sich nicht entschließen konnte, Leuten aus dem Westen zu vertrauen. Abgesehen von den trennenden Unterschieden in Philosophie und Religion hatte auch eine allzu lange Geschichte kolonialer Unterdrückung das Ihre zu diesem Mißtrauen beigetragen. Bereits reich, als er begann, war Baydar noch reicher geworden. Allein sein Jahreseinkommen an Provisionen überstieg bereits fünf Millionen Dollar, und er kontrollierte einen internationalen Investmentfond von mehr als fünfhundert Millionen Dollar. Interessant war daran, daß er seine Geschäfte ohne festgefügte Organisation abwickelte. In jedem Land gab es eine kleine Gruppe von Angestellten, die ihm unmittelbar unterstanden. Aber alle endgültigen Entscheidungen traf er selbst. Er allein wußte, wie alles funktionierte und zusammenhing. Dick begann erst jetzt, nach zwei Jahren, den Umfang der Geschäftstätigkeit zu ermessen, mußte aber immer noch feststellen, daß jeder Tag neue, für ihn überraschende Entwicklungen bringen konnte.

Daß Baydar möglicherweise mit Al-Iquah zu tun hatte, merkte er zum erstenmal, als er das Fernschreiben Abu Saads, des Finanzvertreters der Gruppe, sah. Carriage hatte immer geglaubt, daß Baydar mit seinen konservativen Grundsätzen die Aktionen der Fedajin ablehnte und eher schädlich als nützlich für die arabische Sache erachtete. Trotzdem schien er mit ihnen Geschäfte zu machen. Carriage war intelligent genug, um zu wissen, daß es dafür einen Grund geben mußte. Irgend etwas war im Gange, wovon nur Baydar wußte. Was mochte es bloß sein? Es war zwecklos, daran herumzurätseln. Er würde es sowieso erst erfahren, sobald Baydar darüber sprach.

Carriage warf einen Blick auf seine Armbanduhr. Es war fast zehn Uhr. Zeit sich anzuziehen und auf die Jacht zu fahren. Baydar wußte ihn gern in der Nähe, wenn Geschäfte besprochen wurden.

Baydar blieb an der Verbindungstür zwischen seiner und Jordanas Privatkabine stehen. Er überlegte eine Weile, dann ging er zurück zu seinem Ankleidetisch und griff nach dem samtüberzogenen Schmucketui. Seine Pantoffeln glitten lautlos über den dicken Teppich. Nur das Rascheln seiner glänzenden Baumwolldschellaba war zu hören, als er ihre Kabine betrat.

Der Raum lag, abgesehen von dem durch die offene Tür einfallenden Licht, in völligem Dunkel. Ihre zusammengerollte Gestalt zeichnete sich unter den Leintüchern ab. Leise schloß er die Tür, ging zum Bett und setzte sich. Sie regte sich nicht.

Nach einer Weile sagte er: »Jordana.«

Kein Zeichen verriet, daß sie ihn gehört hatte.

»Bist du wach?« flüsterte er.

Keine Antwort. Er beugte sich vor und legte das Schmucketui auf das Kissen neben ihren Kopf, dann stand er auf und ging zur Tür. Als er nach der Klinke griff, flammte plötzlich das Licht auf. Er blinzelte und drehte sich um.

Sie saß aufrecht im Bett, das lange blonde Haar bedeckte ihre weißen Schultern und die vollen Brüste mit den rosa Spitzen. Sie sah ihn schweigend an.

»Ich dachte, du wärst eingeschlafen«, sagte er.

»War ich auch«, antwortete sie. »Hattest du einen guten Flug?«

Er nickte. »Ja.«

»Die Kinder werden sich freuen, dich zu sehen«, sagte sie. »Wirst du diesmal ein wenig Zeit für sie haben?«

»Ich habe vor, bis Mittwoch hierzubleiben«, sagte er. »Vielleicht könnten wir morgen mit ihnen nach Capri fahren und einige Tage dort bleiben.«

»Das würde ihnen gefallen.« Sie schlug die Leintücher zurück, stieg aus dem Bett und nahm den Morgenrock, der auf einem Stuhl lag. Im Spiegel am anderen Kabinenende sah sie, daß er sie beobachtete. »Ich muß mich für die Party anziehen«, sagte sie, schlüpfte in den Morgenrock und wandte sich ihm zu.

Er antwortete nicht.

»Du solltest dich auch anziehen.«

»Mach ich«, sagte er.

Er sah ihr nach, wie sie ins Badezimmer ging und hinter sich die Tür schloß. Das schwarze Samtetui lag immer noch auf dem Kissen; sie hatte es nicht einmal bemerkt.

Er nahm es an sich und ging ruhig zurück in seine Kabine. Er klingelte nach Dschabir.

Der Diener erschien sofort. »Ja, Herr?«

Baydar reichte ihm das Schmucketui. »Der Kapitän soll das in den Tresor schließen. Wir bringen es morgen zurück.«

»Ja, Herr«, antwortete der Diener und schob das Etui in seine Tasche. »Ich habe den blauen Shantungsmoking heute herausgelegt. Ist das richtig?«

Baydar nickte. »Ausgezeichnet.«

»Danke«, sagte Dschabir, verneigte sich und ging.

Baydar starrte auf die Tür, die der Diener hinter sich geschlossen hatte. Es war unmöglich. Sie mußte das schwarze Etui auf dem Kissen neben sich gesehen haben. Sie hatte es absichtlich ignoriert.

Er wandte sich abrupt um und ging wieder in ihre Kabine. Sie saß vor ihrem Toilettentisch und schaute in den Spiegel. Sie sah sein Spiegelbild und drehte sich nach ihm um.

Seine flache Hand schlug ihr ins Gesicht. Sie stürzte vom Stuhl auf den Boden, und ihr Arm fegte dabei Parfüm und verschiedene Kosmetikfläschchen vom Toilettentisch. Sie starrte mit aufgerissenen, mehr überraschten als erschreckten Augen zu ihm hoch. Als sie ihre Wange betastete, konnte sie fast den Abdruck seiner Hand spüren. Sie machte keinerlei Anstalten aufzustehen. »Das war dumm von dir«, sagte sie beinahe unpersönlich. »Jetzt werde ich nicht zu meiner eigenen Geburtstagsparty gehen können.«

»Du wirst zu der Party gehen«, sagte er grimmig, »und wenn du einen Schleier tragen mußt wie alle anständigen Moslemfrauen.«

Ihre Augen folgten ihm, als er zurück zur Tür ging. Er blieb stehen und blickte auf sie herunter. »Alles Gute zum Geburtstag«, sagte er und schloß die Tür hinter sich.

Dick befand sich in der Nähe der Bar und blickte zu seinem Arbeitgeber hinüber. Baydar stand mit Jussef und mehreren Leuten beisammen und hörte auf seine ruhige Art aufmerksam zu, wie Jussef eine seiner endlosen Geschichten erzählte. Dick sah auf die Uhr: beinahe eins. Falls Baydar beunruhigt war, daß Jordana immer noch nicht erschien, ließ er sich nichts davon anmerken.

Die Musik tönte aus den Lautsprechern, die über den Markisen des Sonnendecks angebracht waren. Mehrere Paare tanzten, ihre Körper bewegten sich geschmeidig im Schein der verschwenderisch aufgehängten Lampen. Andere Paare saßen auf den Bänken an der Reling oder an Cocktailtischchen rund um die Tanzfläche. Das Büfet war unten im Hauptdeck aufgebaut, aber Baydar hatte noch nicht das Zeichen zum Essen gegeben.

Ali Jasfir kam auf Dick zu. Trotz des kühlen Abends glänzte das Gesicht des fetten Libanesen vor Schweiß. »Ein schönes Schiff«, sagte er. »Wie lang ist es?«

»Fünfundfünfzig Meter«, sagte Dick.

Jasfir nickte. »Es wirkt größer.« Er blickte über das Deck zu Baydar hin. »Unser Gastgeber scheint sich gut zu unterhalten.«

Carriage lächelte. »Das tut er immer. Ich kenne niemanden, der Geschäft und Vergnügen so gut zu verbinden versteht wie er.«

»Anscheinend kommt das Vergnügen an erster Stelle«, bemerkte Jasfir mit leiser Mißbilligung.

»Heute ist schließlich Madames Geburtstag«, erwiderte Carriage höflich, aber kühl. »Außerdem erwartete er nicht, auf dieser Fahrt Geschäfte zu besprechen.«

Jasfir nahm die versteckte Abfuhr kommentarlos hin. »Ich habe die Dame noch nicht kennengelernt.«

Carriage gestattete sich ein Lächeln. »Es ist ihr Geburtstag, und Sie wissen ja, wie Frauen sind. Vielleicht plant sie einen großen Auftritt.«

Jasfir nickte würdevoll. »Westliche Frauen sind ganz anders als arabische. Sie nehmen sich Freiheiten heraus, von denen unsere Frauen nicht einmal träumen würden. Meine Frau . . .« Er brach ab und starrte zur Treppe, die vom unteren Deck heraufführte.

Carriage folgte seinem Blick. Jordana war soeben erschienen. Sämtliche Unterhaltungen verstummten. Nur die Musik dröhnte von oben her und ging plötzlich in die wilden Klänge von *Misirlou* über.

Auf ihrem Weg zur Mitte der Tanzfläche schien Jordana wie von Licht umhüllt. Sie war wie eine orientalischeTänzerin gekleidet. Ein Büstenhalter aus gehämmertem Gold bedeckte ihre Brüste, sonst war sie nackt bis zu dem juwelenbesetzten Band, das verschiedenfarbige Chiffonbahnen zusammenhielt, die wie ein Rock wirkten. Auf dem Kopf trug sie ein Diadem, und ihr langes blondes Haar floß über ihre Schultern. Ein seidener Schleier verdeckte ihr Gesicht, so daß nur ihre verführerischen Augen sichtbar waren. Sie hob die Hände über den Kopf und blieb eine Weile reglos stehen.

Carriage hörte, wie der Libanese den Atem anhielt. Jordana hatte noch nie so schön ausgesehen. Jede Linie ihres herrlichen Körpers war zu sehen. Langsam begann sie sich zur Musik zu bewegen.

Zuerst nahmen die Fingerzimbeln an ihren Händen den Rhythmus auf, dann, als der Beat deutlicher wurde, begann sie zu tanzen. Carriage hatte schon viele Bauchtänzerinnen gesehen. Er stammte aus einer Familie aus dem Mittleren Osten und kannte den Tanz seit seiner Kindheit. Aber eine solche Vorführung hatte er noch nie erlebt.

Das war der Gipfel der Sexualität. Jede Bewegung Jordanas brachte Erinnerungen an die vielen Frauen zurück, die er gekannt hatte, und alle waren in der Erotik ihres Tanzes vereinigt. Er riß seine Augen von ihr los und beobachtete seine Umgebung.

Sie spürten es alle, die Frauen und die Männer in gleicher Weise. Ihre Leidenschaft und Begierden verrieten sich in der Art, wie sie Jordana ansahen, deren Tanz seinem wilden Höhepunkt zustrebte. Alle außer Baydar.

Er stand da und beobachtete schweigend jede ihrer Bewegungen. Aber sein Gesicht war teilnahmslos, der Blick in sich gekehrt. Und seine Miene änderte sich nicht einmal, als sie vor ihn trat und ihm kniend in klassischer Weise ihre Ergebenheit bezeugte. Dann, als die Musik ihren Höhepunkt erreichte, sank Jordana in die Knie und berührte mit der Stirn seine Füße.

Einen Augenblick lang herrschte Stille, dann ertönte Applaus. Bravorufe vermengten sich mit den arabischen *achsanti.*

Nach einer Weile beugte Baydar sich über sie, nahm ihre Hand und half ihr auf die Füße. Es wurde weiter geklatscht. Ruheheischend hob Baydar die Hand; der Applaus verebbte.

»Meine Frau und ich danken Ihnen für Ihre Anwesenheit bei dieser freudigen Gelegenheit.«

Neuer Applaus und Gratulationsrufe. Er wartete, bis wieder Ruhe eintrat. »Es bleibt uns nichts Weiteres mehr zu sagen als . . . Meine Damen und Herren – zu Tisch!«

Ohne ihre Hand loszulassen, führte er seine Frau die Treppe zum Hauptdeck hinunter. Die Unterhaltungen setzten wieder ein und erfüllten die Nacht, als die anderen ihnen folgten.

5

Uniformierte Stewards standen am Büfett, um die Gäste zu bedienen. Der Tisch war mit Speisen beladen – Roastbeef, gebackene Schinken, gefüllte Truthähne und ein am selben Tag gefangener riesiger Barsch. Als Hauptattraktion beherrschte ein mächtiger, aus Eis modellierter Fisch die Tafel, auf dem eine Kristallschale mit zehn Pfund großkörnigem Belugakaviar prangte.

Tische und Bänke waren bereits von hungrigen Gästen besetzt, als Carriage sah, wie Baydar sich entschuldigte und auf die Salontür zustrebte. Er wandte sich um und sah zu Carriage hin, dann nickte er in die Richtung von Jasfir, der noch in der Schlange vor dem Büfett wartete. Baydar betrat den Salon, ohne sich noch einmal umzudrehen.

Carriage begab sich zu dem Libanesen. »Mr. Al Fay erwartet Sie, wenn Ihnen das recht ist.«

Jasfir warf einen Blick auf das Büfett und dann auf Carriage. Der Magen des kleinen Mannes hatte beim Anblick der Speisen zu knurren begonnen. Widerwillig schickte er sich an, den leeren Teller, den er in der Hand hielt, abzustellen.

Dick nahm ihm den Teller aus der Hand. »Ich lasse Ihnen vom Steward Ihr Essen bringen.«

»Danke«, sagte Ali.

Dick reichte den Teller einem Steward und trug ihm auf, ihn gefüllt zu Mr. Jasfir ins Arbeitszimmer zu bringen, dann wandte er sich um.

»Bitte folgen Sie mir.«

Jasfir ging hinter ihm durch den Gang, der zu den Kabinen führte. Mittschiffs blieb Carriage vor einer Mahagonitür stehen und klopfte an.

Aus dem Inneren ertönte Baydars Stimme: »Herein.«

Carriage öffnete und trat zur Seite, um Jasfir vorbeizulassen. Er selbst blieb draußen. »Wünschen Sie noch etwas, Sir?« fragte er.

»Stellen Sie die Blinkanlage an«, sagte Baydar. »Möglich, daß ich Sie später brauche.«

»Gut«, antwortete Carriage. Ein Steward kam mit Jasfirs Teller. »Tragen Sie ihn hinein«, ordnete Dick an. Als der Steward herauskam, schloß er die Tür. Er hörte noch, wie sie abgeschlossen wurde, als er durch den Gang davonging.

»Ich muß mich für die Störung entschuldigen«, sagte Baydar.

Der Libanese saß schon vor seinem Teller und aß. »Kein Problem«, sagte er zwischen zwei Gabeln voll Kaviar. Schwarzer Saft tropfte ihm aus dem Mundwinkel, er betupfte ihn zart mit der Serviette.

Baydar ging zu dem kleinen Schreibtisch und nahm einen Aktendeckel aus der Schublade. Er legte ihn neben Jasfirs Teller auf den Tisch. »Gemäß den Besprechungen mit Ihren Auftraggebern habe ich hier einen Investitionsplan für erstklassige Wertpapiere und Immobilien aufgestellt, der nach unserer vorsichtigen Schätzung über zehn Jahre hin etwa zwölf Prozent jährlich abwerfen dürfte. Das bedeutet eine Wachstumsrate von sechs Prozent und Ausschüttung in bar in der gleichen Höhe. Am Ende der zehn Jahre haben Sie über vierzig Prozent gemacht, während sich das Kaptial verdoppelt hat.«

»Das ist sehr gut«, sagte Jasfir, der an einem Stück Huhn kaute.

»Ich brauche nur noch die Zustimmung Ihrer Auftraggeber«, sagte Baydar.

Jasfir machte keinerlei Anstalten, sich die Akten anzusehen. Er legte den Hühnerknochen auf den Teller und schmatzte höflich mit den Lippen, um zu zeigen, wie gut ihm das Essen geschmeckt hatte. »Dürfte ich mir die Hände waschen?« fragte er.

Baydar nickte. Er führte den Libanesen in das kleine Badezimmer neben dem Arbeitszimmer. Als der kleine Mann zurückkam, saß Baydar hinter seinem Schreibtisch. Der Libanese ließ den Aktendekkel auf dem Tisch neben seinem leeren Teller liegen und setzte sich auf einen Stuhl vor dem Schreibtisch. Baydar wartete höflich.

»Der Mensch denkt, Gott lenkt«, begann Jasfir.

Baydar schwieg.

»Die Umstände erfordern eine Änderung unserer Pläne«, sagte Jasfir. »Ich fürchte, wir werden auf die Ausführung des Investitionsplans verzichten müssen.«

Baydards Gesicht blieb unbewegt. Er sagte nichts.

»Es mußten andere Dispositionen für das Kapital getroffen werden«, sagte der Libanese.

»Ich verstehe«, sagte Baydar ruhig. »Ich werde dafür sorgen, daß die avisierten zehn Millionen Pfund unverzüglich an Sie zurücküberwiesen werden.«

»Das wird nicht nötig sein«, sagte Jasfir schnell. »Wir sehen keinen Grund, weshalb nicht Sie dieses Geschäft für uns erledigen sollten. Natürlich zu Ihrem üblichen Provisionssatz.«

Baydar nickte schweigend.

»Wie Sie wissen, wird Israel täglich mächtiger. Und bedrohlicher. Die Leiden unserer Leute unter israelischer Herrschaft werden immer größer. Sie rufen ihre Brüder zu Hilfe. Die Zeit wird knapp. Wir müssen bald handeln, sonst wird alles endgültig verloren sein.« Der Libanese machte eine Atempause. »Wir haben mit der Société Anonyme de Matériel Militaire gewisse Abmachungen für Lieferungen in Höhe von sechs Millionen Pfund getroffen. Auf Grund des Vertrauens, das wir in Sie setzen, sind wir übereingekommen, Sie als unseren akkreditierten Einkäufer zu beauftragen. Wir sind bereit, Ihnen dafür Ihre übliche zehnprozentige Provision zusätzlich zum Nettoaufwand zu bezahlen.«

Baydar schwieg noch immer.

»Für die restlichen drei Millionen vierhunderttausend Pfund haben wir eine Million Pfund als Investition in die kolumbianische Landwirtschaft, natürlich Kaffeeplantagen, vorgesehen.«

»Natürlich«, sagte Baydar. Aber es war beiden klar, daß er die Sache durchschaute. »Bleiben noch zwei Millionen dreihundert.«

Jasfir lächelte. Der kleine Mann freute sich. Er wußte, wenn das Geld einmal auf Baydars Konto lag, würde es kein Problem sein, sich seine Unterstützung zu sichern. Wie reich er auch sein mochte, er wollte immer noch mehr. »Für den Rest haben wir keine Pläne«, sagte er. »Wir dachten, vielleicht könnten Sie einen Investitionsplan für diese Summe ausarbeiten, und wir würden Ihnen eine Liste von bestimmten Nummernkonten in der Schweiz und auf den Bahamas geben.«

»Ich verstehe.« Baydar nickte.

»Natürlich würden Sie auch für diese Restsumme Ihre zehn Prozent Provision erhalten«, sagte Jasfir schnell. »Das bedeutet, Sie bekommen fast eine Million Pfund dafür, daß Sie das Geld bloß über Ihr Konto laufen lassen.«

Baydar blickte ihn an. Das war die Schwäche der arabischen Welt. Korruption und Bestechung waren schon zum festen Bestandteil ihres Handels geworden. Von zehn Millionen Pfund würden nur sechs Millionen für das Wohl des Volkes verwendet werden. Und dieses Wohl war äußerst fragwürdig. Was das Volk brauchte, war Nahrung und Erziehung, nicht Gewehre. Und sicher brauchte es keine Bereicherung seiner Führer auf seine Kosten.

Der Libanese hielt das Schweigen für Zustimmung. Er erhob sich. »Dann darf ich meinen Auftraggebern mitteilen, daß Sie die Sache übernehmen«, sagte er zufrieden.

Baydar sah ihn an. »Nein.«

Jasfir riß erstaunt den Mund auf. »Nein?« wiederholte er.

Baydar sprang auf und schaute auf den kleinen Mann hinunter. »Montag morgen, sofort nach Öffnung der Banken, geht das Geld zurück«, sagte er. »Sie können Ihren Leuten sagen, daß ich ihnen zu meinem Bedauern nicht behilflich sein kann. Aber ich bin leider außerstande, diesen Auftrag zu übernehmen. Ich bin sicher, Sie werden jemand anderen finden, der sich besser dafür eignet als ich.«

»Es steht geschrieben, daß ein hastig gefaßter Beschluß später oft bereut wird«, sagte der kleine Mann.

»Es steht auch geschrieben«, zitierte Baydar anzüglich, »daß ein ehrlicher Mann sein Leben ohne Reue lebt.« Er drückte auf einen Knopf auf seinem Schreibtisch und schritt zur Tür.

»Mr. Al Fay«, sagte Jasfir.

Baydar wandte sich um. »Ja?«

»Noch bevor der Winter kommt, wird es Krieg geben.« Der Libanese sprach zum erstenmal arabisch. »Wenn er vorbei ist, wird der Mittlere Osten in unserer Hand sein. Es wird kein Israel mehr geben, denn wir werden die Welt in die Knie zwingen. Die alte Ordnung ist zu Ende – eine neue Kraft geht vom Volk aus. Wenn du dich uns jetzt anschließt, wirst du auf der Seite der Sieger stehen.«

Baydar antwortete nicht.

»Der Wüstensand wird rot sein vom Blut unserer Feinde«, fügte Jasfir hinzu.

»Und von dem unseren«, antwortete Baydar. »Und wenn es vorbei ist, wird sich nichts geändert haben. Ein paar hundert Meter da, ein paar hundert dort. Wir sind nur Schachfiguren in der Hand der Großmächte; Rußland und Amerika können es sich nicht leisten, eine der beiden Seiten gewinnen zu lassen.«

»Sie werden auf uns hören müssen«, sagte Jasfir. »Wir kontrollieren ihre Ölzufuhr. Wenn wir sie abdrehen, fallen sie auf die Knie.«

»Nur bis zu einem gewissen Punkt«, sagte Baydar. »Dann werden sie uns in die Knie zwingen.«

Es klopfte. Baydar schloß auf und öffnete. »Bitte begleiten Sie Mr. Jasfir zurück zu der Party«, sagte Baydar zu Carriage. Er wandte sich nochmals an den Libanesen. »Wenn wir irgend etwas tun können, um Ihren Aufenthalt angenehmer zu gestalten, stehen wir zu Ihrer Verfügung.«

Jasfir starrte ihn an. Die Bitternis der Enttäuschung stieg wie Galle in seine Kehle. Aber er zwang sich zu einem Lächeln. Die Dinge würden sich schnell ändern, sobald Baydar entdeckte, daß seine Tochter bei ihnen war. »Chatrak«, sagte er. »Mit Ihrer Erlaubnis?«

»Geh in Frieden«, sagte Baydar förmlich auf arabisch. Er schloß die Tür, ging zum Tisch und nahm den Aktendeckel zur Hand. Er starrte ihn einen Moment an, dann warf er ihn in den Papierkorb. Also nur ein Vorwand, um ihn mit hineinzuziehen. Sie hatten nie daran gedacht, seine Vorschläge zu befolgen.

Das wußte er nun. Er wußte auch, daß sie nicht aufgeben würden. Sie würden nicht ruhen, bis sie die übrige Welt auf ihr eigenes tiefes Niveau gezogen hatten. Oder, wenn ihnen das nicht gelang, sie vernichtet hatten.

Plötzlich war er müde. Er ging zurück zum Schreibtisch, setzte sich und schloß die Augen. Er sah die freundlichen, ernsten Augen seines Vaters, die ihn anblickten, tief, bis fast in seine Seele. Eine Szene aus seiner Kindheit stieg vor ihm auf. Damals war er höchstens zehn Jahre alt gewesen.

Sie hatten Krieg gespielt, und er hatte seinen Spielgefährten mit einem hölzernen Krummsäbel geschlagen und dabei aus voller Kehle geschrien: »Stirb, Ungläubiger, stirb! Im Namen des Propheten, stirb!«

Plötzlich wurde ihm der Krummsäbel aus der Hand gerissen, und als er sich verblüfft umsah, sah er zu seiner Verwunderung seinen Vater. »Warum hälst du mich zurück?« fragte er zornig. »Achmed spielt doch den Juden.«

Sein Vater kniete sich hin, so daß ihre Gesichter auf gleicher Höhe waren. »Du hast Gott gelästert«, sagte er sanft. »Du hast den Namen des Propheten gebraucht, um deine Handlungen zu rechtfertigen.«

»Das ist nicht wahr«, erwiderte er. »Ich habe den Propheten verteidigt.«

Sein Vater schüttelte den Kopf. »Du vergißt, mein Sohn, daß der Prophet, den du durch Ausübung von Gewalt verteidigen willst, auch als der Bote des Friedens bekannt ist.«

Das war dreißig Jahre her, und jetzt drängten auch andere Erinnerungen an früher hoch und erkämpften sich den Weg in sein Bewußtsein.

6

Die Landebahn schimmerte in der Mittagssonne, als die zweimotorige DC-3 über dem Flugfeld am Wüstenrand kreiste, um zu landen. Baydar schaute aus dem Fenster auf den Flugplatz, als er hörte, wie das Fahrwerk ausgefahren wurde. Am anderen Ende der Landebahn warteten mehrere schwarze Cadillacs; dahinter standen im Schatten einer Palmengruppe einige Kamele mit ihren Treibern. Das schleifende Geräusch der Landeklappen zeigte an, daß das Flugzeug zum Landen ansetzte.

Baydar blickte sich in der Kabine um. Die Stewardess saß bereits angeschnallt auf ihrem Platz. Auch Dschabir hatte sich festgeschnallt. Baydar schloß seinen Sicherheitsgurt, während das Flugzeug sanft auf die Wüste niederging.

Vor seinem Fenster wirbelte der Sand hoch, als ob der Pilot direkt auf dem Wüstenboden landete. Dann raste die Betonbahn unter ihm vorbei, und ein Beben lief durch die Maschine, als die Räder aufsetzten. Kurz darauf bremste der Pilot scharf, und Baydar spürte, wie er gegen den Sicherheitsgurt gepreßt wurde. Dann ließ der Druck ganz plötzlich nach, und die Maschine rollte gemächlich zum Ende der Landebahn. Der Motorenlärm ebbte ab, die Stewardess erhob sich von ihrem Platz und kam durch die Kabine auf ihn zu.

Die blonde Amerikanerin hatte das gleiche unpersönliche, berufsmäßige Lächeln wie alle Stewardessen. Daß dies das Privatflugzeug seines Vaters war, änderte nichts an ihrer Haltung. »Ich hoffe, Sie hatten einen angenehmen Flug, Mr. Al Fay.«

Er nickte. »Danke, ausgezeichnet.«

»Wir haben eine gute Zeit rausgeholt«, sagte sie. »Nur siebenundachtzig Minuten von Beirut.«

»Eine sehr gute Zeit«, antwortete er höflich.

Das Flugzeug hielt. Durch die Fenster konnte er sehen, wie die Wagen näher kamen. Ein paar Männer in uniformähnlicher Kleidung stiegen aus dem ersten Wagen. Jeder von ihnen trug eine Maschinenpistole, und sie rannten zu den ihnen angewiesenen Plätzen rund um das Flugzeug. Die Türen des zweiten Wagens blieben geschlossen. Tief dunkelbraun getönte Fensterscheiben machten es Baydar unmöglich, ins Wageninnere zu sehen. Vier Arbeiter rollten die Rampe zum Flugzeug.

Baydar löste seinen Sicherheitsgurt, erhob sich und ging zur Tür. Dschabir streckte abwehrend den Arm aus. »Würde der Herr so freundlich sein, einen Augenblick zu warten?«

Baydar nickte und ließ den Diener vor sich zur Tür gehen. Der Copilot kam aus dem Cockpit und stellte sich mit der Stewardess an den Ausgang. Sie machten keine Anstalten, die Tür zu öffnen. Dschabir knöpfte seine Jacke auf und zog aus dem Schulterhalfter eine schwere Luger, entsicherte sie und hielt die Waffe schußbereit.

Es klopfte scharf an der Tür, eins, zwei, drei. Der Copilot hob die

Hand und blickte Dschabir an.

»Eins, zwei«, sagte der Diener. »Die Antwort muß eins, zwei, drei, vier sein. Wenn nicht, fliegen wir sofort ab.«

Der Pilot nickte und klopfte an die Tür: eins, zwei.

Die korrekte Antwort folgte sofort. Jetzt erst öffnete der Pilot die Tür. Zwei bewaffnete Wächter standen links und rechts vom Ausgang, zwei weitere unten am Fuß der Rampe.

Baydar wollte zum Ausgang, doch wieder hob Dschabir die Hand. »Gestatten Sie, Herr.«

Er trat auf die Rampe hinaus und wechselte schnell einige arabische Worte mit einem der Wächter, wandte sich dann nach Baydar um und nickte.

Die intensive Wüstenhitze prallte Baydar entgegen, noch ehe er die Tür erreicht hatte. Er trat hinaus in die Sonne und blinzelte in das gleißende Licht. Er ging die Rampe hinunter, als sich die Tür des zweiten Wagens öffnete und sein Vater ausstieg.

Der alte Mann ging an den Wachen vorbei und kam langsam auf Baydar zu. Er trug die traditionelle Kleidung des Wüstenscheichs, seine Ghutra schützte Kopf und Nacken vor den heißen Sonnenstrahlen. Baydar eilte auf seinen Vater zu, beugte sich über seine ausgestreckte Hand und küßte sie ehrerbietig.

Samir hob mit der anderen Hand den Kopf seines Sohnes hoch. Eine Zeitlang betrachtete er das Gesicht des jungen Manns, dann umarmte er ihn und küßte ihn auf beide Wangen. *»Marhaba.* Willkommen daheim, mein Sohn.«

»Ja halabik. Ich freue mich, daheim zu sein, mein Vater.« Baydar richtete sich auf. Er war um einen Kopf größer als sein Vater.

Samir blickte zu ihm auf. »Du bist gewachsen, mein Sohn«, sagte er stolz. »Du bist ein Mann geworden.«

Baydar lächelte. »Wir sind im Jahre einundfünfzig, Vater. Man bleibt nicht immer ein Junge.«

Samir nickte. »Wir sind stolz auf dich, mein Sohn, stolz auf deine Erfolge in den amerikanischen Schulen, stolz auf die Ehre, die du uns gemacht hast, stolz darauf, daß du auf die berühmte Harvarduniversität aufgenommen wurdest.«

»Ich bin bemüht, meinen Eltern Ehre und Freude zu machen«, sagte Baydar. »Wie geht es meiner Mutter und meinen Schwestern?«

Samir lächelte. »Sie sind gesund. Du wirst sie bald genug sehen. Deine Mutter erwartet dich sehnsüchtig zu Hause, und heute abend werden deine Schwestern und ihre Männer zum Essen zu uns kommen.«

Baydar war zwar enttäuscht, daß die Frauen nicht zu seiner Begrüßung zum Flugplatz gekommen waren, aber zu beherrscht, sich das anmerken zu lassen. Hier war man nicht in den Vereinigten Staaten, wo er in den letzten fünf Jahren gelebt hatte. Arabische Frauen – zumindest die anständigen – zeigten sich nicht in der Öffentlichkeit. »Ich freue mich auf das Wiedersehen«, sagte er.

Sein Vater faßte ihn am Arm. »Laß uns in den Wagen steigen, da ist es kühl. Es ist das neueste Modell mit Klimaanlage.«

»Danke, Vater.« Baydar wartete höflich und stieg nach seinem Vater in den riesigen Cadillac.

Eine Wache mit einer Maschinenpistole kam zum Wagen gerannt, schloß hinter ihnen die Tür und setzte sich auf den Vordersitz neben den Fahrer. Weitere Wachen stiegen in die andere Wagen. Als die Kolonne sich in Bewegung setzte, sah Baydar, wie die Kameltreiber ihre Tiere zum Flugzeug trieben, um das Gepäck und die Vorräte aufzuladen. Die Wagen verließen den Flugplatz und bogen in die asphaltierte Straße ein, die zu den wenigen Kilometer entfernten Bergen führte. Ein gepanzerter Jeep mit schußbereitem Maschinengewehr fuhr direkt hinter ihnen.

»Der Krieg ist schon so viele Jahre vorbei. Ich dachte, Wachen wären jetzt nicht mehr notwendig«, sagte Baydar leicht erstaunt zu seinem Vater.

»In den Bergen gibt es immer noch viele Banditen«, erwiderte Doktor Al Fay.

»Banditen?«

»Ja. Sie kommen heimlich über unsere Grenzen, stehlen, vergewaltigen, töten. Viele hier glauben, es seien israelische Guerillas.«

»Aber es gibt doch in der Nähe gar keine Grenze mit Israel«, warf Baydar ein.

»Richtig«, erwiderte Doktor Al Fay. »Doch es könnten von Israel bezahlte Agenten sein. Wir können es uns nicht leisten, in unserer Wachsamkeit nachzulassen.«

»Seid ihr je von diesen Banditen belästigt worden?«

»Nein, wir hatten Glück. Aber wir hörten von anderen, die es erlebt haben.« Samir lächelte. »Aber laß uns lieber von erfreulicheren Dingen reden. Hast du schon gehört, daß deine älteste Schwester in einigen Wochen ein Kind erwartet?«

Die Autos erreichten die Steigung ins Gebirge. Nach ein paar Minuten sah Baydar das erste Grün am Straßenrand. Kakteen wichen Zwergkiefern, dann Blumen, Bougainvilleen und grünem Gras. Sein Vater drückte auf einen Knopf, um die Fenster herunterzulassen.

Frische, nach Blumen duftende Luft strömte herein und verdrängte den abgestandenen, klimatisierten Dunst.

Doktor Al Fay atmete tief ein. »Es gibt viele menschliche Erfindungen, aber den Duft frischer Bergluft kann niemand ersetzen.«

Baydar nickte. Sie fuhren rasch zum Bergkamm empor. Ihr Haus stand auf der anderen Seite, mit dem Blick auf das Meer. Er fragte sich, ob es wohl noch so war, wie er es in Erinnerung hatte.

Auf dem Gipfel kam das Haus in Sicht. Baydar schaute aus dem Fenster und sah unter sich die weißen Dächer. Das Haus war größer, als er es in Erinnerung hatte. Einige Gebäude waren hinzugekommen. Ein großes Schwimmbecken mit Blick aufs Meer war am anderen Grundstücksende gebaut worden. Und noch etwas gab es, das er vorher nie gesehen hatte: Um das ganze Besitztum zog sich eine hohe Mauer mit Wachtürmen in Abständen von etwa fünfzig Metern, jeder bemannt mit einem Wächter mit Maschinengewehr.

Das Haus selbst war hinter Bäumen verborgen. Baydar drehte sich zu seinem Vater um. »Sehen alle Häuser so aus?«

Der nickte. »Manche haben sogar noch mehr Wachen. Der Fürst hat über hundert Mann auf seinem Sommersitz.«

Baydar sagte nichts dazu. Irgend etwas stimmte nicht, wenn die Menschen sich selbst zu Gefangenen machen mußten, um sich sicher zu fühlen. Der Wagen bog in die Auffahrt zum Haus. Kurz darauf kamen sie an den Bäumen vorbei, die es gegen die Straße abschirmten, und zu dem gewaltigen Eisentor in der Mauer. Langsam und lautlos öffneten sich die elektrisch betriebenen Torflügel. Ohne anzuhalten, fuhren die Autos durch und machten erst einen halben Kilometer weiter vor dem riesigen weißen Haus halt. Ein Diener lief heran, um die Wagentüren zu öffnen. Sein Vater stieg als erster aus. Baydar folgt ihm.

Er blickte die breiten Marmorstufen hinauf, die zum Portal führten. Es stand offen. Eine Frau in einem langen weißen Gewand, das Gesicht unverschleiert, die Haare jedoch von einem Kopftuch verdeckt, wartete am Eingang.

»Mutter!« rief er, lief die Stufen hinauf und schloß sie in die Arme.

Nabila blickte mit Tränen in den Augen zu ihrem Sohn hoch. »Vergib mir, mein Sohn«, flüsterte sie, »aber ich konnte es nicht mehr erwarten, dich wiederzusehen.«

Da dies kein formelles Zusammentreffen war und nur Familienmitglieder anwesend waren, speisten alle zusammen. Bei formellen Gelegenheiten aßen die Männer allein und die Frauen nachher oder gar nicht.

Baydar blickte über den Tisch zu seinen Schwestern. Fatima, drei Jahre älter als er, mit rundem Gesicht und hochschwangerem Körper, strahlte stolz neben ihrem Ehemann. »Es wird ein Junge«, sagte sie. »In Salahs Familie gab es nur Jungen, und alle sagen, ich sehe genauso aus wie seine Mutter, als sie Salah erwartete.«

Ihr Vater lachte. »Altweibergeschichten. Nicht sehr wissenschaftlich, aber so lange wir nichts Genaueres wissen, bin ich bereit, sie zu glauben.«

»Ich werde dir deinen ersten Enkel schenken«, sagte Fatima anzüglich mit einem Blick auf ihre Schwester Nawal, deren erstes Kind ein Mädchen war.

Nawal schwieg. Ihr Mann Omar, Arzt im Krankenhaus seines Schwiegervaters, schwieg ebenfalls.

»Junge oder Mädchen«, sagte Baydar, »es wird Allahs Wille sein.«

Dem konnten alle beistimmen. Samir erhob sich. »Die Abendländer haben einen Brauch«, erklärte er. »Die Männer ziehen sich in einen anderen Raum zurück, um sich an einer Zigarre zu erfreuen. Ich finde das sehr angenehm.«

Sein Vater ging voran ins Herrenzimmer. Baydar und seine Schwäger folgten ihm. Ein Diener öffnete und schloß die Tür hinter ihnen. Samir öffnete eine Zigarrenkiste auf seinem Schreibtisch. Er nahm eine Zigarre und roch genußvoll daran. »Kubanische Zigarren. Sie wurden mir aus London geschickt.« Er reichte die Kiste herum. Salah und Omar bedienten sich, aber Baydar schüttelte den Kopf. Er zog ein Päckchen amerikanischer Zigaretten aus der Tasche. »Ich bleibe bei diesen.«

Samir lächelte. »Sogar deine Sprache klingt eher amerikanisch als arabisch.«

»Nicht für die Amerikaner«, sagte Baydar. Er zündete seine Zigarette an.

»Was hältst du von ihnen?« fragte Samir neugierig.

»In welcher Hinsicht?«

»Es sind doch zumeist Juden«, tat Salah sich hervor.

Baydar sah ihn scharf an. »Das stimmt nicht. Im Verhältnis zur Gesamtbevölkerung gibt es dort sogar sehr wenige Juden.«

»Ich war in New York«, beharrte Salah. »Die Stadt wimmelt von Juden. Sie beherrschen alles. Die Regierung, die Banken.«

Baydar betrachtete seinen Schwager, einen untersetzten, pedantischen jungen Mann, dessen Vater als Geldverleiher ein Vermögen verdient hatte und nun eine der größten Banken in Beirut besaß. »Ihr macht also Geschäfte mit jüdischen Banken?« fragte er.

Ein Ausdruck des Abscheus überflog Salahs Gesicht. »Natürlich nicht«, antwortete er steif. »Wir arbeiten nur mit den größten Banken, der Bank of America, der First National und der Chase Bank.«

»Und die sind nicht jüdisch?« fragte Baydar. Aus den Augenwinkeln konnte er das Lächeln seines Vater sehen: Samir hatte bereits begriffen.

»Nein«, sagte Salah.

»Dann kontrollieren die Juden also nicht alles in Amerika«, sagte Baydar. »Oder?«

»Zum Glück«, gab Salah zurück. »Aber sie würden es liebend gern tun, wenn sie Gelegenheit dazu hätten.«

»Aber Amerika ist pro-israelisch«, mischte sich nun Samir ein.

Baydar nickte. »Ja.«

»Warum?«

»Du mußt versuchen, die amerikanische Mentalität zu verstehen. Sie sympathisiert mit dem Schwächeren. Und Israel hat das in seiner Propaganda sehr geschickt ausgenutzt. Zuerst den Engländern gegenüber, dann uns.«

»Wie können wir das ändern?«

»Sehr einfach«, sagte Baydar. »Indem wir Israel in Frieden lassen. Es ist nur ein schmaler Landstrich mitten unter uns, nicht größer als ein Floh auf einem Elefantenrücken. Was können sie uns schon tun?«

»Sie werden keine Flöhe bleiben«, sagte Salah. »Von überall aus Europa treffen Tausende von Flüchtlingen ein. Der Abschaum von Europa. Die werden sich mit dem nicht begnügen, was sie haben. Der Jude will immer alles.«

»Das wissen wir noch nicht«, sagte Baydar. »Wenn wir sie als Brüder willkommen heißen und mit ihnen zusammenarbeiten würden, um unsere Länder zu erschließen, anstatt Widerstand zu leisten, sähe es vielleicht ganz anders aus. Vor langer Zeit wurde einmal gesagt, ein mächtiges Schwert vermöge mit einem Schlag eine Eiche zu fällen, nicht aber, ein in der Luft schwebendes Seidentuch zu zerschneiden.«

»Ich fürchte, dafür ist es zu spät«, sagte Salah. »Die Schreie unserer Brüder, die unter ihrer Herrschaft leben, gellen in unseren Ohren.«

Baydar zuckte mit den Achseln. »Das weiß Amerika nicht. Dort weiß man nur, daß ein kleines Volk von einer Million Menschen völlig von einer feindlichen Welt umschlossen lebt, die hundertmal mehr Menschen zählt.«

Sein Vater nickte würdevoll. »Das wird man gut überlegen müssen. Es ist ein sehr komplexes Problem.«

»Es ist gar nicht komplex«, sagte Salah heftig. »Denkt an meine Worte; mit der Zeit werdet ihr alle sehen, daß ich recht habe. Dann werden wir uns vereinigen und sie vernichten.«

Samir warf einen Blick auf seinen anderen Schwiegersohn. »Was ist deine Ansicht, Omar?«

Der junge Arzt räusperte sich verlegen. Er war ungewöhnlich schüchtern. »Ich bin kein Politiker«, sagte er, »deshalb beschäftige ich mich nur wenig mit diesen Dingen. An den Universitäten in England und Frankreich, wo ich studiert habe, gab es viele jüdische Professoren. Sie waren gute Ärzte und gute Lehrer.«

»Das habe ich auch gefunden«, stimmte Samir ihm zu. Und zu Baydar gewandt, fragte er: »Ich nehme an, du hast noch keine Pläne für morgen.«

»Ich bin zu Hause«, sagte Baydar. »Wozu soll ich da Pläne machen?«

»Gut«, meinte Samir, »denn wir sollen morgen mit Seiner Exzellenz Fürst Feijad speisen. Er möchte deinen achtzehnten Geburtstag feiern.«

Baydar wunderte sich; sein Geburtstag lag schon mehrere Monate zurück. »Ist Seine Exzellenz hier?«

»Nein, er ist in Aley, um ein paar Ferientage frei von Familie und Pflichten zu genießen. Wir sind eingeladen, ihn morgen dort zu besuchen.«

Baydar war klug genug, nicht nach dem Grund zu fragen. Sein Vater würde ihn ihm schon rechtzeitig mitteilen.

»Gut.« Sein Vater lächelte. »Aber jetzt wollen wir wieder zu deiner Mutter und deinen Schwestern zurückgehen; ich weiß, sie warten begierig darauf, daß du ihnen mehr von deinen Geschichten über Amerika erzählst.«

7

Aley war ein kleines Bergdorf, fünfzig Kilometer von Beirut entfernt. Es gab dort keine Industrie, keinen Handel, keine Landwirtschaft. Der Ort hatte nur eine Daseinsberechtigung: Vergnügen. Die Hauptstraße durch das Dorfzentrum war auf beiden Seiten von Restaurants und Cafés gesäumt, in denen orientalische Tänzerinnen und Sängerinnen aus dem ganzen Mittleren Osten auftraten. Touristen aus dem Westen waren unerwünscht und wurden selten bis gar nicht gesehen. Es waren die reichen Scheichs, Prinzen und Geschäftsleute, die hier den strengen Sitten und der Langeweile ihrer eigenen Welt entflohen.

Hier durften sie sich alles erlauben, was bei ihnen zu Hause undenkbar gewesen wäre. Sie konnten Alkohol trinken, essen, was sie wollten, und sich Freuden leisten, die ihnen das strenge mohammedanische Gesetz versagte. Und, vielleicht das Wichtigste, hier waren sie anonym. Wie gut man den anderen auch kennen mochte, man sah über ihn hinweg und sprach ihn nicht an, es sei denn, man wurde ausdrücklich dazu aufgefordert.

Es war schon nach zehn Uhr am nächsten Abend, als Samirs Wagen vor dem größten Café der Hauptstraße hielt. Fürst Feijad hatte, seiner Bedeutung entsprechend, das Etablissement für die ganze Nacht gemietet. Es wäre unter seiner Würde gewesen, sich unter die üblichen Gäste zu mischen. Er war der absolute Herrscher über ein tausend Quadratmeilen großes Land, das an vier Länder, Irak, Saudi-Arabien, Syrien und Jordanien, grenzte. Daß sein Land irgendwo auf jedes dieser Länder übergriff, spielte keine Rolle, denn es diente einem nützlichen Zweck. In seinem Land konnte jede der angrenzenden Nationen ungestraft und unbehelligt gegenseitige Streitigkeiten und Probleme bereinigen. Baydars Großmutter war die Schwester von Fürst Feijads Vater, und als Vettern der königlichen Familie waren die Al Fays die zweitwichtigste Familie des Landes.

Der Fürst hatte Baydars Vater alle öffentlichen Dienstleistungsbetriebe übertragen. Die Elektrizitäts- und Telefongesellschaften gehörten Samir, und dafür hatte die Familie Schulen und Krankenhäuser gebaut, in denen jeder kostenlos betreut wurde. Die Al Fays waren schon immer reich gewesen, aber durch diese Privilegien waren sie mühelos noch reicher geworden.

Es war eine große Enttäuschung für die ganze Familie, daß der Fürst keinen männlichen Erben hatte, dem er den Thron vererben konnte. Er hatte mehrmals geheiratet und stets seine Pflichten erfüllt. Da ihm aber keine seiner Frauen einen männlichen Erben schenkte, ließ er sich jedesmal scheiden. Jetzt war er sechzig und hatte längst beschlossen, Allahs Willen, daß er keinen männlichen Erben haben sollte, zu akzeptieren und dafür zu sorgen, daß sein Vetter ihm zu einem solchen verhalf.

Aus diesem Grund hatte Samir vor achtzehn Jahren seine Pilgerfahrt nach Mekka gemacht. Seine Gebete waren durch Baydars Geburt erhört worden. Feijad hatte jedoch trotz seines Versprechens

Baydar noch nicht offiziell zu seinem Erben bestimmt, sondern darauf bestanden, daß er nach westlicher Art erzogen würde, dort lebte und die westliche Welt kennenlernte. Samir war darüber in mancherlei Hinsicht erfreut; sein Sohn würde Arzt werden wie er, und sie würden Seite an Seite arbeiten.

Aber der Fürst hatte andere Absichten. Es gab genug andere, die Ärzte werden konnten, Baydar sollte wichtigere Dinge lernen – Handel. Nur durch wachsende Klugheit im Handel konnte sein Land – und das hieß, er selbst und seine Familie – noch reicher und mächtiger werden. Er empfand das fundamentale Mißtrauen des Arabers gegen die Menschen aus dem Westen, mit denen er Geschäfte machte: er spürte, daß sie ihn in seiner Unwissenheit als minderwertig, ja geradezu kindlich betrachteten. Und so kam es, daß er beschloß, Baydar nicht nach England zu schicken, um in die Fußstapfen seines Vaters zu treten, sondern nach Amerika, wo Geschäftstüchtigkeit bewundert und respektiert wurde.

Samir blickte stolz auf seinen Sohn, als er aus dem Wagen stieg. Er trug die traditionelle arabische Kleidung. Die Ghutra fiel über seinen Nacken, die Gewänder umgaben seine hohe schlanke Gestalt; er war ein gutaussehender Mann. Das kräftige Kinn, die vorstehende Nase, die blauschwarzen Augen, tief zwischen den hohen Backenknochen liegend, verrieten Stärke und Charakter. Der Fürst würde erfreut sein. Vielleicht würde er Baydar jetzt zu seinem Erben einsetzen.

In Gedanken bat er Allah um Vergebung für seine irdischen Hoffnungen und Eitelkeiten. War es nicht Wunder genug, daß Allah ihm in der Wüste einen Sohn geschenkt hatte? Damit sollte er zufrieden sein. Allahs Wille geschah.

Er winkte Baydar, der ihm über die Stufen ins Café folgte. Der Haushofmeister des Fürsten stand mit zwei bewaffneten Wächtern an der Tür. Er erkannte Samir und verneigte sich im traditionellen Gruß. *»As-salaam aleikum.«*

»Aleikum as-salaam«, antwortete Samir.

»Seine Exzellenz erwartet sehnsüchtig die Ankunft seines Lieblingsvetters«, sagte der Haushofmeister. »Er hat befohlen, Euch sofort nach Eurer Ankunft zu ihm zu führen. Er befindet sich oben in seinen Gemächern.«

Sie folgten dem Haushofmeister zur Treppe am anderen Ende des großen Saals. Im Café selbst war es still. Die sonst so geschäftigen Kellner standen in Gruppen beisammen und schwatzten miteinander, und in der Nähe des Podiums saßen die Mitglieder der Kapelle herum, rauchten und unterhielten sich. Keine der Sängerinnen und

Tänzerinnen war zu sehen. Bevor der Fürst nicht das Zeichen gab, würde hier nichts geschehen.

Die Gemächer über dem Café waren für ganz besondere Gäste reserviert, die nach einer vergnügten Nacht vielleicht zu müde waren, um nach Hause zu fahren, oder die hier zu bleiben wünschten, um etwaige weitere Vergnügen zu genießen, die von der Direktion auf Wunsch arrangiert wurden. Der Haushofmeister blieb vor einer Tür stehen und klopfte.

»Wer ist da?« frage eine Knabenstimme.

»Doktor Al Fay und sein Sohn sind gekommen, um Seine Exzellenz zu besuchen«, antwortete der Haushofmeister.

Die Tür wurde von einem Knaben in Seidenhemd und -hose geöffnet. Seine Augen waren stark geschminkt, seine Wangen mit Rouge gefärbt, die Fingernägel lang und lackiert. »Treten Thie bitte ein«, lispelte er auf englisch.

Baydar und sein Vater betraten den Raum. Ein schwacher süßlicher Geruch nach Haschisch hing in der Luft. Der Raum war leer. »Bitte nehmen Thie Platth«, lispelte der Knabe und wies auf Sofas und Stühle. Damit zog er sich ins Nebenzimmer zurück.

Baydar und sein Vater sahen sich schweigend an.

Der Knabe kam zurück. »Theine Exthellentth wird gleich erscheinen. Haben Thie irgendeinen Wunsch? Eine Erfrischung? Wir haben auch englischen Whithky, wenn eth Ihnen lieber itht.«

Samir schüttelte den Kopf. »Nein, besten Dank.«

Die Tür ging wieder auf, und Emir Feijad trat ein. Er war fürstlich gekleidet, das Haupt bedeckt mit weißem Musselin. Er ging quer durch den Raum auf seinen Vetter zu.

Samir und Baydar erhoben sich und führten die traditionelle Gehorsamsverneigung vor ihrem Herrscher aus. Feijad nahm lächelnd Samirs Hände. »Begrüßt man so einen Vetter, den man so lange nicht gesehen hat?« Er legte die Arme um Samirs Schultern, küßte ihn auf beide Wangen und wandte sich dann, noch immer lächelnd, an Baydar. »Und das ist der kleine Junge, der weinte, als er fortfuhr zur Schule?«

Baydar wurde rot. »Das ist schon lange her, Eure Exzellenz.«

»Nicht gar so lang«, lachte der Fürst. »Ich glaube, du warst damals sechs Jahre alt.«

»Jetzt ist er achtzehn«, sagte Samir. »Und ein erwachsener Mann, gelobt sei Allah.«

»Al-hamdu li-llah«, wiederholte der Prinz. Er blickte zu Baydar hoch, der sie beide um Kopfeslänge überragte. »Groß ist dein Sohn.

Größer als irgendeiner in unserer Familie, soweit ich mich erinnere.«

»Das kommt von der Ernährung, Eure Exzellenz«, sagte Samir. »In Amerika sind die Speisen mit viel Vitaminen und Mineralien angereichert. Die ganze jüngere Generation wird größer als ihre Eltern.«

»Was für Wunder ihr Wissenschaftler vollbringt!« sagte der Fürst.

»Es sind Allahs Wunder«, gab Samir zurück. »Wir sind nur seine Werkzeuge.«

Der Fürst nickte. »Wir haben vieles zu besprechen, mein Vetter«, sagte er, »aber das können wir am Morgen tun. Heute abend wollen wir die Freude unserer Zusammenkunft und unserer gegenseitigen Gesellschaft genießen.« Er klatschte in die Hände. »Ich habe für euch eine Suite bereitmachen lassen, damit ihr euch erfrischen könnt nach der Reise. Um Mitternacht treffen wir uns dann unten im Café, wo man für uns ein Fest vorbereitet.«

Samir verneigte sich. »Wir sind überaus dankbar für deine großzügige Gastfreundschaft.«

Der Knabe erschien wieder. »Führe meine Vettern zu ihren Gemächern«, befahl der Fürst.

Der Knabe verneigte sich. »Eth wird mir ein Vergüngen thein, Eure Exthellentth.«

Baydars Zimmer war durch einen großen Salon von dem seines Vaters getrennt. Er ging in sein Schlafzimmer, das luxuriös und reich mit Seide und Satin ausgestattet war. Kissen aus Samt bedeckten die Sofas. Kaum war er eingetreten, klopfte es leise an der Tür. »Herein«, sagte er.

Eine junge Dienerin trat ins Zimmer und verneigte sich ehrerbietig. »Kann ich dem Herrn zu Diensten sein?« fragte sie leise, mit schamhaft abgewandtem Blick.

»Ich wüßte nicht, womit.«

»Vielleicht darf ich dem Herrn ein warmes Bad einlassen, damit er die Ermüdung der Reise fortwaschen kann?« schlug sie vor.

»Das wäre angenehm«, sagte er.

»Danke, Herr«, erwiderte sie und ging durch das Zimmer zum Baderaum. Baydar blickte ihr nachdenklich nach. Er war zu Hause. In Amerika gab es solchen Service nicht.

Das Café war lärmerfüllt. Eine Tänzerin, von bunten Schleiern umflattert, drehte und wand sich auf der kleinen Bühne. Ihr silberner Büstenhalter reflektierte das gleißende Licht. Direkt vor der Bühne, an hufeisenförmig angeordneten Tischen, saß der Fürst mit seinen

Gästen und folgte aufmerksam der Vorführung. Zu seiner Rechten, auf dem Ehrenplatz, saß Samir, links von ihm Baydar. Hinter dem Fürsten kauerten auf niederen Schemeln mehrere Knaben, alle auf die gleiche auffällige Art geschminkt wie der Junge, der Samir und Baydar in der Suite des Fürsten empfangen hatte. Im Hintergrund dirigierte der Haushofmeister die Kellner und andere Mitglieder des Personals. Eiskübel mit Champagnerflaschen standen an jedem Platz, und die Gläser wurden ständig nachgefüllt. Mehr als fünfzig verschiedene Vorspeisen und einheimische Spezialitäten bedeckten die Tische. Die Gäste aßen mit den Fingern, und nach jedem Bissen wischte ein Diener ihnen diskret mit einem frisch befeuchteten, warmen Tuch die Hände ab. An der Tür und den Wänden standen ein Dutzend von Feijads Leibwächtern, die den Fürsten keinen Augenblick aus den Augen ließen.

Die Musik schwoll an, und die Tänzerin sank zum Finale auf die Knie. Der Fürst gab das Zeichen zum Applaus. Auf seinen Wink hin nahmen die Kellner frische Champagnerflaschen aus den Eiskübeln, ließen sich vor der Bühne auf die Knie nieder, öffneten Flasche auf Flasche und schossen die Korken hoch über den Kopf der knienden Tänzerin. Lässig entnahm der Fürst dem vor ihm liegenden Haufen eine Banknote, knüllte sie zusammen und warf sie der Tänzerin vor die Füße.

Mit einer graziösen, eleganten Bewegung hob sie das Geld auf und steckte es in den Gürtel direkt unter ihren Nabel. Sie verneigte sich nochmals und ging verführerisch lächelnd rückwärts von der Bühne ab.

Jetzt winkte der Fürst den Haushofmeister heran und flüsterte ihm etwas ins Ohr. Der Haushofmeister nickte, wandte sich um, machte den Knaben hinter dem Fürsten ein Zeichen und bedeutete dann der Kapelle, weiterzuspielen.

Beim ersten Ton der Musik erschienen vier Mädchen auf der Bühne und begannen ihren Tanz. Die Beleuchtung wurde immer schwächer, bis der Raum mit Ausnahme blauer, auf die Tänzerinnen gerichteter Scheinwerfer, völlig dunkel war. Die Musik wurde wilder, die Scheinwerfer umkreisten die Tänzerinnen, die sich immer mehr in Ekstase steigerten. Der Tanz dauerte über eine Viertelstunde, in der die Mädchen in Raserei verfielen und schließlich zu Boden sanken, wobei das Licht erlosch.

Einen Moment lang herrschte Stille, dann begann der Fürst begeistert zu klatschen. Langsam gingen die Lichter wieder an. Die Tänzerinnen, immer noch erschöpft am Boden liegend, erhoben sich langsam. Baydar starrte sie ungläubig an. Das waren nicht die Mädchen, die den Tanz begonnen hatten. Das waren die jungen Burschen, die hinter dem Fürsten gesessen hatten.

Diesmal nahm sich der Fürst nicht einmal die Mühe, die Banknoten zusammenzuknüllen. Er warf das Geld mit vollen Händen auf die Bühne, während die Champagnerkorken wild dazu knallten.

Baydar schaute zu seinem Vater hinüber. Samirs Gesicht war unbewegt. Er fragte sich, was sein Vater von dem Abend dachte. Es waren Hundertpfundnoten, die der Fürst so unbekümmert den Tänzerinnen zuwarf – mehr Geld, als ein durchschnittlicher Arbeiter im Jahr verdiente.

Der Fürst sah Baydar an und sagte auf französisch: *»C'est beau, c'est magnifique, non?«*

Baydar hielt seinem Blick stand. Der war wachsam und prüfend. »Ja.« Er zögerte einen Augenblick. »Sind sie alle Lustknaben?«

Der Fürst nickte. »Liebst du das? Such dir einen aus zu deinem Vergnügen.«

Baydar sah den älteren Mann noch immer fest an. Er schüttelte den Kopf. »Danke, nein. Nicht für mich. *Je préfère les femmes.«*

Der Fürst lAchte laut und wandte sich an Samir. »Dein Sohn ist reizend und hat einen gesunden Geschmack«, sagte er.

Samir blickte seinen Sohn an und lächelte stolz. Baydar wußte irgendwie, daß er den ersten Test des Fürsten bestanden hatte.

Es war fünf Uhr morgens, und die Dämmerung erschien über den Bergen, als Baydar seinem Vater gute Nacht sagte und sich in sein Schlafgemach zurückzog. Die Vorhänge waren zugezogen, und der Raum lag im Dunkeln. Er suchte nach dem Lichtschalter.

Eine Hand hielt seinen Arm fest. Die Frauenstimme war sanft, mit einem ganz leichten ägyptischen Akzent. »Die Kerzen brennen sofort, Exzellenz.«

Ein feiner Moschusduft stieg ihm in die Nase, als sie sich von ihm entfernte. Er blieb reglos stehen und versuchte, das Dunkel zu durchdringen, konnte jedoch nichts erkennen, bis sie ein Streichholz anzündete. Dann lächelten ihm dunkle Augen unter langen Wimpern zu, und sanftes Kerzenlicht durchflutete den Raum. Er erkannte in dem Mädchen eine der Tänzerinnen aus dem Café. Sie trug dasselbe Kostüm, aber die Brüste waren nicht mehr von Silberplättchen bedeckt, sondern mit einem durchsichtigen Seidenschal hochgebunden, durch den der dunkle Kreis der Brustwarzen deutlich erkennbar war. Sie lächelte ihm wieder zu. »Ich habe ein warmes Bad bereiten lassen, falls Eure Exzellenz müde sein sollten.«

Er antwortete nicht.

Sie klatschte in die Hände. Zwei weitere Mädchen lösten sich aus dem Schatten der Zimmerecken. Ihre Kostüme waren noch spärlicher, und nur hauchdünne Schleier umspielten ihre Brüste und fielen von den Hüften um die Beine. Als sie auf Baydar zutraten und dabei am Licht vorbeistreiften, konnte er deutlich die Form ihrer nackten Körper und ihrer sorgfältig enthaarten Schamhügel sehen. Nur ihre Gesichter waren durch den traditionellen mohammedanischen Schleier verhüllt.

Die Ägypterin klatschte erneut in die Hände, und aus der hinteren Ecke erschien ein weiteres Mädchen. Es stellte einen Plattenspieler an, leise Musik erfüllte den Raum. Langsam begann sie, sich im Rhythmus zu wiegen.

Die beiden Mädchen faßten ihn an der Hand und führten ihn zum Bett. Mit sanften und raschen Bewegungen entkleideten sie ihn. Er hatte immer noch kein Wort gesprochen.

Die eine der beiden zündete eine Zigarette an und gab sie ihm. Er nahm einen Zug. Der leicht süßliche, durchdringende Geruch von Haschisch drang ihm in die Nase, und er spürte, wie eine angenehme Wärme in ihm aufstieg. Er tat noch einen tiefen Zug und gab die Zigarette zurück.

»Wie heißt du?« fragte er schließlich das Mädchen.

»Nadja, Exzellenz«, sagte sie und erwies ihm die Geste des Gehorsams.

Er lächelte ihr zu und fühlte, wie das Verlangen nach ihr in ihm aufstieg. Er streckte sich auf dem Bett aus. »Müssen wir baden?« fragte er.

Sie lachte. »Ganz wie Eure Exzellenz wünschen.«

Er sah die vier Mädchen an, spürte, wie das Haschisch in seine Lenden stieg, sah an sich hinunter und wieder auf die Mädchen. »Ich wünsche euch alle«, grinste er.

8

Das Zimmer war von der Sonne durchflutet, als Baydar erwachte. Dschabir stand mit einer Tasse dampfend heißem türkischem Kaffee neben seinem Bett. Baydar trank einen Schluck und verbrannte sich prompt den Mund. »Wieviel Uhr ist es?«

»Es ist Mittag, Herr«, sagte der Diener.

Baydar sah sich im Zimmer um. Er wußte nicht mehr, wann die Mädchen gegangen waren. Seine letzte Erinnerung an sie gipfelte in einem wilden Durcheinander von Körpern und Wärme. Begonnen hatte es wohl damit, daß er auf der Seite lag und eines der Mädchen ihn von oben bis unten mit Öl einrieb. Dann waren plötzlich alle vier über ihm, mit ihren Zungen jede Stelle seines Körpers liebkosend, bis seine Erregung so hochgradig wurde, daß der Saft wie eine Fontäne aus ihm hervorschoß. Dann war er eingeschlafen.

Er trank einen weiteren Schluck von dem heißen Kaffee und schüttelte den Kopf. »Ist mein Vater schon auf?«

»Ja, Herr. Er ist beim Fürsten, und man erwartet Euch zum Frühstück.«

Baydar trank den Kaffee aus und sprang aus dem Bett. »Sag ihnen, daß ich sofort komme.«

Er duschte zuerst kalt, dann heiß, dann wieder kalt. Nach wenigen Minuten war er völlig wach. Er strich mit den Fingern rasch übers Kinn und beschloß, die Rasur könne noch warten. Als er aus dem Badezimmer kam, hatte Dschabir bereits Hemd und Hose für ihn bereitgelegt.

Sein Vater und der Fürst saßen noch beim Frühstück, als er eintrat. Der Haushofmeister war gerade dabei, das Geschirr wegzuräu-men.

Baydar küßte die Hand seines Vaters und dann die des Fürsten. Der einladenden Geste des Emirs folgend, nahm er Platz. »Möchtest du etwas essen?« fragte der Fürst höflich.

»Danke, nein«, antwortete Baydar. Es wäre unhöflich gewesen zu essen, nachdem der Fürst seine Mahlzeit beendet hatte.

»Vielleicht etwas Kaffee?« fragte der Fürst.

»Ja, bitte«, nickte Baydar.

Der Haushofmeister beeilte sich, seine Tasse zu füllen. Baydar trank von dem dicken, süßen Gebräu und wartete ruhig und ehrerbietig. Obgleich die Vorhänge zugezogen waren, so daß das Sonnenlicht nicht in den Raum dringen konnte, trug der Fürst eine Sonnenbrille, hinter deren Gläsern seine Augen unsichtbar blieben. Er wartete, bis Baydar seine Tasse absetzte. »Dein Vater und ich haben über deine Zukunft gesprochen.«

Baydar neigte den Kopf. »Ich bin Euer Diener.«

Der Fürst lächelte. »Vor allem bist du mein Vetter und Blut von meinem Blut.«

Baydar schwieg. Es wurde keine Antwort von ihm erwartet.

»Die Welt ändert sich schnell«, fuhr der Fürst fort. »Vieles ist geschehen seit deiner Geburt. Unsere Pläne müssen sich dem anpassen.« Er klatschte scharf in die Hände.

Der Haushofmeister zog sich zurück und schloß lautlos die Tür hinter sich. Sie waren allein im Zimmer.

Der Fürst wartete einen Augenblick und senkte seine Stimme dann zu einem Flüstern. »Du weißt, daß ich dich immer als meinen Erben betrachtet und geglaubt habe, du würdest eines Tages meinen Platz als Herrscher dieses Landes einnehmen.«

Baydar sah zu seinem Vater hin, aber Samirs Miene blieb ausdruckslos. So wandte er sich wieder dem Fürsten zu.

»Aber die Zeiten haben sich geändert«, sagte der Fürst. »Es gibt andere, wichtigere Dinge, denen wir gegenüberstehen. Im ganzen Mittleren Osten strömt die Flut der Zukunft unter dem Wüstensand hervor und verspricht Reichtümer, wie wir sie uns nie hätten vorstellen können. Die Quelle dieses Reichtums ist Öl, das Herzblut der modernen, industrialisierten, westlichen Welt. Und unter unserem kleinen Land liegt eines der größten Ölbecken, die der Mensch je kannte.«

Er machte eine Atempause, hob die Kaffeetasse an die Lippen und nahm einen Schluck des heißen, süßen Getränks. »Ich habe im letzten Monat mit mehreren amerikanischen, britischen und europäischen Gesellschaften ein Abkommen über den Abbau dieser Vorkommen unterzeichnet. Man war bereit, uns zehn Millionen Dollar für Versuchsbohrungen zu bezahlen. Wenn Öl gefunden wird, erhalten wir zusätzliche Summen für jede Quelle und gewisse Abgaben für jede Tonne Öl, die unser Land verläßt. Außerdem haben sich die Gesellschaften verpflichtet, Raffinerien zu bauen und bei der Entwicklung unseres Landes zu helfen. Das alles birgt große Möglichkeiten, aber ich habe kein gutes Gefühl dabei.«

»Das verstehe ich nicht«, sagte Baydar, obwohl er ganz genau verstand. Deshalb hatte man ihn ja fortgeschickt, um die Geschäftsmethoden der westlichen Welt zu lernen.

»Ich glaube, du verstehst es sehr wohl«, entgegnete der Emir scharfsichtig. »Aber laß mich auf meine Weise fortfahren. Zwar hat die Welt auf Imperialismus und Kolonisierung verzichtet, aber es gibt andere Methoden, um ein Land und seine Bevölkerung zu versklaven. Man macht sie wirtschaftlich abhängig. Ich werde nicht zulassen, daß der Westen so mit uns verfährt, aber es paßt in meinen Plan, ihn für unseren Fortschritt bezahlen zu lassen.«

Baydar nickte. Er fühlte neuen Respekt für den Fürsten in sich aufsteigen. Hinter all seinem oft seltsamen und oberflächlichen Verhalten verbarg sich doch ein Mann mit Kopf. »Wie kann ich dabei helfen?« fragte er. »Euer Wunsch ist mir Befehl.«

Der Fürst blickte Samir an und nickte. Samir lächelte, und der Fürst wandte sich wieder an Baydar. »Ich habe eine wichtigere Aufgabe für dich, als mein Nachfolger zu werden. Ich brauche einen Mann, der sich in der westlichen Welt zu bewegen versteht, der die Reichtümer, die man uns widerwillig geben wird, auf westliche Art nutzen kann, um sie noch zu vermehren. Und wenn du diese Aufgabe übernehmen willst, für die du geschult wurdest und noch weiter ausgebildet werden wirst, verspreche ich dir, daß dein erstgeborener Sohn mein Erbe und der nächste Fürst sein wird.«

»Ich brauche kein Versprechen von meinem Fürsten«, erwiderte Baydar. »Es wird mir eine Freude sein, seine Wünsche auszuführen.«

Der Emir erhob sich und umarmte Baydar. »Mehr könnte mein eigener Sohn nicht für mich tun.«

»Ich danke Eurer Exzellenz für das Vertrauen. Ich bete nur darum, daß es Allah in seiner Weisheit gefällt, mich dessen wert zu machen.«

»Allahs Wille geschehe«, sagte der Fürst. »Du wirst nach Amerika auf die Universität zurückkehren. Aber von jetzt an wird deine Ausbildung in den Händen von Männern liegen, die mir von den amerikanischen Ölgesellschaften empfohlen wurden. Du wirst eine sehr spezialisierte Ausbildung erhalten, die etwa drei Jahre dauern wird.«

Baydar nickte. »Ich verstehe.«

»Aber wir haben noch eine andere Angelegenheit zu regeln«, sagte der Fürst und setzte sich wieder. »Deine Heirat.«

Baydar starrte ihn überrascht an. Das hatte er nicht erwartet. »Meine Heirat?« wiederholte er.

Der Fürst lächelte. »Du brauchst dich nicht zu wundern. Nach den Berichten, die ich über die vergangene Nacht erhielt, solltest du mir viele Söhne schenken.«

Baydar schwieg.

»Dein Vater und ich haben diese Frage sehr sorgfältig erwogen und nach langer Überlegung eine Braut für dich ausgesucht, auf die du sehr stolz sein kannst. Sie ist jung und schön und stammt aus einer der besten Familien im Libanon. Sie heißt Maryam Riad und ist die Tochter von Mohammed Riad, dem berühmten Bankier.«

»Ich kenne das Mächen«, warf sein Vater eilig ein. »Sie ist wirklich sehr schön. Und sehr fromm.«

Baydar schaute seinen Vater an. »Wie alt ist sie?«

»Sechzehn«, antwortete Samir. »Sie war zwar nie im Ausland, wurde aber sehr gut erzogen. Im Augenblick besucht sie das amerikanische Mädchencollege in Beirut.«

»Sechzehn ist jung für eine Ehe«, wandte Baydar ein.

Der Emir lachte. »Ich habe weise gewählt. In Amerika ist ein sechzehnjähriges Mädchen vielleicht jung. In unseren Ländern ist sie gerade reif.«

Auf der Rückfahrt im Wagen nach Beirut war Baydar sehr still. Erst als sie die Vororte der Stadt erreichten, fragte Samir: »Was gibt es, mein Sohn?«

»Nichts, Vater.«

»Bist du enttäuscht darüber, nicht der Erbe des Fürsten zu werden?«

»Nein.«

»Dann ist es wohl der Gedanke an deine bevorstehende Heirat?«

Baydar zögerte. »Ich kenne das Mädchen nicht einmal. Vor heute nachmittag hatte ich noch nie von ihm gehört.«

Samir sah ihn an. »Ich glaube, ich verstehe dich. Du fragst dich, warum wir uns die ganze Mühe machen, dich auf westliche Art erziehen zu lassen, um dann deine Heirat nach unseren alten Bräuchen zu arrangieren. Ist es das?«

»Ich glaube, ja. In Amerika lernt man das Mädchen wenigstens zuerst kennen und kann herausfinden, ob man sich mag.«

»Das geschieht auch hier, mein Sohn. Aber wir sind keine gewöhnlichen Leute«, sagte Samir ruhig. »Wir haben Verantwortungen, die wichtiger sind als unsere persönlichen Gefühle.«

»Aber du und Mutter, ihr kanntet euch, bevor ihr geheiratet habt. Ihr seid praktisch zusammen aufgewachsen.«

Samir lächelte. »Das ist richtig. Aber unsere Ehe war vereinbart worden, als wir noch Kinder waren. Wir wußten das, und es brachte uns enger zusammen.«

»Hättest du eine andere geheiratet, wenn das so vereinbart worden wäre? Trotz deiner Gefühle für Mutter?«

Samir überlegte eine Weile, dann nickte er. »Ja. Vielleicht nicht gern, aber ich hätte keine andere Wahl gehabt. Man muß tun, was man tun muß. Es ist Allahs Wille.«

Baydar sah seinen Vater an und seufzte. Allahs Wille. Das traf auf alles zu. Der Mensch selbst hatte sehr wenig Rechte. »Ich möchte das Mädchen kennenlernen«, sagte er.

»Das wurde bereits arrangiert«, antwortete Samir. »Ihre Familie wurde eingeladen, das Wochenende bei uns in den Bergen zu verbringen. Sie werden übermorgen ankommen.«

Plötzlich fiel Baydar etwas ein. »Wußtest du das etwa schon

lange?«

»Nicht lange«, antwortete sein Vater ausweichend. »Der Fürst teilte mir seinen Entschluß erst vorige Woche mit.«

»Weiß Mutter davon?«

»Ja.«

»Ist sie einverstanden?«

»Mit der Heirat? Ja.«

»Du scheinst zu zögern«, sagte Baydar.

»Deine Mutter hatte große Träume davon, daß du Fürst wirst.« Samir lachte. »Frauen denken nicht immer sehr realistisch.«

»Und du, Vater, warst du auch enttäuscht?«

Samir blickte seinem Sohn in die Augen. »Nein.« Er dachte zurück an die Nacht, in der sein Sohn geboren wurde. »Du warst immer mein Prinz und wirst es bleiben.«

9

Maryam Riad war wie die meisten libanesischen Mädchen klein, kaum mehr als einsfünfzig, und hatte große dunkle Augen. Ihr schwarzes Haar war nach der neuesten Pariser Mode hochtoupiert, was sie größer erscheinen lassen sollte. Ihr Teint schimmerte hell oliv, und sie neigte ein wenig zur Rundlichkeit, wogegen sie ständig mit allen möglichen Diäten ankämpfte, sehr zum Mißbehagen ihrer Eltern, für die eine arabische Frau wohlgenährt auszusehen hatte. Sie sprach fließend französisch und ungern englisch, haßte es, ins amerikanische Mädchencollege in Beirut zu gehen, und lag ihren Eltern dauernd in den Ohren, daß sie viel lieber wie die Kinder anderer reicher Familien eine Schweizer oder französische Schule besucht hätte.

Doch stießen diese Beschwerden bei ihrem Vater auf taube Ohren. Mädchen brauchten keine Ausbildung, denn nachdem sie verheiratet waren, hatten sie lediglich ein Haus zu führen und Kinder zu bekommen. Maryam mußte mit bitteren Gefühlen zusehen, wie ihre Brüder in ausländische Schulen geschickt wurden, während sie selbst zu Hause blieb und nicht einmal so viel Freiheit genoß wie viele ihrer Freundinnen, die mit ihr zur Schule gingen. Sie mußte sofort nach dem Unterricht nach Hause kommen, durfte sich nie mit jemandem verabreden, nur mit einer Anstandsdame ausgehen und auch das nur bei Gelegenheiten, die von ihrem Vater gebilligt worden waren.

Als sie im Wagen mit ihren Eltern zum Haus der Al Fays unterwegs war, betrachtete ihr Vater sie zufrieden. »Also, meine Tochter«, sagte er auf seine schwerfällige Art, »vielleicht verstehst du nun, warum deine Eltern dich so behütet haben. Vielleicht weißt du uns nun mehr zu schätzen.«

»Ja, Vater«, antwortete sie gehorsam.

»Glaubst du, der Fürst hätte dich für diese Heirat ausgewählt, wenn du auf ausländischen Schulen gewesen wärst?« fragte er. »Nein«, beantwortete er seine Frage selbst. »Was er wollte, war eine echt arabische Frau, nicht eine, die durch fremde Einflüsse verdorben ist.«

Sie warf ihrer Mutter einen Blick zu, die schweigend vor sich hin sah. Ihre Mutter sprach nie, wenn der Vater in der Nähe war. »Ja, Vater«, sagte sie wieder.

»Ich wünsche, daß du auf deine Manieren achtest«, befahl ihr Vater. »Benimm dich vor allem ehrerbietig und sittsam. Ich wünsche nichts von dem leichtfertigen Ton zu hören, den du von deinen Freundinnen im College gelernt hast.«

»Ja, Vater«, sagte sie gelangweilt zum drittenmal.

»Diese Hochzeit wird die bedeutendste im ganzen Land sein«, fuhr ihr Vater fort. »Alle Welt weiß, daß dein erster Sohn der Erbe des Fürsten wird.«

Sie schaute ihren Vater aus den Augenwinkeln an. »Und wenn ich nur Töchter bekomme?«

Ihr Vater war schockiert. »Du wirst Söhne haben!« schrie er, als ob er es damit wahrmachen könnte. »Verstehst du mich? Du wirst Söhne haben!«

»Wenn es Allah gefällt«, erwiderte sie, insgeheim lächelnd.

»Sein Wille geschehe«, fügte ihre Mutter automatisch hinzu.

»Es ist Allahs Wille«, sagte ihr Vater voller Überzeugung. »Weshalb hätte er sonst diese Heirat arrangiert?«

Maryam war sehr beeindruckt von dem, was sie sah, als der Wagen durch das Tor in den weitläufigen Besitz der Al Fays einfuhr. Sie kannte Reichtum, aber keinen solchen! Verglichen mit Samir war ihr Vater, obwohl einer der reichsten Männer von Beirut, lediglich wohlhabend. Zahllose Diener und Wächter waren zu sehen, und das Ganze wirkte auf sie wie eine andere Welt.

Zu Ehren des Ereignisses trug die Familie Riad traditionelle Kleidung, aber in ihren Koffern befanden sich die neuesten Pariser Modelle, die sie am Abend beim großen Diner tragen würden.

»Zieh deinen Schleier zurecht«, mahnte ihre Mutter, als der Wagen anhielt und ein Diener herankam, um die Tür zu öffnen.

Maryam bedeckte schnell ihr Gesicht, so daß nur ihre Augen sichtbar blieben. Sie sah, wie Dr. Al Fay ihnen entgegen kam, Baydar einen halben Schritt hinter sich. Ihr Atem stockte. Die beiden trugen ebenfalls traditionelle Kleidung, und in der Haltung ihres Bräutigams lag etwas, das deutlich das Erbe der Wüste verriet. So konnte nur ein echter Scheich aussehen!

Ihr Vater stieg aus. Samir kam mit ausgestreckten Armen auf ihn zu. *»Ahlan, Ahlan.«*

»Ahlan fikum.« Die beiden Männer umarmten und küßten einander auf beide Wangen.

Dann wandte Samir sich um und stellte seinen Sohn vor. Baydar bewies mit der traditionellen Geste seinem zukünftigen Schwiegervater Ergebenheit und Respekt und hieß ihn willkommen. Dann hielt er ihm auf westliche Art die Hand entgegen.

Sie schüttelten einander die Hände und traten zum Wagen. Frau Riad stieg aus und wurde von Samir begrüßt. Gleich danach erschien Maryam. Ihr Vater nahm sie an der Hand und führte sie zu Samir. »Erinnerst du dich an Dr. Al Fay?«

Sie sah ihn einen Augenblick an, dann wandte sie den Blick ab, wie es sich gehörte. Sie nickte und drückte mit der üblichen Geste ihre Ergebenheit aus. Samir faßte ihre Hand. »Mein Kind«, sagte er. »Willkommen. Möge unser Heim für immer dein Heim sein.«

»Danke«, flüsterte sie. »Möge Allahs Wille es so beschließen.«

Samir winkte, und Baydar trat heran. Sittsam hielt sie den Blick gesenkt, so daß sie nur seine Schuhspitzen unter der fließenden Dschellaba sah. »Maryam«, sagte Samir, »darf ich dir meinen Sohn Baydar, deinen künftigen Ehemann, vorstellen?«

Bevor sie hochblickte, drückte sie wieder ihre Ergebenheit aus, dann hob sie den Kopf. Einen Augenblick lang war sie wie versteinert. Niemand hatte ihr gesagt, daß er blaue Augen hatte! Dann begann ihr Herz zu klopfen, und sie spürte, wie sie unter dem Schleier errötete. Es gab so vieles, das ihr niemand gesagt hatte. Er war so groß. Und so schön. Sie senkte den Blick und konnte kaum seine Begrüßungsworte hören, so stark pulste das Herzklopfen in ihren Ohren. Zum erstenmal im Leben war sie wirklich dankbar, daß ihre Eltern sie nicht ins Ausland auf die Schule geschickt hatten. Sie war rettungslos verliebt.

Das Abendessen war eine offizielle Angelegenheit. Samir hatte eigens den französischen Koch aus seinem Beiruter Haus kommen lassen. Statt der üblichen libanesischen Mezzeh gab es Gänseleberpastete und großkörnigen iranischen Kaviar als Vorspeise. Dann folgten nicht das übliche Moulouchieh, Kaninchen mit Reis, sondern Coq au vin und Lammkeule; die Nachspeise jedoch war wieder landesüblich – Baklava in mehr als zwanzig seiner honigsüßen Varianten.

Während des ganzen Mahles wurde Champagner gereicht – als einzige Umgehung der mohammedanischen Gesetze. Die Damen in ihren langen Pariser Abendkleidern und die Herren im Smoking unterhielten sich höflich und oberflächlich, wie zwei Familien es tun, die sich eben kennenlernten.

Gegen Ende der Mahlzeit erhob sich Riad. »Wenn es mir gestattet ist«, sagte er in seiner wichtigtuerischen Art, »möchte ich einen Trinkspruch auf unseren geschätzten Gastgeber, den gütigen Doktor Al Fay, vorschlagen. Möge Allah ihn und seine Familie mit seinem Segen überschütten.«

Er hob sein Glas und trank einen Schluck Champagner. »Und noch einen Trinkspruch«, sagte er schnell, das Glas noch immer in der Hand. Er lächelte über den Tisch hinweg Baydar zu. »Auf meinen zukünftigen Schwiegersohn, den ich schon als meinen Sohn betrachte, und auf meine Tochter. Möge Allah ihre Verbindung mit vielen Söhnen segnen.«

Maryam spürte, wie sie beim allgemeinen freundlichen Gelächter ringsherum errötete. Sie wagte nicht, Baydar über den Tisch weg anzublicken. Ihr Vater fuhr fort:

»Und obwohl die Frage der Mitgift zwischen unseren Familien nie erörtert wurde, möchte ich doch diesen alten und geachteten Brauch nicht übersehen. Denn wie sonst kann ein Mann seiner Liebe zu seiner Tochter und seiner Schätzung für ihren Mann Ausdruck verleihen?«

Samir erhob sich protestierend. »Nein, Mohammed, das Geschenk deiner Tochter ist Reichtum genug.«

»Mein lieber Samir.« Der Bankier lächelte und schob den Einspruch beiseite. »Willst du mir diese einfache Freude versagen?«

»Natürlich nicht.« Samir setzte sich wieder.

»Mein Sohn«, wandte sich Riad an Baydar. »Am Tag eurer Hochzeit wird in meiner Bank in Beirut in deinem Namen ein Konto in der Höhe von einer Million libanesischer Pfund eröffnet werden. Du kannst damit tun, was du willst.«

Baydar warf Maryam einen Blick zu, ehe er sich erhob und seinem Schwiegervater dankte. Ihr Gesicht war gerötet, und sie blickte nicht vom Tisch hoch. Baydar wählte seine Worte sorgfältig. »Mein geehrter Vater, möge Allah Zeuge deiner Freigebigkeit und Güte sein. Nur um eines muß ich dich noch bitten: daß du mir deine führende Hand leihst, damit ich weisen Gebrauch von deinem großzügigen Geschenk mache.«

»Das werde ich gern tun«, erwiderte Mohammed Riad schnell. Er war hocherfreut. Alles verlief genauso, wie er es geplant hatte. Er war sicher, daß dieses Konto nur der Beginn der Geschäfte sein würde, die seine Bank fortan mit der Familie Al Fay tätigen würde.

Samir erhob sich. Das Diner war beendet. Mit einem Blick zu Baydar sagte er: »Es wäre nett, wenn du deiner Verlobten die Gärten zeigtest, während wir uns in der Bibliothek ausruhen.«

Baydar nickte und ging rund um den Tisch, um Maryams Stuhl zu halten, als sie sich erhob. Er lächelte ihr zu. »Man scheint uns loswerden zu wollen.«

Sie nickte. Er nahm ihren Arm, und sie gingen zur Gartentür.

Frau Riad wandte sich an Nabila. »Sind sie nicht ein schönes Paar?«

Sie erreichten den Teich am Gartenende, bevor einer von beiden ein Wort gesagt hatte. Dann aber begannen sie fast gleichzeitig zu sprechen. Maryam hielt inne. »Entschuldige.«

»Es ist mein Fehler«, sagte Baydar schnell. »Was wolltest du sagen?«

»Nichts Wichtiges«, antwortete sie. »Was wolltest du sagen?«

Sie lachten, jeder ein wenig geniert für den anderen. Er blickte auf sie nieder. »Ich wollte wissen, was deine Ansicht ist. Ich meine darüber, daß wir heiraten werden.«

Sie senkte den Blick, ohne zu antworten.

»Du brauchst darauf nicht zu antworten«, sagte er rasch. »Die Frage war nicht fair. Du hast ja kaum eine andere Wahl, nicht wahr?«

Sie hob den Kopf. »Und du?«

Nun war er es, der nicht antwortete. Er fischte ein Päckchen Zigaretten aus seiner Jackentasche. »Rauchst du?«

Sie schüttelte den Kopf.

Er zündete eine an und nahm einen tiefen Zug. Dann stieß er langsam den Rauch aus. »Ein bißchen altmodisch, nicht?«

»Ja.«

»In Amerika vergißt man beinahe, wie unsere Bräuche sind.«

»Ich wollte immer ins Ausland fahren«, sagte sie, »aber mein Vater ließ es nicht zu. Hat es dir dort gefallen?«

»Ja«, antwortete er. »Dort sind die Menschen einfacher. Man weiß meistens genau, was sie denken.«

Sie zögerte. »Hattest du dort ein Mädchen?«

»Nicht ein bestimmtes Mädchen. Aber wir hatten viele Verabredungen. Und du?«

»Mein Vater ist sehr streng. Ich durfte nur selten ausgehen. Es gab sogar einen Streit, als ich aufs College wollte.«

Sie verfielen wieder in Schweigen. Er betrachtete das glühende Ende seiner Zigarette. Diesmal sprach sie zuerst. »Du hast blaue Augen.«

»Ja«, meinte er. »Mein Vater sagte, das geht auf die Kreuzzüge zurück. Seither gibt es dann und wann blaue Augen in der Familie.«

Sie wandte sich ab und blickte aufs Meer hinaus. Sie sagte sehr leise: »Ich muß für dich eine große Enttäuschung sein nach all den Mädchen, die du im Westen gekannt hast.«

»Das ist nicht wahr«, entgegnete er rasch. »Ich habe sie nie ernstgenommen. Sie haben nichts im Kopf. Nicht wie wir.«

»Aber sie sind sehr schön und groß.«

»Maryam«, sagte er.

Sie wandte sich ihm zu.

»Auch du bist sehr schön.«

»Wirklich?« fragte sie. »Findest du das tatsächlich?«

»Ich finde es.« Er faßte nach ihrer Hand. »Willst du immer noch ins Ausland fahren?«

»Ja.«

Er lächelte. »Dann machen wir unsere Hochzeitsreise nach Europa.«

Und das taten sie. Sie heirateten Ende Juli und verbrachten den Monat August mit Reisen auf dem Kontinent. Als Baydar Maryam im September nach Beirut zurückbrachte und sie dort ließ, um wieder auf die Universität nach Amerika zu fahren, war sie bereits schwanger.

10

Die Gäste kamen vom Diner zurück, und auf dem Oberdeck wurde wieder getanzt. Baydar war wie üblich verschwunden, sobald das Essen serviert wurde. Es war seine Gewohnheit, seine Besprechungen abzuhalten, während die anderen speisten. War die Mahlzeit vorbei, erschien er wieder und mischte sich unter die Gäste. Auf diese Weise wurde er nicht vermißt und sparte viel Zeit.

Jordana setzte sich so, daß sie Baydars Wiedererscheinen im Salon beobachten konnte. Sogar nach neun Jahren Ehe war er ihr oft immer noch fremd. Er hatte etwas an sich, das sie nie verstehen würde. Manchmal schien es ihr, als bemerkte er sie überhaupt nicht, und dann wieder brachte er völlig überraschend Dinge zur Sprache, die ihr klarmachte, daß es nur sehr wenig gab, was er von ihr nicht wußte.

Zum Beispiel heute abend. Sie hatte das Van-Cleef-Etui auf ihrem Kissen sehr wohl gesehen, aber aus irgendeinem perversen Grund, den sie selbst nicht völlig verstand, beschlossen, es nicht zur Kenntnis zu nehmen. Vielleicht, weil sie sein ewiges Kommen und Gehen nicht mit Geschenken entschuldigt haben wollte. Ganz anders als die amerikanischen Männer, die sie gekannt hatte, konnte sie ihn nicht mit Schuldgefühlen manipulieren. Seine Reaktionen waren direkt und einfach. Es schlummerte noch sehr viel Ungebändigtes im Dunkel seiner Seele, um manchmal ganz plötzlich hervorzubrechen. Aber ihre eigene Reaktion hatte sie überrascht. Es lag für sie direkt etwas Tröstliches in seiner Gewalttätigkeit. Sie hatte sich benommen wie ein Kind, das seinen Vater zu einer Bestrafung herausforderte, um sich seiner Liebe zu vergewissern. Damit waren ihre Schuldgefühle aus dem Weg geräumt, und sie konnte auf Mittel und Wege sinnen, seine Gunst zurückzugewinnen.

Kaum hatte er die Tür hinter sich zugeschlagen, stand sie auf und schaute in den Spiegel. Der Abdruck seiner Hand brannte in ihrem Gesicht. Sie klingelte nach ihrer Sekretärin, ließ sich einen Eisbeutel bringen und hielt ihn über eine Stunde ans Gesicht, bis die Schwellung zurückgegangen war.

Erst dann entschloß sie sich für ihr Kostüm. Sie würde eine Moslemfrau sein, wenn er das wollte. Ein Weib, eine Huri, eine Sklavin. War es nicht das, was Allah ihnen versprach, sobald sie durch die Pforten des Paradieses traten?

Sie hob das Champagnerglas an die Lippen und beobachtete die Salontüren. Baydar war noch nicht herausgekommen.

»Jordana, Darling«, flötete eine überschwengliche Stimme ihr ins Ohr. »Dein Tanz war phantastisch.«

Jordana drehte sich um, als sie die Stimme erkannte. »Mara«, sagte sie und hielt ihr die Wange zum üblichen Kuß hin. »Du bist mehr als freundlich.«

»Nein, Darling«, sagte die Prinzessin schnell. »Es ist wahr. Das war die erotischste Darbietung, die ich je gesehen habe. Wäre ich ein Mann, ich hätte dich auf der Stelle vergewaltigt.« Sie lachte und fügte hinzu: »Eigentlich könnte ich das auch tun.«

Jordana stimmte in ihr Lachen ein. »Das ist wohl das größte Kompliment, Mara.«

Die Prinzessin drängte sich näher an Jordana. »Unglaublich, wie du das gemacht hast! Hast du den jungen Mann bemerkt, den ich mitgebracht habe? Er wurde fast verrückt. Ich dachte, er sprengt seine Hose.«

Jordana schaute sie scharf an. Es sah Mara gar nicht ähnlich, sich derart zu verbreiten. »Wirklich, Liebste?«

»Wirklich«, antwortete Mara. »Und er brennt darauf, dich kennenzulernen. Hast du einen Augenblick Zeit?«

Jordana sah über die Schulter der Prinzessin, wie Carriage mit Jasfir aus dem Salon kam. »Im Augenblick nicht«, antwortete sie. »Baydar wird bald herauskommen.«

Jasfir trat auf sie zu. »Madame Al Fay.«

»Mr. Jasfir«, sagte sie förmlich.

»Ich möchte Ihnen für den schönen Abend danken und mich entschuldigen, daß ich so früh aufbrechen muß, aber ich habe noch dringende Geschäfte zu erledigen.«

Sie reichte ihm die Hand. »Auch mir tut das leid.«

Er küßte ihr die Hand.

»Vielleicht haben wir das nächstemal Gelegenheit, uns besser kennenzulernen«, sagte sie.

»Es würde mir ein Vergnügen sein«, erwiderte er. *»Bonsoir,* Madame.«

Während Jasfir über das Deck ging, um sich mit einem der Schnellboote an Land bringen zu lassen, sah Jordana, wie Carriage sich Jussef zugesellte und die beiden dann gemeinsam mit dem amerikanischen Filmregisseur Michael Vincent im Salon und durch den Gang in Richtung von Baydars Arbeitszimmer verschwanden.

»Noch eine Besprechung?« fragte Mara.

Jordana zuckte mit den Schultern und hob ihr Champagnerglas. Die Prinzessin ließ sich neben ihr in den Stuhl sinken.

»Einer meiner Ehemänner war auch so. Ich habe schon vergessen, welcher. Andauernd Besprechungen. Es war so langweilig, daß ich mich scheiden ließ.«

Jordana lächelte. »Baydar mag alles mögliche sein, aber langweilig ist er nicht.«

»Das habe ich auch nicht gesagt. Aber manche Männer merken nicht, daß es noch andere Dinge im Leben gibt als Geschäfte.«

Jordana antwortete nicht. Sie trank ihren Champagner. Plötzlich war sie deprimiert. Nichts mehr schien zwischen ihnen zu klappen.

»Komm, Liebste«, drängte die Prinzessin. »Ich stelle dir meinen jungen Mann vor. Ihn wird es glücklich machen, und dich amüsiert es vielleicht für ein paar Minuten.«

»Wo ist er?«

»Dort drüben. Der große Blonde, der bei der Treppe steht.«

Jordana sah ihn sich an. »Er sieht jung aus.«

Die Prinzessin lachte. »Er *ist* jung, Liebste. Fünfundzwanzig und mit der Ausdauer eines Stiers. Seit Rubis Glanzzeiten habe ich nie mehr einen solchen Kerl getroffen.«

»Ein Gigolo?« fragte Jodana.

»Natürlich, Liebste. Sind das nicht alle schönen jungen Männer? Aber das macht die Sache einfacher, wenn du genug von ihnen hast. Gib ihnen ein paar Francs, und sie verschwinden. Keine Komplikationen.«

»Hast du schon genug von ihm? Oder warum reichst du ihn weiter?«

Mara lachte. »Nein, Liebste. Aber er überfordert mich. Da kann ich nicht mehr mithalten. Dauernd hält er mir seinen herrlichen Riesenschwanz entgegen, aber ich bin leider nicht mehr jung genug. Ich bin erschöpft.«

»Zumindest bist du ehrlich.«

»Ich bin immer ehrlich«, sagte Mara gekränkt. »Willst du ihn also kennenlernen?«

Jordana warf einen Blick zum Salon. Carriage kam allein zurück. Jussef und Vincent waren noch bei Baydar. Sie zuckte mit den Achseln. »Von mir aus. Bring ihn her.«

Baydar reichte Vincent einen Scotch mit Wasser und bat ihn, Platz zu nehmen. Jussef zog sich diskret in eine Zimmerecke zurück, während Baydar sich dem Amerikaner gegenübersetzte.

»Ich bin schon lange ein Bewunderer Ihrer Arbeit, Mr. Vincent«, begann Baydar.

»Danke, Mr. Al Fay. Ich fühle mich ehrlich geschmeichelt von Ihrem Urteil.«

»Ich stehe damit gewiß nicht allein«, sagte Baydar und beschloß, direkt zur Sache zu kommen. Der Mann war schließlich Amerikaner, und er brauchte nicht lange herumzureden. »Ich habe deshalb beschlossen, Sie zu fragen, ob es Sie interessieren würde, einen Film über das Leben des Propheten zu drehen. Haben Sie jemals daran gedacht?«

Der Regisseur trank einen Schluck. »Offen gestanden, nein, Mr. Al Fay.«

»Gibt es einen bestimmten Grund dafür, Mr. Vincent?«

Vincent schüttelte den Kopf. »Es ist mir einfach nie eingefallen. Vielleicht deshalb, weil wir Amerikaner sehr wenig über Mohammed wissen.«

»Es gibt aber über vierhundert Millionen Menschen, die das Thema sehr interessiert«, sagte Baydar.

Vincent nickte. »Das weiß ich jetzt. Mr. Ziad hat mir das sehr ausführlich erklärt und mir auch mehrere Biographien des Propheten gegeben; ich muß zugeben, daß mich die Idee fasziniert.«

»Glauben Sie, daß daraus ein Film zu machen wäre?«

»Ja, sogar ein sehr guter Film.«

»Einer, der in der westlichen Welt Erfolg haben könnte? Der mithelfen könnte, ihr verständlich zu machen, daß wir eine Kultur besitzen, die auf den gleichen moralischen Grundsätzen beruht wie die ihre?«

»Erfolgreich? Das weiß ich nicht. Was das Verständnis betrifft, würde ich sagen, ja. Vorausgesetzt, daß der Film überhaupt gezeigt wird.«

Baydar nickte. »Ich verstehe. Aber angenommen, es wäre möglich. Was wäre der erste Schritt, um das Projekt zu realisieren?«

»Jeder Film braucht zuerst einmal ein Drehbuch.«

»Sie haben schon für andere Filme Drehbücher geschrieben. Wäre es Ihnen möglich, auch dieses zu schreiben?«

»Wenn ich den Stoff besser beherrschen würde, sicher. Aber ich fürchte, ich weiß zu wenig darüber.«

»Und wenn Sie die nötige Mithilfe erhielten?«

»Nur dann, wenn ich sicher sein könnte, daß der Film auch wirklich gedreht würde.«

»Und wenn ich Ihnen garantiere, daß der Film gedreht wird?«

Vincent blickte Baydar an und holte tief Atem. Wenn er zusagte, und der Film wurde nicht gedreht, war er in der Branche erledigt. Dafür würden schon die Juden sorgen. Wurde er jedoch gedreht, und das auch noch gut, würden auch sie ihn in ihren Kinos spielen. Im Grunde war es ihnen ganz egal, was für ein Film es war, wenn nur die Kasse stimmte. »Ich bin sehr teuer«, sagte er. »Mich bekommt man nicht billig.«

»Das weiß ich bereits, Mr. Vincent. Wäre ein Honorar von einer Million Dollar plus Gewinnbeteiligung zu wenig?«

Aus den Lautsprechern tönte langsame, romantische Musik, und die Tanzfläche war dicht besetzt, als Jacques Jordana das Champagnerglas aus der Hand nahm und sie zum Tanz aufforderte. Er lächelte sie an. »Ich habe lange auf die richtige Musik gewartet, um Sie zum Tanz bitten zu können.«

Jordana spürte die Wirkung des Champagners. Sie erwiderte sein Lächeln. »Wie nett von Ihnen.«

Er zog sie eng an sich. »Ihr Amerikaner! Ist das alles, was Sie zu sagen haben?«

Sie sah ihm ins Gesicht. »Amerikaner? Ich bin keine Amerikanerin. Erkennen Sie das nicht an meinem Kleid?«

»Sprich nicht«, sagte er. »Überlasse dich der Musik.« Er drückte ihren Kopf an seine Schulter und preßte mit der anderen Hand ihre Hüften eng an sich. Er bewegte sich sehr langsam im Rhythmus der Musik und ließ sie genau spüren, was ihr Körper in ihm auslöste.

So tanzten sie eine Weile, und sie schloß genußvoll die Augen. Plötzlich ließ er ihre Hand los, bewegte sich langsam der Reling zu, wo sie von niemandem gesehen werden konnten. »Ich habe Knöpfe an der Hose, keinen Reißverschluß«, wisperte er. »Mach sie auf!«

Sie starrte ihn mit weit aufgerissenen Augen an. »Du bist verrückt«, flüsterte sie. »Die Leute beobachten uns!«

»Kein Mensch kann uns hier sehen! Höchstens unsere Rücken.«

Ohne den Blick von seinen Augen zu wenden, suchten ihre Finger fieberhaft die Knöpfe seiner Hose und öffneten sie. Er trug nichts darunter. Er zog ihren Kopf an seine Brust, so daß sie nach unten schauen mußte. »Nimm ihn dir!« befahl er.

Mara hatte nicht übertrieben. Ihre Handfläche reichte bei weitem nicht aus, die ganze Länge seines Penis zu erfassen. Sie spürte, wie ihre Handfläche feucht wurde.

»Fester!« keuchte er.

Sie hörte die Musik nicht mehr, ging völlig auf im Rhythmus der Bewegung ihrer Hand.

»Jetzt!« schluchzte er beinahe, und sie starrte fasziniert nach unten, bis es vorbei war.

»Danke«, sagte er lächelnd und zog sein Taschentuch aus der Brusttasche. »Hier, trockne deine Hände ab.«

Sie rieb sich die Handflächen ab und gab es ihm zurück.

Er schüttelte den Kopf. »Mich auch!«

Sie wischte ihn ab, und er brachte seine Kleidung wieder in Ordnung. »Das Taschentuch kannst du wegwerfen«, meinte er lässig.

Das zerknüllte Tuch fiel ins Meer, und sie kehrten auf die überfüllte Tanzfläche zurück. »Ich muß dich wiedersehen«, flüsterte er. »Wo kann ich dich anrufen?«

»Du kannst mich nicht anrufen. Ich rufe dich an.«

»Ich wohne im *Martinez.* Rufst du bestimmt an? Versprichst du es?«

Sie nickte. Die Musik endete gerade, als sie Baydar, gefolgt von Jussef und dem amerikanischen Filmregisseur, über die Treppe kommen sah. »Mein Mann«, flüsterte sie. Sie trennte sich von ihm, aber er hielt ihre Hand fest.

»Morgen?« flüsterte er.

»Ja.« Sie riß ihre Hand los und bahnte sich ihren Weg über die Tanzfläche zu Baydar. Ihr Gesicht war gerötet, und sie fühlte sich genauso, als ob sie gerade gehascht hätte.

»Darling!« rief sie. »Was für eine reizende Geburtstagsparty! Wie kann ich dir je genug danken?«

11

Es war schon nach Mitternacht, und Leila wurde es langweilig, nur in ihrem Zimmer herumzusitzen. Sie trat ans Fenster und blickte hinaus auf die Croisette. In der warmen Nacht flanierten immer noch Scharen von Menschen auf und ab. Die Reklameschilder auf dem Mittelstreifen der breiten Prachtstraße waren hell erleuchtet und wiesen auf die Filme hin, die während des kommenden Festivals gezeigt wurden.

Sie wandte sich vom Fenster ab, sie hatte genug. Wenn sie nicht bald hier herauskam, wurde sie verrückt. Sie nahm eine Jacke und den Schlüssel und ging in die Halle. Während sie auf den Lift wartete, zog sie die Jacke an. Beim Verlassen des Gebäudes sah sie genauso aus wie all die anderen jungen Mächen, die in Jeans und Hemden in der Nacht herumwanderten.

Sie schlug die Richtung zum *Carlton* ein, blieb an der Ecke der Rue du Canada stehen, um sich ein Eis zu kaufen, und überquerte dann die Straße zur Uferseite, die weniger belebt war. Gegenüber dem *Carlton* setzte sie sich auf ein Mäuerchen und beobachtete die Menschen, die das Hotel betraten oder verließen.

Sie aß ihr Eis bis zum letzten Krümel der Waffeltüte auf und leckte sich dann die Finger sauber. Sie hörte das Geräusch eines Schnellboots und drehte sich zum Meer um.

Ein großes Motorboot legte am Hotelsteg an. Es war leer bis auf zwei Matrosen in weißen Trikothemden und Segeltuchhosen. Der eine sprang auf den Steg und belegte die Bugleine. Gleich darauf kletterte auch der andere Matrose an Land, und beide blieben rauchend und plaudernd stehen.

Sie sah über das Motorboot hinweg aufs Meer. Einige hundert Meter weit in der Bucht ankerte die Jacht ihres Vaters; die Lichter auf dem Oberdeck flimmerten in der Nacht. Leise Musik klang zum Strand herüber. Sie zog eine Zigarette heraus und zündete sie an.

Sie blickte zurück zum Hotel. Dort war nichts los. Ein kleiner Wagen auf der Croisette verlangsamte seine Fahrt und hielt an. Der Fahrer beugte sich über den Sitz, kurbelte das rechte Fenster nach unten und rief ihr etwas zu.

Sie hörte nicht, was er sagte, wußte jedoch, was er wollte. Verächtlich schüttelte sie den Kopf, erhob sich und wandte ihm den Rücken zu. Der Fahrer hupte als Antwort und fuhr mit kreischenden Reifen davon.

Impulsiv ging sie über die Stufen zum Strand hinab und auf die Anlegestelle zu. Zuerst nahmen die Matrosen automatisch Haltung an, aber als sie näherkam, verfielen sie wieder in ihre vorherige Ungezwungenheit, rauchten weiter und beobachteten sie.

Leila blieb auf dem Dock stehen und sah wortlos zu ihnen hinunter.

»Bonsoir«, rief ihr der größere Matrose zu.

»Bonsoir«, antwortete sie. Sie betrachtete das Boot. Es war ein Luxusmodell, ausgestattet mit allen Schikanen wie Funk und Stereotonband. Sie zweifelte keinen Augenblick daran, daß es ihrem Vater gehörte; er hatte immer alle neuesten amerikanischen Spielereien.

»Kein Geschäft heute?« fragte der kleinere Matrose anzüglich.

Sie beachtete ihn nicht.

Der größere lachte. »Komm runter«, sagte er. »Wir zahlen dir jeder zehn Francs für eine schnelle Nummer.«

Sie starrte ihn an. »Was ist los?« fragte sie spöttisch und zeigte auf die Jacht. »Sind euch die Mädchen dort drüben zu teuer?«

Der größere Matrose ließ sich nicht beirren. »Zwanzig für jeden. Das ist unser Höchstangebot.«

Sie lächelte ihm zu. »Ihr kriegt es umsonst, wenn ihr mich da hinausbringt.«

Die beiden Matrosen sahen zuerst einander und dann sie an. »Das geht nicht«, erklärte der größere.

»Habt ihr Angst, euren Job zu verlieren?« höhnte sie. »Was ist da draußen überhaupt los?«

Sie knöpfte aufreizend ihre Jacke auf und umfaßte ihre vollen Brüste. *»Regardez ces tétons«,* sagte sie. »Wie würde euch das schmecken?«

Die beiden schüttelten beinahe traurig die Köpfe. »Fünfundzwanzig Francs«, sagte schließlich der größere.

»Tut mir leid«, erwiderte sie, knöpfte schnell die Jacke zu und wandte sich ab. »Ihr habt eure Chance gehabt.«

»Morgen«, rief ihr der größere nach. »Komm zum alten Hafen. Dann fahren wir dich hinaus.«

»Morgen bin ich nicht mehr hier.«

»Warte!« rief der kleinere und sagte dann rasch etwas zu dem anderen, das sie nicht hören konnte.

»Also gut. Einmal rund um die Jacht und dann zurück. Okay?«

»Okay.« Sie kletterte zur Anlegestelle hinunter, und der größere Matrose sprang ins Boot. Das Aufheulen des Motors erfüllte die Nacht. Der kleinere Matrose streckte de Hand aus, um ihr ins Boot zu helfen, aber sie stieg allein ein, ging nach achtern und setzte sich hin.

Der Mann löste das Haltetau, sprang in das abfahrende Boot und rief ihr zu: »Komm lieber nach vorn. Da hinten wirst du naß.«

Sie lächelte ihm zu. »Das macht mir nichts«, sagte sie.

Als das Boot an Tempo gewann, setzte er sich neben sie. Er langte hinüber und öffnete die beiden Knöpfe ihrer Bluse. Eine schwielige Hand umfaßte rauh ihre Brust. »Fabelhaft«, sagte er. »Große Klasse!«

»Warum hast du's so eilig?« fragte sie. »Wir haben viel Zeit.«

Er beugte sich vor und nahm gierig ihre Brustwarze zwischen die Lippen. Sie stieß ihn weg. »Warte«, sagte sie ärgerlich. »Erst wenn die Fahrt zu Ende ist.«

Er starrte sie mit gerötetem Gesicht an.

Sie lächelte süß. »Keine Angst, ich lege dich schon nicht rein.« Sie zog die Jacke aus. »Du kannst das als Pfand nehmen.«

Er stand verdutzt mit der Jacke da und sah sie an. »Was für Spielchen treibst du?«

Bevor sie antworten konnte, summte das Funktelefon. Der größere Matrose hob ab. Eine Stimme bellte zornig. Er legte auf und sah sich nach den beiden um, während er das Boot in einem weiten Bogen wendete. »Wir müssen zurück zum Steg«, sagte er. »Der Kapitän ist stinksauer. Dort warten Leute, die an Bord wollen.«

»Verdammt!« schimpfte der kleinere Matrose. Er gab ihr die Jacke zurück. »Zieh das an.«

»Ich habe dir ja gesagt, laß die Finger davon«, sagte der größere.

»Merde!« schnauzte der kleinere zurück.

Leila nahm die Jacke und knöpfte schweigend ihre Bluse zu. Sie schaute zum Pier hin, wo einige Leute in eleganter Abendkleidung standen. Der eine Matrose stellte den Motor ab, und das Boot glitt an den Steg.

Der andere sprang flink mit der Leine an Land und machte es fest.

Zwei Herren und zwei Damen starrten Leila neugierig an, als sie aus dem Boot stieg, sagten aber nichts. Sie kletterte auf den Pier, und als sie sich noch einmal umwandte, sah sie, wie der kleinere Matrose den Damen mit übertriebenem Eifer ins Boot half. Plötzlich schaute er zu ihr hinauf.

»C'est la vie«, rief sie lächelnd hinunter.

Inzwischen saßen auch die Herren, und das Boot legte langsam ab. Der kleinere Matrose sprang hinein, lachte ihr zu und hob seine Hände mit der typisch gallischen Gebärde des »da kann man nichts machen«.

Leila ging über den Pier zum Strand, da tauchte aus den Schatten der Kabinen plötzlich Ali Jasfir auf. »Was ist mit dir los?« schrie er. »Hast du den Verstand verloren? Du hättest alles verraten können!«

Sie erschrak. »Ich habe dich nicht von der Jacht kommen sehen.«

»Als ich ins Apartment kam und sah, daß du nicht dort warst, wäre ich beinahe verrückt geworden. Du wußtest doch genau, daß du die Zimmer nicht verlassen darfst!«

»Ich langweilte mich«, gab sie gereizt zurück.

»Du langweiltest dich«, wiederholte er höhnisch. »Und da mußtest du hierher kommen und eine Bootsfahrt machen?«

Sie starrte ihn an. »Warum nicht?« fragte sie. »Wer hätte mehr Recht dazu? Schließlich gehört das Boot meinem Vater.«

Es war nach vier Uhr morgens, als der letzte der Gäste mit dem Boot an Land gebracht wurde. Jordana verabschiedete sich von Prinzessin Mara und Jacques, als Jussef zu Baydar trat, der allein stand. »Soll ich die Mädchen hier lassen?« fragte er, auf die beiden Starlets weisend, die neben Vincent standen.

Baydar schüttelte den Kopf.

»Wünschen Sie, daß ich an Bord bleibe?«

»Nein, ich rufe Sie morgen früh im Hotel an.«

»O.K.« Jussef lächelte. »Gute Nacht.«

»Gute Nacht.«

Als Jordana von der Reling zurückkam, war Baydar schon gegangen. Sie ging langsam in den Salon.

Ein Steward kam auf sie zu. »Darf ich Madame etwas bringen?«

»Nein, danke«, antwortete sie. »Übrigens, haben Sie Mr. Al Fay gesehen?«

»Ich glaube, er ist in seine Kabine gegangen, Madame«, entgegnete der Steward und zog sich zurück.

Sie ging durch den Gang in ihre Kabine. Nur die Nachttischlampe brannte neben dem Bett; ihr Nachthemd und der Morgenrock lagen bereit. Langsam zog sie sich aus. Plötzlich fühlte sie sich erschöpft und leer. Die Stelle, wo er sie geschlagen hatte, begann wieder zu schmerzen.

Sie ging ins Badezimmer, nahm ein Fläschchen Percodan aus dem Arzneischrank, steckte zwei von den gelben Tabletten in den Mund und spülte sie mit einem Schluck Wasser hinunter. Dann sah sie in den Spiegel. Sie hätte ihr Make-up entfernen sollen, aber es war ihr zu anstrengend.

Sie ging zurück ins Schlafzimmer und zog ihr Nachthemd an. Müde ließ sie sich ins Bett fallen, machte die Nachttischlampe aus und schmiegte sich in die Kissen.

Durch den Spalt unter seiner Tür drang Licht in ihr Zimmer. Er war noch wach. Sie schloß die Augen, während der Schmerz allmählich abklang. Sie war beinahe eingeschlafen, da öffnete sich plötzlich seine Tür. Sie riß die Augen auf.

Er stand völlig angekleidet im Türrahmen und sagte längere Zeit nichts.

»Ich wünsche die Kinder um neun Uhr mogens an Bord zu sehen«, ordnete er schließlich an.

»Ja, Baydar«, antwortete sie, »ich werde dafür sorgen. Das wird hübsch werden. Wir waren schon lange nicht mehr mit den Kindern beisammen.«

Seine Stimme war kalt und ausdruckslos. »Ich habe nach meinen Söhnen verlangt. Nicht nach dir.«

Sie schwieg.

»Ich werde sie am Sonntag zurückbringen.«

»Bis dahin kannst du nicht nach Capri und wieder zuruck fahren.«

»Wir fahren nicht nach Capri. Ich muß Montag früh in Genf sein. Wir fahren nur nach Saint Tropez.«

Die Tür fiel hinter ihm zu, und wieder versank der Raum im Dunkel. Sie blickte auf das Leuchtzifferblatt der Uhr auf dem Nachttisch. Es war fünf vorbei.

Sie nahm sich eine Zigarette und zündete sie an. Zu spät, um hier zu schlafen, wenn die Kinder um neun Uhr auf der Jacht sein mußten. Müde machte sie wieder Licht und drückte auf die Klingel für das Dienstmädchen.

Am besten zog sie sich gleich an und fuhr zur Villa. Um sieben würden die Kinder wach sein; sie konnte den Schlaf später, wenn sie fort waren, nachholen.

12

Michael Vincent betrat den Speisesaal des Hotels. Seine Augenlider waren von Schlafmangel geschwollen, sein Gesicht voller Falten und vom Whisky gezeichnet. Er starrte durch die Strahlen der Morgensonne, auf der Suche nach Jussef, den er schließlich an einem Fenstertisch erblickte.

Jussef war frisch rasiert, sein Blick klar. Auf seinem Tisch lag neben dem Kaffee ein Feldstecher. »Guten Mogen.«

»Morgen«, knurrte Vincent und setzte sich ihm gegenüber. »Wie schaffen Sie das? Es muß sechs Uhr gewesen sein, bevor Sie ins Bett kamen. Jetzt ist es halb zehn, und Sie bitten mich zu einer Besprechung.«

»Wenn der Boss da ist, schläft keiner«, sage Jussef. Er nahm den Feldstecher und reichte ihn dem Regisseur. »Sehen Sie doch selbst. Er ist schon draußen und fährt Wasserski.«

Vincent schaute durch den Feldstecher und stellte die Gläser so lange ein, bis er die Jacht klar und scharf sah. Er entdeckte das Motorboot, das durch die Bucht raste. Baydar stand auf einem Ski, hielt mit der einen Hand die Schleppleine und mit der anderen einen kleinen Jungen auf seinen Schultern. »Wer ist der Junge?« fragte Vincent.

»Der jüngere Sohn vom Boss, Samir«, antwortete Jussef. »Vier Jahre alt und nach seinem Großvater benannt. Der ältere Sohn, Prinz Muhammed, fährt hinter dem anderen Boot. Er ist zehn.«

Vincents Blicke, die bisher nur Baydar gefolgt waren, entdeckten erst jetzt das zweite Boot. Er schwenkte das Glas und betrachtete den Jungen. Der Zehnjährige war das Abbild seines Vaters; schlank und kräftig, hielt auch er die Schleppleine nur mit einer Hand. »Prinz Muhammed?« fragte Vincent. »Ist Baydar ein . . .«

»Nein«, sagte Jussef schnell. »Baydar ist der Vetter von Feijad, dem regierenden Fürsten. Da dieser keine männlichen Erben hat, hat er Baydars Sohn zum Thronfolger bestimmt.«

»Interessant«, sagte Vincent. Als der Kellner an den Tisch kam, legte er das Fernglas hin. »Ist es zu früh, um eine Bloody Mary zu bekommen?«

»Hier nicht«, sagte Jussef lächelnd und bestellte. Der Kellner nickte und verschwand. Jussef beugte sich über den Tisch. »Ich muß mich entschuldigen, daß ich Sie so früh gestört habe, aber der Boss rief mich heute morgen an, und ich muß für einige Tage mit ihm wegfahren, deshalb hielt ich es für wichtig, daß wir unser Geschäft unter Dach bringen.«

»Ich dachte, wir hätten gestern abend bereits alles vereinbart«, sagte Vincent.

Der Kellner kam mit dem Getränk. Jussef wartete, bis er wieder gegangen war und Vincent den ersten Schluck getrunken hatte. »Fast alles«, sagte er glattzüngig, »bis auf die Agentenprovision.«

»Ich habe keinen Agenten«, sagte Vincent sofort. »Ich führe meine Verhandlungen immer selbst.«

»Diesmal haben Sie aber einen«, entgegnete Jussef. »Sie müssen wissen, bei uns ist das so Brauch. Und wir sind sehr für die Einhaltung von Bräuchen.«

Vincent begann zu begreifen, wollte es aber von Jussef selbst hören. »Und wer ist mein Agent?«

»Ihr größter Fan«, sagte Jussef liebenswürdig. »Der Mann, der Sie für den Job empfohlen hat. Ich.«

Vincent schwieg eine Weile und nahm noch einen Schluck von seiner Bloody Mary. Er spürte, wie sich sein Kopf klärte. »Die üblichen zehn Prozent?« fragte er.

Jussef schüttelte, immer noch lächelnd, den Kopf. »Das ist ein westlicher Brauch. Unser Brauch ist dreißig Prozent.«

»Dreißig Prozent?« rief Vincent schockiert. »Das ist ein unerhörter Betrag.«

»In Anbetracht Ihres Honorars für diesen Film nicht unangemessen. Eine Million Dollar ist eine unerhörte Bezahlung. Ich weiß zufällig, daß es fünfmal mehr ist, als Sie für Ihren letzten Film bekommen haben. Man hätte Ihnen dieses Angebot nicht gemacht, wenn ich nicht gewußt hätte, daß Baydar seit langem von diesem Film träumt und sich Ihre Mitarbeit durch eine solche Summe sichern wollte.«

Vincent betrachtete Jussefs Gesicht. Der Araber lächelte immer noch, aber seine Augen waren todernst. »Fünfzehn Prozent«, bot er an.

»Ich habe viele Spesen«, sagte Jussef und breitete die Hände mit entschuldigender Geste aus. »Aber Sie sind mein Freund, ich will mit Ihnen nicht handeln. Fünfundzwanzig Prozent.«

»Was für Spesen?« frage Vincent neugierig. »Ich dachte, Sie arbeiten für Baydar. Bezahlt er Sie nicht gut?«

»Gut genug für ein angenehmes Leben. Aber man muß auch an die Zukunft denken. Ich habe eine große Familie zu ernähren und muß ein paar Dollar auf die Seite legen.«

Vincent fischte in seiner Tasche nach Zigaretten. Jussef kam ihm zuvor. Er öffnete ein goldenes Zigarettenetui und hielt es dem Regisseur hin. »Ein schönes Etui«, sagte Vincent, indem er sich bediente.

Jussef lächelte. Er legte das Etui vor den Regisseur auf den Tisch. »Es gehört Ihnen.«

Vincent starrte ihn überrascht an. Er verstand diesen Mann überhaupt nicht. »Aber das ist pures Gold. Das können Sie mir doch nicht so einfach schenken!«

»Warum nicht? Sie haben es bewundert.«

»Das ist kein ausreichender Grund«, widersprach Vincent.

»Sie haben Ihre Sitten, wir haben die unseren. Wir betrachten es als heilbringend, Geschenke zu machen.«

Vincent schüttelte resigniert den Kopf. »O.K. Zwanzig Prozent.«

Jussef streckte lächelnd die Hand aus. »Abgemacht.«

Sie schüttelten einander die Hände. Vincent steckte die Zigarette in den Mund, und Jussef gab ihm mit einem goldenen Dupontfeuerzeug Feuer. Vincent zog an der Zigarette, dann lachte er. »Ich riskiere es nicht, Ihr Feuerzeug zu bewundern, sonst schenken Sie mir das auch noch.«

Jussef lächelte. »Sie passen sich unseren Gewohnheiten schnell an.«

»Das werde ich wohl müssen, wenn ich diesen Film machen will.«

»Sehr richtig«, bestätigte Jussef ernst. »Wir werden bei diesem Film sehr eng zusammenarbeiten, und ich glaube, zu gegebener Zeit kann ich Ihnen zeigen, wie wir beide noch viel Geld verdienen können.«

Vincent ergriff sein Glas und trank. »Auf welche Weise?« fragte er.

»Von Ihnen würde man für Dienstleistungen und Material viel mehr Geld verlangen als von mir«, erklärte Jussef. »Gemeinsam können wir dem Boss eine Menge einsparen und zugleich für uns noch einen vernünftigen Gewinn herauswirtschaften.«

»Ich will daran denken«, sagte Vincent. »Wahrscheinlich werde ich mich oft an Sie wenden.«

»Ich stehe Ihnen gegzur Verfügung.«

»Wann, glauben Sie, sind die Verträge zur Unterschrift bereit?« fragte Vincent.

»Noch in dieser Woche. Sie werden in Los Angeles aufgesetzt und mit Telex hierher übermittelt.«

»Warum Los Angeles? Gibt es in Paris keine guten Rechtsanwälte?«

»Die gibt es natürlich, aber Sie müssen den Boss verstehen. Er verlangt bei allem das Beste. Und die besten Rechtsanwälte dafür sitzen nun einmal in Hollywood.« Er blickte auf die Uhr. »Ich muß gehen«, sagte er, »ich bin schon verspätet. Der Boss will, daß ich die Mädchen an Bord bringe.«

Sie erhoben sich beide. »Die Mädchen?« fragte Vincent erstaunt. »Hat denn Mrs. Al Fay nichts dagegen?«

»Mrs. Al Fay hat beschlossen, in der Villa zu bleiben, damit der Boss mehr Zeit allein mit seinen Söhnen verbringen kann.«

Sie schüttelten sich die Hände, und Jussef verschwand in Richtung Hotelhalle. Vincent ließ sich wieder auf seinen Stuhl sinken. Es gab so vieles an diesen Menschen, das er noch würde lernen müssen. Sie waren nicht ganz so einfach, wie das zuerst den Anschein hatte. Der Kellner kam vorbei, und er bestellte eine weitere Bloody Mary. Wenn schon, dann konnte er den Tag auch gleich richtig beginnen.

Die Starlets und Patrick warteten mit ihrem Gepäck in der Halle, als Jussef aus dem Restaurant kam. Er bat Elie, die Taschen an Bord des Motorbootes bringen zu lassen.

»Geht nur voraus«, wies er sie an. »Ich komme gleich nach. Muß nur noch schnell einen Anruf erledigen.«

Aus einer der Telefonkabinen rief er Jacques im *Martinez* an. Es klingelte zehnmal, bevor sich seine verschlafene Stimme meldete.

»Ich bin es, Jussef«, sagte er. »Habe ich dich geweckt?«

»Ja.« Jacques' Stimme klang sauer.

»Der Boss hat mich aufgefordert, mit ihm einige Tage auf der Jacht zu verbringen, und ich fahre jetzt ab. Ich wollte wissen, wie du mit ihr verblieben bist.«

»Sie will mich anrufen.«

»Glaubst du, daß sie das macht?«

»Ich weiß nicht. Jedenfalls war sie gestern abend nicht gerade abweisend und recht flink mit den Händen.«

»Dann wird sie anrufen«, sagte Jussef befriedigt. »Hat sie ihn erst mal in der Hand gehabt, kriegst du ihn auch zwischen ihre Beine.«

»Wann kommst du zurück?« fragte Jacques.

»Sonntag abend. Der Boss fährt noch in derselben Nacht nach Genf. Und wenn du bis dahin noch nichts von ihr gehört hast, werde ich für den amerikanischen Filmregisseur ein Abendessen geben, und du kannst sie dort treffen.«

»Aber du wirst mir nicht wieder diese Prinzessin Mara aufhalsen, oder?« fragte Jacques. »Ich kann die Person nicht ausstehen.«

»Nein. Diesmal kannst du allein kommen.« Jussef verließ die Zelle und gab der Telefonistin einige Francs Trinkgeld. Er wollte sein Zigarettenetui aus der Tasche ziehen und erinnerte sich, daß er es verschenkt hatte. Er fluchte leise, lächelte dann aber, als er die Stufen zur Straße hinunterging. Es war kein schlechtes Geschäft. Die dreihundert Dollar, die die Dose wert war, hatten ihm die letzten fünf Prozent eingebracht. Und fünfzigtausend Dollar waren nicht zu verachten.

Als er ins Zimmer trat, stand sie beim Fenster und schaute aufs Meer. »Hast du gepackt?« fragte er.

»Ja«, sagte sie, ohne sich umzudrehen. »Die Jacht läuft aus.«

Er kam ans Fenster und blickte hinaus. Die Jacht wendete und fuhr in Richtung Estérel. Himmel und Wasser waren gleichmäßig blau, und die Sonne schien hell. »Heute wird es warm«, bemerkte er.

Sie schaute immer noch nicht zu ihm hin. »Er war mit seinen Söhnen Wasserski fahren.«

»Mit deinen Brüdern?«

»Sie sind nicht meine Brüder!« rief sie erbittert. »Sie sind seine Söhne.« Jetzt erst wandte sie sich ins Zimmer. »Das wird er eines Tages noch merken.«

Ali Jasfir beobachtete schweigend, wie sie durchs Zimmer ging und neben dem Bett auf einen Stuhl sank. Sie zündete eine Zigarette an. Ihr war nicht bewußt, wie sehr sie die Tochter ihres Vaters war. Der schlanke, kräftige Körper war kein Erbe ihrer Mutter. Die war wie die meisten arabischen Frauen etwas korpulent.

»Ich erinnere mich, wie er meine Schwester und mich, als wir klein waren, zum Wasserskifahren mitnahm. Er konnte es sehr gut, und wir hatten viel Spaß. Als er sich dann von meiner Mutter scheiden ließ, war alles vorbei. Er hat uns nicht mal mehr besucht. Er warf uns fort wie alte Schuhe.«

Ali merkte, daß er Baydar plötzlich verteidigte. »Dein Vater braucht Söhne. Und deine Mutter konnte keine Kinder mehr bekommen.«

»Ihr Männer seid alle gleich«, sagte Leila verächtlich. »Vielleicht werdet ihr eines Tages lernen, daß wir nicht nur Geschöpfe für eure Bequemlichkeit sind. Schon jetzt geben die Frauen mehr für die arabische Sache als die meisten Männer.«

Über diesen Punkt wollte er nicht mit ihr diskutieren. Das war nicht sein Job. Sein Job war, sie nach Beirut und dann in die Berge ins Trainingslager zu bringen. Danach konnte sie diskutieren, so viel sie wollte. Er drückte auf den Knopf für den Gepäckträger.

»Welches Flugzeug nehmen wir?« fragte sie.

»Air France nach Rom, dann Middle East Air nach Beirut.«

»Was für ein Umstand«, sagte sie, erhob sich, ging wieder zum Fenster und blickte hinaus. »Was wohl mein Vater sagen würde, wenn er wüßte, daß ich hier bin?«

13

Baydar schaute auf seine Armbanduhr. »Es bleiben uns noch fünf Stunden, bis die Börse in New York öffnet«, sagte er.

»Das läßt uns nicht viel Zeit zur Refinanzierung von zehn Millionen Pfund Sterling, Monsieur Al Fay«, meinte M. Brun, der Schweizer Bankier. »Und für den Rückruf der Kaufaufträge ist es zu spät.«

John Sterling-Jones, sein britischer Teilhaber, nickte. »Es wird unmöglich sein. Ich schlage vor, daß Sie sich die Sache nochmals überlegen, Mr. Al Fay.«

Dick Carriage beobachtete seinen Arbeitgeber von der anderen Seite des Raumes aus. Baydars Gesicht blieb ausdruckslos, obwohl er genau wußte, auf was der britische Bankier anspielte. Es wäre sehr einfach, das Telefon zu nehmen und Abu Saad mitzuteilen, daß er bereit sei, den neuen Vorschlag anzunehmen. Sobald er aber das tat, hatten sie ihn in der Hand. Und das wollte er nicht, nachdem er so viele Jahre um seine Unabhängigkeit gekämpft hatte. Niemand würde ihn in der Hand haben. Nicht einmal sein regierender Fürst.

»Meine Einstellung bleibt unverändert, Mr. Sterling-Jones«, sagte Baydar ruhig. »Ich habe nicht die Absicht, ins Rüstungsgeschäft einzusteigen. Hätte ich das gewollt, so hätte ich es schon vor Jahren getan.«

Der Engländer antwortete nicht.

Baydar wandte sich an den Schweizer. »Wieviel kann ich von hier aus abdecken?« fragte er.

Der Schweizer warf einen Blick auf seinen Schreibtisch. »Ihr verfügbares Barkonto beläuft sich auf fünf Millionen Pfund, Monsieur Al Fay.«

»Und wieviel Kredit habe ich?«

»Unter den obwaltenden Umständen?« fragte der Schweizer.

Baydar nickte.

»Keinen«, sagte der Schweizer. »Es sei denn, Sie ändern Ihre Einstellung. Dann natürlich können Sie jeden gewünschten Betrag bekommen.«

Baydar lächelte. Bankiers waren doch überall gleich. »Wenn ich das täte, bräuchte ich Ihr Geld nicht, Monsieur Brun.« Er griff in die Tasche und zog ein Scheckbuch heraus. »Würden Sie mir Ihren Füllfederhalter leihen?«

»Selbstverständlich, Monsieur Al Fay.« Der Schweizer reichte ihm den Füllhalter mit einer gezierten Geste.

Baydar legte das Scheckbuch auf die Schreibtischecke und schrieb rasch einen Scheck aus. Er riß ihn heraus und schob ihn mit dem Füller dem Bankier zu.

Der Bankier nahm den Scheck auf. »Monsieur Al Fay«, sagte er überrascht, »wenn wir diesen Scheck auf fünf Millionen Pfund auszahlen, ist Ihr Konto erschöpft!«

Baydar erhob sich. »Ganz recht, Monsieur Brun. Und schließen Sie es gleich. Ich erwarte den Durchschlag Ihres Überweisungsauftrags an meine New Yorker Bank innerhalb einer Stunde in meinem Hotel.« Er ging zur Tür. »Sie werden im Lauf des Morgens auch noch Instruktionen darüber erhalten, was mit den anderen Fonds und Konten geschehen soll, für die ich Vollmachten besitze. Wollen Sie bitte dem Abschluß dieser Konti ebensolche Aufmerksamkeit angedeihen lassen wie ihrer Eröffnung.«

»Monsieur Al Fay!« Die Stimme des Bankiers überschlug sich. »Es hat noch nie jemand von einer Bank vierzig Millionen Pfund in einem Tag abgehoben.«

»Soeben hat es jemand getan.« Baydar lächelte, dann winkte er Carriage, der ihm zur Tür folgte. Sie gingen quer durch die Bank und hatten fast den Ausgang erreicht, als Sterling-Jones sie einholte. »Mr. Al Fay!«

Baydar blieb stehen. »Ja, Mr. Sterling-Jones?«

Der Engländer stotterte beinahe in seiner Hast, die Worte herauszubringen. »Monsieur Brun und ich haben Ihre Position nochmals überprüft. Was wären wir für Bankiers, wenn wir einem alten und geschätzen Klienten einen Kredit abschlügen? Sie bekommen selbstverständlich den Kredit über fünf Millionen Pfund.«

»Zehn Millionen Pfund. Ich sehe nicht ein, weshalb ich mein eigenes Geld verwenden sollte.«

Der Engländer starrte ihn einen Augenblick an, dann nickte er. »Zehn Millionen Pfund.«

»Ausgezeichnet, Mr. Sterling-Jones.« Er wandte sich an Dick.

»Gehen Sie mit Mr. Sterling-Jones zurück, und holen Sie den Scheck, den ich ihnen gerade ausgeschrieben habe. Ich fahre schon zur Sitzung bei Aramco, und Sie kommen mir dorthin nach.«

»Ja, Sir.«

Baydar nickte dem Bankier freundlich zu und ging ohne ein Wort des Abschieds an den Straßenrand, wo sein Wagen wartete. Der Fahrer sprang aus dem Wagen und öffnete ihm die Tür.

Baydar sank mit einem erleichterten Seufzer auf den bequemen Sitz. Die Bankiers wußten zum Glück nicht, daß das alles Bluff gewesen war. Er hatte gar keine Möglichkeit, ohne Zustimmung der Auftraggeber die Treuhandkonten zu transferieren. Aber der Scheck über fünf Millionen Pfund hatte bewirkt, daß sie das vergaßen.

Er zündete sich eine Zigarette an. Morgen würde es keine Rolle mehr spielen. Die Chase Manhattan in New York würde ihm siebzig Prozent des Marktwerts auf das Aktienkapital als Deckung geben. Er würde das der Schweizer Bank zurückzahlen, weil die Bankzinsen der New Yorker Bank wesentlich niedriger waren. Damit würden seine hiesigen Verbindlichkeiten nur mehr drei Millionen Pfund ausmachen, die er nötigenfalls auch aus seinem eigenen Konto abdecken konnte.

Inzwischen war die Lage gar nicht so übel. Vielleicht war er Ali Jasfir und seinen Hintermännern sogar noch Dank schuldig. Durch den Entzug ihrer Unterstützung war er nun Hauptaktionär einer kleinen Bank in La Jolla, Kalifornien, einer Versandgeschäftsversicherungsfirma in Richmond, Virginia, und einer Gesellschaft für Inlandsanleihen und Finanzierungen mit vierzig Filialen in Florida. Die drei Gesellschaften allein besaßen Vermögenswerte von über sechzig Millionen Dollar, davon mindestens zwanzig Millionen in bar, mit einem Jahresnettoertrag von zehn Millionen Dollar nach Steuern.

Plötzlich entschloß er sich, nicht zu der Aramco-Sitzung zu fahren. Statt dessen befahl er dem Fahrer, ihn zum Hotel *Präsident Wilson* zu bringen, wo er eine Suite hatte.

Er hob den Telefonhörer ab, rief Aramco an und entschuldigte sich, daß er seine Teilnahme an der Sitzung im letzten Augenblick absagen müsse; man solle doch Carriage bitte sofort ins Hotel schikken. Dann rief er seinen Piloten auf dem Flugplatz an und befahl ihm, sich sofort zum Abflug in die Staaten bereitzumachen.

Er ging ins Schlafzimmer, zog die Jacke aus und legte sich aufs Bett. Sofort kam Dschabir aus seinem kleinen Zimmer neben dem Baydars.

»Wünscht der Herr ein Bad?«

»Nein, danke. Ich möchte nur hier liegen und nachdenken.«

»Ja, Herr.«

Dschabir wandte sich zum Gehen.

Baydar rief ihn zurück. »Wo ist das Mädchen?« Er hätte beinahe vergessen, daß er Suzanne mitgebracht hatte, die kleine Rothaarige, die Jussef ihm in Cannes vorgestellt hatte.

»Sie ist ausgegangen, um Einkäufe zu machen, Herr«, antwortete Dschabir. »Sie sagte, sie würde bald wieder hier sein.«

»Gut. Sieh zu, daß ich mindestens eine Stunde lang nicht gestört werde.«

»Ja, Herr. Soll ich die Vorhänge zuziehen?«

»Eine gute Idee.« Als der Diener gegangen war, schloß Baydar die Augen. Es gab so viel zu tun und so viel zu überlegen, und er hatte so wenig Zeit. Er konnte es kaum glauben, daß er erst gestern mit seinen Söhnen Wasserski gefahren war.

Er hatte den ganzen Tag mit den beiden Jungen verbracht. Sie waren an den Strand gegangen, hatten Muscheln gesucht, aber keine gefunden, in St. Tropez Pedalos gemietet, geschnorchelt und auf der Isle du Levant gepicknickt. Abends nach dem Essen sahen sie sich Disneyfilme an, die er für die Kinder in der Filmbibliothek auf dem Schiff aufbewahrte. Er hatte auch andere Filme, aber die waren nicht für Kinder.

Aber erst am Sonntag abend, auf der Rückfahrt nach Cannes, hatte er gemerkt, daß ihn etwas störte.

Sie saßen im Salon und sahen sich »Schneewittchen und die sieben Zwerge« an, als es ihm einfiel. Er blickte in ihre gespannten Gesichter, die gebannt auf die Leinwand starrten, und gab dem Steward, der als Filmvorführer fungierte, ein Zeichen. Der Film stoppte, und das Licht im Salon ging an.

Die Jungen schauten ihn an. »Es ist noch nicht Zeit zum Schlafengehen, Vater«, sagte Muhammed.

»Nein, das ist richtig«, antwortete er auf arabisch. »Mir fiel nur eben ein, daß wir gar keine Zeit gehabt haben, uns zu unterhalten.«

»Okay, Vater«, sagte der Junge bereitwillig. »Worüber wollen wir sprechen?«

Baydar sah ihn an. Muhammed hatte ihm auf englisch geantwortet. »Wollen wir nicht arabisch sprechen?« fragte er mit einem freundlichen Lächeln.

Ein verlegener Ausdruck huschte über das Knabengesicht, aber er nickte. »Ja, Baba«, antwortete er auf arabisch.

Baydar wandte sich an seinen jüngeren Sohn. »Bist du einverstanden, Samir?«

Der Kleine nickte wortlos.

»Habt ihr beide euren Koran studiert?« fragte Baydar.

Sie nickten.

»Seid ihr schon bei den Weissagungen angelangt?«

Wieder nickten sie, ohne zu sprechen.

»Was habt ihr gelernt?« fragte er.

»Ich habe gelernt, daß es nur einen Gott gibt«, sagte der ältere Knabe stockend. »Und daß Muhammed sein Prophet ist.«

Baydar erkannte aus der Antwort des Kindes, daß es seine Lektionen vergessen hatte.

Er wandte sich nachsichtig an Samir. »Und was hast du gelernt?«

»Das gleiche«, antwortete der Kleine schnell auf englisch.

»Ich dachte, wir wollten arabisch sprechen«, mahnte Baydar.

Der Kleine erwiderte seinen Blick. »Es ist so schwer zu sprechen, Vater.«

Baydar schwieg.

Samirs Miene wurde besorgt. »Du bist doch nicht böse auf mich, Vater?« fragte er. »Ich weiß die Worte auf französisch – *la même chose.*«

»Ich bin nicht böse auf dich, Samir«, sagte er liebevoll.

Der Kleine lächelte. »Dann können wir uns weiter den Film ansehen?«

Er nickte und winkte dem Steward. Die Lichter im Salon gingen wieder aus, und der Film lief weiter. Bald darauf waren sie wieder in Schneewittchens Abenteuer vertieft. Aber in Muhammeds Augen zeigten sich Tränenspuren.

Baydar zog den Knaben an sich. »Was hast du, mein Sohn?« fragte er auf arabisch.

Der Junge blickte ihm einen Augenblick ins Gesicht, dann rollten die Tränen über seine Wangen. Er bemühte sich, sein Schluchzen zu unterdrücken.

Baydar fühlte sich hilflos. »Sag es mir, mein Sohn.«

»Ich spreche so schlecht, Vater«, sagte der Junge auf arabisch, mit starkem englischem Akzent. »Ich glaube, du schämst dich meiner.«

»Ich schäme mich deiner nie, mein Sohn«, sagte Baydar und drückte das Kind eng an sich. »Ich bin sehr stolz auf dich.«

Durch die Tränen des Knaben schimmerte ein Lächeln. »Wirklich, Vater?«

»Wirklich, mein Sohn. Und jetzt sieh dir den Film an.«

Nachdem die Kinder zu Bett gegangen waren, saß er noch lange in dem dunklen Salon. Jussef kam mit den zwei Französinnen herein und machte das Licht an, bevor er merkte, daß Baydar im Raum war.

»Entschuldigen Sie, Boss«, sagte er. »Ich wußte nicht, daß Sie hier sind.«

»Schon gut«, entgegnete Baydar und erhob sich. »Ich wollte eben in meine Kabine gehen, um mich umzuziehen.« Da fiel ihm etwas ein. »Du warst hier, als Jordana und die Kinder aus Beirut kamen?« fragte er auf arabisch.

»Ich begleitete sie durch den Zoll.«

»War ihr arabischer Lehrer dabei?«

Jussef überlegte einen Augenblick. »Ich glaube nicht.«

»Ich wüßte gern, warum Jordana ihn nicht mitgebracht hat.«

»Ich weiß es nicht, Boss. Sie hat es mir nicht gesagt.«

Baydars Gesicht blieb unbewegt.

»Aber Ihre Frau und ich haben auch nicht viel Gelegenheit zu sprechen. Sie ist immer sehr beschäftigt. Es gibt hier so viele Partys.«

»Ja, wahrscheinlich. Erinnere mich morgen früh, daß ich nach Beirut telegrafiere. Mein Vater soll mit dem nächsten Flugzeug einen arabischen Lehrer schicken.«

»Ja, Boss.«

Baydar machte sich auf den Weg in seine Kabine.

»Ist *Mouscardins* in St. Tro um zehn Uhr zum Diner okay?« fragte Jussef.

»In Ordnung.« So etwas konnte man getrost Jussef überlassen. *Mouscardins* war das beste Restaurant in St. Tropez, und Jussef wählte immer nur das Beste.

Am nächsten Morgen rief Baydar vom Flugplatz aus Jordana an, bevor die Maschine nach Genf startete. »Was ist aus dem Arabischlehrer der Kinder geworden?« fragte er. »Ich dachte, er sollte euch begleiten?«

»Er war krank, und wir hatten keine Zeit mehr, einen anderen zu finden.«

»Keine Zeit?« fragte er sarkastisch. »Du hättest meinen Vater anrufen können. Der hätte einen gefunden und ihn dir sofort geschickt.«

»Ich hielt es nicht für wichtig. Schließlich sind es doch ihre Sommerferien. Da sollten sie nicht lernen müssen.«

Seine Stimme war kalt vor Zorn. »Nicht wichtig? Was gibt dir das Recht zu entscheiden, was wichtig ist und was nicht? Bist du dir klar, daß Muhammed der Herrscher über vier Millionen Araber sein wird und nicht einmal seine eigene Sprache sprechen kann?«

Sie schwieg.

»Ich habe dir zu viel überlassen«, sagte er. »Aber jetzt habe ich meinem Vater telegrafiert, er soll einen Lehrer senden, und wenn die Kinder im Herbst zurückfahren, werde ich sie zu meinen Eltern schicken, damit sie bei ihnen leben. Vielleicht werden sie dort ordentlich erzogen.«

Sie sagte eine Weile nichts. Als sie dann sprach, klang ihre Stimme verletzt. »Und ich?« fragte sie. »Welche Pläne hast du für mich gemacht?«

»Gar keine«, schnauzte er sie an. »Du kannst tun, was du willst, zum Teufel! Wenn ich dich brauche, werde ich es dir mitteilen.«

14

Jordana war betrunken, schlimmer betrunken als je in ihrem Leben. Es war die Art von Betrunkenheit, in die man nur nach einer tiefen Depression verfällt, bei der man quasi neben sich selbst steht und sich beobachtet. Dabei war sie aber durchaus fröhlich, charmant, witzig und brillant.

Nach Baydars Anruf am Morgen war sie den ganzen Tag niedergeschlagen. Die beiden Dinge in der Welt, die sie wirklich liebte, waren ihre Söhne. Früher hatte sie geglaubt, auch Baydar so zu lieben. Aber jetzt wußte sie nicht mehr, was sie wirklich für ihn fühlte. Vielleicht, weil sie nicht wußte, was er für sie fühlte. Es war das erste Mal, daß sie sich über ein Einladung von Jussef freute. Sie mochte Jussef nicht, aber sie hatte noch nie einen von Baydars hauptberuflichen Lakaien und nebenberuflichen Zuhältern gemocht. Sie hatte Baydars Bedürfnis, sich mit solchen Männern zu umgeben, nie begriffen. Er brauchte doch nur mit dem Finger zu schnippen, um jede Frau zu bekommen, die er haben wollte. Er war noch immer der aufregendste Mann, den sie je getroffen hatte.

Als Jussef ihr erklärte, er gebe eine kleine Abendeinladung für Michael Vincent, den Mann, der Baydars Film »Der Bote« drehen sollte, hatte sie ihm zugestimmt, daß es eine hübsche Geste wäre, wenn sie die Rolle der Gastgeberin übernehmen würde. Besonders, da Jussef andeutete, daß Baydar das sicher begrüßen würde.

Jussef hatte zwanzig Leute in die *Bonne Auberge,* ein Restaurant zwischen Cannes und Nizza, eingeladen. Als Gastgeberin saß Jordana am Kopf der Tafel, Vincent als der Ehrengast zu ihrer Rechten.

Jussef saß links von ihr. Da Baydar nicht anwesend war, wurde das andere Tischende vielsagend leer gelassen. Etwa in der Mitte des Tisches, zwischen zwei hübschen Frauen, saß der blonde Gigolo Jacques, den Prinzessin Mara ihr am Abend ihrer Geburtstagsparty vorgestellt hatte. Sie fragte sich flüchtig, welche der beiden zu ihm gehöre.

Das von Jussef zusammengestellte Essen war hervorragend. Und der Dom Pérignon floß in Strömen. Sie wußte vom ersten Schluck an, daß sie die Wirkung spüren würde. Aber heute war ihr das gleichgültig. Michael Vincent war ein intelligenter Gesprächspartner, auch wenn er nur Scotch trank, und außerdem war er Amerikaner, so daß sie mit ihm Anspielungen und Redewendungen austauschen konnte, die sonst am Tisch keiner wirklich verstand.

Etwa in der Mitte des Essens merkte sie, daß Jacques sie ständig beobachtete. Jedesmal, wenn sie über den Tisch blickte, versuchten seine Augen, ihren Blick festzuhalten. Aber sie saßen zu weit voneinander entfernt, um ein Gespräch zu beginnen.

Nach dem Essen schlug Jussef vor, noch in eine Diskothek zu fahren und dort die Party fortzusetzen. Sie war bereits so betrunken, daß ihr die Idee wunderbar vorkam. Sie tanzte gern.

Erst als sie schon seit einer Stunde beim Whisky waren, blickte sie hoch und sah Jacques vor sich stehen.

Er verneigte sich beinahe förmlich. »Darf ich Sie um diesen Tanz bitten?«

Sie lauschte der Musik und wiegte sich leicht zu dem harten rhythmischen Beat. Dann schaute sie Vincent, der wieder neben ihr saß, an. »Entschuldigen Sie«, sagte sie.

Er nickte und begann ein Gespräch mit Jussef, der an seiner anderen Seite saß. Sie tanzte schon, noch ehe sie die Tanzfläche erreicht hatten.

Sie betrachtete Jacques' Tanzkünste kritisch. Rock war wirklich nicht die Stärke der Franzosen. Er tanzte mit den ruckartigen knappen Bewegungen, die die Franzosen für *cool* hielten. Er sollte sich lieber an die klassischen Tänze halten. Aber sie vergaß ihn bald, verloren in ihr eigenes Tanzen.

Seine Stimme übertönte die Musik. »Sie versprachen, mich anzurufen.«

Sie blickte ihn an. »Wirklich?«

»Ja.«

»Kann mich gar nicht daran erinnern.« Und sie konnte es wirklich nicht.

»Du lügst«, sagte er vorwurfsvoll.

Ohne ein Wort zu sagen, drehte sie sich um und verließ die Tanzfläche. Seine Hand ergriff schnell ihren Arm und zog sie zurück.

»Ich entschuldige mich«, sagte er ernst. »Bitte tanzen Sie weiter mit mir.«

Sie starrte ihn einen Augenblick an, dann ließ sie sich zur Tanzfläche zurückführen. Die Platte wechselte von Rock zu einem Slow. Er nahm sie fest in die Arme.

»In den letzten drei Tagen konnte ich nicht essen und nicht schlafen«, sagte er.

Sie war noch immer kühl. »Ich brauche keinen Gigolo.«

»Das weiß ich besser als jeder andere. Eine so schöne Frau wie Sie. Ich will Sie für mich haben.«

Sie schaute skeptisch zu ihm hoch. Hart preßte er seinen Unterkörper gegen sie. »Spür doch, wie sehr ich dich haben will«, sagte er.

Sie schloß die Augen und legte den Kopf an seine Schulter. Sie erlaubte es sich, die Situation zu genießen. Die Hochstimmung in ihrem Kopf schien eine rosige Färbung anzunehmen. Vielleicht sagte er sogar die Wahrheit.

Was sie nicht sah, war das Lächeln, das zwischen ihm und Jussef ausgetauscht wurde.

Der grobe Baumwollstoff ihres formlosen Khakihemds und der Hose kratzte ihre Haut, als sie den fünf anderen neuen Frauen in die Baracke der Kommandeurin folgte. Die steifen Lederstiefel trampelten schwer auf dem Holzboden. Das gelbe Licht der Petroleumlampen warf einen flackernden Schein in den Raum.

Die Kommandeurin saß zwischen zwei uniformierten Soldaten an einem Tisch am anderen Ende des Raums. Sie las ein Papier auf dem Tisch und blickte nicht auf, bis sie vor ihr haltmachten. »Stillgestanden!« schrie ihr Unteroffizier.

»*An-nasr!* Sieg«, riefen sie, wie man es sie gleich am ersten Abend, als sie vor wenigen Tagen im Lager angekommen waren, gelehrt hatte.

Leila spürte, wie ihr Büstenhalter einschnitt, als sie die Schultern zurückwarf. Auch der war aus grobem Baumwollstoff. Sie blickte geradeaus.

Die Kommandeurin erhob sich langsam. Leila sah, daß sie auf den Schultern ihrer Bluse die Rangabzeichen eines Obersten trug. Sie starrte die Frauen einen Augenblick an, dann rief sie plötzlich mit erstaunlich starker Stimme: *»Idbah al-adu!«*

»Schlachtet unsere Feinde!« schrien sie zurück.

Sie nickte mit einem kleinen, anerkennenden Lächeln. »Rührt euch!« sagte sie mit normaler Stimme.

Der grobe Stoff raschelte, als die Frauen eine entspanntere Stellung einnahmen. Die Kommandeurin kam hinter dem Schreibtisch hervor.

»Im Namen der Brüderschaft der Palästinensischen Freiheitskämpfer heiße ich euch zu unserem Heiligen Kampf willkommen, dem Kampf für die Befreiung unseres Volkes vom israelischen Joch und von der imperialistischen Versklavung. Ich weiß, daß jede von euch viele Opfer gebracht hat, um hierherzukommen, Entfremdung von euren Lieben, vielleicht Ächtung durch die eigenen Nachbarn, aber ich kann euch eines versprechen: Am Ende unseres Kampfes liegt eine größere Freiheit, als wir sie jemals kannten.

Und deshalb steht euer Kampf erst am Beginn. Es werden noch viel mehr Opfer von euch gefordert werden. Eure Ehre, euer Körper, sogar euer Leben muß vielleicht hingegeben werden, um die von uns ersehnte Freiheit zu gewinnen. Denn wir werden siegen.

Hier werdet ihr vieles lernen. Waffenkunde. Revolver, Gewehre, Messer. Wie man Bomben herstellt, große und kleine. Wie man mit bloßen Händen tötet. Wie man kämpft. All das, damit wir zusammen mit unseren Männern die zionistischen Eindringlinge ins Meer zurücktreiben und das Land seinen rechtmäßigen Besitzern, das heißt unserem Volk, zurückgeben können.

Ihr alle habt bereits den heiligen Eid der Treue zu unserer Sache geleistet. Und von diesem Augenblick an werden eure wahren Namen vergessen sein und niemals in unserem Lager verwendet werden. Ihr werdet nur auf den euch zugeteilten Namen antworten und auf diese Weise, im Fall einer unerwarteten Gefangennahme, nie die Namen eurer Kameraden verraten können. Von diesem Augenblick an gilt eure Treue nur eurer Sache und euren Waffenbrüdern.«

Die Kommandeurin machte eine kurze Pause. Die Frauen standen schweigend in gespannter Aufmerksamkeit vor ihr. »Die nächsten drei Monate werden die schwersten sein, die ihr je erlebt habt. Danach jedoch werdet ihr imstande sein, euren Platz neben Fatmah Bernaoui, Miriam Schakhaschir, Aida Issa, Leila Khaled und anderen unseres Geschlechts einzunehmen, die sich im Kampf als ihren Brüdern ebenbürtig erwiesen haben.«

Sie ging wieder zurück hinter den Schreibtisch und nahm ihren

Platz zwischen den zwei Soldaten wieder ein. »Ich wünsche euch Glück.«

»Stillgestanden«, schrie der Unteroffizier.

»An-nasr«, brüllten sie und nahmen Stellung an.

»Idbah al-adu!« rief die Kommandeurin.

»Idbah al-adu!« schrien sie zurück.

Die Kommandeurin salutierte. »Wegtreten.«

Die Frauen zerstreuten sich und folgten dem Unteroffizier hinaus in die Nacht. »Geht in eure Unterkünfte, Mädchen«, sagte er kurz. »Euer Tag beginnt um fünf Uhr morgens.«

Er machte kehrt und ging zur Männerseite des Lagers, während sie ihrem kleinen Gebäude zustrebten. Leila verfiel in den gleichen Schritt wie die große junge Frau, die in dem Bett neben ihr schlief.

»War die Kommandeurin nicht großartig?« fragte Leila. »Zum erstenmal spüre ich, daß mein Leben einen Sinn hat.«

Die Frau starrte sie an wie ein Geschöpf von einem anderen Planeten. »Schön, daß du so denkst«, sagte sie mit ordinärer Stimme. »Ich bin nur hergekommen, weil ich in der Nähe von meinem Freund sein will. Es ist mir aber noch nicht gelungen, ihm auch nur in die Nähe zu kommen, und ich bin schon so geil, daß es mich gar nicht wundern würde, mich heute nacht bei dir im Bett wiederzufinden, um mich an dir schadlos zu halten.«

Intermezzo: Juni 1973

Der schwarze Cadillac mit dem CD-Nummernschild hielt vor dem Verwaltungsgebäude, und drei Männer stiegen aus - zwei in Zivil und ein Oberst in amerikanischer Uniform. Sie stiegen die Stufen zum Gebäude empor. Die israelischen Soldaten vor dem Eingang präsentierten das Gewehr. Der Oberst salutierte, und die drei Männer betraten das Gebäude.

Der Sergeant hinter dem Empfangsschalter salutierte und lächelte: »Sie kennen den Weg, Herr Oberst?« Es war mehr eine Feststellung als eine Frage.

Der Oberst erwiderte das Lächeln und nickte. »Ich bin schon einmal hier gewesen.« Er wandte sich an die beiden Männer. »Wollen Sie mir bitte folgen . . .«

Er führte sie einen Gang entlang bis zu einem Lift und drückte den Rufknopf. Die Türen öffneten sich lautlos, und die Männer stiegen ein. Sechs Stockwerke tiefer stoppte er, und die Türen öffneten sich auf eine Art Empfangsraum. Hinter einem Tisch saß wieder ein Sergeant, der die Besucher genau musterte und dann eine Liste auf seinem Tisch kontrollierte. »Bitte Ihre Namen, meine Herren.«

Der Oberst sprach als erster. »Alfred R. Weygrin, Oberst in der Armee der Vereinigten Staaten.«

Der Zivilist im dunklen Anzug: »Robert L. Harris vom Außenministerium der Vereinigten Staaten.«

Der Mann im zerknitterten Sportjackett: »Sam Smith, Amerikanische Gesellschaft für Installationszubehör.«

Der Sergeant verzog keine Miene über den absurden Decknamen für den CIA-Agenten. Er hakte die Namen auf der Liste ab und gab jedem der Männer eine gelbe Plastikplakette, die sie an ihren Rockaufschlägen befestigten. Auf einen Knopfdruck hin öffnete sich rechts eine Tür, und ein Korporal erschien und salutierte. »Bitte führen Sie diese Herren in Konferenzraum A, Korporal«, befahl der Sergeant.

Der Konferenzraum A lag am Ende eines langen, schmalen, grauen Ganges und war von zwei Soldaten und einem weiteren Sergeant hinter einem Tisch bewacht. Der Korporal blieb vor dem Tisch stehen, der Sergeant kontrollierte die Plastikplaketten und drückte dann auf einen Signalknopf, der die elektronisch gesteuerten Türen öffnete. Die Besucher betraten den Raum, und die Türen schlossen sich automatisch hinter ihnen.

Im Raum waren bereits etwa neun Männer versammelt, zwei davon in der Uniform der israelischen Armee: der eine war ein Brigadegeneral, der andere ein Oberst. Der Brigadier trat vor und streckte die Hand aus. »Alfred, ich freue mich, dich wiederzusehen.«

Der Amerikaner schüttelte ihm lächelnd die Hand. »Ich freue mich auch, Lev. Ich möchte dir Bob Harris vom Außenministerium und Sam Smith vorstellen. Meine Herren, General Eschnew.«

Der General stellte sie den anderen Anwesenden vor, dann wies er auf einen großen runden Tisch am andern Ende des Konferenzraums. »Ich denke, wir nehmen Platz, meine Herren.«

Die Plätze waren durch Namensschilder bezeichnet, und als sie alle saßen, blieb nur ein Stuhl am Tisch frei. Es war der Platz zur Linken des israelischen Generals, und da er hier den höchsten Rang bekleidete, bedeutete das wohl, daß der leere Platz seinem Vorgesetzten zugedacht war. Die Amerikaner musterten neugierig, aber ohne Kommentar das Namensschild.

General Eschnew bemerkte ihre Blicke. »Ich bitte um Entschuldigung wegen der Verspätung, meine Herren, aber man hat mir mitgeteilt, daß sich General Ben Esra auf dem Weg hierher befindet. Er wurde durch den Verkehr aufgehalten und sollte jeden Augenblick hier sein.«

»Ben Esra?« flüsterte Harris dem Oberst zu. »Von dem habe ich noch nie gehört.«

Der Oberst lächelte. »Ich fürchte, das war vor Ihrer Zeit, Bob. Der Löwe der Wüste ist eine fast legendäre Gestalt. Offen gestanden – ich glaubte, er sei nicht mehr am Leben.«

General Eschnew hörte das Ende der Bemerkung. »Hat nicht euer MacArthur gesagt: ›Alte Soldaten sterben nicht, sie verschwinden nur‹? Ben Esra beweist, wie falsch diese Behauptung ist. Er weigert sich zu sterben oder zu verschwinden.«

»Er muß jetzt über siebzig sein«, warf der CIA-Mann ein. »Als letztes haben wir gehört, daß er sich nach dem Sechstagekrieg in einen Kibbuz zurückgezogen hat.«

»Er ist vierundsiebzig«, sagte der Israeli. »Und was den Kibbuz anbetrifft, so ist es uns leider unmöglich zu erfahren, wieviel Zeit er tatsächlich dort verbringt. Der Kibbuz steht völlig unter seiner Fuchtel. Nicht einmal die Kinder wollen uns etwas über ihn erzählen. Wir wissen nie, wann er dort und wann er sonstwo ist.«

»Wenn ihr unbedingt wissen wollt, was er treibt, müßt ihr ihn ebe in Tel Aviv festhalten«, meinte Harris.

»Das könnte sehr peinlich werden«, sagte Eschnew lächelnd. »Der Löwe der Wüste war noch nie für seinen Takt bekannt. Man behauptet, euer Präsident erinnere sich noch immer an seinen Kommentar, als Eisenhower im Jahre sechsundfünfzig die Übernahme des Suezkanals durch die Engländer und Franzosen verhinderte. Sie wissen ja, daß er den Operationsplan für die Engländer ausgearbeitet hat.«

»Das wußte ich nicht«, sagte Harris. »Aber warum sollte sich der Präsident ärgern, er war ja damals nicht mal Präsident?«

»Er war Vizepräsident, und Ben Esra sagte sehr deutlich, was er über seine Unterstützung gewisser arabischer Elemente dachte, die er für Eisenhowers Handeln verantwortlich machte. Ben Esra ging sogar so weit, den Engländern zu raten, Eisenhower zu ersuchen, sich gefälligst um seine eigenen Angelegenheiten zu kümmern, und ich fürchte, seine Ausdrucksweise dabei war leider nicht sehr diplomatisch. Nach diesem peinlichen Vorfall blieb Ben Gurion nichts anderes übrig, als Ben Esras Rücktritt anzunehmen. Damals ging er ins Sinaigebiet, um in einem Kibbuz zu leben.«

»Erwähnten Sie nicht eben, daß er siebenundsechzig dabei war?« fragte Harris.

»Ja, aber nicht offiziell. Und das erwies sich wieder als peinlich. Er wollte, daß wir nicht haltmachten, bevor wir Kairo erreicht und die völlige Kapitulation errungen hätten. Er sagte, sein Nachrichtendienst könnte beweisen, daß wir andernfalls innerhalb von sieben Jahren wieder von neuem beginnen müßten.«

»Wieso glaubt er, daß seine Quellen besser sind als unsere?« fragte der CIA-Mann.

»Seine Mutter war Araberin, und es gibt Leute, die noch immer behaupten, er sei mehr Araber als Jude. Jedenfalls lebt er dort draußen unter Tausenden von ihnen, und merkwürdigerweise scheinen sie ihm zu vertrauen und wenden sich an ihn als Rechtsprecher. Die Araber nennen ihn › Imam ‹, heiliger Mann, ein Mann, der nach ehrenhaften Prinzipien lebt. Er überschreitet ungestraft und allein alle Grenzen.«

»War er verheiratet?« fragte Harris.

»Zweimal«, antwortete General Eschnew. »Einmal als junger Mann. Seine Frau starb in der Wüste bei der Geburt eines Kindes, das ebenfalls umkam. Sie wollten versuchen, durch die britischen Linien nach Palästina hineinzukommen. Das zweite Mal nach seiner Pensionierung. Er heiratete ein arabisches Mädchen, das meines Wissens noch lebt und mit ihm im Kibbuz wohnt. Sie haben keine Kinder.«

»Bedeutet sein Auftauchen hier, daß Sie Schwierigkeiten erwarten?« fragte Oberst Weygrin.

Der Israeli zuckte mit den Achseln. »Wir Juden erwarten immer

Schwierigkeiten. Besonders dann, wenn Dinge geschehen, die wir nicht verstehen.«

»Zum Beispiel?« fragte Harris.

»Deshalb treffen wir uns ja«, sagte Eschnew. »Wir wollen auf Ben Esra warten. Er ist nach zwei Monaten völligen Schweigens plötzlich aufgetaucht und verlangte eine Zusammenkunft.«

Harris' Stimme klang ein wenig geringschätzig. »Und die bekommt der Alte dann auch so ohne weiteres?«

»Ganz so ohne weiteres nicht. Zuerst mußte er Dayan überzeugen, daß er etwas endeckt hatte. Dann ging Dayan zur Frau Premierminister. Die gab dann ihre Zustimmung für das Zusammentreffen.«

»Man sollte annehmen, daß er wenigstens pünktlich wäre, wenn ihm schon so viel daran liegt«, nörgelte Harris.

»Er ist ein alter Mann«, sagte Eschnew entschuldigend. »Und er besteht darauf, seinen eigenen Wagen zu benutzen, einen uralten VW, dem dauernd was anderes fehlt. Er würde keinen unserer Wagen nehmen. Und wenn ich draußen nicht ausdrückliche Anordnungen hinterlassen hätte, ich glaube, die ließen ihn nicht mal auf den Parkplatz.« Das Telefon vor ihm summte. Er hob ab, nickte und legte wieder auf. »Meine Herren, der General ist auf dem Weg.«

Die elektronischen Türen öffneten sich lautlos, und alle Köpfe wandten sich um. Der Mann, der dort stand, war über einsachtzig groß und trug staubige, sandverkrustete Beduinenkleidung. Weißes Haar und ein Bart umgaben sein zerfurchtes, sonnenverbranntes Gesicht – mehr das Gesicht eines Arabers als eines Juden. Nur die auffallend dunkelblauen Augen verleugneten ein arabisches Erbe. Sein Schritt war fest und stolz, als er auf General Eschnew zuging. Seine rauhe Stimme klang wie von Zeit und Wüstensand abgenutzt. »Lev«, sagte er und streckte die Hand aus.

»General«, antwortete Lev Eschnew und erhob sich. Sie schüttelten einander die Hand. »Meine Herren, gestatten Sie, daß ich Sie mit General Ben Esra bekannt mache.« Er stellte jeden einzelnen Mann vor, wobei er im entgegengesetzten Uhrzeigersinn rechts von dem alten Mann begann.

Ben Esra blickte jedem in die Augen und wiederholte den Namen. Als die Vorstellungen beendet waren, nahm man Platz.

Eschnew wandte sich an den alten Herrn. »Sie haben die Beratung einberufen, General.«

»Ich danke Ihnen.« Der Alte sprach akzentfreies Englisch. »Ich nehme an, Sie alle werden über die Aufrüstung der Ägypter am Suezkanal und der Syrer auf den Golanhöhen informiert. Und ich nehme auch an, daß Sie alle über die neue militärische Ausrüstung, die in größeren Mengen als je zuvor aus Rußland und China eintrifft, Bescheid wissen. Ich nehme an, es ist Ihnen klar, daß das militärische Gleichgewicht bald erreicht, wenn nicht gar zu unseren Ungunsten überschritten sein wird, wenn der Nachschub in dieser Stärke anhält.«

»Das ist richtig«, meinte Eschnew. »Wir alle wissen das.«

»Sie wissen auch sicher von dem starken Zustrom nordkoreanischer Jagd- und Bomberpiloten.«

»Ja«, sagte Eschnew. »Wir wissen aber auch, daß Sadat von den Gemäßigten wegen des russischen Einflusses stark kritisiert wird.«

Ben Esra nickte. »Aber dadurch dürfen wir uns nicht in einem falschen Gefühl der Sicherheit wiegen. Es ist das erstemal, daß sie eine taugliche Kriegsmaschinerie aufbauen. Und so etwas tut man nicht, wenn man nicht die Absicht hat, sie auch zu verwenden.«

»Zugegeben«, meinte Eschnew, »aber es kann noch anderthalb Jahre dauern, bevor sie einsatzbereit ist.«

»Nein«, sagte Ben Esra, »sie sind schon jetzt bereit. Sie können jederzeit zuschlagen.«

»Worauf warten sie dann?« Eschnew sagte es höflich, aber mit einer Spur von Ungeduld. »Bis jetzt haben Sie uns nichts mitgeteilt, was wir nicht schon wissen.«

Ben Esra ließ sich nicht beirren. »Diesmal dürfen wir ihre Entschlüsse nicht einfach nach militärischen Grundsätzen werten. Es spielen noch andere Faktoren bei ihren Plänen mit. Sie sind durch finanzielle Investitionen allmählich in die westliche Welt eingedrungen. Außerdem versuchen sie, die ölproduzierenden Länder zu einigen, um so eine wirtschaftliche Macht zu schaffen, die dazu benutzt werden kann, die Unterstützung, die wir von den Industrieländern erhalten, zu reduzieren. Sie werden losschlagen, sobald diese Pläne ausgeführt sind, und nicht früher.«

»Haben Sie darüber genaue Informationen?« fragte Eschnew.

»Nein. Ich weiß nur, was ich im Laufe meiner Wanderungen aufgeschnappt habe. Es gehen Gerüchte im Sinai um, wonach die Fedajin auf die Gemäßigten einen Druck ausüben. Sie suchen sich unter den Arabern selbst Erpressungsziele, um die Mitarbeit der reichen Ölproduzenten zu erzwingen.«

»Irgend etwas Genaueres darüber?«

Der alte Mann schüttelte den Kopf. »Deshalb habe ich um dieses Zusammentreffen gebeten.« Er blickte über den Tisch auf die Amerikaner. »Ich dachte, vielleicht haben unsere geschäftigen Freunde

Kenntnis von diesem Druck?«

Harris blickte seine Gefährten an. »Ich wünschte, wir hätten«, seufzte er. »Aber wir wissen nur sehr wenig.«

Ben Esras Miene war undurchdringlich. »Sie sind vom Außenministerium?«

Harris nickte.

»Dann ist es verständlich«, sagte Ben Esra. Er blickte dem CIA-Mann voll ins Gesicht. »Wie steht es mit Ihnen?«

Smith war unbehaglich zumute. »Wir wissen von ihren wirtschaftlichen Plänen.«

»Ja?«

»Aber es ist uns bis jetzt nicht gelungen, die Zusammenhänge klar zu sehen«, gab Smith zu. »Der wirtschaftliche Druck scheint von einem Mann gesteuert zu werden, und zwar dem persönlichen Vertreter Fürst Feijads, Baydar Al Fay. Aber er scheint völlig unabhängig zu sein, bekannt als konservativ und als Befürworter einer Annäherung an die Israelis. Nicht weil er sie besonders schätzt, sondern weil er glaubt, das würde zu einer wirtschaftlichen Lösung führen, die dem gesamten Mittleren Osten zugute käme. Aber sicher wissen wir das alles nicht. Bisher war es uns nicht möglich, seine Organisation zu infiltrieren.«

Eschnew blickte ihn an. »Wirklich nicht?«

Der Amerikaner schüttelte den Kopf. »Nein.«

Eschnew lächelte in leisem Triumph. »Dann können wir vielleicht helfen. Wir haben einen Mann dort.«

Einen Augenblick herrschte Stille rund um den Tisch. Ben Esra brach das Schweigen. »Nämlich?« fragte er.

»Al Fays Hauptinteresse scheint im Augenblick sein Wunsch, einen Film über das Leben Mohammeds drehen zu lassen; er soll ›Der Bote‹ heißen. Wir wissen auch, daß er einen Vorschlag der Al-Iquah, gewisse Einkäufe für sie zu tätigen, abgelehnt hat«, erklärte Eschnew mit ruhiger Stimme.

Ben Esra blickte ihn an. »Hatte Ali Jasfir damit zu tun?«

Nun war Eschnew überrascht. »Woher wissen Sie das?«

»Ich wußte es nicht«, sagte der alte Mann. »Aber Jasfir erschien in einem Trainingslager der Al-Iquah im Libanon mit dem wichtigsten Rekruten, den sie je angeworben haben: der Tochter des reichsten Mannes in der arabischen Welt. Hat dieser Mann eine Tochter?«

»Zwei«, sagte Eschnew. »Eine ist verheiratet und lebt in Beirut in der Nähe ihrer Mutter, der ersten Frau Al Fays. Die jüngere ist in der Schweiz in einem Pensionat.«

»Sind Sie da ganz sicher?« fragte Ben Esra.

»Wir haben nichts Gegenteiliges gehört«, antwortete Eschnew. »Aber das können wir leicht überprüfen.«

»Hat er noch andere Kinder?«

»Ja. Zwei Söhne mit seiner jetzigen Frau, einer Amerikanerin. Der älteste, heute zehnjährige Sohn soll von Fürst Feijad zum Thronfolger ernannt werden.«

»Mit dem Mädchen könnten sie also einen Schlüssel zu Al Fay in der Hand halten«, sagte Ben Esra.

»Möglicherweise.«

»Ich will sehen, was ich im Sinai darüber erfahren kann«, sagte Ben Esra. »Ihr verfolgt eure Quellen weiter.«

»Das werden wir tun«, bestätigte Eschnew.

»Einverstanden«, fügte Smith hinzu.

»Dann bleibt uns noch eine wichtige Frage«, sagte Eschnew. »Wann glauben Sie, daß sie angreifen?«

Ben Esra sah ihn an. »Gleich nach dem Fest des Ramadan.«

Eschnews Stimme vermochte den Schock nicht zu verbergen. »Aber das wäre ja zur Zeit unserer Feiertage. Das würden sie nicht tun. Der Respekt für die Gesetze Moses ist noch immer ein wichtiger Teil ihrer Religion.«

Ben Esra erhob sich. »Nicht so sehr wie der unsere.«

Eschnew blickte zu ihm hoch. »Wenn sie kommen, werden wir darauf vorbereitet sein.«

»Das hoffe ich«, sagte der alte Mann. »Aber es gibt bessere Methoden.«

»Präventivangriff?« fragte Eschnew, wartete jedoch nicht auf Antwort. »Sie wissen, daß wir das nicht tun können. Unsere Verbündeten würden es nicht zulassen.«

Ben Esra schaute erst ihn an und dann die Amerikaner. »Vielleicht doch, wenn sie einsehen, daß sie ohne uns ihre Macht im Mittleren Osten verlieren. Die Sechste Flotte kann nicht die Wüste durchqueren und die Ölfelder besetzen.«

»Das Außenministerium ist der Meinung, daß es in voraussehbarer Zukunft keinen arabischen Angriff geben wird«, sagte Harris steif.

Ben Esra lächelte. Er wandte sich an den CIA-Mann. »Ist das auch Ihre Ansicht?«

Smith antwortete nicht. Es war nicht seine Rolle, offizielle Erklärungen abzugeben.

Ben Esra wandte sich an den amerikanischen Oberst. »Die modernsten russischen Raketenwerfer sind im Suezgebiet und auf den

Golanhöhen installiert. Ich habe sie mit eigenen Augen gesehen. Glauben Sie nicht auch, daß man angreift, sobald man seine Verteidigung voll aufgebaut hat?«

Weygrin nickte. »Das würde ich annehmen.«

»Dann sind sie bereit. Sie warten nur noch, bis sie ihr eigenes Haus in Ordnung gebracht haben.«

»Und wie sollen wir wissen, wann das der Fall ist?« fragte Eschnew.

»Das werden wir eben nicht wissen, bis sie angreifen«, zuckte der alte Mann mit den Achseln. »Es sei denn – «

»Es sei denn?«

Der Blick des alten Mannes wurde nachdenklich. Einen Augenblick lang schien er sich in Erinnerungen zu verlieren, dann wurden seine Augen wieder wach und klar. »Es mag für euch seltsam klingen, aber ein alter Mann spürt es in seinen Knochen, daß wir die Antwort vielleicht bei Al Fay finden könnten. Die Winde, die durch die Wüste wehen, kommen nicht mehr aus dem Osten – sie kommen aus dem Westen. Die arabischen Scheichs sind sich der Macht ihres Reichtums bewußt geworden. Das wird das Ende des russischen Einflusses bedeuten. Der Kommunismus ist für sie keine Antwort. Und die Kontrolle über den Mittleren Osten ist nur der Anfang. Wenn sie ihren Reichtum klug anlegen, könnten sie bald die Welt beherrschen, ohne auch nur einen Schuß abzufeuern.«

Rund um den Tisch herrschte Schweigen. »Ich möchte Ihnen nicht Ihre Illusionen rauben, meine Herren«, fuhr er fort, »aber Tatsache ist, daß wir für den Islam gar nicht mehr wichtig sind, außer für ihren Stolz. Sie müssen einen Sieg erringen, und wenn er auch noch so klein sein mag, nur um ihr Gesicht wiederzugewinnen. Der große Vorstoß wird erst kommen, wenn der Kampf vorbei ist.«

Er wandte sich an die Amerikaner. »Wir werden Ihre Hilfe brauchen. Für jetzt. Später werden Sie die unsere brauchen.«

»Was veranlaßt Sie zu dieser Annahme?« fragte Harris höflich, aber leicht herablassend.

»Weil wir sie besser verstehen als alle anderen«, entgegnete der alte Mann, dessen Gesicht einen grimmigen Ausdruck bekam. »Und weil Sie, nicht wir, die eigentliche Zielscheibe sind.«

Wieder herrschte Stille. Schließlich sagte Eschnew: »Werden Sie uns weiter auf dem laufenden halten?«

Der alte Mann nickte. »Natürlich. Auch würde ich Sie gern um einen Gefallen bitten.«

»Wenn ich kann, jederzeit«, antwortete Eschnew.

»Ich hätte gern eine vollständige Akte über Al Fay. Alles – Persönliches und Geschäftliches. Ich möchte alles über ihn wissen.«

Eschnew blickte sich in der Runde um. Es gab keine Einwände. Er nickte. »Das wird sofort erledigt.«

»Werden Sie der Frau Premierminister meine Ansichten mitteilen?« fragte Ben Esra.

»Ja, das werde ich.«

»Geben Sie ihr auch einen Kuß von mir«, lächelte Esra. »Ich glaube, sie kann's gebrauchen.«

Leises Gelächter ertönte rund um den Tisch. Das Telefon läutete, und Eschnew nahm den Hörer ab. Er hörte eine Weile zu, dann legte er auf. »Schon wieder eine Flugzeugentführung«, sagte er. »Ein Flugzeug der Lufthansa aus Düsseldorf ist auf dem Weg nach Beirut.«

Ben Esra schüttelte traurig den Kopf. »Wie betrüblich! Wie dumm!« Er blickte zu den Amerikanern hinüber. »Das bringt doch nichts als Schlagzeilen. Und während wir dadurch abgelenkt werden, bemächtigen sie sich der ganzen Welt.«

ZWEITES BUCH

Sommerende 1973

Jussef betrat das Strandrestaurant von der Straßenseite. Mit dunklem Anzug, weißem Hemd und Krawatte wirkte er deplaciert, als er sich seinen Weg durch halbnackte Männer und Frauen zum Strand bahnte. Er kniff die Augen zusammen, als er auf die Terrasse ins helle Sonnenlicht trat, und sah sich zwischen den Tischen um.

Jacques blickte auf, als Jussefs Schatten auf ihn fiel. »Jussef«, sagte er und erhob sich. »Was für eine hübsche Überraschung! Wir hatten dich nicht erwartet.«

Jussef erwiderte sein Lächeln nicht. »Das sehe ich«, sagte er kühl. »Sag deinem *petit ami,* er soll verduften.«

Jacques' Miene wurde aufsässig. »Mit welchem Recht . . .«

Jussef ließ ihn nicht ausreden. »Du gehörst mir, du Scheißgesicht!« zischte er. »Und jetzt sag ihm, er soll abhauen, oder ich schmeiße dich zurück in die Pariser Gosse, wo ich dich aufgelesen habe! Da kannst du dich wieder für zehn Francs von Touristen vögeln lassen!«

Der Schwarze erhob sich, und seine Armmuskeln strafften sich, als er die Fäuste ballte. »Soll ich ihn dir vom Hals schaffen, Jacques?«

Jussef starrte Jacques an. Der senkte nach einer Weile den Blick. »Ich glaube, es ist besser, du gehst jetzt«, sagte er, ohne den Schwarzen anzusehen.

Gérard verzog verächtlich die Lippen. »Du Hure!« fauchte er Jacques an, wandte sich um und ging; einige Meter weiter ließ er sich in den Sand fallen, bedeckte seine Augen mit dem Arm und schien sich nicht weiter um sie zu kümmern.

Jussef setzte sich auf den Stuhl, den der Schwarze gerade verlassen hatte, und der Kellner kam. »Monsieur?«

»Cola. Mit viel Eis.« Er wandte sich an Jacques, der wieder auf seinen Stuhl gesunken war. »Wo ist sie?«

Jacques schaute ihn nicht an. »Woher, zum Teufel, soll ich das wissen?« gab er mürrisch zurück. »Ich warte schon seit beinahe zwei Stunden auf sie.«

»Du hast es aber zu wissen!« knurrte Jussef. »Wofür glaubst du, zahl' ich dir all das Geld, in Teufels Namen? Damit du dich am Strand mit kleinen Negern rumtreibst?«

Der Kellner stellte die Coca-Cola auf den Tisch und entfernte sich. Jussef trank durstig. »Warst du gestern mit ihr zusammen?«

»Ja.«

»Und die Fotos? Hast du sie bekommen?«

»Wie sollte ich?« war Jacques' Gegenfrage. »Sie kam nicht in die Wohnung. Sie verließ mich um drei Uhr in der Disko und verabredete sich mit mir für mittags hier am Strand.«

Jussef griff in die Brusttasche seiner Jacke und zog sein neues goldenes Zigarettenetui hervor. Er öffnete es langsam, nahm sich vorsichtig eine Zigarette und klopfte sie auf dem Deckel ab. »Du bist nicht sehr klug«, sagte er, steckte die Zigarette zwischen seine Lippen und zündete sie an.

Jacques starrte ihn an. »Wie soll ich Fotos machen, wenn sie nicht in meine Wohnung kommt? Nie. Wir machen es immer dort, wo sie es sich aussucht.« Er schaute über Jussefs Schulter aufs Meer. »Ah, da kommt sie ja.«

Jussef drehte sich um und sah das große Motorboot vom offenen Meer auf den Strand zufahren. Er griff in seine Jackentasche und warf einen Schlüssel vor Jacques auf den Tisch. »Ich habe für dich ein Apartment im *Byblos* reserviert. Die ganze Ausrüstung ist dort. Das Zimmer ist mit Mikrophonen versehen, und im Nebenzimmer wartet ein Fotograf. Dort bringst du sie hin. Wie du das machst, ist mir egal, aber du bringst sie hin! Du hast nur noch diese Nacht Zeit.«

»Warum die plötzliche Hast?« fragte Jacques.

»Ich habe ein Telegramm von ihrem Mann in der Tasche. Morgen nachmittag wird sie in einem Flugzeug nach Kalifornien sitzen.«

»Und wenn sie nicht bleiben will? Was soll ich dann tun? Ihr eins über den Schädel ziehen? Wenn es so geht wie gestern nacht, bricht sie um drei Uhr morgens auf und fährt mit dem Boot zurück nach Cannes.«

Jussef erhob sich und blickte auf Jacques nieder. »Ich werde dafür sorgen, daß das Boot Motorschaden hat. Das übrige ist deine Sache.« Er warf einen Blick über die Schulter aufs Meer. Das Boot glitt langsam ins seichte Wasser. »Geh hinunter, Lustknabe«, sagte er sarkastisch, »und hilf der Dame an Land.«

Jacques erhob sich wortlos und lief auf den Strand zu. Jussef sah ihm einen Augenblick nach, dann wandte er sich um und schlängelte sich wieder durch das Restaurant auf die Straße, wo er seinen Wagen geparkt hatte.

Er stieg ein und blieb eine Weile still sitzen, bevor er den Zündschlüssel umdrehte. Wenn Jordana ihn nur nicht so verachten würde! Dann wäre all das nicht nötig. Aber er wußte, wie oft sie schon versucht hatte, Baydar gegen ihn aufzuhetzen, weil sie gegen diese

Beziehung war. Und schließlich war er nur ein Angestellter, während sie die Frau vom Boss war. Wenn es dazu kam, daß die Karten auf den Tisch gelegt wurden, gab es gar keinen Zweifel, wer Sieger bleiben würde. Sie würde gewinnen, ohne einen Finger zu rühren. Wenn Jacques jedoch heute nacht Erfolg hatte, würde es nie dazu kommen. Die Drohung, Baydar den Beweis ihrer Indiskretionen vorzulegen, würde genügen, um sie bei der Stange zu halten. Der beste Verbündete ist ein besiegter Feind, das wußte Jussef.

Als der dröhnende Motorenlärm in das Summen des Leerlaufs überging, schlug Jordana die Augen auf. Sie warf einen Blick auf ihre Uhr. Sie hatten Cannes vor vierzig Minuten verlassen. Auf der Straße hätte sie bei dem starken Verkehr eineinhalb Stunden gebraucht. So ging es nicht nur schneller, sondern das Meer war auch so ruhig gewesen, daß sie während der ganzen Fahrt hatte schlafen können.

Sie setzte sich auf und griff nach Bikinioberteil und Hemd. Während sie das Oberteil anzog, sah sie an sich hinunter. Ihre Brüste waren so braun wie der übrige Körper, ein goldenes Nußbraun, und ihre Brustwarzen hatten eine purpurne Pflaumenfarbe statt ihres normalen rosigen Rots. Sie war mit sich zufrieden. Ihre Brüste waren noch fest, sie hatten noch nicht begonnen, so schlaff zu werden wie bei anderen Frauen.

Instinktiv warf sie einen Blick über die Schulter, um zu sehen, ob die zwei Matrosen am anderen Ende des Bootes zu ihr hinschauten. Ihre Augen waren geflissentlich abgewendet, aber Jordana wußte, daß sie sie im Rückspiegel beobachtet hatten. Um sie zu provozieren, hob sie ihre Brüste mit den Händen vielsagend hoch, so daß die Warzen hart wurden. Dann schloß sie das Oberteil.

Ein Pedalo mit zwei halbnackten Mädchen kam vorbei. Sie betrachteten mit unverhohlener Hoffnung und Neugier das Siebzigtausend-Dollar-Boot. Jordana lächelte über den enttäuschten Blick der beiden, als sie sahen, daß sie der einzige Passagier war. Das Pedalo fuhr langsam davon.

»Hallo!« Der Ruf kam von der anderen Seite.

Sie wandte sich um. Jacques war in einem kleinen Schlauchboot mit Außenbordmotor herangekommen. Sein blondes Haar war von der Sommersonne fast weiß geworden, so daß der Kontrast seine Haut noch brauner erscheinen ließ. Sie winkte ihm wortlos.

»Ich bin gekommen, um dich an Land zu bringen«, rief er. »Ich weiß, wie ungern du dir die Füße naß machst.«

»Ich komme gleich«, rief sie und wandte sich an die Matrosen. »Erwartet mich hier draußen«, sagte sie auf französisch. »Ich werde euch rufen, sobald ich zur Abfahrt bereit bin.«

»Oui, Madame«, antwortete der Matrose am Steuer. Der andere kam nach achtern, um ihr hinunterzuhelfen. Sie gab ihm die große Strandtasche, die sie immer mitnahm. Darin waren ihre Schuhe, ein Kleid zum Wechseln für den Abend, das tragbare Sprechfunkgerät zur Verbindung mit dem Boot, ihre Schmucksachen, Zigaretten, Geld und Kreditkarten.

Der Matrose langte über die Bordwand und zog das Schlauchboot näher heran. Er ließ die Tasche in Jacques' Hand fallen und hielt dann Jordanas Arm, als sie hinüberstieg. Sobald sie sich gesetzt hatte, ließ er das Schlauchboot los.

»Verzeih, daß ich mich verspätet habe«, sagte sie.

»Macht nichts«, antwortete er lächelnd. »Hast du gut geschlafen?«

»Sehr gut. Und du?«

Er verzog den Mund. »Nicht besonders. Ich war zu – wie sagt man – frustriert.«

Sie betrachtete ihn. So ganz wurde sie nicht klug aus ihm. Mara hatte gesagt, er sei ein Gigolo, aber jedes Mal, wenn sie ihm Geld geben wollte, hatte er es zurückgewiesen. Das habe mit Geschäft nichts zu tun, behauptete er. Er sei einfach verliebt in sie. Aber trotzdem stimmte irgend etwas nicht. Er hatte ein kostspieliges Apartment im *Miramar* auf der Croisette in Cannes, fuhr einen nagelneuen Citroën und schien immer gut bei Kasse zu sein. Er ließ sie nie die Rechnung bezahlen, wie so viele andere, Gigolos oder nicht, es taten. Ein paarmal hatte sie gesehen, wie er jungen Männern nachschaute, hatte in ihrer Gegenwart aber keinerlei offene Annäherungsversuche gemacht. Sie war ziemlich sicher, daß er bisexuell war und daß ihn wahrscheinlich sein eigentlicher Liebhaber für den Sommer an die Côte d'Azur geschickt hatte. Aber das störte sie nicht; sie war längst zu der Erkenntnis gekommen, daß bisexuelle Männer die besten Liebhaber waren.

»Bei all den Talenten, die in den Diskotheken herumwimmeln?« meinte sie lachend. »Ich hätte nicht gedacht, daß du da irgendwelche Probleme hättest.«

»Ich hatte keine«, überlegte er und dachte an seine Nacht mit Gérard. »Schau mich doch an«, sagte er laut und wies auf seine winzige Badehose. »Siehst du, wie du auf mich wirkst?« Vorwurfsvoll sah er sie an. »Wann wirst du endlich eine ganze Nacht mit mir verbringen? Nur einmal, damit wir uns lieben können, ohne daß ich das Gefühl habe, du schaust dauernd mit einem Auge auf die Uhr; damit wir endlich einmal voll aufdrehen können.«

Wieder lachte sie. »Du bist zu gierig. Du vergißt, daß ich eine verheiratete Frau mit Verpflichtungen bin. Ich muß jede Nacht nach Hause, damit ich morgens beim Aufwachen meine Kinder sehe.«

»Wäre es so schrecklich, wenn du einmal nicht da wärst?«

»Dann würde ich die einzige Pflicht vernachlässigen, die mein Mann von mir verlangt. Und das will ich nicht.«

»Deinem Mann ist das doch egal. Sonst hätte er dich und die Kinder in den letzten drei Monaten wenigstens einmal besucht«, sagte er.

Ihre Stimme wurde eisig. »Was mein Mann tut oder nicht tut, geht dich nichts an.«

Er merkte sofort, daß er zu weit gegangen war. »Aber ich liebe dich. Ich werd' noch verrückt, so wild bin ich nach dir.«

Sie nickte einlenkend. »Dann betrachte die Dinge in der richtigen Perspektive. Und wenn du weiter dauernd mit deinem Schwanz spielst, solltest du lieber kehrtmachen und aufs Meer hinausfahren, bevor wir den Strand rammen.«

»Machst du's mir, wenn ich rausfahre?«

»Nein«, sagte sie scharf. »Ich habe eher Lust auf ein kaltes Glas Weißwein.«

Sie war high. Das *Papagayo* war überfüllt. Die Stroboskoplampen wirkten auf ihre Augen wie eine Zeitrafferkamera, der laute Beat der Rockgruppe marterte ihre Ohren. Sie trank noch einen Schluck Weißwein und sah sich die Leute an, die am Tisch saßen. Es waren vierzehn, alle schrien einander in die Ohren, um das Getöse in der Diskothek zu übertönen.

Jacques sprach mit der Engländerin zu seiner Rechten, einer Schauspielerin, die gerade einen Film mit Peter Sellers abgedreht hatte und jetzt mit einer ganzen Clique zum Wochenende aus Paris gekommen war. Jordana hatte am Nachmitag am Strand Leute zu sammeln begonnen, sie dann im *Escale* noch ergänzt, wo man Cocktails trank und zu Abend aß. Gegen Mitternacht war die ganze Gesellschaft dann in die Diskothek übergewechselt.

Jordana hatte sich über Jacques geärgert. Er nahm allzuviel mit Selbstverständlichkeit an. In gewissem Sinn war er wie eine Frau, nur daß er zu glauben schien, die ganze Welt drehe sich um seinen Schwanz. Er langweilte sie allmählich, aber es war sonst nicht gerade viel Auswahl vorhanden. Aus lauter Langeweile hatte sie eine Haschischzigarette geraucht. Gewöhnlich rauchte sie nicht in der

Öffentlichkeit, aber als die Engländerin ihr in der Damentoilette einen Zug angeboten hatte, war sie dort geblieben, bis sie den Joint gemeinsam zu Ende geraucht hatten.

Danach fand sie den Abend gar nicht mehr langweilig. Es kam ihr so vor, als hätte sie noch nie im Leben so viel gelacht. Alle waren furchtbar klug und witzig. Jetzt wollte sie tanzen, aber die anderen waren viel zu sehr mit ihren Gesprächen beschäftigt.

Sie stand auf und ging allein zur Tanzfläche, drängte sich unter die Menge und begann zu tanzen. Sie gab sich ganz der Musik hin, glücklich darüber, daß sie in Südfrankreich war, wo niemand es seltsam fand, wenn eine Frau oder ein Mann allein tanzen wollte. Sie schloß die Augen.

Als sie sie öffnete, tanzte ein großer, gutaussehender Schwarzer vor ihr. Er sah sie an, aber sie sprachen nicht. Sie hatte ihn schon am Nachmittag am Strand gesehen; später, zur Cocktailzeit, war er in der Bar des *Escale* gewesen, und jetzt war er hier. Sie hatte ihn an einem Tisch nicht weit von ihrem gesehen.

Er bewegte sich phantastisch, mit wilder Grazie, sein Hemd war bis zur Taille offen und knapp über den hautengen schwarzen Jeans mit einem Knoten zusammengebunden. Sie begann, ihre Bewegungen den seinen anzugleichen.

Nach einer Weile fragte sie: »Sie sind Amerikaner, nicht wahr?«

Seine Stimme hatte den Akzent des Südens. »Wieso wußten Sie das?«

»Sie tanzen nicht wie ein Franzose – die zucken auf und nieder – die Engländer hopsen und tauchen.«

Er lachte. »Daran habe ich nicht gedacht.«

»Woher stammen Sie?«

»Aus den Südstaaten. Georgia.«

»Dort war ich noch nie«, sagte sie.

»Da ist Ihnen nichts entgangen«, antwortete er. »Mir gefällt es hier besser. Dort drüben dürften wir nie so tanzen.«

»Immer noch nicht?« fragte sie.

»Immer noch nicht. Die ändern sich nie.«

Sie schwieg.

»Ich heiße Gérard«, sagte er.

Sie war überrascht. Er sprach französisch wie ein Pariser, ohne die Spur eines Akzents. »Ihr Französisch ist erstklassig«, sagte sie.

»Das muß es wohl«, sagte er. »Meine Leute schickten mich hier zur Schule. Da war ich acht. Ich ging zurück, als mein Vater getötet wurde. Damals war ich sechzehn, aber ich hielt es drüben nicht aus.

Ich fuhr sofort nach Paris zurück, sobald ich genug Geld beisammen hatte.«

Sie wußte, was französische Schulen kosteten, sie waren nicht billig. Seine Familie mußte Geld haben. »Welcher Beruf hatte Ihr Vater?«

Er antwortete ruhig: »Er war ein Zuhälter, aber er hatte seine Finger in allen möglichen Geschäften. Nur war er schwarz, und das gefiel den anderen nicht, deshalb erstachen sie ihn in einer Hintergasse und hängten es einem Nigger an, der gerade vorbeikam. Man knüpfte den Nigger auf, und alles war in Butter.«

»Tut mir leid.«

Er zuckte die Achseln. »Mein Vater hat immer gesagt, daß er eines Tages so enden würde. Er beklagte sich nicht. Er hatte ein gutes Leben.«

Die tobende Musik brach ab, die Tänzer zerstreuten sich, und der Diskjockei legte eine langsame Nummer auf. »Nett, mit Ihnen zu sprechen«, sagte sie und strebte ihrem Tisch zu.

Seine Hand auf ihrem Arm hielt sie zurück. »Sie brauchen doch nicht dorthin zurück?«

Sie sagte nichts.

»Sie sehen mir wie eine Klassedame aus, und dort drüben sitzen ja nur Spießer.«

»Was haben Sie vor?« fragte sie.

»Aktiv sein. Das hab' ich von meinem Vater. Ich bin ein Mann von raschen Entschlüssen. Warum treffen wir uns nicht draußen?«

Wieder sagte sie nichts.

»Ich hab doch gesehen, wie du mich ansahst«, sagte er. »Man muß dich von der Bande dort drüben weglotsen.« Plötzlich grinste er. »Hast du's schon einmal mit einem Schwarzen probiert?«

»Nein«, antwortete sie wahrheitsgemäß.

»Ich bin noch besser, als sie von uns behaupten.«

Sie warf einen Blick zu ihrem Tisch. Jacques sprach noch immer mit der Engländerin. Wahrscheinlich hatte er gar nicht bemerkt, daß sie vom Tisch aufgestanden war. Sie wandte sich wieder zu Gérard. »Okay«, sagte sie. »Aber wir haben nur etwa eine Stunde Zeit. Dann muß ich fort.«

»Eine Stunde genügt«, sagte er lachend. »In einer Stunde mach' ich mit dir einen Trip zum Mond und zurück.«

2

Er wartete auf dem Kai gegenüber der Diskothek und beobachtete die Hippies, die auf dem Trottoir ihre Kunstwerke ausgestellt hatten und jetzt zusammenpackten. Als er ihre hohen Absätze auf dem Trottoir klappern hörte, drehte er sich um. »War es schwer, wegzukommen?« fragte er.

»Nein«, antwortete sie. »Ich sagte, ich geh zur Toilette.«

Er grinste. »Wollen wir zu Fuß gehen? Meine Wohnung ist in der Straße nach dem *Gorille.*«

»Warum nicht?« gab sie zurück und paßte sich seinem Schritt an.

Trotz der späten Stunde waren noch sehr viele Leute auf der Straße. Sie frönten ihrem Hauptvergnügen: sehen und gesehen zu werden und die Jachten zu begutachten. Für viele war es das einzige, was sie sich noch leisten konnten, nachdem sie die maßlos hohen Saisonpreise für Quartier und Verpflegung bezahlt hatten. Die Franzosen hatten kein Mitleid mit Touristen, auch nicht mit ihren eigenen.

Nach dem *Gorille* mit seinem Geruch nach Spiegeleiern und Pommes frites bogen sie in eine enge Nebenstraße ein und hielten bald vor der Tür eines der alten Häuser. Unten befand sich eine Boutique. Er schloß mit einem altmodischen Schlüssel auf und drückte im Gang auf den Knopf für die Treppenbeleuchtung. »Ich hause im zweiten Stock.«

Sie nickte und folgte ihm auf der alten Holztreppe nach oben. Er bewohnte die vordere Wohnung im zweiten Stockwerk. Die Eingangstür hatte ein moderneres Schloß als die Haustür. Er schloß auf und hielt die Tür für sie offen.

Er drehte das Licht an, und der sanft rötliche Schein zweier Lampen, die neben dem Bett an der Rückwand des Zimmers hingen, erleuchtete den Raum. Jordana sah sich neugierig um.

Die Einrichtung war billig und abgenutzt, von der Art, wie die Franzosen sie für Sommergäste verwendeten. In der Zimmerecke befand sich ein Waschbecken und darunter ein aufklappbares Bidet. Das WC lag hinter einer schmalen Tür, die aussah wie ein Wandschrank. Keine Badewanne, Dusche oder Küche, nur eine Kochplatte auf einem Schreibtisch beim Schrank.

Er fing ihren Blick auf. »Nicht gerade üppig«, sagte er, »aber mein Zuhause.«

Sie lachte. »Ich habe schon Schlimmeres gesehen. Du hast Glück, daß deine Toilette nicht auf dem Gang ist.«

Er ging zum Schreibtisch und öffnete eine Schublade, nahm eine

Zigarette heraus und zündete sie an. Der süßlich scharfe Duft von Marihuana stieg ihr in die Nase, als er sie ihr hinhielt. »Zu trinken habe ich nichts.«

»Das macht nichts«, sagte sie und nahm einen Zug. »Das ist guter Stoff.«

Er lächelte. »Einer meiner Freunde ist gerade aus Istanbul zurückgekommen und hat es mitgebracht. Und auch noch richtig gutes Kokain. Schon mal versucht?«

»Gelegentlich«, gab sie zu und reichte ihm die Zigarette zurück. Sie betrachtete ihn, als er einen Zug nahm, stellte ihre Strandtasche hin und ging auf ihn zu. Sie spürte ein Dröhnen im Kopf und Feuchtigkeit zwischen den Beinen. Es war wirklich guter Stoff, wenn er so wirkte. Sie zerrte an dem Knoten in seinem Hemd. »Reden wir oder ficken wir?« fragte sie. »Ich habe nur eine Stunde Zeit.«

Er legte bedächtig die Zigarette in einen Aschenbecher, dann schob er die durchsichtige Bluse von ihren Schultern und entblößte ihre Brüste. Er nahm jede in eine Hand und drückte die Brustwarzen zwischen Daumen und Zeigefinger zusammen, bis der Schmerz sie durchzuckte. »Weiße Hure«, sagte er.

Ihr Lächeln war ebenso höhnisch wie seins. »Nigger!«

Seine Hände drückten sie auf die Knie. »Du mußt ein wenig betteln lernen, wenn du einen schwarzen Schwanz in deine heiße kleine Fotze kriegen willst.«

Sie hatte sein Hemd aufgeknöpft, nun zog sie an dem Reißverschluß seiner Jeans. Er trug nichts darunter, und sein Glied reckte sich ihr entgegen, als sie seine Hose zu den Knien hinunterzog. Sie wollte es in den Mund nehmen, aber er drückte ihr Gesicht zur Seite. »Bettle!« sagte er streng.

Sie blickte zu ihm hoch. »Bitte«, flüsterte sie. Er lächelte, ließ sie los und ihren Mund wieder an sich heran; dabei griff er in die offene Schublade und nahm eine Kapsel Kokain heraus. Ein kleiner Goldlöffel war mit einem Perlenkettchen daran befestigt. Fachmännisch nahm er einen Löffel voll und sog das Pulver durch jedes Nasenloch ein. Dann schaute er auf sie hinunter. »Du bist dran«, sagte er.

»Ich bin glücklich«, sagte sie und küßte ihn wild. »Ich brauche nichts.«

Er zog ihren Kopf an den Haaren zurück. »Weiße Hure!« Er riß sie hoch, füllte den Löffel und hielt ihn ihr unter die Nase. »Du tust, was ich sage. Schnupfe!«

Sie schnupfte, und das Pulver stieg ihr in die Nase. Sofort fühlte sie eine Art Taubheit in der Nase, dann explodierte das Pulver in ihrem

Gehirn, und sie spürte, wie ihr ein Kraftstrom unmittelbar in den Unterleib schoß. »O Gott!« schrie sie. »Das ist irrsinnig. Mir ist es schon beim Schnupfen gekommen.«

Er lachte. »Das war noch gar nichts, Baby. Ich werde dir mit dem Zeug ein paar Tricks zeigen, die mein lieber Vater mir beigebracht hat.«

Gleich darauf lagen sie nackt auf dem Bett, und sie lachte. Noch nie hatte sie sich so wohl gefühlt. Er nahm noch einen Löffel voll und rieb ihn sich und ihr ins Zahnfleisch. Dann küßte er ihre Brustwarzen, bis sie feucht waren, streute von dem weißen Pulver darauf und begann sie zu bearbeiten.

Noch nie hatte sie gespürt, daß sie so groß und hart wurden. Nach einer Weile glaubte sie, vor schmerzvoller Lust zu zerspringen. Sie stöhnte und wand sich. »Fick mich«, stöhnte sie. »Fick mich!«

»Noch nicht«, sagte er lachend, »wir fangen erst an.« Er spreizte ihre Beine und streute Kokain auf ihre Klitoris, dann legte er seinen Kopf zwischen ihre Beine.

Nach kurzer Zeit schrie sie, wie sie noch nie geschrien hatte. Jeder Orgasmus schien sie noch higher zu machen, als sie je gewesen war. Sie suchte seinen Schwanz und legte sich so, daß sie ihn in den Mund nehmen konnte. Gierig saugte sie daran. Am liebsten hätte sie ihn verschluckt, ihn ganz in sich aufgenommen, um daran zu ersticken.

Plötzlich schob er sie weg. Sie starrte ihn an, konnte kaum mehr atmen. Er kniete zwischen ihren Beinen, streute Kokain über sein hoch aufragendes Glied, bis es wie verzuckert aussah. Dann schob er ihr die Beine weit auseinander und drang langsam in sie ein.

Sie spürte, wie sich ihr die Lungen zusammenpreßten, so groß war er. Einen Moment lang fürchtete sie, es sei zu viel. Aber dann war er ganz in ihr und blieb eine Weile still. Sie spürte, wie das Kribbeln in ihrem Bauch hochstieg. Langsam begann er sich zu bewegen, zuerst sanft mit langen, gleichmäßigen Stößen, dann immer schneller, bis er sich richtiggehend in sie einhämmerte.

Irgendwo, wie von fern, hörte sie sich schreien, als ein Orgasmus nach dem anderen sie überflutete. Solche Höhepunkte hatte sie noch nie erlebt. Niemals. Sie, die immer geglaubt hatte, daß diese Art von sexueller Erregung nur etwas sei, wovon die Leute redeten oder in Büchern schrieben. Für sie war Sex bisher nur ihr Triumph über den Mann gewesen; jede eigene Befriedigung dabei war ein Zufall gewesen. Aber das hier war anders. Jetzt wurde sie benutzt, ihr wurde Lust bereitet, sie gab, sie nahm, sie wurde erfüllt.

Zuletzt konnte sie nicht mehr. »Hör auf!« schrie sie. »Bitte, hör auf!«

Er blieb still auf ihr liegen, immer noch hart und sie voll ausfüllend. Sie sah ihn an. Eine feine Patina von Schweiß überzog sein Gesicht und seine Brust und glänzte in dem schwachroten Licht wie Kupfer. Seine Zähne blitzten weiß, als er lächelte. »Zufrieden, weiße Dame?«

Sie nickte langsam. »Bist du gekommen?«

»Nein«, sagte er, »das ist das einzige,was mir der liebe Vater nicht beigebracht hat. Nimm genug, um eine Dame glücklich zu machen, und das reicht gerade, daß es dir nicht kommt.«

Sie starrte ihn lange an, und plötzlich begann sie unerklärlicherweise zu weinen.

Er betrachtete sie eine Weile, dann stieg er wortlos aus dem Bett und zog das Bidet unter dem Waschtisch hervor. Er ließ Wasser laufen, richtete sich auf und sah sie an. »Du mußt es einige Minuten laufen lassen, wenn du warmes Wasser willst«, erklärte er.

Aus dem Schränkchen über dem Waschbecken nahm er ein Handtuch und einen Waschlappen und hängte beides über die Rohrleitungen. Mit dem Finger prüfte er die Temperatur des Wassers. »Alles für dich bereit«, sagte er.

Sie blickte ihn wortlos an.

»Du sagtest, du hättest nur eine Stunde Zeit, nicht wahr?« fragte er.

Sie nickte und setzte sich auf. »Ich weiß nicht, ob ich gehen kann.«

Er lächelte. »Wenn du dich erst mal in Bewegung setzt, ist alles okay.«

Sie stieg aus dem Bett. Er hatte recht. Nach dem ersten Schritt kam wieder Kraft in ihre Beine. Sie hockte sich rittlings auf das Bidet und nahm Seife und Waschlappen aus seiner ausgestreckten Hand. Sie wusch sich schnell; das lauwarme Wasser war erfrischend. Sie nahm das Handtuch und trocknete sich ab, dann begann sie sich anzuziehen, während er sich wusch. »Es tut mir leid, daß du's nicht geschafft hast«, sagte sie.

»Das macht nichts«, sagte er. »Ich versprach dir einen Trip zum Mond, und ich wollte, daß du ihn bekommst.«

»Ich habe ihn bekommen«, versicherte sie. »Ich werde ihn nie vergessen.«

»Vielleicht könnten wir ihn irgendwann einmal wiederholen?« fragte er zögernd.

»Vielleicht«, sagte sie. Als sie angezogen war, griff sie nach ihrer Strandtasche, zog ein paar Geldscheine heraus und hielt sie ihm hin. »Ich hoffe, es macht dir nichts aus.«

Er nahm das Geld. »Ich kann es gebrauchen. Aber nötig war es nicht.«

»Ich hab dir sonst nicht viel geben können«, sagte sie.

»Du hast mir eine Menge gegeben«, sagte er. »Du hast alle deine Freunde sitzenlassen, um mit mir zu kommen. Das ist schon was.«

Etwas in seiner Stimme machte sie stutzig. »Weißt du, wer ich bin?«

Er schüttelte den Kopf. »Nein.«

»Warum hast du mich dann aufgefordert?«

»Ich habe dich am Strand gesehen«, sagte er. »Nachdem der Mann dir Jacques entgegenschickte.«

»Du kennst Jacques?« fragte sie.

»Ja«, sagte er. »Ich hab die letzte Nacht mit ihm verbracht.«

Sie schwieg einen Augenblick. »Ist Jacques –«

Er nickte. »Er wäre lieber ein Mädchen.«

»Und du?«

»Ich ficke gern«, sagte er. »Mir ist scheißegal, wen.«

»Kennst du den Mann, der mit Jacques sprach?«

»Habe ihn noch nie gesehen. Er hat dunkles Haar und sprach französisch mit arabischem Akzent. Ich hörte, wie er sagte, Jacques müsse noch heute nacht etwas bekommen, weil du morgen nach Kalifornien fliegst, und Jacques sollte sich keine Sorgen machen, denn er habe es so eingerichtet, daß das Boot dich nicht nach Cannes zurückbringen könne.«

Plötzlich wurde ihr alles klar. Jussef war der einzige, der wußte, daß sie morgen abreisen sollte. Er war aus Paris an die Côte gekommen, um auf Baydars Anweisungen hin ihren Flug zu arrangieren.

Vor langer Zeit hatte sie gehört, daß einmal eine Beziehung zwischen Jussef und Prinzessin Mara bestanden hatte. Und Mara hatte ihr Jacques aufgedrängt. Nur verstand sie nicht, was für einen Vorteil Jussef daraus ziehen konnte. Es sei denn – es sei denn, er beabsichtigte, es bei Baydar gegen sie zu verwenden. Ein ganz ungewohntes Angstgefühl stieg in ihr auf. Jussef hatte sie nie gemocht, aber das war keine ausreichende Erklärung für solche Manipulationen. Sie wußte es nicht, wußte nur, daß sie unbedingt noch diese Nacht zurück in die Villa kommen mußte.

Das aber war ein Problem. Nach Mitternacht gab es in St. Tropez keine Taxis. Und sie hatte Guy, ihrem Chauffeur, die Nacht freigegeben.

Sie schaute Gérard an. »Hast du einen Wagen?«

»Nein.«

»Verdammt!« Sie sah besorgt aus.

»Ich habe ein Motorrad«, sagte er. »Ich bringe dich zurück, wenn du dich hinter mich setzt.«

»Du bist lieb«, sagte sie, plötzlich lächelnd. Sie legte in jäher Erleichterung die Arme um ihn und küßte ihn auf die Wange. »Das wird ein Mordsspaß.«

Verlegen nahm er ihre Arme von seinem Hals. »Sei da nur nicht zu sicher, Lady. Warte mal ab, ob du das auch noch findest, wenn wir angekommen sind.«

3

Sie waren vor zwei Stunden von Paris aufgestiegen, und die Stewardessen bereiteten den Lunch vor. Jordana drehte sich zu Jussef um, der hinter ihr saß. »Ich würde jetzt gern ein wenig schlafen.«

Jussef löste seinen Sicherheitsgurt und erhob sich. »Ich lasse Ihnen sofort Ihre Sitze zurechtmachen.« Er warf einen Blick auf Diana, Jordanas Sekretärin. Sie döste auf dem Fensterplatz neben dem seinen vor sich hin, ihr Drink stand noch halb voll auf dem Tablett.

Er ging zum Chefsteward in die Bordküche. »Madame Al Fay möchte sich ausruhen.«

»Aber wir servieren gerade das Mittagessen«, widersprach der Steward.

»Sie hat keinen Hunger.«

»Bien, Monsieur«, sagte der Steward schnell, verließ die Bordküche und ging nach hinten durch die Vorhänge, die die erste Klasse von der Touristenklasse trennten.

Jussef wandte sich um und blickte Jordana an. Ihre Augen waren durch eine große Sonnenbrille völlig verborgen, aber keine Falte in ihrem Gesicht verriet, daß sie in der letzten Nacht nicht geschlafen hatte. Sie las das Air-France-Magazin und nippte an einem Glas Weißwein.

Er unterdrückte ein Gähnen. Er war erschöpft. Seit vier Uhr morgens war er wach; da hatte Jacques ihn aus St. Tropez angerufen, um ihm mitzuteilen, daß sie verschwunden war. Das Boot lag noch im Hafen, und es gab nirgends im Ort eine Spur von ihr. Jacques hatte sie in jedem Restaurant und jeder noch offenen Diskothek gesucht. Tobend vor Zorn, hatte Jussef das Telefon aufgelegt.

Es blieb ihm nichts anderes übrig, als sie am Morgen aus der Villa abzuholen und zum Flughafen zu bringen. Er konnte nicht wieder einschlafen. Das ganze Geld, das er Jacques gegeben hatte, alle Pläne, die er geschmiedet hatte, waren umsonst. Nicht einmal die telefonische Anweisung an die Citroën-Garage, als erstes in der Frühe Jacques den Wagen wegzunehmen, hatte ihm Befriedigung verschaffen können.

Als er gegen neun Uhr in der Villa eintraf, saß Jordana beim Frühstück. Sie sagte kein Wort über den Abend, erwähnte mit keiner Silbe, wie sie nach Hause gekommen war. Nur durch Zufall erfuhr er von einem der Sicherheitswächter in der Villa, daß sie gegen fünf Uhr morgens mit einem Taxi vorgefahren war.

Auf der Fahrt zum Flughafen erklärte er ihr die Abmachungen für den Flug. Sie hatten die letzten vier Plätze in der ersten Klasse, zwei davon für sie. Er und ihre Sekretärin würden unmittelbar hinter ihr sitzen. In der Touristenklasse hatte er weitere drei Plätze gebucht, so daß sie sich hinlegen konnte, wenn sie ruhen wollte. Die Gepäckfrage war ebenfalls arrangiert Alle Gepäckstücke konnten mit in die Kabine genommen werden, so daß sie in Los Angeles nicht warten mußte. Ein Sonderbeamter des amerikanischen Zolls würde sie erwarten, damit sie schnell in den Hubschrauber umsteigen konnte, der sie zur Rancho del Sol bringen würde. Die voraussichtliche Ankunftszeit für die AG 003 war vier Uhr nachmittags Los-Angeles-Zeit; das Abendessen auf der Rancho del Sol war für acht Uhr vorgesehen. Wenn alles planmäßig ablief, würde sie reichlich Zeit zum Umkleiden haben.

Der Steward kam zu ihm zurück. »Alles bereit für Madame.«

»Danke«, sagte Jussef und ging zu ihrem Platz. »Sie können sich jetzt hinlegen«, sagte er ihr.

Sie nickte, erhob sich, öffnete ihre Handtasche, nahm ein Fläschchen heraus und schüttete zwei Tabletten in ihre Hand. Sie spülte sie schnell mit ein wenig Wein hinunter. »Damit ich auch bestimmt schlafe.«

»Natürlich.«

»Bitte sehen Sie zu, daß ich mindenstens eineinhalb Stunden vor der Landung geweckt werde.«

»Ich werde dafür sorgen«, antwortete er. »Ich wünsche angenehme Ruhe.«

Sie starrte ihn einen Augenblick an. »Danke.«

Er blickte ihr nach, als sie durch die Vorhänge verschwand, und ließ sich wieder in seinen Sitz fallen. Diana neben ihm bewegte sich, öffnete aber nicht die Augen. Er schaute auf die Uhr und sah aus dem

Fenster. Noch elf Stunden. Diesmal unterdrückte er sein Gähnen nicht. Er schloß die Augen in der Hoffnung, sich ein wenig ausruhen zu können.

Die Air France hatte gut gearbeitet. Rund um Jordanas Plätze waren provisorische Vorhänge angebracht worden, wie sie für die zweite Flugbesatzung oder die extralangen Nonstopflüge verwendet werden. Die Jalousien waren heruntergezogen, und es war dunkel, als sie sich ausstreckte und die Decke über sich zog.

Sie lag still und wartete auf die Wirkung der Schlaftabletten. Allmählich spürte sie den schmerzhaften Protest ihres Körpers, als die Erschöpfung sie übermannte. Die Stöße des Motorrads klangen noch in ihr nach; sie hatte sich von Gérard an der Bahnstation in der Stadtmitte absetzen lassen; dort gab es immer Taxis.

Sie wollte ihm noch mehr Geld geben, aber er lehnte ab. »Du hast mir genug gegeben.«

»Danke«, sagte sie.

Er ließ das Motorrad wieder an. »Schau bei mir vorbei, wenn du wieder nach St. Tro kommst.«

»Das werde ich. Und nochmals danke.«

Er nahm den Sturzhelm, den er ihr geborgt hatte, und schnallte ihn an den Rücksicht. »Leb wohl.«

»Leb wohl.« Sie schaute ihm nach, wie er um die Kurve bog und in Richtung Meer fuhr, dann ging sie zum nächsten Taxis und stieg ein.

Es war heller Tag und einige Minuten nach fünf Uhr, als sie ihr Schlafzimmer in der Villa betrat. Ihre Koffer standen ordentlich gepackt an der Wand, noch unverschlossen für den Fall, daß sie in letzter Minute etwas hineintun wollte. An der Nachttischlampe lehnte eine Nachricht von ihrer Sekretärin, in Dianas üblichem kurzen Stil:

Abfahrt Villa - neun Uhr morgens.

Abflug Nice-Paris - zehn Uhr.

Abflug Paris-LA - zwölf Uhr mittags.

Voraussichtliche Ankunft Los Angeles - vier Uhr nachmittags, Pazifik-Normalzeit.

Sie sah wieder auf die Uhr. Wenn sie um sieben mit den Jungen frühstücken wollte, hatte es keinen Sinn, jetzt zu Bett zu gehen. Am besten, sie schlief später im Flugzeug.

Sie ging ins Badezimmer, öffnete den Medizinschrank und nahm ein Tablettenfläschchen heraus. Mit etwas Wasser schluckte sie ein Dexamyl. Damit würde sie zumindest durchhalten, bis das Flugzeug von Paris startete.

Langsam begann sie, sich auszuziehen. Als sie nackt war, betrachtete sie sich in dem mannshohen Spiegel an der Wand ihres Ankleidezimmers. Blaue Flecken an den Brüsten zeigten, wo Gérard sie gekniffen hatte, aber bei schwachem Licht würde man es nicht sehen, und bei Tageslicht ließen sie sich mit ein wenig Körper-Make-up verdecken. Ihr Bauch war gerade richtig flach, und sie hatte kein überflüssiges Fleisch an Hüften und Schenkeln. Vorsichtig teilte sie ihre Schamhaare und examinierte sich kritisch. Ihre Scheide war geschwollen und schien leicht gerötet und entzündet. Ein leiser Schauer durchlief sie bei dem Gedanken daran, wie der Schwarze sie genommen hatte. Sie hatte nie geahnt, wie groß ihre Empfindungsfähigkeit wirklich war. Sie ging nochmals zum Medizinschrank und nahm ein Päckchen Massengill heraus. Eine Spülung würde nicht schaden und zumindest beruhigend wirken. Als sie die Lösung mischte, schoß ihr ein neuer Gedanke durch den Kopf.

Wenn der Schwarze nun geschlechtskrank gewesen war? Die Möglichkeit bestand immer, besonders da er, wie sie wußte, bisexuell war. Irgendwo hatte sie gelesen, daß der Prozentsatz an Geschlechtskrankheiten bei Homosexuellen am höchsten war. Wieder öffnete sie den Medizinschrank. Diesmal schluckte sie zwei Penicillintabletten. Sie tat das Fläschchen in ihre Handtasche, damit sie in den nächsten Tagen nicht vergaß, die Tabletten weiter zu nehmen.

Das Dexamyl begann zu wirken, und als sie mit der Scheidenspülung fertig war, ging sie sofort in die Duschkabine. Heiß und kalt, heiß und kalt, heiß und kalt, dreimal, wie sie es von Baydar gelernt hatte. Als sie aus der Dusche trat, fühlte sie sich so erfrischt, als hätte sie die ganze Nacht geschlafen.

Sie setzte sich an ihren Toilettentisch und begann langsam, ihr Make-up aufzulegen. Dann zog sie sich an und ging nach unten ins Frühstückszimmer zu ihren Söhnen.

Sie waren überrascht, sie zu sehen. Gewöhnlich frühstückte sie nicht mit ihnen. Sie kamen zu ihr ins Zimmer, sobald sie wach war, und das war gewöhnlich erst kurz vor dem Mittagessen.

»Wohin fährst du, Mammy?« fragte Muhammed.

»Ich treffe euren Vater in Kalifornien.«

Sein Gesicht leuchtete auf. »Kommen wir auch mit?«

»Nein, Liebling. Es ist nur eine kurze Reise. Ich bin in ein paar Tagen schon wieder zurück.«

Er war sichtlich enttäuscht. »Kommt Baba mit dir zurück?«

»Das weiß ich nicht«, sagte sie. Sie wußte es tatsächlich nicht. Baydar hatte lediglich Anordnung gegeben, sie solle nach Kalifornien kommen. Über weitere Pläne hatte er nichts gesagt.

»Hoffentlich kommt er«, sagte Samir.

»Das hoffe ich auch«, erwiderte sie.

»Ich möchte, daß er hört, wie gut wir arabisch sprechen«, sagte der Kleine.

»Wirst du's ihm sagen, Mammy?« fragte Muhammed.

»Ich werde es ihm erzählen. Euer Vater wird sehr stolz auf euch sein.«

Beide Kinder lächelten. »Sag ihm auch, daß wir ihn sehr vermisen«, bat Muhammed.

»Das werde ich ihm auch sagen.«

Samir blickte zu ihr hoch. »Warum kommt unser Vater nicht nach Hause wie andere Väter? Die Väter meiner Freunde kommen jeden Abend nach Hause. Hat er uns nicht lieb?«

»Euer Vater hat euch beide sehr lieb, aber er hat sehr viel zu tun und muß schwer arbeiten. Er würde gern nach Hause kommen, um euch zu sehen, aber es geht nicht.«

»Ich wollte, er könnte heimkommen wie andere Väter«, sagte Samir.

»Was habt ihr heute vor?« fragte Jordana, um das Thema zu wechseln.

Muhammeds Gesicht strahlte. »Nanny nimmt uns mit zu einem Picknick.«

»Das wird euch Spaß machen.«

»Ja, es ist ganz nett, aber es ist lustiger, wenn Vater mit uns Wasserski fährt.«

Sie schaute ihre Söhne an. Es lag etwas in ihren ernsten Gesichtern und in den großen dunklen Augen, das ihr ans Herz griff. In vieler Hinsicht waren sie Miniaturausgaben ihres Vaters, und manchmal hatte sie das Gefühl, daß sie nur wenig für sie tun könne. Jungens brauchten ihren Vater als Vorbild. Ob Baydar überhaupt noch für irgend etwas anderes Interesse hatte als für seine Geschäfte?

Die Gouvernante kam herein. »Zeit für eure Reitstunde, Jungens«, sagte sie mit ihrer trockenen schottischen Stimme. »Der Reitlehrer ist da.«

Sie sprangen auf und liefen johlend zur Tür. »Einen Augenblick, Kinder«, sagte die Gouvernante. »Habt ihr nicht etwas vergessen?«

Die beiden Knaben wechselten einen Blick, dann trabten sie beschämt zurück zu ihrer Mutter und hielten ihr die Wangen zum Kuß hin.

»Ich habe eine Idee«, sagte Samir, zu ihr hochblickend.

Sie blickte den Kleinen lächelnd an; sie wußte, was kommen würde. »Ja?«

»Wenn du zurückkommst, überraschst du uns mit einem Geschenk«, sagte er ernst. »Findest du das nicht eine gute Idee?«

»Eine sehr gute Idee. An was für ein Geschenk hast du denn gedacht?«

Er beugte sich vor und flüsterte seinem Bruder ins Ohr. Muhammed nickte. »Kennst du die Schirmmützen, die Vater immer auf dem Boot trägt?« fragte er.

Sie nickte.

»Könntest du uns solche besorgen?«

»Ich werde es versuchen.«

»Danke, Mammy«, riefen sie im Chor. Sie küßte sie nochmals, und sie liefen davon, ohne noch einen Blick zurückzuwerfen. Sie blieb noch eine Weile am Tisch sitzen, dann stand sie auf und ging in ihr Zimmer. Als Jussef um neun Uhr mit dem Wagen kam, erwartete sie ihn.

Das Dröhnen der Düsenmotoren und die Schlaftabletten begannen zu wirken. Sie schloß die Augen und dachte über Jussef nach. Was hatte er beabsichtigt? Handelte er auf eigene Faust oder auf Baydars Anweisung? Merkwürdig, daß Baydar über drei Monate fortgeblieben war! Das war länger, als sie je zuvor getrennt gewesen waren. Und es handelte sich nicht einfach um eine andere Frau. Sie kannte ihn gut genug, um das zu beurteilen. Über Baydar und seine Frauen wußte sie schon lange, bevor sie geheiratet hatten, Bescheid. Genau wie er über ihre flüchtigen Liebesaffären.

Nein, das hier war etwas anderes. Einschneidender und wichtiger. Aber sie würde es nie erfahren, es sei denn, er sagte es ihr.

Obwohl er sich dem Westen angeglichen hatte und sie Mohammedanerin geworden war, trennten sie dennoch tausend Jahre unterschiedlicher Philosophien. Auch wenn der Prophet den Frauen mehr Rechte gegeben hatte, als sie bis dahin je gehabt hatten, hatte er ihnen doch keine völlige Gleichberechtigung zuerkannt. In Wirklichkeit unterstanden alle ihre Rechte dem Gutdünken des Mannes.

Das war eine Sache in ihrer Beziehung, über die Klarheit herrschte. Sie wußte es, und er wußte es. Es gab nichts, was sie besaß, das er ihr nicht wegnehmen konnte, wenn er es wollte, sogar die Kinder.

Ein Schauer durchlief sie. Dann verwarf sie den Gedanken. Nein, das würde er nie tun. Er brauchte sie immer noch in so mancher Hinsicht. Jetzt, zum Beispiel, sollte sie an seiner Seite in der westlichen

Welt erscheinen, damit man ihn dort weniger als Fremden betrachtete.

Das war Jordanas letzter Gedanke, bevor sie einschlief.

4

Die Mittagssonne fiel durch die Bäume in die Loggia vor der Polo Lounge im *Beverly Hills Hotel* und zeichnete zarte Linien auf die rosa Tischtücher. Baydar saß im Schatten in einer der Nischen, ihm gegenüber Carriage und zwei Japaner. Er betrachtete sie, während sie ihre Mahlzeit beendeten.

Sorgfältig legten sie Messer und Gabel auf europäische Art auf ihre Teller, um zu zeigen, daß sie fertig waren.

»Kaffee?« fragte er.

Sie nickten. Er winkte dem Kellner und bestellte. Dann bot er Zigaretten an, die sie aber ablehnten. Baydar zündete sich eine an und blickte erwartungsvoll auf seine beiden Gäste.

Der ältere der beiden sagte seinem Begleiter etwas auf japanisch. Der jüngere Mann beugte sich über den Tisch. »Mr. Hokkaido fragt, ob Sie Zeit hatten, über unseren Vorschlag nachzudenken.«

Baydar sprach zu dem jungen Mann, obwohl er wußte, daß Hakkaido jedes Wort verstand: »Ich habe darüber nachgedacht.«

»Und?« Der junge Mann konnte seine Ungeduld nicht bezähmen.

Baydar sah, wie ein Ausdruck leichter Mißbilligung über das Gesicht des älteren Mannes huschte und wieder verschwand. »Ich sehe da wcnig Möglichkeiten«, sagte er. »Die Vorschläge sind zu einscitig.«

»Das verstehe ich nicht«, erwiderte der junge Mann. »Wir sind bereit, die zehn Tanker zu dem von Ihnen gebotenen Preis zu bauen. Wir verlangen lediglich, daß Sie diese Operation durch unsere Banken finanzieren lassen.«

»Ich glaube, Sie haben mich mißverstanden«, sagte ruhig. »Sie sprechen von einer reinen Verkaufsoperation, ich hingegen bin an der Formierung eines Gesamtkonsortiums interessiert. Ich sehe keinen Sinn darin, daß wir bei Verhandlungen um gewisse Projekte als Konkurrenten auftreten. Damit treiben wir nur die Preise in die Höhe. Nehmen Sie zum Beispiel den *Rancho del Sol.* Eines Ihrer Konsortien hat ihn gekauft.«

»Das war keine unserer Gruppen«, entgegnete der junge Mann schnell. »Übrigens wußten wir nicht, daß auch Sie daran interessiert waren.«

»Das war ich auch nicht«, sagte Baydar, »aber in dieser Gegend gibt es ein anderes großes Objekt, für das wir uns beide interessieren. Das Resultat davon? Der geforderte Preis hat sich fast verdoppelt, und wer von uns beiden auch gewinnt, hat schon verloren, bevor er nur begonnen hat.«

»Sie verhandeln durch Ihre Bank in La Jolla?« fragte der junge Mann.

Baydar nickte.

Der junge Mann wandte sich an Hokkaido und sprach schnell auf japanisch. Hokkaido hörte aufmerksam zu, nickte und antwortete. Der junge Japaner wandte sich wieder an Baydar. »Mr. Hokkaido drückt sein Bedauern darüber aus, daß wir Konkurrenten bei diesem Geschäft sind, meint jedoch, daß die Verhandlungen schon im Gange waren, bevor wir miteinander in Kontakt kamen.«

»Ich bedaure das ebenso. Deshalb kam ich zu Ihnen, um weitere solche Zwischenfälle zu vermeiden. Keiner von uns braucht das Geld des anderen, Geld haben wir beide mehr als genug. Wenn wir aber zusammenarbeiten, könnten wir uns bei anderen Projekten gegenseitig von Nutzen sein. Deshalb sprach ich mit Ihnen über den Bau von Tankern.«

»Aber sogar das machen Sie uns schwer«, sagte der junge Mann. »Wir werden die gewünschten zehn Tanker für Sie bauen, wo aber sollen wir die zehn Tanker finden, die Sie sofort haben wollen? Es gibt keine auf dem Markt.«

»Das weiß ich, aber Ihre Schiffahrtslinie besitzt über hundert. Es wäre für Sie ganz einfach, sie einer Gesellschaft zu übertragen, von der jeder von uns fünfzig Prozent besitzt. Auf diese Weise verlieren Sie nicht den Nutzen davon.«

»Wir verlieren fünfzig Prozent des Einkommens«, sagte der junge Mann. »Und wir sehen keine Möglichkeit, das zu ersetzen.«

»Das wird durch die fünfzig Prozent des Einkommens der zusätzlichen Tanker, die Sie bauen, mehr als ausgeglichen«, erwiderte Baydar. »Und die durch mich vermittelten fünfzig Prozent Auslandsinvestitionen wird Ihre Regierung bestimmt sehr wohlwollend vermerken.«

»Wir hatten noch nie Schwierigkeiten mit der Regierung wegen Auslandsinvestitionen«, sagte der junge Mann.

»Die Weltlage ändert sich«, meinte Baydar sanft. »Eine Rezession in der westlichen Welt könnte Ihre günstige Zahlungsbilanz schnell ändern.«

»Im Augenblick ist nichts davon zu bemerken«, gab der junge

Mann zurück.

»Das kann man nie wissen. Eine Änderung in der Weltenergieversorgung könnte die Industrie ganz unvermittelt zu einem Stop zwingen. Dann würden Sie mit zwei Problemen konfrontiert: erstens mit dem Schrumpfen der Absatzmärkte, und zweitens mit der Drosselung der Produktion.«

Wieder wandte sich der junge Mann an Hokkaido. Der ältere nickte beim Zuhören bedächtig, dann sagte er auf englisch direkt zu Baydar: »Wenn wir Ihre Vorschläge annähmen, würden Sie dann die Tanker zum Öltransport nach Japan verwenden?«

Baydar nickte.

»Ausschließlich?«

Wieder nickte Baydar.

»Wieviel Öl könnten Sie garantieren?« fragte Hokkaido.

»Das würde völlig davon abhängen, wieviel meine Regierung mir bewilligt. Aber ich glaube, daß unter geeigneten Umständen eine befriedigende Vereinbarung erreicht werden kann.«

»Wären Sie in der Lage, uns eine Meistbegünstigungsklausel zuzusichern?«

»Das könnte ich erreichen.«

Nach kurzem Schweigen sah Hokkaido Baydar an. »Ich möchte die Sache mit meinen Partnern in Japan besprechen«, sagte er.

»Selbstverständlich.«

»Könnten Sie nach Tokio kommen, falls wir zusagen?«

»Ja.«

Die Japaner erhoben sich, Baydar ebenfalls. Mr. Hokkaido verneigte sich und streckte seine Hand aus. »Ich danke Ihnen für diesen angenehmen und informativen Lunch, Mr. Fay.«

Baydar schüttelte ihm die Hand. »Ich danke Ihnen, daß Sie mir Ihre Zeit und Geduld geschenkt haben.«

Dann schüttelte er auch dem jüngeren Mann die Hand, und als sie außer Sichtweite waren, setzte er sich wieder hin. Er warf Carriage einen Blick zu und grinste breit. »Und mich nennt man den Piraten und behauptet, es sei schwer, uns zu verstehen.«

Carriage lachte. »Ich weiß gar nicht, worüber die sich beschweren. Wir bezahlen jeden Lunch!« Grinsend zeichnete er die Rechnung ab. »Michael Vincent erwartet uns im Bungalow.«

»Gut«, sagte Baydar. »Um wieviel Uhr kommt Jordanas Flugzeug an?«

»Fahrplanmäßig um vier. Ich habe kurz vor dem Essen noch einmal nachgefragt. Da waren fünfzehn Minuten Verspätung gemeldet.

Wir sollten spätestens um drei Uhr dreißig vom Hotel abfahren.«

Sie schritten durch die dunkle Polo Lounge und dann wieder hinaus in die grelle Sonne zu ihren Bungalows.

»Haben Sie im *Rancho del Sol* angerufen?« fragte Baydar.

Carriage nickte. »Es ist alles bereit. Für Sie und Ihre Frau ist ein Privathaus beim Hauptgebäude gemietet, mit Blick auf den Golfplatz. Die Leute von der Bank sind alle im Klub selbst untergebracht. Das Dinner findet in einem Privatraum statt. Vorher Cocktails.«

»Hat jemand abgesagt?«

»Nein. Sie werden alle kommen. Schließlich sind sie genauso gespannt auf Sie, wie es umgekehrt der Fall ist.«

Baydar lachte. »Ich möchte wissen, was die Leute sich denken würden, wenn ich im traditionellen Kostüm auftauchte?«

Carriage stimmte in sein Lachen ein. »Wahrscheinlich würden sie in die Hosen machen. Gerüchtweise habe ich schon gehört, daß man Sie für einen simplen Wilden hält. Hier ist man sehr versnobt. Ganz und gar WASP, weiße, angelsächsische Protestanten. Keine Juden, keine Katholiken, keine Ausländer.«

»Dann müßte Jordana ihnen ja großartig gefallen«, grinste Baydar.

»Das wird sie auch«, antwortete Carriage.

»Es wird aber trotzdem nicht ganz leicht sein. Sehr viel Enthusiasmus für neue Geschäfte legen sie nicht gerade an den Tag, und wir haben schon einige wichtige Kunden verloren, seitdem wir die Bank übernommen haben.«

»Dafür machen sie, laut Bericht, die von Juden kontrollierten Banken in Los Angeles verantwortlich.«

»Die Ausrede ist zu windig, um mich zu überzeugen. Ich werde immer mißtrauisch, wenn man mich so unbedingt von etwas überzeugen will. Sie haben das Angebot für die Star Ranch versaut und uns in eine Situation manövriert, daß wir die Japaner überbieten müssen.«

Sie waren bei dem Bungalow angelangt. Carriage öffnete die Tür, und sie traten ein. Nach der Gluthitze in der Sonne war es in dem vollklimatisierten Raum angenehm kühl.

Vincent erhob sich, vor ihm auf dem Cocktailtisch stand das unvermeidliche Glas Whisky. »Ich freue mich, Sie wiederzusehen, Baydar.«

»Es ist immer angenehm, Sie zu treffen, mein Freund.«

Sie schüttelten einander die Hände, und Baydar setzte sich auf ein Sofa. »Wie kommt das Manuskript voran?«

»Deshalb wollte ich mit Ihnen sprechen. Anfänglich dachte ich, es würde leicht sein. Sie wissen ja, wie meine Filme über Moses und Jesus; da gab es immer irgendwelche Wunder, um die Sache optisch aufzuputzen. Das geteilte Rote Meer für die Israeliten, die Auferstehung und so weiter. Aber hier geht das alles nicht. Ihr Prophet hat keine Wunder zu bieten. Er war nur ein Mensch.«

Baydar lachte. »Das ist richtig. Nur ein Mensch. Wie wir alle. Nicht mehr und nicht weniger. Enttäuscht Sie das?«

»Filmisch gesehen, ja«, antwortete Vincent.

»Meiner Ansicht nach müßte das die Botschaft des Propheten sogar noch überzeugender und dramatischer machen. Daß ein Mensch, ein Mann wie Sie und ich, seinen Mitmenschen Allahs Offenbarungen zu bringen vermochte. Wie steht es mit seiner Verfolgung durch die heidnischen Araber und die Schmähungen durch Juden und Christen, mit seiner Verbannung und Flucht aus Medina? Was ist mit seinem Kampf um die Rückkehr nach Mekka? Da sollte es doch genug Dramatik für mehrere Filme geben!«

»Vielleicht für die mohammedanische Welt, aber ich bezweifle sehr, daß die westliche Welt sich gern als Bösewicht in dem Stück sehen wird. Und Sie sagten doch, Sie wollten diesen Film überall in der Welt vertreiben, nicht wahr?«

»Ja.«

»Da liegt unser Problem.« Vincent trank sein Glas leer. »Das müssen wir lösen, bevor wir mit dem Drehbuch beginnen.«

Baydar schwieg. Die Wahrheit im Koran war so offensichtlich – warum gab es dann immer wieder dieses Problem? Die Ungläubigen wollten nicht einmal zuhören. Wenn sie nur ein einziges Mal ihre Köpfe und Herzen der Botschaft des Propheten öffneten, würde ihnen die Erleuchtung kommen. Er blickte den Regisseur nachdenklich an. »Wenn ich mich an Ihre Version des Christusfilmes entsinne, dann wurde Christus darin von den Römern gekreuzigt und nicht von den Juden, stimmt das?«

Vincent nickte.

»Steht das nicht im Widerspruch zu den Tatsachen?« fragte Baydar. »War es nicht in Wirklichkeit so, daß die Juden Christus zum Kreuzestod verurteilten?«

»Es gibt da verschiedene Ansichten«, antwortete Vincent. »Weil Christus selbst Jude war und von seinem Jünger Judas, gleichfalls Jude, verraten wurde, und weil Er von den Hohepriestern des orthodoxen Tempels wegen Bedrohung ihrer Macht und Autorität gehaßt wurde, glauben viele, daß die Juden die Römer drängten, ihn zu kreuzigen.«

»Aber in dem Film waren die heidnischen Römer die Bösewichter, oder?«

»Ja.«

»Dann haben wir die Lösung«, sagte Baydar. »Wir bauen unseren Film um den Konflikt des Propheten mit den Koreischiten auf, der zu seiner Flucht nach Medina führte. Die Kriege des Propheten wurden nicht gegen die Juden geführt, die ja schon an das Prinzip eines einzigen Gottes glaubten, sondern gegen die drei großen arabischen Stämme, die viele Götter verehrten. Sie waren es, die ihn aus Mekka vertrieben, nicht die Juden.«

Vincent starrte ihn an. »Ich erinnere mich, das gelesen zu haben, aber in diesem Licht habe ich es nie gesehen. Ich glaubte, daß immer alle Araber auf seiner Seite standen.«

»Nicht am Anfang«, belehrte Baydar ihn. »Der Koreischstamm bestand aus heidnischen Arabern, die viele Götter verehrten, und an sie richtete Mohammed seine Lehren vom wahren Allah in erster Linie und nicht an die Juden und Christen. Sie waren es auch, die er als erste ›Ungläubige‹ nannte.«

»Ich werde versuchen, von dieser Seite her an die Sache heranzugehen«, sagte Vincent. Er schenkte sich wieder ein und schaute Baydar über den Tisch weg an. »Würde es Sie wirklich nicht interessieren, mit mir zusammen das Drehbuch zu schreiben?«

Baydar lachte. »Ich bin Geschäftsmann, kein Schriftsteller. Das überlasse ich Ihnen.«

»Aber ich wüßte niemanden, der die Geschichte besser kennt als Sie.«

»Lesen Sie nochmals den Koran. Vielleicht erkennen Sie dann das, was ich darin sehe.« Er erhob sich. »Jussef wird am Spätnachmittag eintreffen, und nach dem Wochenende setzen wir uns wieder alle zusammen. Wollen Sie mich jetzt bitte entschuldigen? Ich fahre zum Flugplatz, um meine Frau abzuholen.«

Vincent erhob sich. »Dann will ich Sie nicht aufhalten. Aber ich bin froh, daß wir miteinander sprechen konnten. Ich glaube, Sie haben mich auf den richtigen Weg gebracht. Ich mache mich gleich unter dem neuen Gesichtspunkt an die Arbeit.«

Sie schüttelten sich die Hände, und Vincent verließ den Bungalow. Baydar fragte Carriage: »Was halten Sie davon?«

»Wenn Sie mir die Bemerkung gestatten, Boss, ich glaube, Sie sollten ihn auszahlen und die ganze Sache vergessen. Das einzige, wofür man bei einem solchen Film garantieren kann, sind Verluste.«

»Der Koran lehrt, daß der Mensch auf viele Arten Nutzen aus seinen Handlungen ziehen kann, indem er nicht nur nach Profit trachtet, sondern auch das Gute sucht.«

»Hoffentlich haben Sie recht. Aber ich wäre an Ihrer Stelle doch sehr vorsichtig, bevor ich mit dem Film weitermachte.«

»Sie sind ein merkwürdiger junger Mann. Denken Sie nie an etwas anderes als an Dollars?«

Carriage hielt seinem Blick stand. »Nicht, wenn ich arbeite. Ich kann mir nicht vorstellen, daß Sie mich meiner schönen Augen wegen angeheuert haben.«

»Das wohl nicht«, lachte Baydar, »aber es gibt wichtigere Dinge als Geld.«

»Das habe nicht ich zu entscheiden«, sagte Dick. »Nicht, wenn es um Ihr Geld geht.« Er schob einige Papier in seine Aktentasche. »Es ist mein Job, mich zu vergewissern, daß Sie sich über alle Risiken klar sind. Der Rest ist Ihre Sache.«

»Und Sie halten den Film für riskant?«

»Sehr.«

Baydar überlegte eine Weile. »Ich werde es im Auge behalten, bevor wir weitermachen. Wir werden wieder darüber sprechen, sobald das Drehbuch geschrieben und das Budget aufgestellt ist.«

»Gut, Sir.«

Baydar ging zu seiner Schlafzimmertür. »Danke, Dick«, sagte er ruhig. »Sie sollen niemals glauben, ich wüßte nicht zu schätzen, was Sie für mich zu tun bemüht sind.«

Dick errötete. Es geschah nicht oft, daß Baydar ihn lobte. »Sie brauchen mir nicht zu danken, Boss.«

Baydar lächelte. »Ich gehe nur schnell unter die Dusche und bin in wenigen Minuten fertig. Lassen Sie den Wagen zum Eingang des Bungalows bringen.«

»Mach ich, Boss.« Carriage hatte schon den Telefonhörer in der Hand, noch bevor Baydar die Schlafzimmertür geschlossen hatte.

5

Wie gewöhnlich hatte das Flugzeug aus Paris eine Stunde Verspätung. Baydar verfluchte im stillen die Fluglinien. Sie waren alle gleich: eine genaue Information über die Ankunftszeit war immer erst dann zu erhalten, wenn es zu spät war, noch irgend etwas anderes zu tun, als auf dem Flughafen herumzusitzen und zu warten, bis das Flugzeug landete.

Das Telefon klingelte in dem kleinen VIP-Raum, und die Hostess hob den Hörer ab. Sie hörte einen Augenblick zu, dann wandte sie sich an die Wartenden. »003 setzt soeben auf.«

Baydar erhob sich.

»Mr. Hansen wird Sie an der Sperre erwarten und die Formalitäten für Mrs. Al Fay erledigen.«

»Danke«, sagte Baydar.

Vor der Sperre standen eine Menge Menschen. Mr. Hansen, ein untersetzter Mann in Air-France-Uniform, kam ihnen entgegen und führte sie schnell durch den Zoll. Ein uniformierter Beamter der Einwanderungsbehörde schloß sich ihnen an, und sie betraten den Ankunftsraum, gerade als Jordana von der anderen Seite hereinkam.

Baydar nickte beifällig. Jordana hatte einen erstklassigen Instinkt. Von hautengen Bluejeans und durchsichtigen Blusen, wie sie sie in Südfrankreich trug, war hier nichts zu sehen; hier war sie die elegante junge Kalifornierin. Das Dior-Kostüm mit dem einfach geschnittenen Rock, der breitkrempige Hut und das leichte Make-up waren genau richtig für die Gesellschaft, mit der sie zusammenkommen würden. Er trat vor, um sie zu begrüßen.

Sie hielt ihm die Wange zum Kuß hin. »Du siehst bezaubernd aus«, sagte er.

»Danke.« Sie lächelte.

»Guter Flug?«

»Ich habe die ganze Zeit geschlafen. Man hat mir eine Spezialkoje eingerichtet.«

»Ausgezeichnet. Wir haben einen ziemlich befrachteten Stundenplan vor uns.«

Hinter ihr tauchten Jussef in seinem ein wenig zerknitterten dunklen Anzug und ihre Sekretärin auf. Baydar schüttelte beiden die Hände, inzwischen nahm der Air-France-Vertreter ihre Pässe in Empfang, um sie stempeln zu lassen. Baydar zog ungestört Jordana zur Seite, so daß sie reden konnten.

»Es tut mir leid, daß ich diesen Sommer nicht hinüberkommen konnte«, sagte er.

»Auch uns tat es leid, besonders den Kindern. Sie haben mir eine Botschaft für dich mitgegeben.«

»Ja?«

»Ich soll dir sagen, daß sie sehr gute Fortschritte in Arabisch machen. Daß du dich ihrer nicht würdest schämen müssen.«

»Stimmt das?« fragte er.

»Ich glaube, ja. Sie bestehen darauf, mit allen Dienstboten nur arabisch zu sprechen, ob sie verstanden werden oder nicht.«

Er lächelte. »Darüber bin ich sehr froh.« Ihre Augen trafen sich. »Und du? Womit hast du dir die Zeit vertrieben?«

»Mit dem üblichen.«

»Du siehst sehr gut aus.«

Sie antwortete nicht.

»Gab es dieses Jahr viele Partys?«

»Partys gibt es immer.«

»Etwas Interessantes?«

»Nichts Besonderes.« Sie schaute ihn an. »Du hast abgenommen. Du siehst mager aus.«

»Ich werde mehr essen müssen«, sagte er. »Wenn ich in den Mittleren Osten zurückkomme und so aussehe, macht das einen schlechten Eindruck; sie würden glauben, die Geschäfte gingen schlecht.«

Sie lächelte, denn sie wußte, was er meinte. Die Araber beurteilten den Erfolg eines Mannes immer noch nach seinem Leibesumfang. Ein wohlbeleibter Mann wurde stets höher eingeschätzt als ein magerer. »Du mußt Brot und Kartoffeln essen«, sagte sie. »Und mehr Lammfleisch.«

Er lachte laut. Sie wußte, wie westlich sein Geschmack war. Er mochte keine stärkehaltigen und fetten Speisen, sondern aß lieber Beefsteak. »Ich will's mir merken.«

Hansen trat zu ihnen. »Alles okay«, sagte er. »Draußen erwartet Sie ein Wagen, um Sie zum Hubschrauber zu bringen.«

»Dann können wir gehen«, sagte Baydar und winkte Jussef herbei. »Vincent ist im *Beverly Hills Hotel*«, erklärte er ihm. »Verbringen Sie das Wochenende mit ihm, und versuchen Sie herauszufinden, woran wir bei ihm sind. Ich setze mich Montag mit Ihnen in Verbindung.«

Jussef versuchte seine Enttäuschung zu verbergen. Er haßte es, von irgend etwas ausgeschlossen zu werden, das vielleicht wichtig war. »Glauben Sie, daß es mit ihm Probleme gibt?«

»Ich weiß es nicht, aber mir scheint, nach drei Monaten sollte er zumindest irgend etwas vorzuweisen haben.«

»Überlassen Sie es mir, Boss«, sagte Jussef zuversichtlich. »Ich werde ihm schon Feuer unter dem Hintern machen.«

»Wir brauchen ungefähr eine halbe Stunde«, sagte der Hubschrauberpilot, als sie aufstiegen.

»Was ziehe ich heute abend an?« fragte Jordana. »Wieviel Zeit werden wir haben?«

Baydar sah auf die Uhr. »Cocktails um acht, Dinner um neun.

Smoking.«

Jordana sah ihn an. Sie wußte, wie ungern er Abendanzüge trug. »Du gehst aufs Ganze.«

»Richtig«, sagte er. »Ich will einen guten Eindruck machen. Ich habe das Gefühl, sie verübeln es mir, daß ich die Bank übernommen habe.«

»Das wird sich bestimmt geben, sobald sie dich kennen-lernen.«

»Hoffentlich«, entgegnete Baydar ernst, »aber ich weiß nicht. Die halten zusammen wie Pech und Schwefel.«

»Es wird schon klappen. Ich kenne diese Leute sehr gut. Sie sind nicht anders als die anderen. Sie wissen genau, wo das Geld sitzt.«

Das Riesenbukett aus roten Rosen, das Jordana vom Präsidenten der Bank, Joseph E. Hutchinson III, und seiner Frau Dolly bei der Ankunft überreicht wurde, bewies, daß sie zumindest teilweise recht hatte.

Es klopfte leise an die Tür, und die gedämpfte Stimme Dschabirs meldete: »Es ist sieben Uhr fünfzehn, Herr.«

»Danke«, rief Baydar. Er erhob sich von dem Stuhl neben dem Tischchen, an dem er die letzten Bankberichte gelesen hatte. Es blieb ihm noch Zeit für eine Dusche, bevor er den Smoking anzog. Schnell legte er Hemd und Hose ab und ging nackt zum Badezimmer, das zwischen seinem und Jordanas Schlafzimmer lag.

Er öffnete in dem Augenblick die Tür, als sie aus dem duftenden Badewasser stieg. Einen Augenblick lang starrte er sie an. »Verzeih, ich wußte nicht, daß du noch drin bist«, entschuldigte er sich spontan.

Sie erwiderte seinen Blick. »Schon gut«, sagte sie mit einer Spur von Ironie, »du brauchst dich nicht zu entschuldigen.«

Er schwieg.

Sie langte nach einem Badetuch und wickelte sich hinein. Er streckte die Hand aus, um sie daran zu hindern. Sie schaute ihn fragend an.

»Ich hatte fast vergessen, wie schön du bist«, sagte er.

Langsam nahm er ihr das Tuch aus der Hand und ließ es zu Boden fallen. Seine Finger strichen von ihrer Wange über die gerötete, sich aufrichtende Brustwarze, an der leichten Einkerbung des Nabels vorbei zu der sanften Schwellung ihres Schamhügels. »Schön«, flüsterte er.

Sie regte sich nicht.

»Sieh mich an!« sagte er nachdrücklich.

Sie blickte ihm ins Gesicht. Seine Augen drückten leisen Kummer aus. »Jordana.«

»Ja?«

»Jordana, was ist mit uns geschehen, daß wir einander so fremd geworden sind?«

Unerwartet füllten sich ihre Augen mit Tränen. »Ich weiß nicht«, flüsterte sie.

Er nahm sie in die Arme und drückte ihren Kopf an seine Schulter. »So vieles ist falsch gelaufen«, sagte er. »Ich weiß gar nicht mehr, wo anfangen . . .«

Sie wollte mit ihm sprechen, konnte aber die Worte nicht finden. Sie kamen aus verschiedenen Welten. In seiner Welt galt die Frau nichts, der Mann alles. Wenn sie ihm sagte, daß sie die gleichen Bedürfnisse hatte wie er, die gleichen sexuellen und gesellschaftlichen Triebe, würde er das als eine Bedrohung seiner männlichen Überlegenheit auffassen. Und er würde glauben, daß sie keine anständige Ehefrau sei. Und doch waren es diese Bedürfnisse, die sie zuallererst zueinander geführt hatten.

Sie drückte ihr Gesicht an seine Brust und weinte still. Zärtlich streichelte er ihr Haar. »Du hast mir sehr gefehlt«, sagte er, legte eine Hand unter ihr Kinn und hob ihren Kopf hoch. »Es gibt für mich niemanden wie dich.«

Warum bleibst du dann fort? Warum die anderen Frauen? fragte sie sich im stillen.

Er antwortete, als lese er ihre Gedanken. »Sie bedeuten nichts«, sagte er. »Sie dienen nur zum Zeitvertreib.«

Sie schwieg immer noch.

»Ist es bei dir ebenso?« fragte er.

Sie starrte ihm in die Augen. Er wußte Bescheid. Er hatte es immer gewußt. Und hatte doch nie davon gesprochen.

Dann seufzte er. »Ein Mensch beginnt seinen Himmel oder seine Hölle hier auf Erden. Wie ich die meine begonnen habe.«

»Bist du mir böse?« flüsterte sie.

»Habe ich ein Recht dazu?« fragte er. »Das Urteil fällt, wenn wir vor Allah stehen und das Buch unseres Lebens verlesen wird. Ich habe genug an meinen eigenen Sünden zu tragen. Du bist keine von uns, deshalb können die Gesetze für dich auch nicht gelten. Nur um eines möchte ich dich bitten.«

»Um was?«

»Kein Jude. Für alle anderen werde ich so blind sein wie du.«

Sie senkte den Blick. »Muß es denn andere geben?«

»Das kann ich dir nicht beantworten«, sagte er. »Ich bin ein

Mann.«

Darauf konnte sie nichts erwidern.

Er hob ihren Kopf wieder hoch und küßte sie. »Ich liebe dich, Jordana.«

Sie fühlte, wie es sie heiß durchströmte, und als sie sich an ihn schmiegte, spürte sie seine männliche Kraft hart gegen ihren Bauch. Ihre Hand schloß sich um seinen Penis, der hart und feucht in ihren Fingern lag. »Baydar«, schluchzte sie. »Baydar!«

Er sah ihr lange in die Augen, dann faßte er sie unter den Armen und hob sie hoch. Automatisch öffnete sie die Schenkel und umklammerte damit seine Taille. Langsam senkte er sie und stöhnte auf, als er in sie eindrang. Es schien, als stieße er ihr eine glühende Rute ins Herz. Immer noch stehend, hielt er sie weiter fest und begann sich langsam in ihr zu bewegen.

Die Hitze durchlief sie, und sie konnte sich nicht zurückhalten. Auch sie begann sich rhythmisch zu bewegen und kostete alle Höhepunkte der Lust aus. Wild jagten Gedanken durch ihren Kopf. Es war nicht recht. Es war nicht das, was sie verdiente, es war nicht die Bestrafung, die sie suchte.

Sie öffnete die Augen und starrte ihm wild ins Gesicht. »Schlag mich«, sagte sie.

»Was?«

»Schlag mich! Bitte! Wie das letzte Mal. Ich verdiene es nicht besser.«

Eine Weile blieb er völlig regungslos, dann ließ er sie langsam zu Boden gleiten und löste ihre Arme von seinem Hals. Seine Stimme war plötzlich kalt. »Du solltest dich jetzt anziehen«, sagte er, »sonst kommen wir zu spät zu der Party.«

Er wandte sich abrupt um und ging in sein Zimmer. Fluchend hob Jordana das Badetuch auf. Nichts konnte sie richtig machen.

6

Die Hitze der weißen Sonne schien von den zerklüfteten Felsen und vom Sand der Wüste vor ihnen noch zu reflektieren. Da und dort neigte sich ein wenig braunes Gestrüpp im warmen Wind. Das Knattern des Maschinengewehrs verstummte.

Leila lag reglos in dem kleinen Erdloch. Sie spürte, wie der Schweiß sich in ihren Achselhöhlen, zwischen den Brüsten und zwischen den Beinen sammelte. Vorsichtig wälzte sie sich auf den Rükken und seufzte erleichtert, als in ihren Brüsten der Druck des harten Bodens nachließ. Sie blinzelte zum Himmel empor und fragte sich, wie lang sie noch hier liegen werde. Der syrische Söldner, der ihre Ausbildung leitete, hatte ihr befohlen, sich nicht zu regen, bevor der Rest ihres Zugs nachgekommen wäre. Sie blickte auf ihre schwere Männerarmbanduhr. Sie hätten schon seit mindestens zehn Minuten hier sein sollen.

Stoisch zwang sie sich zu warten. Möglich, daß es nur eine Schulungsübung war, aber die Kugeln, die sie verwendeten, waren echt; eine Frau war schon getötet und drei waren verwundet worden. Nach der letzten Übung hatte im Lager der grausame Witz kursiert, wem wohl der größere Verdienst zufiele, die Fedajin zu vernichten – ihnen selbst oder den Israelis?

Sie hätte gern eine Zigarette geraucht, aber sie rührte sich nicht. Auch nur die Spur von Rauch in der klaren Luft wäre eine glatte Einladung gewesen, auf sie zu feuern. Hinter dem Erdloch raschelte etwas.

Lautlos wälzte sie sich auf den Bauch und zog zugleich das Gewehr an sich. Sie kroch zum Rand des Lochs und hob vorsichtig den Kopf darüber.

Eine schwere Hand schlug sie nieder, so daß ihr der Stahlhelm über die Ohren rutschte. Durch den Schmerz hindurch hörte sie die barsche Stimme des Söldners: »Du blödes Stück! Man hat dir gesagt, du sollst den Kopf unten lassen. Ich hätte dich auf hundert Meter Entfernung abknallen können.«

Er stolperte schwer atmend neben sie in das Erdloch, ein vierschrötiger, untersetzter Mann mit kurzem Atem und wenig Geduld. »Was ist dort oben los?« fragte er.

»Wie soll denn ich das wissen, zum Teufel?« erwiderte sie ärgerlich. »Du sagtest doch, ich soll den Kopf unten halten.«

»Aber du gehörst zum Spähtrupp.«

»Dann sag mir gefälligst, wie ich beides zugleich tun soll«, sagte sie höhnisch. »Herausfinden, was vorgeht, und den Kopf nicht aus dem Loch heben.«

Er schwieg. Wortlos zog er ein Päckchen Zigaretten heraus und reichte ihr eine. Sie nahm sie, und er gab ihr und sich Feuer.

»Ich dachte, wir dürfen nicht rauchen«, sagte sie.

»Die können mich am Arsch lecken. Ich hab diese blöden Spielereien satt.«

»Wann kommt der Zug herüber?«

»Erst wenn es dunkel wird. Vorher wäre es zu gefährlich.«

»Warum bist du dann hier?«

Er sah sie mißgelaunt an. »Einer mußte dir die Änderung des Plans ja mitteilen.«

Sie erwiderte seinen Blick. Er hätte sehr gut jemand anderen schikken können, statt selbst zu kommen. Aber sie wußte genau, warum er da war: weil sie die einzige Frau des Zuges war, die er noch nicht gehabt hatte.

Aber das beunruhigte sie nur wenig. Sie konnte mit ihm fertig werden, wenn sie wollte. Die Veränderungen waren in vieler Hinsicht zu schnell gekommen, hatten es zu leicht gemacht. Alle traditionellen Tabus der Mohammedaner waren verschwunden. Man hatte den Frauen gesagt, im Kampf für die Freiheit sei es ihre Pflicht, den Männern Erleichterung und Trost zu geben. In der neuen, freien Gesellschaft würde niemand mit dem Finger auf sie zeigen; es sei für die Frauen lediglich eine weitere Art mitzuhelfen, den Kampf zu gewinnen.

Er zog die Feldflasche aus dem Gürtel, schraubte den Deckel ab, legte den Kopf zurück und ließ das Wasser langsam in seine Kehle rinnen; dann reichte er ihr die Flasche. Sie goß ein paar Tropfen auf die Finger und wischte sich behutsam das Gesicht ab. »Bei Allah, es ist heiß!« sagte er.

Sie nickte und gab ihm die Feldflasche zurück. »Du hast Glück«, sagte sie. »Ich dagegen bin seit zwei Stunden hier. Bis zur Dämmerung dauert es nicht mehr so lang.«

Sie wälzte sich wieder auf den Rücken und zog den Helm übers Gesicht, so daß ihre Augen vor der Sonne geschützt waren. Zumindest konnte sie versuchen, sich die Warterei weniger unangenehm zu machen. Nach einer Weile spürte sie, wie er sie anstarrte; sie konnte es durch die halbgeschlossenen Lider unter dem Helm hervor sehen. Die dunklen Schweißflecken unter ihren Armen, in der Taille und zwischen den Beinen wurden ihr plötzlich sehr bewußt. Es war fast so, als hätten sie alle weiblichen Stellen markiert.

»Ich will versuchen, mich auszuruhen«, sagte sie. »Die Hitze macht mich fertig.«

Er antwortete nicht. Sie sah zum Himmel hinauf, er hatte das ganz besondere Blau, das immer das Ende des Sommers anzeigte. Merkwürdig, daß es auch hier so war. Bisher hatte sich das für sie immer mit dem Ende der Sommerferien und der Rückkehr in die Schule verbunden. Eine Erinnerung tauchte plötzlich auf. An einem solchen Tag und unter einem ebenso blauen Himmel hatte ihr Vater sich von ihr verabschiedet, um sich von ihrer Mutter scheiden zu lassen. Wegen dieser amerikanischen Nutte. Und weil ihre Mutter nach einer Fehlgeburt steril geworden war und ihm keinen Sohn mehr schenken konnte.

Leila hatte an jenem Nachmittag mit ihrer älteren Schwester Amal am Strand gespielt, als plötzlich Farida, ihre Haushälterin, erschienen war. Sie wirkte merkwürdig erregt. »Kommt sofort nach Hause«, sagte sie. »Euer Vater muß abreisen und will sich von euch verabschieden.«

»Gut«, hatten sie geantwortet, »wir ziehen nur erst die nassen Badeanzüge aus.«

»Nein«, befahl Farida scharf, »dafür ist keine Zeit. Euer Vater ist in Eile.«

Sie drehte sich um und watschelte schnell zum Haus zurück. Leila und ihre Schwester rannten hinter ihr her.

»Ich dachte, Daddy wollte eine Weile hierbleiben«, maulte Amal. »Warum fährt er fort?«

»Ich weiß es nicht, ich bin nur eine Dienerin. Es steht mir nicht zu, ihn zu fragen.«

Die Mädchen wechselten einen Blick. Farida wußte sonst immer alles. Wenn sie behauptete, nichts zu wissen, dann wollte sie, daß sie es nicht erfuhren.

Sie blieb vor dem Seiteneingang des Hauses stehen. »Wischt euch den Sand von den Füßen«, befahl sie. »Euer Vater erwartet euch im vorderen Salon.«

Sie wischten schnell ihre Füße ab und liefen durchs Haus. Ihr Vater wartete beim Haupteingang.

Baydar drehte sich mit einem Lächeln zu seinen Töchtern um. Aber in seinen Augen lag eine merkwürdige, düstere Traurigkeit. Als sie auf ihn zurannten, ließ er sich auf ein Knie nieder, um sie zu umarmen. »Ich bin so froh, daß ihr noch zeitig gekommen seid«, sagte er. »Ich hatte schon Angst, weg zu müssen, ohne euch Adieu zu sagen.«

»Wo gehst du hin, Daddy?« fragte Leila.

»Ich muß wegen wichtiger Geschäfte zurück nach Amerika.«

»Ich dachte, du bleibst hier«, sagte Amal weinerlich.

»Das kann ich leider nicht.«

»Du hast doch versprochen, mit uns Wasserski zu fahren«, bettelte Leila.

»Es tut mir leid.« Seine Stimme schien zu versagen, und seine Augen wurden plötzlich feucht. Er preßte die Mädchen an sich. »Ihr beide seid jetzt recht brav und hört auf eure Mutter.«

Irgend etwas war los. Sie spürten es, wußten aber nicht, was es war. »Wenn du wiederkommst, gehen wir dann Wasserskifahren?« fragte Leila.

Ihr Vater blieb ihr die Antwort schuldig. Statt dessen drückte er sie sehr innig an sich. Dann ließ er sie abrupt los und erhob sich. Leila blickte zu ihm hoch und dachte, wie schön er doch war. Keiner von den anderen Vätern sah so aus wie er.

Dschabir erschien in der Haustür. »Es wird spät, Herr. Wir müssen uns beeilen, wenn wir das Flugzeug erreichen wollen.«

Baydar beugte sich zu seinen Kinder hinunter und küßte sie, zuerst Amal, dann Leila. »Ich verlasse mich auf euch beide, daß ihr euch um eure Mutter kümmert und ihr schön gehorcht.«

Sie nickten stumm. Er ging zur Tür, und sie folgten ihm. Er war auf halbem Weg zum Wagen, als Leila ihm nachrief: »Bleibst du lang fort, Daddy?«

Einen Augenblick schien er zu zögern, dann aber stieg er in den Wagen, und die Tür schlug zu, ohne daß er geantwortet hatte. Sie sahen zu, wie der Wagen davonfuhr, und gingen zurück ins Haus.

Farida erwartete sie. »Ist Mutter in ihrem Zimmer?« fragte Amal.

»Ja«, antwortete Farida. »Aber sie fühlt sich nicht wohl und darf nicht gestört werden.«

»Kommt sie zum Essen herunter?« fragte Leila.

»Ich glaube nicht. Aber ihr zwei geht jetzt ins Bad und wascht den ganzen Sand ab. Ob eure Mutter zum Essen kommt oder nicht, ich will, daß ihr beide sauber und frisch am Tisch sitzt.«

Erst am späten Abend erfuhren sie, was vorging. Nach dem Essen kamen die Eltern ihrer Mutter, und als ihre Großmutter Leila und Amal sah, brach sie in Tränen aus.

Sie zog sie bekümmert an ihren schweren Busen. »Meine armen kleinen Waisen«, schluchzte sie. »Was wird jetzt aus euch?«

Großvater Riad wurde furchtbar wütend. »Schweig doch, Frau«, brüllte er. »Was tust du denn? Willst du die Kinder zu Tode ängstigen?«

Amal fing sofort an zu weinen. »Vaters Flugzeug ist abgestürzt!« heulte sie.

»Siehst du?« sagte der Großvater triumphierend. »Was habe ich dir gesagt?« Er schob seine Frau zur Seite und nahm Amal in die Arme. »Deinem Vater ist nichts zugestoßen. Es geht ihm gut.«

»Aber die Nana hat doch gesagt, wir sind Waisen.«

»Ihr seid keine Waisen. Ihr habt immer noch eure Mutter und euren Vater. Und uns.«

Leila starrte ihre Großmutter an. Das starke Augen-Make-up der alten Dame floß in Streifen über ihre Wange. »Warum weint Nana dann?«

Dem alten Mann wurde es unbehaglich. »Sie kränkt sich, weil euer Vater fortgefahren ist. Deshalb.«

Leila zuckte mit den Achseln. »Da ist doch nichts dabei. Daddy fährt immer fort. Aber das macht nichts, er kommt ja wieder zurück.«

Großvater Riad blickte sie wortlos an. Farida kam in den Salon. »Wo ist deine Herrin?« fragte er.

»In ihrem Zimmer«, sagte Farida. Und zu den Kindern: »Es ist Zeit, ins Bett zu gehen.«

»Richtig«, stimmte Großvater sofort zu. »Geht schlafen. Bis morgen.«

»Gehst du mit uns zum Strand?« fragte Leila.

»Ja«, antwortete der Großvater. »Und jetzt tut, was Farida sagt. Marsch ins Bett.«

Als sie nach oben gingen, hörte Leila, wie ihr Großvater befahl: »Sag deiner Herrin, daß wir sie im Salon erwarten.«

Faridas Stimme klang abweisend. »Die Herrin ist sehr aufgeregt. Sie wird nicht herunterkommen.«

Großvaters Stimme wurde scharf. »Sie *wird* herunterkommen. Ich lasse ihr sagen, es ist wichtig.«

Als sie dann im Bett lagen, hörten sie laute Stimmen, die von unten heraufdrangen. Sie krochen aus den Betten und öffneten die Tür; da hörten sie die schrille und zornige Stimme ihrer Mutter.

»Mein Leben habe ich ihm gegeben!« klagte sie. »Und das ist der Dank dafür. Daß ich wegen einer amerikanischen Hure mit blonden Haaren, die ihm einen Bastardsohn geschenkt hat, von ihm verlassen werde!«

Die Stimme ihres Großvaters war leiser und ruhiger, aber sie konnten ihn dennoch gut verstehen. »Er hatte keine Wahl. Es war der Befehl des Fürsten.«

»Du verteidigst ihn!« schrie ihre Mutter anklagend. »Gegen dein eigenes Fleisch und Blut verteidigst du die Ungerechtigkeit. Dich kümmert nur deine Bank und dein Geld. Wenn du nur ihre Einlagen hast, ist es dir egal, was mit mir geschieht!«

»Und was geschieht mit dir, Frau?« schrie Großvater. »Leidest du an etwas Mangel? Du bist Millionärin. Er hat dir deine Kinder nicht weggenommen, wie es ihm das Gesetz erlaubt. Er schenkte dir den Besik und die Häuser, hier und in Beirut, und zahlt dir einen großzügigen Unterhalt für die Mädchen. Was willst du noch mehr?«

»Ist es meine Schuld, daß ich ihm keinen Sohn schenken konnte?« heulte Maryam. »Warum gibt man immer der Frau die Schuld? Habe ich ihm keine Kinder geboren, war ich nicht eine treue Ehefrau, obwohl ich wußte, daß er es überall in der Welt mit ungläubigen Huren trieb? Wer hat vor Allah ein ehrbares Leben geführt? Sicherlich ich, nicht er.«

»Es ist Allahs Wille, daß ein Mann einen Sohn haben soll«, sagte ihr Vater. »Und da du keinen hast, war es nicht nur sein Recht, sondern seine Pflicht, für einen Erben zu sorgen.«

Maryams Stimme war jetzt ruhiger, aber tödlich entschieden. »Mag sein, daß es Allahs Wille ist, aber eines Tages wird Baydar dafür bezahlen. Seine Töchter werden von seinem Verrat erfahren, und er soll ein Nichts in ihren Augen werden. Er wird sie nicht wiedersehen.«

Dann wurden die Stimmen leiser, und sie konnten nichts mehr verstehen. Schweigend schlossen die Kinder die Tür und gingen zurück in ihre Betten. Es war alles sehr seltsam, und sie begriffen es eigentlich nicht.

Als sie am nächsten Tag am Strand waren, blickte Leila plötzlich zu ihrem Großvater empor, der mit seiner Zeitung unter einem Sonnenschirm saß. »Wenn Vater wirklich einen Sohn haben wollte, warum hat er dann nicht mich gefragt? Ich wäre gern ein Junge geworden.«

Großvater Riad legte die Zeitung hin. »So einfach geht das nicht, mein Kind.«

»Ist das wahr, was Mutter sagte?« fragte sie. »Werden wir ihn nie wiedersehen?«

Er schwieg lange, bevor er antwortete. »Deine Mutter war zornig. Mit der Zeit wird sie darüber hinwegkommen.«

Aber sie kam nie darüber hinweg. Und im Lauf der Jahre übernahmen die Mädchen allmählich die Einstellung ihrer Mutter dem Vater gegenüber. Und da ihr Vater keinen Versuch unternahm, die Kluft zwischen ihnen zu überbrücken, waren sie am Ende überzeugt, daß sie recht hatte.

Als die Sonne sich senkte und das Sommerblau in Dunkel überging, wurde die Luft kühl. Leila wälzte sich auf die Seite und blickte den Syrer an. »Wie lange noch?«

»Ungefähr eine halbe Stunde«, sagte er lächelnd. »Zeit genug für uns.« Er griff nach ihr.

Sie wich schnell von ihm zurück. »Nicht!«

Er starrte sie an. »Was ist los mit dir? Bist du Lesbierin?«

»Nein«, sagte sie ruhig.

»Dann sei nicht so altmodisch. Warum, glaubst du, gibt man euch die Pille?«

Sie starrte ihn an. Die Männer waren alle gleich. Voller Verachtung sagte sie: »Zu meinem Schutz, nicht zu deiner Bequemlichkeit.«

Er setzte ein gewinnendes Lächeln auf. »Also komm«, sagte er und griff wieder nach ihr. »Vielleicht kann ich dir beibringen, daß es Spaß macht.«

Sie machte eine schnelle Bewegung, und ihr Gewehr zielte plötzlich auf seinen Bauch. »Das bezweifle ich«, sagte sie ruhig. »Du hast mir vielleicht beigebracht, wie man ein Gewehr benutzt, aber ficken kann ich schon.«

Er blickte auf das Gewehr, dann in ihr Gesicht. »Daran hab ich keine Minute gezweifelt«, sagte er schnell. »Ich war nur besorgt, du könntest aus der Übung kommen.«

7

Leila robbte über die harte, sandige Felsoberfläche, bis sie den Stacheldrahtzaun erreichte. Sie hielt an und rang nach Luft. Nach einer kleinen Weile wandte sie sich um und spähte durch das fahle Morgenlicht. Soad, die große Ägypterin, und Ayida, die Libanesin, kamen hinter ihr herangekrochen. »Wo ist Hamid?« fragte sie.

»Wie, zum Teufel, soll ich das wissen?« fluchte die Ägypterin. »Ich dachte, er ist vor uns.«

»Dschamila hat sich an den Felsen das Knie verletzt«, sagte Ayida. »Ich hab gesehen, wie er es ihr versorgt hat.«

»Das war vor einer Stunde«, sagte Soad spöttisch. »Inzwischen hat er sie wahrscheinlich ganz woanders versorgt.«

»Was sollen wir tun?« fragte Leila. »Wir brauchen eine Drahtschere, um hier durchzukommen.«

»Ich glaube, Farida hat eine«, meinte Ayida.

»Sag es nach hinten durch«, befahl Leila.

Die Botschaft lief schnell durch die Reihe der hinter ihr liegenden Frauen. Gleich darauf wurde die Drahtschere von Hand zu Hand nach vorne gereicht, bis sie zu Leila gelangte.

Soad gab sie ihr. »Hast du so was schon mal gemacht?«

»Nein«, sagte Leila. »Du?«

Soad schüttelte den Kopf.

»Allzu schwer kann das doch nicht sein.«

Sie faßte die schwere Drahtschere und kroch zum Stacheldrahtzaun, dann wälzte sie sich auf den Rücken. Langsam hob sie die Schere über ihren Kopf. Das Mondlicht reflektierte von dem glänzenden Metall. Es konnte nur den Bruchteil einer Sekunde gedauert haben, doch schon begann vorn das Maschinengewehr zu knattern, und die Kugeln pfiffen über ihre Köpfe.

»Verdammt«, rief Leila ärgerlich, bemüht, ihren Körper an den Boden zu drücken. Sie wagte nicht, den Kopf zu bewegen, um zu den anderen zurückzublicken. »Wo seid ihr?« rief sie.

»Wir sind hier«, sagte Soad. »Wir rühren uns nicht.«

»Wir müssen uns aber rühren«, entgegnete Leila. »Sie haben uns entdeckt.«

»Rühr du dich. Ich gehe hier nicht weg, bevor das MG aufhört.«

»Wenn wir kriechen, sind wir sicher – die halten einen Meter über unsere Köpfe.«

»Es sind Araber«, sagte Soad sarkastisch. »Und ich kenne keinen Araber, der ordentlich schießen kann. Ich bleibe hier.«

»Ich krieche los. Du kannst von mir aus die ganze Nacht hier bleiben.«

Vorsichtig wälzte sie sich auf den Bauch und robbte den Drahtzaun entlang. Nach einer Weile hörte sie hinter sich Kratzgeräusche. Sie schaute zurück. Die anderen Frauen folgten ihr.

Etwa eine halbe Stunde später hielt sie an. Das Maschinengewehr feuerte noch, aber die Kugeln pfiffen nicht mehr über ihre Köpfe. Sie waren außerhalb seiner Reichweite.

Diesmal ging sie kein Risiko ein. Sie schmierte Erde auf die Scherenklingen, damit kein Licht reflektiert wurde. Dann legte sie sich auf den Rücken und griff nach dem Draht. Es war schwieriger, als sie geglaubt hatte, und das Geräusch hallte in der Stille der Nacht, niemand schien es aber zu hören. Wenige Minuten später hatte sie sich durch die erste Reihe einen Weg geschnitten. Sie kroch durch die Öffnung zur nächsten Reihe. Noch zwei, dann waren sie durch.

Trotz der nächtlichen Kühle begann sie zu schwitzen und arbeitete emsig an dem zweiten Zaun. Er bestand aus doppeltem Draht, und es dauerte fast zwanzig Minuten, bis er aufgeschnitten war. Die letzte Reihe war aus dreifachem Draht, und sie verlor vierzig Minuten, bis sie fertig war.

Schwer atmend, mit wild schmerzenden Armen und Schultern lag sie auf dem Rücken. Nach einer Weile blickte sie sich nach Soad um.

»Wir bleiben am Boden, bis wir zu den weißen Markierungszeichen kommen; das muß etwa zweihundert Meter von hier sein. Dann haben wir freie Bahn.«

»Okay«, antwortete Soad.

»Denkt dran, den Kopf unten zu lassen«, erinnerte Leila. Wieder wälzte sie sich auf den Bauch und kroch vorwärts. Zweihundert Meter kamen ihr vor wie tausend Kilometer.

Endlich sah sie die weißen Markierungsstangen wenige Meter vor sich. Zugleich hörte sie Stimmen – Männerstimmen.

Leila machte den Frauen ein Zeichen, sich ruhig zu verhalten. Es wäre doch zu schade gewesen, wenn sie jetzt entdeckt wurden. Alle legten sich flach auf den Boden.

Die Stimmen kamen von links. Im Mondlicht konnte sie drei Soldaten unterscheiden. Einer zündete sich eine Zigarette an, die beiden anderen saßen hinter dem Maschinengewehr. Das Streichholz flog in flammendem Bogen aus der Hand des Soldaten und landete neben Leilas Gesicht.

»Die Huren sind noch immer draußen«, sagte der Soldat mit der Zigarette.

Ein anderer erhob sich und schwenkte die Arme, um sich zu erwärmen. »Hamid wird mitten unter erfrorenen Fotzen liegen.«

Der Soldat mit der Zigarette lachte. »Er kann mir ein paar davon abgeben. Dann zeig ich ihm, wie man sie auftaut.«

»Hamid gibt nichts ab«, sagte der hinter dem MG. »Er benimmt sich wie ein Pascha im Harem.«

Ein leises Summen ertönte. Der Soldat mit der Zigarette nahm das Sprechfunkgerät zur Hand. Leila konnte nicht hören, was er ins Gerät sprach, wohl aber, was er zu seinen Gefährten sagte, nachdem er es fortgelegt hatte. »Das war Posten eins. Sie hatten sie entdeckt, aber wieder aus den Augen verloren. Sie glauben, daß sie vielleicht hierherkommen.«

»Lauter Quatsch«, sagte einer von den anderen. »Bei diesem Mondschein kann ich einen halben Kilometer weit sehen. Da draußen ist nichts.«

»Halt' trotzdem die Augen offen. Es würde nicht gut aussehen, wenn uns ein paar Mädchen zum Narren hielten.«

Leila lächelte grimmig. Genau das würden sie tun. Sie langte nach rückwärts und tippte Soad auf die Schulter. Lautlos formte sie ihre Worte. »Hast du das gehört?«

Soad nickte, ebenso die Frauen hinter ihr. Alle hatten es gehört.

Leilas Hand beschrieb einen weiten Bogen. Sie begriffen, daß sie in einem weiten Kreis von hinten her an die MG-Stellung herankriechen sollten. Langsam, mit angehaltenem Atem, begannen sie sich zu bewegen.

Es dauerte fast eine Stunde, und sie waren ein gutes Stück hinter den weißen Markierungen, unmittelbar hinter dem MG, als Leila das Signal gab.

Mit einem Schrei sprangen die Frauen auf und griffen an. Fluchend wandten sich die Soldaten um und starrten direkt in die Gewehrmündungen.

»Ihr seid unsere Gefangenen«, sagte Leila.

Plötzlich lächelte der Korporal. »Sieht so aus«, gab er zu.

Leila erkannte ihn als den Mann mit der Zigarette. Sie konnte den Triumph in ihrer Stimme nicht unterdrücken. »Vielleicht denkst du jetzt anders über weibliche Soldaten.«

Der Korporal nickte. »Möglich.«

»Was machen wir jetzt?« fragte Soad.

»Ich weiß nicht«, antwortete Leila. »Ich glaube, wir sollten anrufen und ihre Gefangennahme melden.« Sie wandte sich an den Korporal. »Gib mir das Sprechfunkgerät.«

Er reichte es ihr, noch immer lächelnd. »Darf ich einen Vorschlag machen?«

»Wenn du willst«, sagte Leila geschäftsmäßig.

»Wir sind doch eure Gefangenen, nicht wahr?«

Leila nickte.

»Warum vergewaltigt ihr uns nicht, bevor ihr Meldung erstattet? Wir versprechen, uns nicht zu beschweren.«

Die Frauen kicherten. Leila wurde wütend. Arabische Männer waren die schlimmsten männlichen chauvinistischen Schweine. Sie preßte wütend den Rufknopf des Sprechfunkgerätes, aber bevor sie noch eine Antwort erhalten konnte, kamen Hamid und Dschamila anspaziert, so unbefangen, als hätten sie einen Nachmittag im Park verbracht.

»Wo, zum Teufel, wart ihr?« schrie Leila Hamid an.

»Unmittelbar hinter euch.«

»Warum habt ihr uns nicht geholfen?«

Er zuckte die Achseln. »Wozu denn? Ihr kamt recht gut zurecht.«

Sie schaute Dschamila an. Die pummelige Palästinenserin hatte einen ganz entspannten Gesichtsausdruck, und Leila wußte, warum. Sie wandte sich wieder an Hamid. »Wie seid ihr durch den Stacheldraht gekommen?«

»Ganz leicht«, sagte er mit einem breiten Grinsen. »Wir haben einen kleinen Graben ausgehoben und uns durchgefickt.«

Leila blieb ernst, so lange sie konnte, dann mußte sie doch lachen. Der syrische Söldner hatte zwar einen seltsamen Humor, aber er war lustig. Sie gab ihm das Sprechfunkgerät. »Da, ruf drüben an«, sagte sie. »Vielleicht schicken sie uns einen Lastwagen. Ich glaube, wir alle könnten ein heißes Bad gebrauchen.«

Der Dampf stieg aus den Duschkabinen der Unterkunft. Durch das Plätschern des Wassers drang das Geplauder der Frauen.

Die Kabinen hatten je vier Duschen und waren für gemeinsamen Gebrauch bestimmt, vier Frauen je Dusche. Da es nur zwei Kabinen gab, wartete immer eine Schlange darauf, an die Reihe zu kommen. Leila wartete meistens, bis die anderen fertig waren; so mußte sie sich nicht beeilen, um für die nächsten Platz zu machen. Sie lehnte rauchend an einem Fenster und hörte dem Geschnatter zu.

Fast drei Monate waren vergangen, seit sie ins Lager gekommen war, und die ganze Zeit war sie von früh bis spät gedrillt worden. Das wenige Fett, das sie am Körper gehabt hatte, war längst verschwunden. Nun war sie mager, ihre Bauch- und Flankenmuskeln waren fest, ihre Brüste wie zwei Äpfel. Ihr glänzendes schwarzes Haar, das bei ihrer Ankunft aus praktischen Gründen kurzgeschnitten worden war, fiel ihr bis zu den Schultern.

Jeden Morgen vor dem Frühstück gab es zwei Stunden Gymnastik und Drill. Nach dem Frühstück kam das manuelle Training, bei dem die Frauen mit den Gewehren vertraut gemacht wurden - wie man sie verwendete und pflegte. Sie lernten alles über Granaten und die Verwendung von Sprengstoff, über die Herstellungstechnik und das Verstecken von Briefbomben und die Anwendung ferngesteuerter Zeitzünder. Am Nachmittag übten sie Nahkampftechnik mit und ohne Waffe; dann wurden politische Vorträge gehalten. Die ideologische Unterweisung war wichtig, da jede von ihnen als Missionarin für eine neue Ordnung in der arabischen Welt betrachtet wurde.

Später wurden die politischen Vorträge durch Unterricht in militärischer Taktik, paramilitärischer Infiltration und Sabotage, Guerillakriegführung und Subversivtätigkeit ersetzt.

Im letzten Monat waren sie alle im Felddienst ausgebildet worden. Alles, was sie gelernt hatten, kam zur Anwendung. Leila spürte, wie sie allmählich härter wurde. Sie fühlte sich immer weniger als Frau. Der Zweck, für den sie ausgebildet wurde, füllte sie ganz aus und wurde zur Lebensweise. Durch sie und ihresgleichen würde eine neue Welt erstehen. Eine Weile dachte sie an ihre Mutter und ihre

Schwester. Sie lebten in Beirut immer noch in jener alten Welt – ihre Schwester mit ihren kleinlichen Familien- und Gesellschaftsproblemen; ihre Mutter verbittert und grollend über die Art, wie sie von ihrem Mann verlassen worden war, aber unfähig, etwas Konstruktives mit ihrem Leben zu beginnen. Sie schloß einen Augenblick die Augen und dachte an jenen Tag in Südfrankreich, bevor sie hierher gekommen war. Sie dachte an ihren Vater und seine Söhne, wie sie in der Bucht vor dem *Carlton* Wasserski gefahren waren. Ihr Vater hatte sich nicht geändert, seit sie ihn vor fast neun Jahren zuletzt gesehen hatte. Er war noch immer groß und gutaussehend. Wenn er nur verstünde, wieviel er dazu beitragen konnte, die Araber vom Imperialismus Israels und Amerikas zu befreien. Wenn er nur Bescheid wüßte über die Not, die Leiden, die Unterdrückung seiner Brüder, dann würde er nicht müßig danebenstehen und es geschehen lassen. Aber das waren Wunschträume. Natürlich wußte er es. Er mußte es wissen.

Aber es war ihm egal. Er besaß Reichtum seit seiner Geburt, und sein einziges Bestreben war, ihn zu vermehren. Er liebte den Luxus und die Macht, bei der ein Wink seines Fingers genügte. Und es war die furchtbare Wahrheit, daß er nicht der einzige war. Die Scheichs, die Fürsten und Könige, die Bankiers und die Reichen, sie alle waren gleich, ob Araber oder nicht. Sie dachten nur an sich. Was immer ihre Bemühungen an Profit abwarfen, kam nur ihnen selbst zugute. In jedem arabischen Land gab es noch immer Millionen von Bauern, die beinahe verhungerten, während ihre Herrscher in Cadillacs mit Klimaanlagen fuhren, Privatdüsenflugzeuge besaßen, überall in der Welt Paläste und Häuser unterhielten und dabei großmäulig von Freiheit für ihr Volk redeten.

Es mußte schließlich kommen. Der Krieg ging nicht nur gegen die Fremden – das war lediglich der erste Schritt. Der zweite und wahrscheinlich schwierigere würde der Krieg gegen ihre eigenen Unterdrücker sein – gegen Männer wie ihren Vater, Männer, die alles nahmen und nichs teilten.

Eine Duschkabine war frei geworden. Leila warf ihr grobes Handtuch über die Zwischenwand und trat unter die laufende Dusche. Das heiße Wasser überströmte sie wie beruhigender Balsam. Sie spürte, wie sich die Spannung in ihren Muskeln lockerte. Langsam, träge, begann sie sich einzuseifen, die Berührung ihrer Finger auf der Haut bereitete ihr ein sinnliches Vergnügen.

Darin glich sie ihrem Vater. Wieder sah sie ihn vor sich beim Wasserskifahren, die Muskeln gestrafft, mit seinem ganzen Wesen die körperliche Anstrengung, die eigene Geschicklichkeit und Balance genießend.

Sie seifte ihr Schamhaar ein, bis die dunklen Locken mit weißem Schaum bedeckt waren. Dann schob sie die Hüften vor und ließ den Duschstrahl direkt darauf prallen. Ein Kribbeln und angenehme Wärme durchzogen sie. Sanft, fast automatisch, streichelte sie sich. Ihr Orgasmus und das Bild ihres Vaters auf Skiern gingen ineinander über. Bevor sie sich noch von ihrer Überraschung erholt hatte, überlief sie ein zweiter Orgasmus. Zuerst war es ein Schock, dann ärgerte sie sich, und schließlich fühlte sie sich angewidert von sich selbst. Sie mußte wohl krank sein, um sich solche Gedanken zu gestatten. Mit einer heftigen Bewegung drehte sie das heiße Wasser ab und blieb unter dem eisigen Strom stehen, bis ihr Körper blau vor Kälte war. Dann trat sie aus der Dusche und wickelte sich in ihr Badetuch.

Es war verrückt. Noch nie hatte sie solche Gedanken gehabt. Aber es lag ihr im Blut. Ihre Mutter hatte es oft gesagt: sie war wie ihr Vater. Er wurde von seinem Körper beherrscht; seine Gelüste und Triebe waren nie zu befriedigen. Ihre Mutter hatte ihr Geschichten über ihn und seine Weiber erzählt. Er war kein Mann, der sich je mit *einer* anständigen Ehefrau zufrieden geben würde. Schlechtes Blut, hatte ihre Mutter warnend gesagt.

Sie rieb sich ab, bis sie trocken war, dann schlug sie das Handtuch um sich und ging in die Unterkunft.

Soad, deren Bett neben dem ihren stand, war schon beinahe angezogen. »Was machst du heute abend?«

Leila griff nach einem Bademantel. »Nichts. Ich bleibe im Bett und lese.«

Soad bemalte sich die Lippen. »Ich bin mit Abdullah und einem seiner Freunde verabredet. Warum kommst du nicht mit?«

»Ich habe eigentlich keine Lust.«

Soad blickte sie an. »Ach, komm doch, es würde dir guttun.«

Leila schwieg. Sie erinnerte sich, was Soad an ihrem ersten Tag im Lager gesagt hatte. Sie sei gekommen, um in der Nähe ihres Freundes zu sein. Allen hatte sie erzählt, sie könne es kaum erwarten, mit ihm zusammenzusein. Als er aber dann nicht auftauchte, war sie gar nicht unglücklich. Sie nahm ihre weibliche Freiheit ernst. Frauen waren in dieser Armee gleichberechtigt, und sie hatte sich inzwischen durch das ganze Lager gevögelt und machte gar kein Geheimnis daraus. »In Kairo war es nie so«, lachte sie heiser.

»Ich sag dir was«, versprach ihr Soad ernst. »Wenn du mitkommst, überlasse ich dir Abdullah. Der kann's am besten. Ich geb mich mit senem Freund zufrieden.«

Leila sah sie an. »Ich komm nicht mit.«

»Wofür hebst du es auf?« fragte Soad. »Sogar wenn du's nicht für dich selbst willst, gehört es zu deinen Pflichten. Hat uns die Kommandeurin nicht gesagt, daß wir unseren Männern Entspannung und Trost geben sollen? Ich kann mir keine bessere Art vorstellen, Pflicht und Vergnügen zu verbinden.«

Leila lachte. Soad dachte immer nur in einer Richtung. »Du bist phantastisch«, sagte sie. »Aber mir gefällt keiner von diesen Männern.«

»Das kannst du nie wissen, bevor du sie ausprobiert hast«, sagte Soad. »Männer können einen überraschen. Die großartigsten Liebhaber sehen manchmal nach gar nichts aus.«

Leila schüttelte den Kopf.

Soads Miene wurde neugierig. »Bist du noch Jungfrau?«

»Nein«, lächelte Leila.

»Dann bist du verliebt.« Es war eine Feststellung.

»Nein.«

Soad gab auf. »Ich verstehe dich nicht.«

Noch nie hatte Soad wahrer gesprochen. Aber wie sollte Leila ihr verständlich machen, daß es Dinge gab, die ihr wichtiger waren als Sex?

8

Zehn Minuten nach dem Morgenappell riß Hamid unerwartet die Tür der Unterkunft auf und rief: »Stillgestanden!«

Aufgescheucht nahmen die Frauen, mehr oder minder bekleidet, vor ihren Betten Haltung an.

Hamid trat vom Eingang zurück und ließ die Kommandeurin eintreten. Ihre scharfen dunklen Augen glitten prüfend durch den ganzen Schlafsaal, dann ging sie, von Hamid gefolgt, bis zur Mitte des Raumes. Daß einige Frauen halbnackt waren, schien ihr nichts auszumachen.

Sie schwieg längere Zeit, ehe sie sprach. Ihre Stimme war unbewegt: »Heute ist euer letzter Tag hier. Eure Ausbildung ist beendet. Unsere Arbeit ist getan. Dieses Lager wird aufgelöst und jede von uns zum Einsatz woandershin geschickt.«

Sie machte eine kurze Pause. Die Frauen regten sich nicht und hingen mit den Blicken unverwandt an ihrem Gesicht. »Ich bin stolz auf euch«, sagte sie. »Auf euch alle. Es gab viele, die uns verächtlich und skeptisch betrachteten. Sie behaupteten, Frauen, insbesondere arabische Frauen könnten keine guten Soldaten abgeben, seien nur zum Kochen, Waschen und zur Aufzucht von Kindern geeignet. Wir haben bewiesen, daß sie unrecht haben. Ihr seid Mitglieder von Al Iquah. Ihr seid mit jedem Mann in unseren Reihen gleichwertig, ihr habt die gleiche Ausbildung hinter euch wie die Männer und habt euch ebenso tüchtig gezeigt wie sie.«

Die Frauen schwiegen noch immer. Die Kommandeurin fuhr fort: »Ihr habt genau eine Stunde Zeit, um eure Privatsachen zu packen und euch zur Abfahrt bereit zu machen. Ich werde mit jeder einzelnen von euch gesondert sprechen, um ihr die nächste Aufgabe mitzuteilen. Diese Aufgabe darf nicht, ich wiederhole, darf nicht untereinander besprochen werden. Sie ist für jede von euch individuell und streng geheim. Jedes Preisgeben dieser individuellen Aufgabe wird als Verrat betrachtet und mit dem Tode bestraft – denn eine einzige vertrauliche Mitteilung an falscher Stelle kann viele Kameraden das Leben kosten.«

Sie ging zur Tür zurück, drehte sich aber noch einmal um. *»An-nasr,* ich grüße euch. Möge Allah euch beschützen.« Sie salutierte mit erhobener Hand

»An-nasr!« schrien sie und erwiderten den Salut. *»Idbah al-adu.«*

Der Raum füllte sich mit Stimmen, als sich die Tür hinter der Kommandeurin schloß.

»Da muß eine größere Sache im Gang sein.«

»Das ist einen Monat früher, als man uns gesagt hat.«

»Irgendwas stimmt da nicht.«

Leila sagte gar nichts. Sie öffnete ihren Spind und nahm die Kleider heraus, die sie bei ihrer Ankunft getragen hatte. Wortlos legte sie ihre Uniformen und Arbeitskleidung in einem ordentlichen Stoß auf das Bett. Auch die Büstenhalter und Höschen, Schuhe, Stiefel und Strümpfe wurden ordentlich aufeinander gelegt.

Sie klappte das Köfferchen auf, das sie mitgebracht hatte, nahm die Bluejeans heraus, die sie kurz vor ihrer Abreise in Frankreich gekauft hatte, und zog sie an. Erst jetzt merkte sie, wie sehr sich ihre Figur verändert hatte. Die Jeans, die damals knapp gesessen hatten, waren nun um Taille und Hüften viel zu weit. Sogar das Hemd hing lose an ihr herunter, und sie rollte die Ärmel hoch, die länger geworden zu sein schienen. Sie knotete das Hemd in der Taille zusammen und schlüpfte in die weichen Sandalen. Dann packte sie Kamm, Bürste und Kosmetiksachen ein und musterte nochmals sorgfältig den

Spind. Er war leer; sie klappte ihr Köfferchen zu.

Sie setzte sich aufs Bett und zündete eine Zigarette an. Die anderen Frauen debattierten noch darüber, was sie mitnehmen und was sie dort lassen sollten. Soad schaute zu ihr herüber. »Du trägst deine eigenen Kleider?«

Leila nickte. »Die Kommandeurin sprach von Privatsachen. Diese Sachen sind die einzigen, die mir privat gehören.«

»Und die Uniformen?« fragte eine von den anderen.

»Wenn wir sie mitnehmen sollten, hätten sie uns das gesagt.«

»Ich glaube, Leila hat recht«, sagte Soad. Sie schaute in ihrem Spind nach. »Mir scheint, ich werde nicht ungern zur Abwechslung mal meine eigenen Kleider tragen.« Kurz darauf stöhnte sie verzweifelt. »Nichts paßt mehr. Alles ist zu weit!«

Leila lachte. »Halb so schlimm.« Sie drückte ihre Zigarette aus. »Denk nur, wieviel Spaß es dir machen wird, neue Kleider zu kaufen.«

Als sie aus dem Haus trat, stieg die Sonne über den Berg hoch. Die Morgenluft war frisch und rein. Leila atmete tief.

»Bereit?« ertönte Hamids Stimme hinter ihr.

Sie wandte sich um. Er lehnte mit der ewigen Zigarette zwischen den Lippen an der Hausmauer. »So bereit es nur geht«, sagte sie.

Er sah sie ruhig an. »Du bist nicht wie die anderen, das weißt du wohl.«

Sie antwortete nicht.

»Du hättest das hier nicht nötig. Du bist reich. Du könntest alles haben, was du willst.« Der Söldner sah sie prüfend an.

»Wirklich? Woher weißt du, was ich will?«

»Du glaubst doch all das leere Gerede nicht, oder?« Er lachte. »Ich habe drei Kriege mitgemacht. Es war jedesmal das Gleiche. Die Schlagworte, das Geschrei, die Drohungen, die Racheversprechungen. Wenn dann die Kugeln fliegen, ist alles vorbei. Sie drehen sich um und rennen. Nur die Politiker machen dauernd weiter.«

»Vielleicht wird das eines Tages anders sein.«

Er fischte eine neue Zigarette aus der Tasche und zündete sie an dem Stummel der anderen an. »Was meinst du, wird geschehen, wenn wir Palästina zurückerobern?«

»Das Volk wird frei sein«, sagte sie.

»Frei wofür? Frei zu verhungern wie wir? Bei all dem Geld, das jetzt in die arabischen Länder fließt, hungern die Menschen immer noch.«

»Auch das wird man ändern müssen.«

»Hussein, die Ölscheichs, sogar dein Vater und sein Fürst – glaubst du, die werden das, was sie haben, freiwillig mit den Massen teilen? Jetzt müssen sie wenigstens etwas tun. Aber wenn wir gewinnen und kein Druck mehr auf sie ausgeübt wird, was dann? Wer soll sie zum Teilen veranlassen? Nein, die werden nur noch reicher werden.«

»Es ist Sache des Volkes, dies zu ändern.«

Hamid lachte bitter. »Fast tut es mir leid, daß mein Job hier beendet ist. Es war ein guter Job. Jetzt muß ich mir einen anderen suchen.«

»Wie meinst du das?« fragte sie. »Hat man keinen anderen Auftrag für dich?«

»Auftrag?« Er lachte. »Ich bin ein Profi. Ich werde bezahlt. Tausend libanesische Pfund monatlich für diesen Job. Ich wüßte keinen Posten, wo ich so viel verdienen kann.«

»Aber es muß doch einen Platz in der Armee für dich geben?«

»Für hundertfünfzig im Monat darf ich mir den Arsch abrackern. Da ist mir die Bruderschaft lieber. Die zahlen besser. Anscheinend haben sie massenhaft Geld zur Verfügung.«

»Glaubst du nicht an das, was wir tun?« fragte sie.

»Doch, natürlich«, sagte er. »Nur an unsere Führer glaube ich nicht. Es gibt zu viele davon, jeder füllt sich eifrig die eigenen Taschen und bemüht sich, an die Spitze zu kommen.«

»Sie können nicht alle so sein!«

Er lächelte sie an. »Du bist noch jung. Du wirst schon noch lernen.«

»Was ist passiert?« fragte sie. »Warum sind die Pläne plötzlich geändert worden?«

Er zuckte mit den Achseln. »Ich weiß es nicht. Die Befehle kamen gestern abend, und die Kommandeurin schien ebenso überrascht wie wir alle. Sie war die ganze Nacht auf, um alles vorzubereiten.«

»Sie ist eine großartige Frau, nicht wahr?«

Hamid nickte. »Wenn sie ein Mann wäre, hätte ich vielleicht mehr Vertrauen zu unseren Führern.« Er blickte sie spöttisch an. »Du weißt ja, daß du mir noch etwas schuldig bist.«

»Ich?« fragte sie erstaunt. »Was?«

Er zeigte auf die Unterkunft hinter sich. »In dem Zug sind vierzehn Mädchen. Du bist die einzige, die ich nicht gehabt habe.«

Sie lachte. »Das tut mir leid.«

»Soll es auch«, sagte er halb ernst. »Dreizehn ist eine Unglückszahl. Irgendwas Blödes wird passieren.«

»Das glaube ich nicht.« Sie lächelte. »Betrachte es doch so: du hast etwas, worauf du dich freuen kannst.«

Er grinste. »Ich mache dir einen Vorschlag. Wenn wir uns je wieder treffen – gleichgültig, wo – holen wir es nach.«

Sie streckte die Hand aus. »Abgemacht.«

Sie schüttelten sich die Hände, er blickte ihr in die Augen. »Weißt du, für ein Mädchen bist du gar kein so übler Soldat.«

»Danke«, sagte sie.

Er schaute auf die Uhr. »Glaubst du, die anderen sind fertig?«

»Sollten sie eigentlich«, sagte sie. »Keine hat sehr viel mitzunehmen.«

Er warf die Zigarette fort, wandte sich um und öffnete die Tür zum Schlafsaal. »O.K., Mädchen«, rief er mit seiner Befehlsstimme. »Marsch, marsch!«

Es dauerte fast zwei Stunden, ehe sie ins Hauptquartier der Kommandeurin geführt wurden. Während sie warteten, wurde das Lager vor ihren Augen abgebrochen. Männer und Lastwagen schafften alles – Betten, Kleidung, Waffen – aus den Gebäuden. Das Lager bekam das Aussehen einer Geisterstadt. Durch die offenen Türen und Fenster wirbelte der Wüstensand, um sich zu holen, was ihm gehörte. Die Frauen standen vor dem Hauptquartier und sahen zu, wie Lastwagen auf Lastwagen davonrollte. Das Hauptquartier wurde als letztes geräumt. Als sie hineingeführt wurden, trug man gerade die Möbel hinaus.

Nach alphabetischer Reihenfolge wurde Leila als erste aufgerufen. Sie schloß die Tür hinter sich, trat vor den Schreibtisch der Kommandeurin und salutierte stramm. »Al Fay meldet sich zum Rapport.« In Bluejeans wirkte es irgendwie komisch.

Die Kommandeurin erwiderte müde den Gruß. »Rührt euch, *Annasr*«, sagte sie, wobei sie auf das vor ihr liegende Blatt Papier blickte. »Du heißt Al Fay?«

»Ja, Madame.« Zum erstenmal kam ihr zu Bewußtsein, daß die Kommandeurin eine Frau war, eine müde Frau.

»Du fährst zurück zu deiner Mutter nach Beirut«, sagte sie. »Man wird sich dort mit dir in Verbindung setzen und dir deinen neuen Auftrag bekanntgeben.«

»Ist das alles, Madame? Sonst nichts?«

»Das ist vorläufig alles. Aber keine Sorge, du wirst von uns hören.«

»Aber wie? Gibt es keinen Code-Namen oder eine Möglichkeit...«

Die Kommandeurin unterbrach sie. »Du wirst es schon merken,

wenn man an dich herantritt«, sagte sie. »Im Augenblick lautet dein Auftrag, nach Hause zu fahren und zu warten. Du wirst dich keiner politischen Gruppe anschließen oder nähern, auch wenn sie unserer Sache noch so positiv gegenübersteht. Du behältst deine Meinung für dich und bleibst im normalen gesellschaftlichen Kreis deiner Familie. Hast du verstanden?«

»Ja, Madame.«

Die Kommandeurin blickte sie einen Augenblick an; sie schien noch etwas sagen zu wollen, ließ es dann aber sein. »Viel Glück«, sagte sie. »Wegtreten!« Leila salutierte, machte eine stramme Kehrtwendung und verließ das Zimmer. Die Frauen schauten sie neugierig an, aber sie sagten nichts. Ein Lastwagen wartete draußen. Hamid zeigte darauf. »Dein Wagen ist vorgefahren.«

Leila nickte, kletterte wortlos in den Laderaum und setzte sich auf eine der Bänke. Es dauerte kaum eine halbe Stunde, bis der Lastwagen voll besetzt war.

Sie waren seltsam still. Plötzlich waren sie einander alle fremd, durch Befehl an Schweigen gebunden und voller Angst, versehentlich etwas zu verraten.

Soad löste die Spannung. »Wißt ihr«, sagte sie mit ihrer heiseren ägyptischen Stimme, »mir wird das Lager richtig fehlen. Es war gar nicht so übel, und ich habe ein paar von den besten Ficks gekriegt, die ich je hatte.»

Da lachten sie alle und begannen gleichzeitig zu reden. Es gab so vieles, woran sie sich erinnern und worüber sie Witze machen konnten – die Unfälle, die Irrtümer, sogar die Mühsal. Es verging eine halbe Stunde, und noch immer hatte sich der Laster nicht in Bewegung gesetzt.

»Worauf warten wir?« rief eine der Frauen Hamid zu.

»Auf die Kommandeurin«, gab er zurück. »Sie wird gleich kommen.«

Er hatte recht. Kurz darauf erschien sie in der Tür des Hauptquartiers. Die Frauen verstummten und starrten sie an.

Es war das erstemal, daß sie sie in Zivilkleidung sahen. Sie trug ein schlecht sitzendes Kostüm. Die Jacke war zu kurz, der Rock zu lang. Die Nähte ihrer Strümpfe waren verdreht, und sie bewegte sich linkisch in den Schuhen mit hohen Absätzen. Das gebieterische Auftreten, das sie in Uniform gehabt hatte, war irgendwie verschwunden. Sogar ihr Gesicht wirkte plump und unsicher.

»Wenn sie etwas dicker wäre«, dachte Leila, »würde sie nicht anders aussehen als meine Mutter. Oder andere Frauen in meiner

Familie.«

Hamid öffnete die Wagentür, und die Kommandeurin stieg in den Lastwagen neben den Fahrer. Hamid lief nach hinten und schwang sich zu den Frauen hinauf. »O.K.«, rief er dem Fahrer zu.

Die letzten Möbel wurden herausgetragen, als sie zur Straße fuhren und sich den anderen Lastwagen anschlossen. Bald danach kam auch der letzte beladene Laster und hupte als Signal. Der vorderste Wagen setzte sich in Bewegung, und bald rollte der ganze Konvoi Richtung Küste.

Als sie am Südhang des Berges um die Kurve bogen, warfen sie einen letzten Blick auf das Lager. Leer und verlassen lag es da. Die Frauen schwiegen wieder. Keine Späße mehr. Alle waren in Gedanken vertieft.

Sie fuhren noch keine Stunde, da vernahmen sie aus der Gegend des Lagers hinter sich den Lärm von Explosionen. Kurz darauf hörten sie das Heulen von Flugzeugen, und plötzlich waren die Maschinen über ihnen. Vorn begann ein Laster zu brennen.

Hinten im Lastwagen sprang Hamid auf. »Israelische Jäger!« rief er dem Fahrer zu. »Runter von der Straße!«

Aber im Dröhnen und Lärm hörte ihn der Fahrer nicht; statt dessen gab er Gas und krachte in den Wagen vor ihm. Zugleich erschien ein zweiter Düsenjäger im Tiefflug über dem Konvoi.

Wieder pfiffen Kugeln durch die Luft. Ein zweiter Laster wurde getroffen und explodierte. Die Frauen schrien und versuchten, hinten vom Lastwagen zu springen.

»Über die Seitenwände!« schrie Hamid. »Sucht Deckung in den Straßengräben!«

Leila bewegte sich automatisch. Sie kam auf dem Boden auf, rollte vornüber, kroch zum Straßenrand und warf sich kopfüber in den Graben.

Wieder donnerte ein Düsenjäger heran. Weitere Lastwagen schienen in Wolken von Rauch zu expolodieren.

»Warum schießen wir nicht zurück?« hörte sie jemand schreien.

»Mit was denn?« schrie ein anderer. »Alle Gewehre sind auf den Lastwagen.«

Eine Frau sprang neben ihr in den Graben. Leila hörte sie schluchzen. Sie hob nicht den Kopf, um hinzuschauen. Wieder flog ein Jet über sie hinweg.

Diesmal traf ein Geschoß den Lastwagen, in dem sie gesessen hatte. Er explodierte in tausend Stücke, und man hörte gellende Schmerzensschreie. Auf Leila ging ein Regen von Sand, Steinen, Metallstücken und menschlichen Körperteilen nieder.

Sie versuchte, sich in die stinkende Erde einzugraben. Irgendwie mußte sie dem Tod durch die fliegenden Ungeheuer entgehen.

Wieder donnerten die Flugzeuge heran, und erneut prasselte ein Geschoßhagel auf den Konvoi nieder. Dann verschwanden sie ebenso plötzlich, wie sie gekommen waren, stiegen hoch in den Himmel empor, drehten nach Westen ab, und die blauen Sterne auf ihren Bordwänden glänzten im Sonnenlicht.

Eine Weile blieb es still, dann kamen die Schmerzensschreie, das Stöhnen, Kreischen, die Hilferufe. Langsam hob Leila den Kopf aus dem Graben.

Auf der Straße bewegten sich ein paar Menschen. Sie wandte sich zu der Frau, die neben ihr in den Graben gesprungen war. Es war Soad.

»Soad«, flüsterte sie. »Bist du unverletzt?«

Die Ägypterin wandte ihr langsam den Kopf zu. »Ich glaube, ich bin getroffen«, sagte sie mit seltsam leiser Stimme.

»Komm, ich helfe dir«, sagte Leila und rutschte näher zu ihr hin.

»Danke«, wisperte Soad. Sie versuchte den Kopf zu heben, der aber sofort wieder zu Boden glitt. Ein Blutstrom schoß ihr aus Mund und Nase, rötete den Boden unter ihr, dann wurden ihre Augen starr, und sie bewegte sich nicht mehr.

Leila sah sie an. Es war das erstemal, daß sie jemanden sterben sah, aber man brauchte ihr nicht zu sagen, daß Soad tot war. Leila durchfuhr ein kalter Schauer. Sie zwang sich, wegzuschauen und aufzustehen.

Sie kroch aus dem Graben. Der Boden war mit Trümmern übersät. Vor ihr lag eine abgerissene Hand; der Brillantring an einem Finger blitzte im Sonnenlicht. Sie stieß sie mit dem Fuß zur Seite und stolperte zum Lastwagen.

Nichts war davon übrig als zersplittertes Holz und verbogenes Eisen, und ringsum lagen verkrümmte und zerfetzte Leichen. Sie starrte stumpf darauf, ging weiter nach vorne. Die Leiche der Kommandeurin lag halb über dem Fahrer, halb hing sie aus der offenen Tür. Ihr Rock war obszön verdreht, über die plumpen Schenkel hochgezogen.

Aus dem Augenwinkel sah Leila eine Bewegung. Ein Soldat hatte die Hand gefunden und zog ihr den Brillantring vom Finger. Als er ihn hatte, warf er die Hand fort, betrachtete sorgfältig den Brillanten und steckte ihn ein. Er blickte hoch, als er merkte, wie Leila ihn anstarrte.

Sie sagte nichts.

Er lächelte hilflos. »Die Toten brauchen nichts«, sagte er und verschwand hinter dem Lastwagen.

Übelkeit stieg ihr in die Kehle, sie krümmte sich in schmerzhaftem Brechreiz und übergab sich auf der Straße. Sie spürte, daß sie schwach wurde, und wäre hingefallen, wenn nicht ein kräftiger Arm sie um die Schultern gefaßt hätte.

»Nur ruhig«, sagte Hamid. »Ruhig.«

Sie war jetzt ausgepumpt, aber sie zitterte. Sie vergrub ihr Gesicht an seiner Schulter. »Warum?« rief sie. »Warum mußten sie uns das antun? Wir haben ihnen nie etwas getan.«

»Es ist Krieg«, sagte Hamid.

Sie sah ihm ins Gesicht. An seiner Wange war Blut. »Sie haben gewußt, daß der Angriff kommen würde, deshalb wurden wir evakuiert.«

Hamid antwortete nicht.

»So was Blödsinniges«, sagte sie zornig, »all diese Lastwagen in einem Konvoi auf offener Straße. Ihnen eine solche Zielscheibe zu bieten!«

Hamid blickte sie ausdruckslos an.

»Sind wir dafür ausgebildet worden? Um wie Schafe abgeschlachtet zu werden?«

»Es wird nicht so klingen, wenn wir heute abend Radio hören«, sagte er. »Dann heißt es, daß wir heldenhaft mindestens sechs israelische Düsenjäger abgeschossen haben.«

»Was redest du da?« fragte sie verblüfft. »Bist du verrückt geworden? Wir haben doch keinen einzigen Schuß abgegeben!«

»Richtig«, sagte er ruhig. »Aber es gibt hundert Millionen Araber, die nicht dabei waren, um das zu sehen.«

»Die Juden sind Bestien. Wir waren wehrlos, und trotzdem kamen sie.«

»Gestern haben wir laut Rundfunkbericht einen großen Sieg erfochten«, sagte er. »In Tel Aviv wurde ein Schulbus in die Luft gesprengt, wobei dreißig Kinder getötet wurden. Heute wollten sie uns vermutlich zeigen, daß ihnen das gestern nicht gefallen hat.«

»Die Bruderschaft hat recht«, sagte sie. »Man kann die Juden nur stoppen, indem man sie ausrottet.«

Er blickte sie eine Weile schweigend an, dann zog er eine Zigarette aus der Tasche und zündete sie an. Er blies den Rauch durch die Nase. »Komm, Kleine, wir hauen ab. Hier gibt es nichts mehr für uns zu tun, und wir haben noch einen langen Marsch vor uns.«

»Wir könnten bleiben und mithelfen, sie zu begraben.«

Er zeigte hinter sich. Sie drehte sich um und sah Männer die Trümmer durchsuchen. »Im Augenblick suchen sie, was sie finden können. Später werden sie miteinander kämpfen, um es zu behalten. Und dann wird es nur mehr dich geben, worum man kämpfen wird. Du bist die einzige Frau, die noch am Leben ist.«

Sie starrte ihn sprachlos an.

»Ich glaube nicht, daß dein Wunsch, unseren Kameraden Mut und Trost zu spenden, sich auf zwanzig bis dreißig Männer gleichzeitig erstreckt.«

»Woher weißt du, daß sie uns nicht verfolgen werden?«

Er bückte sich rasch und hob etwas von der Erde auf. Erst jetzt sah sie, daß er eine Maschinenpistole bei sich hatte; sie steckte in seinem Gürtel.

»Hast du das denn erwartet?«

Er zuckte mit den Achseln. »Ich sagte dir doch, ich bin ein Profi. Ich hatte das unter meiner Bank und nahm es mit, bevor ich vom Laster sprang. Außerdem hatte ich ein blödes Gefühl. Hab ich dir nicht gesagt, daß Dreizehn eine Unglückszahl ist?«

9

Baydar beobachtete Jordana von der anderen Seite des Raums her. Er war zufrieden. Seine Prognose hatte sich als richtig erwiesen. Jordana war genau das, was hier ausschlaggebend sein konnte. Gerade verabschiedete sie sich von den Hutchinsons. Sie hatte die Damen beeindruckt, und das würde sich zweifellos vorteilhaft auf seine Beziehungen zu den Bankleuten auswirken.

Natürlich war auch sein neuer Vorschlag für die Gewinnbeteiligung außerordentlich hilfreich. Fünfzehn Prozent des Gewinns als Dividende unter die Angestellten verteilt, war eine angenehme Vorstellung für die Herren. Eines hatten ja alle Menschen gemeinsam – Geldgier.

Joe Hutchinson trat auf ihn zu. »Ich freue mich, daß wir zusammenkommen konnten«, sagte er in seiner herzlichen kalifornischen Art. »Es ist gut zu wissen, daß der Mann, mit dem man arbeitet, ebenso denkt wie man selbst.«

»Auch ich freue mich, mein Freund«, entgegnete Baydar.

»Die Damen verstehen sich prächtig«, sagte Hutchinson mit einem Blick auf seine Frau. »Ihre kleine Frau hat Dolly eingeladen, sie nächsten Sommer in Südfrankreich zu besuchen.«

»Ausgezeichnet«, lächelte Baydar. »Ich hoffe, Sie kommen auch mit. Wir werden uns sicher gut unterhalten.«

Der Kalifornier zwinkerte Baydar zu. »Ich habe so allerhand von den französischen Puppen gehört«, grinste er. »Stimmt es, daß sie dort alle oben ohne am Strand herumlaufen?«

»An manchen Stränden.«

»Ich werde kommen, darauf können Sie sich verlassen. Im Krieg hat es mich nie nach Europa verschlagen, nur nach Nordafrika, und die einzigen Mädchen, die ich dort zu sehen bekam, waren eingeborene Huren. Ein Mann mit Selbstachtung rührt so was nicht an. Entweder waren sie voller Tripper, oder sie hatten einen Nigger im Hintergrund, der einem ein Messer in den Leib rannte.«

Ganz offensichtlich war sich Hutchinson nicht darüber klar, daß er von arabischen Ländern sprach. Für ihn konnte es zwischen den Eingeborenen Nordafrikas und dem Mann, der vor ihm stand, keine Verbindung geben. »Der Krieg war eine schlimme Zeit«, sagte Baydar.

»Hat Ihre Familie was abbekommen?«

»Eigentlich nicht. Unser Land ist klein, und wahrscheinlich hielt es keiner für bedeutend genug, um darum zu kämpfen.« Er erwähnte nicht, daß Fürst Feijad ein Abkommen getroffen hatte, das ihnen die Kontrolle über die gesamte Ölförderung im Mittleren Osten sicherte, falls Deutschland den Krieg gewonnen hätte.

»Was meinen Sie?« fragte Hutchinson. »Wird es wieder Krieg im Mittleren Osten geben?«

Baydar sah ihm voll ins Gesicht. »Da kann ich nur genauso raten wie Sie.«

»Nun, wenn es wirklich kracht«, sagte Hutchinson, »hoffe ich, daß Sie ihnen tüchtig einheizen. Es ist allmählich an der Zeit, daß jemand diesen Juden zeigt, wo sie hingehören.«

»Wir haben nicht viele jüdische Kunden, nicht wahr?« fragte Baydar.

»Nein, Sir«, antwortete Hutchinson erfreut. »Wir ermutigen sie nicht, das ist der Grund.«

»Meinen Sie, daß deshalb der *Rancho-del-Sol*-Auftrag schiefgelaufen ist?« fragte Baydar. »Weil einige der Beteiligten Juden waren?«

»Das muß wohl die Ursache sein«, antwortete Hutchinson eilig. »Sie wollten wohl lieber mit den jüdischen Banken von Los Angeles arbeiten.«

»Ich wollte es nur wissen. Man hat mir erzählt, daß wir unterboten wurden. Wir lagen anderthalb Prozent höher.«

»Das haben die Juden doch absichtlich gemacht, um uns auszubooten«, meinte Hutchinson.

»Das nächstemal booten wir sie aus. Ich will, daß unsere Bank konkurrenzfähig ist. Nur so können wir große Abschlüsse anlocken.«

»Auch wenn sie Juden sind?«

Baydars Stimme wurde ausdruckslos. »Verwechseln Sie das nicht. Wir reden von amerikanischen Dollars. Das Geschäft hätte uns in drei Jahren zwei Millionen bringen können. Hätten wir mit einem halben Prozent unterboten, so wären das immer noch eineinhalb Millionen gewesen. Solche Summen lasse ich mir nicht gern entgehen.«

»Aber die Juden hätten uns auf jeden Fall unterboten.«

»Möglich«, sagte Baydar, »doch vielleicht sollten wir von jetzt an daran denken, daß wir zu den gleichen Bedingungen arbeiten.«

»In Ordnung«, sagte Hutchinson. »Sie sind der Boss.«

Endlich waren die Hutchinsons gegangen. Jordana kam ins Zimmer zurück. Sie sank erschöpft auf einen Stuhl. »Du lieber Gott«, sagte sie, »ich kann es gar nicht glauben!«

»Was glaubst du nicht?« fragte er lächelnd.

»Daß es noch solche Leute auf der Welt gibt. Ich dachte, die wären endgültig ausgestorben. An solche Leute kann ich mich aus meiner Kindheit erinnern.«

»Du wirst herausfinden, daß die Menschen sich nie wirklich ändern.«

»Doch, sie ändern sich. Du hast dich geändert. Ich habe mich geändert.«

Er begegnete ihrem Blick. »Und nicht unbedingt zum Guten, oder?«

»Das hängt davon ab, wie man es betrachtet. Ich glaube, ich könnte nie mehr so leben. Ebensowenig, wie du nach Hause zurückgehen und dort bleiben könntest.«

Er schwieg. In gewissem Sinn hatte sie recht. Es gab keinen Weg zurück, und er hätte nie so leben können wie sein Vater. Es passierte zu viel in der Welt.

»Ich möchte rauchen«, sagte sie und blickte zu ihm hoch. »Hat Dschabir eine von seinen privaten Haschischzigaretten dabei?«

»Sicher«, meinte Baydar und klatschte in die Hände.

Dschabir tauchte aus dem Nebenzimmer auf. »Ja, Herr?«

Baydar sagte schnell einige Worte auf arabisch. Gleich darauf kam

Dschabir mit einer silbernen Zigarettendose zurück. Er öffnete sie und hielt sie Jordana entgegen. Die Zigaretten waren perfekt gerollt und mit Korkmundstücken versehen. Vorsichtig nahm sie sich eine. Dschabir reichte die Dose Baydar, der sich ebenfalls bediente, Dschabir stellte die Dose auf den Kaffeetisch vor Jordana und zündete ein Streichholz an. Er hielt die Flamme in der richtigen Entfernung, so daß nur deren Spitze die Zigaretten berührte und nichts von der Hitze durchkam.

»Danke«, sagte Jordana.

Dschabir verneigte sich mit gekreuzten Armen. »Ich bin geehrt, Herrin.« Er verließ still den Raum.

Jordana saugte den Rauch tief in die Lungen. Sie spürte seine beruhigende Wirkung. »Herrlich!« sagte sie. »Das scheint keiner so gut fertigzubringen wie Dschabir.«

»Es wird von seiner Familie auf ihrem kleinen Bauernhof gezogen, nicht weit vom Geburtsort meines Vaters. Die Araber nennen es den Stoff, aus dem Träume sind.«

»Sie haben recht.« Plötzlich lachte sie. »Weißt du, was ich glaube, ich bin schon high. Und gar nicht mehr müde.«

»Ich auch nicht.« Baydar setzte sich auf den Stuhl ihr gegenüber, legte die Zigarette in einen Aschenbecher, neigte sich vor und nahm ihre Hand. »Was wünschst du dir?«

Sie sah ihn an, und plötzlich füllten sich ihre Augen mit Tränen. »Ich möchte zurück«, sagte sie, »zurück zu der Zeit, als wir uns kennenlernten, und noch mal von vorne beginnen.«

Er schwieg einen Moment, dann sagte er sanft: »Das möchte ich auch, aber wir können nicht.«

Sie schaute ihn immer noch an, und die Tränen liefen über ihre Wangen. Dann verbarg sie das Gesicht in ihren Händen. »Baydar, Baydar«, weinte sie. »Was ist mit uns geschehen? Was ist falsch gelaufen? Damals liebten wir uns so sehr!«

Er zog ihren Kopf an seine Brust und starrte finster ins Leere. Seine Stimme dröhnte dumpf in ihren Ohren. »Ich weiß es nicht«, sagte er gedämpft und dachte daran, wie schön sie gewesen war, als er sie zum erstenmal gesehen hatte.

Er erinnerte sich an die Kälte und an das blendende, vom Schnee reflektierte Licht und an die weißen Gebäude rund um die Tribünen bei der Zeremonie. Es war Januar 1961. Das größte Land der Welt feierte die Amtseinsetzung seines neuen Präsidenten John F. Kennedy.

Sechs Monate zuvor hatte im Mittleren Osten niemand auch nur den Namen des jungen Mannes gekannt. Dann plötzlich war er der Kandidat der Demokratischen Partei, und auf Baydars Schreibtisch lag ein Telegramm des Fürsten. »Wie ist Kennedys Politik für den Mittleren Osten?«

Seine Antwort lautete kurz und bündig: »Proisraelisch. Sonst nicht viel bekannt.«

Ebenso kurz und bündig war der Anruf, den er am nächsten Tag erhielt. Der Fürst selbst war am Apparat. »Finde eine Möglichkeit, Nixons Wahlkampagne mit einer Million Dollar zu unterstützen«, hatte der Fürst gesagt.

»Das wird nicht leicht«, erwiderte Baydar. »Die Vereinigten Staaten haben eigentümliche Vorschriften, was ihre Beiträge für Wahlkampagnen betrifft.«

Der Fürst kicherte schlau. »Politiker sind überall gleich. Ich bin sicher, daß du einen Weg finden wirst. Mr. Nixon und Mr. Eisenhower waren sehr gut zu uns, als die Engländer und Franzosen sechsundfünfzig den Suezkanal einheimsen wollten. Wir sollten zumindest zeigen, daß wir dankbar sind.«

»Ich werde mir etwas einfallen lassen«, antwortete Baydar. »Aber ich würde vorschlagen, daß wir für alle Fälle auch zu Kennedys Kampagne beitragen.«

»Warum?« fragte der Fürst. »Glaubst du, er hat Aussichten?«

»Laut Meinungsumfragen nicht, aber wir sind hier in Amerika. Da kann man nie wissen.«

»Das überlasse ich dir«, sagte der Fürst. »Ich glaube fast, du bist schon mehr Amerikaner als Araber.«

Baydar lachte. »Die Amerikaner sind nicht dieser Ansicht.«

»Wie geht es deiner Frau und den Kindern?« fragte der Fürst.

»Ausgezeichnet«, anwortete er. »Ich habe gestern abend mit ihnen gesprochen. Sie sind in Beirut.«

»Du solltest einen Besuch zu Hause machen«, sagte der Fürst. »Ich warte immer noch auf den Erben, den du mir versprochen hast. Ich möchte ihn gern bald sehen. Ich werde nicht jünger.«

»Allah wird dich erhalten«, erwiderte Baydar. »Du wirst ewig leben.«

»Im Paradies, hoffe ich.« Das leise Lachen des Fürsten hallte im Telefon. »Aber nicht hier auf Erden.«

Baydar hatte nachdenklich aufgelegt. Der Fürst sagte nie etwas ohne guten Grund. Ob er wohl davon gehört hatte, daß Maryam nach der Geburt des letzten Mädchens keine Kinder mehr bekommen konnte? Aber wenn er davon gehört hatte, hätte er nicht nach einem Erben gefragt.

Er hätte darauf bestanden, daß Baydar sich scheiden ließ und eine andere Frau heiratete. Unfruchtbarkeit war nach mohammedanischem Gesetz ein gültiger Scheidungsgrund. Aber Baydar wollte nicht. Nicht, daß er Maryam geliebt hätte. Das hatte es zwischen ihnen nie gegeben, und je länger sie verheiratet waren, desto weniger schienen sie miteinander gemein zu haben. Sie war zu provinziell, fand Europa und Amerika schrecklich. Sie war eigentlich nur in ihrer eigenen Umgebung glücklich, in einer Welt, die sie verstand. Das war das wirkliche Problem, dachte Baydar; sie war zu sehr Araberin. Und der Gedanke, eine andere Araberin heiraten zu müssen, reizte ihn nicht sehr.

Vielleicht hatte der Fürst recht. Vielleicht war er zu amerikanisch geworden, denn westliche Frauen waren ihm entschieden lieber als arabische. Sie waren lebendig, hatten Stil, eine Art des Aussehens und eine Freiheit, die die Araberinnen nicht besaßen.

Baydar fand einen Weg, um die Wahlbeiträge unterzubringen. Beide. Sie hatten viele Freunde unter den Geschäftsleuten beider Parteien. Der Beitrag hatte sich gelohnt, und der Fürst hatte vom Einsetzungskomitee eine persönliche Einladung erhalten. Er lehnte sie aus Gesundheitsrücksichten dankend ab, bestimmte aber Baydar als seinen Vertreter.

Baydar saß in dem für ausländische Vertretungen reservierten Teil der Tribünen, ziemlich nahe am Rednerpult. In der eisigen Kälte fühlte er sich unwohl, trotz der warmen Unterwäsche unter seinem Frack. Der Zylinder, den er tief heruntergezogen hatte, damit er nicht fortgeblasen wurde, genügte nicht, um seinen Kopf warm zu halten.

Er sah sich um. Einige der Diplomaten und ihre Damen waren besser ausgerüstet als er. Sie waren älter und hatten wahrscheinlich solche Zeremonien schon öfter mitgemacht. Er sah, wie sie ab und zu aus silbernen Taschenflacons tranken, und auch eine Anzahl Thermosflaschen trat in Erscheinung.

Ein Blick auf die Uhr sagte ihm, daß es schon nach zwölf war. Die Zeremonie sollte um zwölf Uhr beginnen. Endlich entstand Bewegung auf den Tribünen, und Applaus setzte ein. Kennedy betrat die Tribüne.

Er hatte etwas Junges und sehr Verwundbares an sich, wie er mit festem Schritt dahinging und der Wind sein Haar zerzauste. Die Kälte schien ihn nicht zu stören.

Ein Priester sprach das Bittgebet. Seine Stimme war ein monotoner Singsang wie alle Priesterstimmen aller Religionen, aber der junge Präsident stand still mit gefalteten Händen und ehrerbietig gesenktem Kopf. Bei so kaltem Wetter hätte Allah nicht auf einem so langen Gebet bestanden, dachte Baydar.

Als der Priester zu Ende war, wurde ein alter, weißhaariger Mann nach vorn geführt. Sein Gesicht schien aus dem gleichen Granit gemeißelt wie das Gebäude hinter ihm. Baydar hörte das Flüstern rund um sich. Der Mann war Robert Frost, einer von Amerikas großen Dichtern.

Der alte Mann begann zu sprechen, sein Atem sichtbar in der Winterluft. Baydar konnte die Worte nicht verstehen und hörte auch nicht mehr zu; denn auf der Tribüne, etwa drei Reihen hinter dem Präsidenten, war ihm eine Frau aufgefallen.

Sie schien groß zu sein, aber das konnte er nicht genau feststellen, da die Tribünenreihen übereinander angeordnet waren, so daß jeder sehen und gesehen werden konnte. Langes, glattes blondes Haar umrahmte ein Gesicht mit goldbraunem Teint, leuchtend blauen Augen, hohen Backenknochen und einem fast viereckigen Kinn. Sie hörte dem Dichter so aufmerksam zu, daß ihre Lippen geöffnet waren und weiße, ebenmäßige Zähne entblößten. Als der Poet verstummte, lächelte sie, lachte und klatschte begeistert Beifall. Sie muß Kalifornierin sein, dachte Baydar.

Dann wurde der Präsident vereidigt. Die Zeremonie selbst dauerte nicht lange. Dann wandte er sich zum Pult und begann seine Rede. Baydar hörte aufmerksam zu.

Bei einem Satz fragte er sich, ob der Präsident den Koran gelesen hatte. Er hätte dem Heiligen Buch entnommen sein können. »Höflichkeit ist kein Zeichen von Schwäche, und Aufrichtigkeit bedarf immer eines Beweises.«

Als der Präsident seine Rede beendet hatte, hielt Baydar nach der Frau Ausschau, aber sie war schon fort. Er versuchte vergeblich, sie in der Menge zu finden, die jetzt die Tribüne verließ.

Den ganzen Nachmitag, während er sich in seiner Hotelsuite ausruhte, sah er ihr Gesicht vor sich. Er schaute sich mehrere Wiederholungen der Zeremonie im Fernsehen an, in der Hoffnung, einen Blick auf sie zu erhaschen, aber die Kamera war immer anderswohin gerichtet.

Es gab nur noch eine Möglickeit. Auf Baydars Schreibtisch lagen die Einladungen zu vier Festbällen; bei allen wurde das Erscheinen des Präsidenten versprochen. Auf einem davon müßte sie doch sein, dachte er. Aber auf welchem?

Die Lösung war einfach: Er würde zu allen gehen. Wenn der Präsident das konnte, konnte er es auch.

10

Baydar erlaubte sich nur eine Stunde für jeden Ball. Einer glich weitgehend dem anderen, sie waren alle überfüllt und laut, die Tanzfläche voller Menschen, die betrunken oder nüchtern tanzten, plauderten oder nur ziellos umherschlenderten. Eines aber hatten sie gemeinsam: es waren alles Demokraten, die froh waren, nach acht Jahren im Dunkel wieder an die Sonne der Macht zu kommen. Nach einer Weile fragte sich Baydar, ob es im Land überhaupt noch Republikaner gab.

Zum ersten Ball kam er, kurz nachdem der Präsident ihn verlassen und zum zweiten gefahren war. Sorgfältig durchsuchten seine Augen den Saal. Noch nie war ihm aufgefallen, wie viele Blondinen es in Washington gab; aber keine davon war die Gesuchte. Er ging zur Bar und bestellte ein Glas Champagner.

Ein Mann kam auf ihn zu und faßte ihn am Arm. »Haben Sie ihn gesehen?« fragte er aufgeregt.

»Wen?« fragte Baydar.

»Den Präsidenten natürlich«, sagte der Mann gekränkt. »Nach wem sollte ich denn sonst fragen?«

Baydar lachte. »Ich habe ihn gesehen.«

»Fabelhaft, nicht wahr?« Der Mann lächelte selig und ging davon, ohne auf eine Antwort zu warten.

Baydar stellte sein Glas hin und beschloß, zum nächsten Ball zu gehen. Zum Glück war das nicht weit. Auch hier war der Präsident dagewesen und schon wieder gegangen, als Baydar eintraf. Baydar suchte den Saal ab, und als er sah, daß das Mädchen nicht da war, blieb er nicht einmal auf einen Drink.

Zum dritten Ball kam er mitten in einem Tanz. Die Leute drängten sich um die Tanzfläche, bemüht, einen Blick durch die Menschenmauer zu werfen.

Baydar schob sich vor. Er tippte einem Mann auf die Schulter. »Was ist los?«

»Der Präsident tanzt mit einem Mädchen«, antwortete der Mann, ohne sich umzudrehen.

Auf der anderen Seite der Tanzfläche flammten die Blitzlichter auf. Baydar ging hinüber. Auf dem Weg hörte er, wie eine Frau mißbilligend fragte: »Warum tanzt er nicht mit Jackie?«

Er hörte auch die verärgerte Antwort ihres Mannes: »So was muß er eben machen, Mary. Das gehört zur Politik.«

»Warum muß es dann immer ein hübsches Mädchen sein?« gab die Frau zurück. »Ich sehe ihn mit keiner von uns tanzen, die sich bei seiner Wahlkampagne so für ihn angestrengt haben.«

Baydar kämpfte sich zum Rand der Tanzfläche durch. Fotografen und Kameraleute stiegen übereinander weg, um Bilder des Präsidenten zu ergattern; Baydar wurde einen Augenblick an eine Säule gedrängt, dann gelang es ihm, an ihnen vorbeizukommen.

Um den Präsidenten und seine Partnerin hatte sich ein freier Raum gebildet. Die anderen Tänzer bewegten sich eigentlich kaum, sie schoben sich nur im Halbkreis herum und starrten auf den Präsidenten. Auch Baydar starrte: der Präsident tanzte mit *seinem* Mädchen.

Er empfand ein unangenehmes Gefühl der Enttäuschung.

Nach der Art, wie die beiden lachten und plauderten, schienen sie sich recht gut zu kennen. Seine Hoffnung, jemanden zu finden, der sie miteinander bekannt machen würde, schwand. Man konnte nicht gut vom Präsidenten der Vereinigten Staaten verlangen, sich von ihm einem Mädchen vorstellen zu lassen. Außerdem hatte auch er einige der Geschichten über den Präsidenten gehört; er schien bei den Damen ziemlich beliebt zu sein.

Die Musik ging zu Ende, und die beiden verließen die Tanzfläche. Sofort waren sie von zahllosen Menschen umringt. Die Fotografen schossen weitere Bilder. Dann wandte sich der Präsident an das Mädchen und sagte lächelnd etwas zu ihr. Es nickte, er verabschiedete sich, und die Menge folgte ihm, dem Ausgang zu. Gleich darauf stand das Mädchen fast allein.

Baydar holte tief Atem und ging auf sie zu. »Miss?«

In der Nähe war sie noch schöner als aus der Entfernung.

»Ja?« fragte sie höflich. Sie hatte eine leise Stimme mit leichtem Westküsten-Tonfall.

»Wie fühlt man sich, wenn man mit dem Präsidenten der Vereinigten Staaten tanzt?«

»Das ist eine seltsame Frage.«

»Wie heißen Sie?«

»Sind Sie Reporter?«

»Nein«, antwortete er. »Kennen Sie den Präsidenten gut?«

»Für einen Mann, der behauptet, kein Reporter zu sein, stellen Sie eine Menge Fragen.«

Er lächelte. »Richtig, aber es fällt mir nichts anderes ein, um Sie hier festzuhalten.«

Zum erstenmal schaute sie ihn voll an. »Mir schon«, sagte sie. »Warum fordern Sie mich nicht einfach zum Tanzen auf?«

11

Sie hieß Jordana Mason, war in San Francisco geboren und aufgewachsen. Er hatte also recht gehabt: sie war Kalifornierin. Ihre Eltern hatten sich scheiden lassen, als sie noch ein Kind gewesen war. Beide hatten wieder geheiratet, doch die Beziehungen zwischen ihnen waren gut, und Jordana blieb in enger Verbindung mit ihrem Vater, obwohl sie bei der Mutter lebte. Sie war neunzehn Jahre alt, Studentin an der Berkeley-Universität und eine der Organisatorinnen der »Studentenbewegung für Kennedy«; das war auch der Grund für ihre Einladung zur Amtseinsetzung.

Sie war dem Präsidentschaftskandidaten bei einer Wahlversammlung in San Francisco aufgefallen. Seine Presseleute legten größten Wert auf Fotos ihres Kandidaten mit Studenten, und er hatte ihr eine Einladung versprochen, falls er die Wahl gewann.

Sie war nicht so naiv zu glauben, daß er sich an dieses Versprechen erinnern würde. Deshalb war sie sehr überrascht, als sie eines Morgens die Einladung in ihrer Post vorfand.

Aufgeregt rief sie ihre Mutter an. »Ist das nicht großartig?«

Ihre Mutter reagierte kühl. Die ganze Familie war republikanisch. »Hoffentlich haben sie dir auch eine Anstandsdame besorgt«, sagte sie nur.

»Aber Mutter«, rief Jordana aus, »wir sind im Jahre 1960, nicht 1900. Ich bin erwachsen und kann selbst auf mich achtgeben.«

»Davon bin ich überzeugt, meine Liebe«, antwortete ihre Mutter ruhig. »Aber haben sie dich ordentlich untergebracht? Und wer bezahlt deine Flugkarte?«

»Für all das muß ich selbst sorgen. Die Einladung ist nur für die Amtseinsetzung. Ich habe einen Platz direkt auf der Tribüne des Präsidenten.«

»Mir gefällt es trotzdem nicht«, meinte ihre Mutter naserümpfend. »Ich denke, du solltest das mit deinem Vater besprechen.«

Sie rief ihren Vater in seinem Büro an. Er war ebensowenig begeistert wie ihre Mutter, hatte aber Verständnis dafür, wieviel es für sie bedeutete. Er warnte sie vor Kennedys Ruf, obwohl er wußte, daß sie auf sich achtgeben konnte. Außerdem war der Mann ja nun Präsident und würde sicher seine Lebensweise ändern. Er erklärte sich bereit, ihre Flugkarte zu bezahlen, bat sie aber, nochmals mit ihrer Mutter zu besprechen, ob sie nicht Freunde hatte, bei denen sie wohnen konnte. Er traute den Hotels in Washington nicht. Schließlich stellten sie fest, daß all ihre Freunde Republikaner waren und daß Jordana besser im Hotel wohnen sollte, als bekannt werden zu lassen, daß jemand aus der Familie zur anderen Partei übergelaufen war.

All das erfuhr Baydar beim ersten Tanz. Später suchten sie sich einen freien Tisch, wo sie sich in Ruhe unterhalten konnten. Sie fanden einen in einem kleinen Nebenraum. Die Kellner rannten aufgeregt hin und her, um die Bestellungen zu erfüllen, die von allen Seiten auf sie einprasselten.

Baydar löste das Problem einfach. Er lenkte den Blick eines Obers mit einer Zehndollarnote in der Hand auf sich, und bald erschien eine Flasche Dom Pérignon auf ihrem Tisch.

»Kostspielig«, sagte Jordana. »Sind Sie auch sicher, daß Sie sich das leisten können?«

»Ich glaube schon«, lächelte Baydar unverbindlich und hob sein Glas. »Auf das schönste Mädchen in Washington.«

Sie lachte. »Woher wollen Sie das wissen? Sie haben nicht alle gesehen.«

»Ich habe genug gesehen.«

Sie trank von dem Champagner. »Schmeckt herrlich. Angeblich sind die kalifornischen Champagner ebensogut wie die französischen, aber an den hier kommen sie nicht heran.«

»Kalifornischer Champagner ist nicht übel.«

»Ich wette, Sie haben noch keinen getrunken«, sagte sie tadelnd.

Er lachte. »Ich habe in Harvard studiert und war dann einige Jahre in Stanford.«

»Was tun Sie beruflich?«

»Ich bin Geschäftsmann.«

Sie schaute ihn zweifelnd an. »Dafür sehen Sie ein wenig jung aus.«

»Heutzutage spielt das Alter keine große Rolle«, sagte er. »Kennedy ist erst dreiundvierzig und schon Präsident.«

»Sie sind aber nicht dreiundvierzig«, gab sie zurück. »Wie alt sind Sie?«

»Alt genug«, antwortete er und füllte die Gläser wieder. »Wann beabsichtigen Sie, zurückzufliegen?«

»Morgen früh.«

»Fliegen Sie nicht. Da ich mir so viel Mühe gemacht habe, um Sie zu finden, dürfen Sie nicht so schnell wieder verschwinden.«

Sie lachte. »Montag muß ich in der Schule sein.« Mit verdutzter Miene fragte sie dann: »Wie meinen Sie das, Sie hätten sich solche Mühe gemacht, mich zu finden?«

»Ich sah Sie heute mittag bei der Amtseinsetzung und mußte dann dauernd an Sie denken. Also beschloß ich, auf alle Bälle zu gehen, bis ich Sie fand.«

»Ehrlich?«

Er nickte wortlos.

Sie schaute in ihr Glas. »Ich muß trotzdem zurück.«

»Aber nicht morgen«, drängte er. »Sie haben doch noch das ganze Wochenende.«

»Es ist eiskalt hier. Ich habe noch nie im Leben so gefroren. Ich habe keine Kleider für solches Wetter.«

»Dem können wir abhelfen. Wir können heute abend nach Acapulco fliegen. Dort ist es warm.«

»Gibt es noch so spät einen Flug dorthin?« fragte sie.

»Flüge gibt es immer.«

»Verrückte Idee«, lachte sie. »Und wer garantiert mir, daß ich von dort eine Verbindung nach San Francisco bekomme? Sie kennen ja diese mexikanischen Fluglinien!«

»Ich garantiere dafür«, sagte er selbstsicher. »Also, was sagen Sie?«

Sie sah ihn skeptisch an. »Ich weiß nicht so recht. Ich bin unsicher.«

»Über was?«

»Warum Sie das tun. Sie kennen mich ja gar nicht.«

»Es ist eine Methode, Sie besser kennenzulernen.«

Sie sah ihm in die Augen. »Was haben Sie davon?«

Er erwiderte ihren Blick gelassen. »Das Vergnügen Ihrer Gesellschaft.«

»Ist das alles? Sonst nichts?«

»Genügt das nicht?« Er lachte. »Ich bin kein Lüstling, wenn Sie das meinen. Sie haben absolut nichts zu befürchten.«

»Aber ich kenne nicht einmal Ihren Namen.«

»Dem können wir abhelfen.« Er zog seine Karte aus der Brieftasche und reichte sie ihr.

Sie las laut: »Baydar Al Fay, MEDIA Inc., 70 Wall Street, New York. MEDIA – was bedeutet das?«

»Das ist der Name meiner Firma«, sagte er. *»Middle Eastern Deve-*

lopment and Investment Associates.«

»Sie sind kein Amerikaner?«

»Nein. Haben Sie das angenommen?«

»Ich hielt Sie für einen Juden.«

»Warum?«

»Ich weiß nicht. Ihr Aussehen wahrscheinlich.«

»Viele Leute glauben das«, sagte er leichthin. »Ich bin Araber.«

Sie schwieg und blickte wieder auf die Karte.

»Was ist los?« fragte er schnell.

»Nichts. Ich überlegte nur. Ich habe so etwas noch nie getan.«

»Für alles gibt es ein erstes Mal.«

»Darf ich es mir überlegen und Ihnen morgen die Antwort geben?«

»Natürlich dürfen Sie, aber es wäre doch zu schade, einen ganzen Tag in der Sonne zu verlieren.«

Wieder zögerte sie. »Ist es wirklich Ihr Ernst? Gibt es da nicht doch Bedingungen?«

»Keinerlei Bedingungen.«

Sie hob das Champagnerglas an ihre Lippen und leerte es. »Mein Zimmer ist oben in diesem Hotel. Ich gehe hinauf packen. In fünfzehn Minuten kann ich fertig sein.«

»Gut«, sagte er und verlangte mit einem Wink die Rechnung. »Das gibt mir Zeit für ein paar Anrufe und um den Flug zu arrangieren. Wir können mein Gepäck auf dem Weg zum Flugplatz holen.«

Es hatte wieder zu schneien begonnen, als der Wagen zum Flughafen fuhr. Dschabir saß schweigend neben dem Chauffeur und rauchte eine Zigarette.

»Hoffentlich verpassen wir die Maschine nicht«, sagte sie.

»Bestimmt nicht«, entgegnete Baydar zuversichtlich.

»Womöglich können wir bei dem Wetter gar nicht starten?«

»Ich bin schon bei viel schlechterem Wetter gestartet.«

Der Flughafen war praktisch verlassen, als sie durch die Sperre gingen. Dschabir und der Chauffeur folgten ihnen mit dem Gepäck. »Ich sehe keine Passagiere«, sagte sie, während sie die Halle durchquerten. »Sind Sie sicher, daß es einen Flug gibt?«

»Es gibt einen.« Er lächelte.

Erst an der Rampe, als sie die Stufen in den *Lear Jet* hochstiegen, merkte sie, daß es sich um ein Privatflugzeug handelte. Sie hielt auf der obersten Stufe inne und schaute unsicher zu Baydar hinab.

Er nickte beruhigend.

Der Steward empfing sie an der Kabinentür. »Guten Abend, Madame. Guten Abend, Mr. Al Fay.« Er wandte sich an Jordana. »Gestatten Sie, daß ich Sie zu Ihrem Platz führe.«

Er brachte sie zu einem bequemen Sitz mit verstellbarer Rückenlehne und nahm ihr den Mantel ab. Dann schnallte er sie an. »Sitzen Sie bequem, Madame?«

»Sehr bequem, danke.«

»Danke, Madame«, sagte er und entfernte sich.

Baydar setzte sich neben sie. Gleich darauf kam der Steward mit einer Flasche Dom Pérignon und zwei Gläsern wieder. Auf ein Nicken Baydars füllte er die Gläser und ging wieder nach vorn.

Baydar hob sein Glas. »Willkommen an Bord des *Star of the East.«*

»Sie haben mir nichts von einem eigenen Flugzeug gesagt«, bemerkte sie vorwurfsvoll.

»Sie haben mich nicht gefragt.«

Sie probierte den Champagner. »Der schmeckt gut. Dafür könnte man direkt eine Leidenschaft entwickeln.«

»Ich kann mir Schlimmeres vorstellen«, lächelte Baydar.

Das Flugzeug rollte langsam zur Startbahn. Automatisch griff sie nach seiner Hand. »Beim Abflug werde ich immer nervös.«

Er lächelte und hielt liebevoll ihre Hand fest. »Sie brauchen keine Angst zu haben. Ich habe zwei sehr gute Piloten an Bord.«

Sie warf einen Blick durchs Fenster in das Schneegestöber. »Aber sie können nichts sehen.«

»Das brauchen sie auch nicht. Es wird alles durch Radar und Automatik gesteuert.«

Die Düsenmotoren heulten auf; gleich darauf war die Maschine in der Luft. Als sie hoch über Schnee und Wolken durch den nächtlichen Sternenhimmel flogen, wandte sie sich ihm zu und merkte, daß ihre Hand noch immer in der seinen lag. Sie sah ihn an. »Sie sind ein merkwürdiger Mensch«, stellte sie fest. »Tun Sie solche Dinge oft?«

»Nein«, sagte er. »Auch für mich ist es das erstemal.«

Sie schwieg eine Weile und trank noch einen Schluck Champagner. »Warum gerade ich?« fragte sie.

Seine Augen waren so dunkelblau wie der Nachthimmel. »Ich glaube, ich habe mich, als ich Sie zum erstenmal sah, in Sie verliebt.«

Der Steward kam zurück, füllte ihre Gläser wieder und verschwand. Sie nippte an dem Champagner und lachte plötzlich. Als sie Baydars verdutzte Miene sah, erklärte sie: »Mir fiel eben nur etwas sehr Komisches ein.«

»Erzählen Sie es mir.«

»In allen Filmen, die ich gesehen habe, kommt der Scheich aus der Wüste geritten, reißt das Mädchen empor auf sein weißes Roß und galoppiert mit ihm davon, hinaus in die Nacht. Irgendwie machen Sie es genauso, nicht?«

»Ich hoffe es«, sagte er lächelnd. »Ich beabsichtige nämlich, Sie zu heiraten.«

12

Sie sollten jedoch noch drei Jahre zusammenleben, bevor sie heirateten. Und auch dann erst nach der Geburt ihres ersten Sohnes Muhammed.

In diesen drei Jahren waren sie unzertrennlich. Wohin in der Welt er fuhr, sie kam mit ihm. Außer wenn er in den Mittleren Osten zurückkehrte. Dorthin wollte sie nicht mitkommen.

»Erst wenn wir verheiratet sind. Ich will nicht als Konkubine behandelt werden.«

»Wir können heiraten«, sagte er. »Nach mohammedanischem Gesetz sind mir vier Frauen gestattet.«

»Ausgezeichnet«, antwortete sie spöttisch. »Dann heirate drei andere Araberinnen.«

»Darum geht es nicht, Jordana. Ich will nicht irgendeine heiraten, sondern dich.«

»Dann laß dich scheiden.«

»Nein.«

»Warum nicht?« fragte sie. »Du liebst sie nicht. Du siehst sie nie. Und für einen Moslem ist die Scheidung ja leicht, oder? Das hast du doch selbst gesagt.«

»Wir wurden auf Befehl des Fürsten verheiratet. Ich würde seine Erlaubnis für die Scheidung brauchen, und er würde sie mir nicht geben, damit ich eine Ungläubige heiraten kann.«

»Baydar, ich liebe dich«, sagte sie. »Und ich will deine Frau sein. Aber deine einzige Frau. Verstehst du das? Ich wurde so erzogen. Nur eine Frau auf einmal.«

Er lächelte. »In Wirklichkeit ist es gar nicht so wichtig, nur eine Frage der Einstellung.«

»Okay«, sagte sie entschieden. »Dann ist das eben meine Einstellung. Und ich werde mich nicht ändern.«

Er antwortete nicht. Er war eigentlich nicht so scharf darauf, wieder zu heiraten. Nicht wegen anderer Frauen. Seit er mit Jordana zusammenlebte, waren das nur sehr wenige. Und dann nur bei den seltenen Gelegenheiten, wenn sie getrennt waren. Wenn sie zusammen waren, hatte er kein Bedürfnis nach einer anderen Frau.

Ihre Eltern waren entsetzt über ihr Verhalten; erst nachdem Baydar beträchliche geschäftliche Transaktionen über ihren Stiefvater getätigt hatte, lenkten sie allmählich ein. Danach aßen sie manchmal gemeinsam, wenn sie in San Francisco waren. Aber immer nur im allerengsten Familienkreis. Niemand wollte Erklärungen darüber abgeben, daß Jordana in wilder Ehe lebte, und das auch noch mit einem Araber.

Baydar kaufte eine Villa in Südfrankreich, und dort verbrachten sie im Sommer so viel Zeit wie möglich. Jordana lernte Französisch und sprach es bald recht gut. Sie liebte die Côte d'Azur. Die Atmosphäre war fröhlich und voller Leben, und die meisten hielten sich zu ihrem Vergnügen dort auf. Keiner kümmerte sich um das Privatleben anderer. Man mußte nur Geld haben, um es zu genießen.

Im Winter lebten sie in New York und machten Abstecher nach Acapulco, wo er das Haus kaufte, in dem sie ihr erstes gemeinsames Wochenende verbracht hatten. Gelegentlich gingen sie Skifahren, aber da er die Kälte nicht mochte, konnte sie ihn nicht oft dazu überreden. Alle drei Monate flog Baydar für zwei Wochen nach Hause. Während er fort war, besuchte Jordana ihre Familie in San Francisco. Doch immer, wenn die zwei Wochen um waren, erwartete sie ihn in New York, London, Paris oder Genf, wo er gerade zu tun hatte.

Aber einmal kam er in seine New Yorker Wohnung zurück, und niemand erwartete ihn. »Haben Sie Nachricht von Madame?« fragte er den Butler, der ihm am Eingang Hut und Mantel abnahm.

»Nein, Sir«, antwortete der Butler. »Soviel ich weiß, ist Madame noch in San Francisco.«

Er wartete den ganzen Tag, schließlich rief er nach dem Abendessen bei ihrer Mutter in San Francisco an. Jordana war am Apparat.

»Liebling, ich habe mir schon Sorgen gemacht«, sagte er. »Wann kommst du nach Hause?«

Ihre Stimme klang müde. »Gar nicht.«

»Wie meinst du das, gar nicht?« Seine Stimme verriet seinen Schreck.

»Genauso, wie ich es sagte. Ich bin einundzwanzig und muß aus meinem Leben etwas machen. Ich komme nicht zurück.«

»Aber ich liebe dich.«

»Das genügt nicht«, sagte sie. »Ich habe genug davon, in einem Vakuum zu leben. Zwei solche Jahre sind für jedes Mädchen genug. Es ist Zeit, daß ich erwachsen werde.«

»Gibt es jemand anderen?«

»Nein. Das weißt du doch genau. Seit dir hat es keinen anderen Mann gegeben.«

»Was ist dann der Grund?«

»Könntest du dir vorstellen, daß ich einfach genug habe von der Art, wie wir leben? Genug davon, Mrs. Al Fay zu spielen, ohne es zu sein?« Sie begann zu weinen.

»Jordana!«

»Versuch nicht, mich zu überreden, Baydar. Ich bin nicht wie die Araberinnen, die du kennst. Ich kann es einfach nicht hinnehmen. Ich habe eine eigene Meinung.«

»Ich will dich gar nicht überreden. Ich will nur, daß du es dir noch einmal überlegst.«

»Ich habe es mir überlegt, Baydar. Ich komme nicht zurück.«

Er fühlte, wie der Zorn in ihm hochstieg. »Dann erwarte nicht, daß ich dir nachlaufe«, sagte er. »Das habe ich schon einmal getan.«

»Leb wohl, Baydar.«

Die Verbindung war unterbrochen. Er blickte auf den Hörer, dann knallte er ihn zornig auf die Gabel. Einige Minuten lang starrte er ins Leere, dann nahm er das Telefon und rief wieder an.

Diesmal meldete sich ihre Mutter. »Kann ich bitte mit Jordana sprechen?« fragte er.

»Sie ist in ihr Zimmer gerannt«, erklärte ihre Mutter. »Ich werde sie rufen.«

Baydar wartete, bis ihre Mutter wiederkam. »Sie sagt, sie will nicht mit Ihnen sprechen.«

»Mrs. Mason, ich verstehe nicht, was vorgeht. Was ist mit ihr los?«

»Das ist ganz normal, Baydar«, antwortete Jordanas Mutter ruhig. »Schwangere Frauen sind gewöhnlich sehr reizbar.«

»Schwanger?« schrie er. »Ist sie schwanger?«

»Natürlich«, sagte Mrs. Mason. »Hat sie Ihnen das nicht gesagt?«

Sieben Monate später stand er im Krankenhaus neben ihrem Bett. In ihren Armen lag sein Sohn.

»Er sieht genauso aus wie du«, sagte sie scheu. »Die gleichen blauen Augen.«

Er erinnerte sich daran, was ihm sein Vater einmal erzählt hatte. »Alle neugeborenen Kinder haben blaue Augen. Wir werden ihn Muhammed nennen.«

»John«, erwiderte sie, »nach meinem Großvater.«

»Muhammed«, wiederholte er. »Nach dem Propheten.« Er schaute auf sie nieder. »Wirst du mich jetzt heiraten?«

Sie erwiderte seinen Blick. »Wirst du dich vorher scheiden lassen?«

»Ich kann keine Ungläubige als einzige Frau haben. Wirst du unseren Glauben annehmen?«

»Ja«, sagte sie.

Er hob das Kind hoch und hielt es dicht an sich gepreßt. Das Baby begann zu weinen. Mit dem Lächeln eines stolzen Vaters blickte er Jordana an. »Unser Sohn wird ein Prinz sein.«

Der alte Fürst sah auf, als Baydar ins Zimmer trat. Er machte eine Handbewegung, und der Knabe, der zu seinen Füßen saß, stand auf und verließ das Zimmer. »Wie geht es dir, mein Sohn?« fragte der alte Mann.

»Ich bringe Euch Nachricht von einem Thronerben, Hoheit«, sagte Baydar. »Ich habe einen Sohn. Wenn Ihr gestattet, werde ich ihn Muhammed nennen.«

Der alte Mann blickte ihn listig an. »Das Kind einer ungläubigen Konkubine kann nicht Anwärter auf einen Thron des Propheten sein.«

»Ich werde diese Frau heiraten.«

»Wird sie den Glauben annehmen?«

»Sie hat ihn bereits angenommen«, antwortete Baydar. »Und sie kennt den Heiligen Koran schon besser als ich.«

»Dann hast du meine Erlaubnis, diese Frau zu heiraten.«

»Ich bitte Eure Hoheit um eine weitere Gunst.«

»Und die wäre?«

»Es ziemt sich nicht, daß der Thronerbe der Sohn einer zweiten Frau im Hause ist. Ich bitte um die Erlaubnis, mich vorher scheiden zu lassen.«

»Dafür muß es Gründe geben«, erwiderte der Fürst. »Der Koran verbietet es, sich wegen Nichtigkeiten oder Launen scheiden zu lassen.«

»Es gibt Gründe«, antwortete Baydar. »Meine erste Frau ist seit der Geburt ihres letzten Kindes unfruchtbar.«

»Ich habe solche Gerüchte gehört. Sind sie wahr?«

»Ja, Hoheit.«

Der Fürst seufzte. »Die Erlaubnis wird erteilt. Aber das Scheidungsabkommen muß gerecht und den heiligen Schriften gemäß sein.«

»Es wird mehr als gerecht sein.«

»Wenn du diese Frau geheiratet hast, möchte ich, daß du sie und ihren Sohn zu mir bringst, um sie mir vorzustellen.«

»Es wird geschehen, wie Ihr wünscht, Eure Hoheit.«

»Alles ist Allahs Wille«, sagte der alte Mann. »Mit zehn Jahren wird dein Sohn zu meinem Erben ernannt werden.« Er neigte sich vor, und Baydar drückte ihm einen Kuß auf die Hand und auf die Nase. »Dann geh also in Frieden, mein Sohn.«

Bei ihrer Hochzeit erfreute und überraschte Jordana ihn und seine Eltern damit, daß sie sie arabisch ansprach. Sie hatte ohne sein Wissen Lehrer engagiert und einen Schnellkurs gemacht, so daß sie die Sprache ganz gut, aber mit einem reizvollen, weichen, amerikanischen Akzent sprach, der sie beinahe wie Musik klingen ließ. Baydar erinnerte sich, wie fasziniert seine Mutter und seine Schwestern von ihrem Haar waren, wie sie es fast liebkosend berührten und seine Weichheit und Goldfarbe bewunderten. Er erinnerte sich auch, wie stolz sein Vater gewesen war, als er seinen ersten Enkel in den Armen hielt. »Mein kleiner Prinz«, sagte Samir leise.

Nach der Hochzeitszeremonie machten sie eine Pilgerfahrt nach Mekka, nicht mit Kamelen durch die Wüste wie seine Eltern, sondern mit dem *Lear jet,* der die Strecke in Stunden, nicht in Tagen, bewältigte. Zusammen standen sie, wie alle anderen Pilger in weiße Gewänder gekleidet, in der beruhigenden Stille auf dem Platz, und als der Ruf zum Gebet ertönte, warfen sie sich vor der Kaaba, Allahs heiligem Schrein, auf den Boden.

Später, im Flugzeug, das sie zurück nach Beirut brachte, sagte er auf arabisch zu ihr: »Jetzt bist du eine echte Mohammeda-nerin.«

»Das war ich vom ersten Moment an, als wir uns trafen«, sagte sie, »nur wußte ich es nicht.«

Er hatte ihre Hand ergriffen. »Ich liebe dich, mein Weib.«

Sie hob nach arabischer Tradition seine Hand an ihre Lippen und küßte sie. »Und ich liebe dich, mein Herr.«

»Wenn dein Sohn mein Erbe sein soll«, hatte der alte Fürst gesagt, »mußt du dein Heim in meiner Nähe errichten, so daß ich ihn wachsen und gedeihen sehen kann.«

Baydar sah den erschrockenen Blick in Jordanas Augen über dem traditionellen Schleier, den sie bei öffentlichen Anlässen trug. Er schüttelte den Kopf, um sie vom Antworten abzuhalten.

»Du wirst in einem Haus innerhalb der Palastmauern wohnen«, fuhr der Fürst fort, »damit ihr vor Bösem geschützt seid.«

»Aber meine Arbeit, Hoheit«, protestierte Baydar. »Sie hält mich die meiste Zeit im Ausland fest.«

Der Fürst lächelte. »Dann wirst du es so einrichten, daß du öfter nach Hause kommst. Es ist nicht gut für einen Mann, allzu lange von seiner Familie getrennt zu sein.«

Als sie in jener Nacht allein in ihren Gemächern waren, sagte Jordana: »Das kann er doch nicht im Ernst gemeint haben. Es gibt hier nichts, was ich tun könnte. Ich würde verrückt werden.«

»Es wird nicht lange dauern. Wir müssen ihm ein Weilchen seinen Willen lassen, dann werde ich sagen, ich brauche dich bei meiner Arbeit, und das wird er verstehen.«

»Ich will nicht!« rief sie. »Ich bin keine Araberin, die Befehle hinnimmt wie eine Sklavin!«

Seine Stimme wurde kalt. Diese Seite Baydars hatte sie noch nie erlebt. »Du bist eine Moslemfrau«, erwiderte er, »und du wirst tun, was man dir sagt!«

Vielleicht war das der Zeitpunkt, an dem ihre Beziehung eine Wendung nahm. Baydar hielt Wort. Aber es dauerte sechs Monte, bis er den Fürsten überreden konnte, daß sie anderswo ihr Heim aufschlagen müßten. Und da war der Schaden bereits geschehen. Für beide.

Zwischen ihnen und ihrer Liebe war eine unsichtbare Schranke entstanden, die sie, so sehr sie sich auch bemühten, nicht mehr niederreißen konnten.

13

Jordana konnte nicht schlafen. Mit weit geöffneten Augen starrte sie ins Dunkel und lauschte dem leisen, tiefen Atmen auf der anderen Seite des Doppelbettes. Es hatte sich nichts geändert; nicht einmal Dschabirs Stoff für Träume konnte sie einander näherbringen.

Bevor sie geheiratet hatten, war ihre sexuelle Beziehung warm und voll zärtlicher Momente gewesen, obwohl es gewisse Dinge gab, die er nicht gestatten wollte. Er küßte ihre Brüste und ihren Bauch, weiter jedoch ging er nie. Sie versuchte wiederholt, ihn dazu zu bringen, aber umsonst. Auch daß er unten und sie oben lag, so daß sie ihrer beider Bewegungen steuern konnte, erlaubte er nicht. Ohne es in Worte zu kleiden, gab er ihr zu verstehen, daß gewisse Dinge, die sie von ihm haben wollte, unter seiner Manneswürde waren. Ein Mann durfte einer Frau in keiner Weise untertänig sein.

Das machte jedoch nichts aus. Er war ein guter Liebhaber gewesen. Aber bald nach ihrer Hochzeit bemerkte sie eine Änderung. Der Sex zwischen ihnen wurde beinahe mechanisch. Er nahm sie ohne weitere Vorbereitung und war schnell fertig. Zuerst schob sie das auf den Druck, unter dem er bei seiner Arbeit stand. Der Fürst stellte immer größere Anforderungen an ihn; seine Geschäfte weiteten sich in alle Länder der westlichen Welt aus, und sein Verwaltungsapparat wurde immer komplizierter. Allmählich sammelte er einen Stab junger Leute um sich, die wie er aus dem Mittleren Osten stammten und mit den Eigenheiten des Westens vertraut waren. Die Mitglieder dieses Stabs waren in den Ländern stationiert, die sie am besten kannten, und ihre Aufgabe war es, seine Investitionen ständig zu überwachen. Baydar reiste von einem zum anderen, um die endgültigen Entscheidungen zu treffen und die verschiedenen Aktionen zu einem gewinnbringenden Ganzen zu koordinieren.

Um dem Zeitdruck nachzukommen, war der *Lear Jet* durch eine *Mystère Zwanzig,* diese durch eine *Super Caravelle* und schließlich durch eine *Boeing 707* ersetzt worden. Nun konnte er Langstreckenflüge ohne Zwischenlandung machen, aber auch so gerieten sie durch seine Reisen immer mehr auseinander. Immer gab es eine andere Stadt, wo seine Anwesenheit erforderlich war, immer wieder einen dringenden Fall, den nur er lösen konnte. Ihre Sommer in Frankreich fielen aus, und die Riesenjacht, die sie für ihr gemeinsames Vergnügen gekauft hatten, lag meist ungenützt im Hafen.

Bald nach der Geburt des zweiten Sohnes, Samir, schien ihr Liebesleben völlig aufzuhören. Als sie eines nachts in ihrer Verzweiflung nach ihm griff, nahm er ihre Hand und legte sie zwischen sich und ihr auf die Decke. Seine Stimme war kalt. »Es ist ungehörig, daß eine Frau Annäherungsversuche macht.«

Durch die Ablehnung gekränkt, begann sie zu weinen, dann wurde sie wütend. Sie machte das Licht an, setzte sich im Bett auf und nahm eine Zigarette. Sie zündete sie bedächtig an und tat einen tiefen Zug, wobei sie ihre Haltung wiederzugewinnen suchte. »Was ist los, Baydar? Magst du mich nicht mehr?«

Er antwortete nicht.

»Gibt es eine andere?«

Er machte die Augen auf und schaute sie unbewegt an. »Nein.«

»Was denn?«

Er schwieg eine Weile, dann stieg er aus dem Bett. »Ich bin müde«, sagte er. »Ich möchte schlafen.«

Sie blickte ihm ins Gesicht. »Und ich möchte ficken«, entgegnete sie derb. »Ist daran etwas unrecht?«

»Es genügt, daß du dich wie eine Hure benimmst«, antwortete er. »Du brauchst nicht auch noch wie eine zu sprechen.«

»Du mußt es ja wissen«, sagte sie schneidend. »Du verbringst genug Zeit mit ihnen.«

Sein Gesicht wurde dunkel vor Zorn. »Was ich tue, geht dich nichts an.«

»Ich bin deine Frau, und du warst seit Monaten nicht mit mir zusammen. Was meinst du damit, daß es mich nichts angeht?«

»Eine Frau hat die Pflicht, sich dem Willen ihres Mannes zu unterwerfen.«

»Die Heirat mit dir hat mich nicht zu einem Bürger zweiter Klasse gemacht«, fauchte sie ihn an. »Ich habe auch Rechte und Gefühle.«

»Du hast vergessen, was geschrieben steht«, sagte er. »Du bist meine Frau, mein Eigentum, und dir stehen nur die Rechte und Gefühle zu, die ich dir gestatte.«

Sie starrte ihn an. »Dann verlange ich die Scheidung. So will ich nicht leben.«

»Ich lehne dein Verlangen ab. Du wirst so leben, wie ich es dir befehle.«

»Wir sind nicht im Mittelalter. Und wir sind auch nicht im Mittleren Osten, wo du mich in einen Harem sperren kannst. Morgen fahre ich nach Hause und reiche die Scheidung ein.«

Sein Blick war eisig. »Wenn du das tust«, sagte er ruhig, »wirst du deine Kinder nie wiedersehen. Du weißt, daß das in meiner Macht steht.«

Ihre Stimme verriet Schmerz und Schrecken. »So etwas kannst du nicht tun!«

»Ich kann und werde es tun«, entgegnete er kurz.

Tränen stiegen ihr in die Augen, und sie konnte nicht sprechen.

Er blickte eine Weile auf sie nieder, und als er sprach, war es ohne Mitgefühl. »Es wird keine Scheidung geben. Zu viel steht dabei auf dem Spiel. Ich lasse es nicht zu, daß die Thronansprüche meines Sohnes durch einen Skandal in Frage gestellt werden, nachdem ich ein so großes Opfer gebracht habe, um sie für ihn zu erreichen.«

Sie schaute ihn ungläubig an. »Was für Opfer hast du gebracht?«

»Ich habe meinen Stolz unterdrückt und trotz aller gegenteiligen Ratschläge um Erlaubnis gebeten, eine Ungläubige zu heiraten. Aber ich wollte den Thron für meinen Sohn; er war ihm versprochen worden.«

»Ich habe doch den Glauben angenommen, oder?« rief sie.

»Mit deinen Lippen, aber nicht mit deinem Herzen. Hättest du ihn wirklich angenommen, würdest du deine Stellung kennen und meine Handlungen nicht in Frage stellen.«

Verzweifelt bedeckte sie ihr Gesicht mit den Händen. »O Gott!« schluchzte sie.

»Welchen Gott rufst du an?« fragte er mit grausamer Stimme. »Deinen oder meinen?«

Sie senkte die Hände und sah ihn an. »Es gibt keinen anderen Gott als Allah.«

»Sag das übrige!«

Sie schwieg einen Augenblick und senkte den Blick. »Und Mohammed ist sein Prophet«, flüsterte sie.

Er atmete tief und wandte sich zur Tür. »Vergiß das nicht!«

»Baydar!« Ihre Stimme hielt ihn fest. »Was soll ich tun?«

Er blickte sie unbewegt an. »Ich stelle es dir frei, zu tun, was du willst, so lange wir verheiratet bleiben, aber es gibt zwei Einschränkungen. Die erste ist Diskretion. Du wirst nichts tun, was Schande über unser Haus bringen könnte. Für die Welt muß unsere Ehe weiter scheinen, wie sie immer war.«

»Und die zweite?«

»Du wirst dich von Juden fernhalten. Den Verkehr mit ihnen dulde ich nicht.«

Er ging ins Nebenzimmer und ließ die Tür hinter sich offen. Kurz darauf kam er mit einer gelben Metalldose in der Hand zurück. Er schloß die Tür hinter sich, trat zum Bettrand und blickte auf sie nieder. Er öffnete die Dose und stellte sie auf den Nachttisch neben dem Bett. Sie sah die Ampullen in ihrer Netzhülle. »Du weißt, daß ich Amylnitrit nicht mag«, sagte sie.

»Was du magst oder nicht, kümmert mich nicht«, erwiderte er grob. »Du handelst und redest wie eine Hure – also wirst du auch so behandelt.«

Er zog seinen Pyjama aus und ließ ihn zu Boden fallen. »Zieh dein Nachthemd aus!« befahl er.

Sie regte sich nicht.

Mit einem raschen Griff faßte er das Hemd und riß es ihr vom Leib. Ihre Brüste lagen frei, und er umfaßte eine mit der Hand. »Ist es das, was du willst?« fragte er.

Sie antwortete nicht.

Er verstärkte den Druck. Vor Schmerz zog sie unwillkürlich die Luft ein. Einen Augenblick lang blickte sie ihm in die Augen, dann sah sie seine Hand. Er hielt ihr seinen schnell steif gewordenen Phallus entgegen. »Ist es das, was du willst?«

»Baydar!« rief sie.

Er rammte ihn ihr in den Mund. Sie rang nach Luft und hustete. Höhnisch fragte er: »Das willst du nicht, ungläubige Hure?« Er schob ihr Gesicht von sich und sah ihr in die Augen. »Vielleicht ist dir das lieber!«

Dabei preßte er sie aufs Bett und stieß drei Finger tief in sie hinein. Das geschah so schnell und unerwartet, daß sie vor Schmerz laut aufstöhnte. Er bewegte seine Finger schnell in ihr hin und her, dabei nahm er mit der freien Hand eine Ampulle aus der Dose.

Sie spürte die Explosion in ihrem Gehirn, als er die Ampulle unter ihrer Nase zerbrach. Sie hatte das Gefühl, als würde ihr Herz in der Brust zerspringen, und sie spürte, wie ihr Körper willenlos von einer Welle Orgasmen geschüttelt wurde.

Jäh zog er seine Finger zurück und drehte Jordana grob auf den Bauch. »Auf Hände und Knie, wie es einer ungläubigen Hündin zukommt!« befahl er.

Sie konnte sich nicht rühren.

Er schlug sie mit der flachen Hand auf die Hinterbacken. Sie schrie. Wieder und wieder schlug er sie. Sie wand sich stöhnend. Er war verrückt. Ich bin verrückt, dachte sie. Das kann mir nicht gefallen. Aber sie spürte, wie Wärme in ihr hochstieg und sich der Schmerz langsam in Lust verwandelte.

»Wie eine Hündin, Weib!« befahl er.

»Ja, ja«, stöhnte sie und rutschte ihm auf Knien und Ellbogen rückwärts entgegen. Sie spürte, wie er hinter ihr seine Stellung einnahm, und wandte sich nach ihm um.

»Sieh mich nicht an, du ungläubige Hündin!« schrie er und drückte grob ihren Kopf nach unten.

Das Beben, das sie innerlich spürte, verbreitete sich schnell in ihrem ganzen Körper, sogar ihre Knie zitterten. So hatte sie einmal eine Stute zittern sehen, die erwartete, von einem Hengst besprungen zu werden. Jetzt wußte sie genau, was das Tier empfunden haben mußte, und sie erinnerte sich auch, wie es später unter dem ungestümen Angriff in die Knie gegangen war.

Er riß ihren Kopf an den Haaren hoch und zerbrach noch eine Ampulle unter ihrer Nase. Wieder begann die Welle sie zu überfluten.

Sie hörte, wie er eine weitere Ampulle zerbrach, diesmal jedoch für sich selbst. Dann spürte sie, wie er in sie eindrang und sein Körper in wilden Stößen gegen sie hämmerte.

Sie schrie einmal auf vor Schmerz. Dann ging sie wie die Stute unter den Stößen nieder.

Nachher lag sie sehr still auf ihrer Seite des Bettes, Schmerz und Zittern ließen langsam nach. Auch er schwieg und regte sich nicht. Es gab keine Verbindung zwischen ihnen. Nach einer Weile sprach er. Seine Stimme war so ruhig, als hätte sich nichts zwischen ihnen ereignet. »Verstehst du jetzt deine Stellung, Weib?«

Sie spürte, wie sich ihre Augen mit Tränen füllten. »Ja.«

Und so war es seither stets gewesen. Es war kein Liebesakt mehr, nicht einmal Grausamkeit. Es war nichts als ein Geltendmachen seiner Macht über sie.

Später in jenem Sommer nahm sie ihren ersten Liebhaber. Nachher ging es leicht. Aber nur mit sehr wenigen erreichte sie Befriedigung. Etwas jedoch erreichte sie. Ob es echt war oder nicht, ob sie es fühlten oder nicht, ob sie ihnen Geld gab oder nicht, sie alle gaben ihr Liebe.

Und das tat Baydar nie.

14

Das Summen des elektrischen Rasierapparates weckte Jordana. Sie wälzte sich im Bett herum. Durch die offene Tür zum Badezimmer sah sie ihn vor dem Spiegel stehen, um seine Taille ein Handtuch gewunden. Der Ausdruck von Konzentration in seinem Gesicht war ihr vertraut; das Rasieren schien ihn völlig in Anspruch zu nehmen.

Sie setzte sich im Bett auf und zündete eine Zigarette an. Es war ein merkwürdiges Wochenende gewesen. Merkwürdig, weil es Augenblicke gab, in denen sie einander wieder so nahe zu kommen schienen wie einst. Doch jedesmal hatte sich der eine oder die andere zurückgezogen oder etwas getan, um das Gefühl wieder zu zerstören.

Zweimal war die Annäherung auch körperlich gewesen. Das erstemal hatte sie es durch ihr Verlangen nach Schmerz verdorben. »Tu mir weh«, hatte sie gesagt und gemerkt, wie er sich abwandte.

Das zweitemal war vorige Nacht gewesen, nachdem sie Dschabirs Zigarette geraucht hatten. Diesmal war sie bereit. Das Haschisch hatte sie entspannt, sie fühlte sich träge und unbeschwert. Sie wollte sich nur romantisch und einfach lieben lassen, sie wünschte sich ihn so wie bei ihrer ersten Begegnung.

Es war jedoch ganz anders gekommen. Er hatte sie ungestüm genommen und sich schon nach wenigen Bewegungen in sie ergossen. Verblüfft über die Schnelligkeit hatte sie ihm ins Gesicht gestarrt. Es war unbewegt, als wäre nichts geschehen; sie sah weder Freude noch Lust darin.

Gleich darauf hatte er sich von ihr getrennt, auf seine Seite des Bettes gewälzt und war sofort eingeschlafen. Sie blieb noch lange schlaflos liegen und dachte an das erstemal, als er sie ohne Liebe genommen und sie hatte fühlen lassen, daß sie nur ein Gegenstand zu seinem Gebrauch und seiner Bequemlichkeit war. Damals hatte er klargestellt, daß es von nun an so sein werde, und so war es auch gewesen – bis zu diesem Wochenende.

Nach dem ersten Mißlingen hatte sie so sehr gehofft, sie würden ein zweites Mal und besser zusammensein. Aber es war nicht dazu gekommen. Wenn er am Beginn des Wochenendes etwas mit ihr im Sinn gehabt hatte, so war es nun jedenfalls vorbei. Und sie fragte sich, ob sie jemals wieder eine Chance bekommen würde.

Er kam, noch naß von der Dusche, aus dem Badezimmer und schaute auf sie herunter. »Wir fliegen heute morgen nach Los Angeles«, sagte er beiläufig. »Was hast du dann für Pläne?«

Er benahm sich, als wären sie Fremde. »Es war nett, Sie zu treffen«, sagte sie. »Ich würde Sie gern bald wiedersehen.«

Er blickte sie verdutzt an. »Was hast du gesagt?«

»Nichts. Ich habe keine Pläne gemacht.«

»Fliegst du zurück nach Frankreich?«

»Wie steht es mit dir?« fragte sie. »Es wäre keine schlechte Idee, wenn du die Kinder besuchtest. Du warst den ganzen Sommer fort und fehlst ihnen.«

»Ich kann nicht«, entgegnete er kurz. »Ich habe im Augenblick zu viel zu tun. Außerdem beabsichtige ich, in diesem Herbst einige Zeit mit ihnen in Beirut zu verbringen. Ich werde mindestens sechs Monate dort sein.«

»Einige Tage würden schon viel für sie bedeuten.«

Seine Stimme wurde scharf. »Ich sagte schon, ich kann die Zeit nicht erübrigen.« Er ging zum Schrank und nahm ein Hemd heraus. »Möglicherweise muß ich sofort nach Japan.«

»Ich war noch nie in Japan. Es soll faszinierend sein.«

Er knöpfte sein Hemd zu. »Tokio ist ein Irrenhaus«, meinte er unverbindlich. »Der Verkehr ist fürchterlich, und alles ist so überfüllt, daß man kaum atmen kann.«

Sie gab es auf. Er wollte sie nicht bei sich haben. Er hatte dort keine Verwendung für sie. »Vielleicht bleibe ich ein paar Tage in Los Angeles. Ich werde einige Freunde besuchen und dann zu meiner Familie nach San Francisco fliegen.«

Er schlüpfte in seine Hose. »Kein schlechter Gedanke. Aber richte es so ein, daß du nächste Woche wieder in Frankreich bist. Ich will nicht, daß die Kinder zu lange allein bleiben.«

»Ich werde es so arrangieren«, sagte sie. Mit vier Angestellten, zwei Leibwächtern und der Gouvernante waren die Kinder nicht gerade allein.

Das Telefon klingelte, er hob ab. Einen Augenblick hörte er zu, dann nickte er zufrieden. »Gut, Dick. Rufen Sie das Flugzeug an und sagen Sie, wir fliegen gleich nach meiner Ankunft im Flughafen von LA ab.«

Er legte auf. »Ich fliege sofort nach Tokio«, erklärte er. »Du kannst, wenn du willst, meinen Bungalow im Hotel benutzen.«

»Das wäre nett.«

»Jussef hat dort im Hotel eine Zusammenkunft mit Vincent. Wenn du etwas brauchst, wende dich an ihn.«

»Danke.«

Er zog seine Schuhe an und ging zur Tür. »Wie lange wirst du brauchen, um dich reisefertig zu machen?«

»Nicht lang.«

Er nickte und ging hinaus. Einen Moment lang blieb sie reglos sitzen. Dann drückte sie die Zigarette aus und stieg aus dem Bett. Sie trat vor den Spiegel, ließ ihren Morgenrock zu Boden gleiten und betrachtete ihren nackten Körper.

Physisch war sie immer noch die gleiche. Vielleicht waren ihre Brüste seit der Geburt der Kinder etwas voller geworden, aber sie waren fest, und ihr Körper hatte den gleichen Muskeltonus wie in ihrer Jugend. Die Fülle an Reichtum und Bequemlichkeit genügten einfach nicht. Es mußte noch mehr im Leben geben als Bereitschaft und Warten, bis man gebraucht wurde.

Das Telefon in Jussefs Schlafzimmer klingelte. Er rührte sich nicht und hoffte, es würde aufhören. Er war erschöpft. Der junge Amerikaner, den er am vorigen Abend im *After Dark* kennengelernt hatte, hatte ihn ausgepumpt; er war unersättlich gewesen. Als Jussef sich schließlich nicht mehr rühren konnte, gab er ihm fünfzig Dollar, schickte ihn fort und versank in einen bleiernen Schlaf. Und nun wollte das verdammte Telefon nicht aufhören zu läuten. Wenn Baydar noch dagewesen wäre, hätte Jussef sofort abgehoben, aber Baydar war am vorigen Abend nach Japan geflogen.

Das Telefon im Schlafzimmer hörte auf zu klingeln, dafür läutete es im Wohnzimmer. Jussef zog ein Kissen über seinen Kopf und versuchte wieder einzuschlafen; gleich darauf klingelte das Schlafzimmertelefon wieder.

Fluchend streckte Jussef die Hand danach aus. »Hallo«, knurrte er heiser.

Die Stimme sprach französisch, aber mit stark arabischem Akzent. »Monsieur Ziad?«

Jussef antwortete automatisch auf arabisch: »Ja.«

Die Stimme ging in die Muttersprache über. »Wir kennen uns noch nicht persönlich, haben aber telefonisch miteinander gesprochen. Und wir waren beide auf der Party zum Geburtstag von Madame Al Fay an Bord von Al Fays Jacht. Ich heiße Ali Jasfir.«

»Ahlan we Sahlan«, sagte der nun völlig wache Jussef. Er wußte von Ali Jasfir.

»Ahlan fik«, antwortete Jasfir gewohnheitsmäßig.

»Womit kann ich Ihnen dienen?« fragte Jussef höflich.

»Wenn Sie es einrichten können, würde ich Sie gerne zu einer Besprechung über Dinge von wichtigem gemeinsamem Interesse treffen.«

»Wo sind Sie?«

»Hier in Los Angeles. Vielleicht können wir gemeinsam zu Mittag essen?«

»Das läßt sich machen. Wo sollen wir uns treffen?«

»Wo es Ihnen paßt.«

»Um ein Uhr. Hier im Hotel, in der Polo Lounge.«

Er legte den Hörer auf. Er kannte die Folgen von Baydars letztem Zusammentreffen mit Jasfir. Er war auch sicher, daß Jasfir das wußte. Dennoch mußte etwas Wichtiges im Gange sein, wenn Jasfir an ihn herantrat.

Jussef nahm wieder den Hörer. »Guten Morgen, Mr. Ziad«, sagte die Telefonistin freundlich.

»Bitte, verbinden Sie mich mit Mr. Vincents Zimmer.« Auch beim besten Willen konnte er nicht mit zwei Leuten auf einmal zu Mittag essen; die Verabredung mit Vincent mußte verschoben werden.

Dem arabischen Brauch entsprechend, kam Ali Jasfir erst auf den Kernpunkt ihrer Begegnung zu sprechen, als der Kaffee serviert wurde. »Wie ich höre, beginnt Ihre Importfirma, verschiedene Dinge aus dem Ausland in die Vereinigten Staaten einzuführen.«

Jussef nickte. »Ja. Es ist erstaunlich, wie viele im Mittleren Osten produzierten Sachen von Amerikanern gekauft werden.«

»Wie ich ferner höre, ist es Ihre Sache, die kleinen Betriebe im

Mittleren Osten zu finden, deren Erzeugnisse Ihrer Ansicht nach in Amerika verkäuflich sind?«

Jussef nickte.

»Auch ich vertrete einige Fabrikanten, die ihre Erzeugnisse gern in die Vereinigten Staaten senden würden. Im Augenblick arbeiten wir mit den europäischen Exporteuren und haben dabei viele Probleme.«

Jussef schwieg. Er wußte von den Problemen. Zu viele Sendungen waren vom Bundesrauschgiftdezernat abgefangen worden. Es gab Gerüchte im Mittleren Osten, wonach gewisse wichtige Leute von Jasfirs Leistung sehr enttäuscht waren. »Ich habe gehört, daß Sie einen Großteil Ihrer Transaktionen nach Südamerika verlegt haben«, sagte Jussef.

»Das ist richtig«, Jasfir nickte, »gehört jedoch zu unserem Expansionsprogramm. Die Nachfrage nach unseren anderen Produkten ist so groß wie eh und je.«

»Ich wünschte, ich könnte Ihnen nützlich sein«, erklärte Jussef geschmeidig. »Aber Mr. Al Fay hat unsere Politik bereits festgelegt, und ich bezweifle, daß er auf meinen Rat hin bereit wäre, seine Ansichten zu ändern.«

»Ich bin sicher, daß Mr. Al Fay sich nicht um die Einzelheiten jedes Artikels kümmert, den Sie importieren. Das bleibt gewiß Ihren äußerst fähigen Händen überlassen.«

Das stimmte. Baydar brauchte nichts davon zu wissen. Kleine Sendungen im Wert von Tausenden von Dollars wurden abgewickelt, ohne daß er wußte, worum es sich handelte.

»Wenn wir eine Methode der Zusammenarbeit fänden, könnte eine für Sie höchst lohnende Vereinbarung getroffen werden.« Ali Jasfir lächelte. »Sie wissen, welche Preise unsere Ware erzielt. Manchmal eine Million Dollar für eine Sendung, die nicht mehr Platz beansprucht als eine Kiste Puppen aus Ägypten. Sie könnten für Ihre guten Dienste eine Provision von zehn Prozent erhalten. Es wäre keinerlei Risiko damit verbunden.«

Jussef blickte ihn an. Das war eine Menge Geld. Widerwillig schüttelte er den Kopf. Er verzichtete nur sehr ungern. Aber trotz Jasfirs Versicherung war das zu riskant. Früher oder später mußte etwas durchsickern. Und dann war alles zu Ende. »Tut mir leid«, sagte er, »im Augenblick fehlen uns die Möglickeiten dafür. Unser Geschäft beginnt erst. Vielleicht später, wenn wir größer und besser ausgerüstet sind.«

Ali Jasfir nickte. Er war zufrieden. Früher oder später würde Jussef einwilligen. Es war nur eine Frage der Erhöhung des Anteils, bis Jussef nicht mehr widerstehen konnte.

»Überlegen Sie es sich. Wir sprechen wieder darüber, wenn Sie nach Paris zurückkommen.«

»Ja«, stimmte Jussef zu. »Vielleicht ändert sich die Situation bis dahin.«

Ali Jasfir hob seine Kaffeetasse. »Mr. Al Fay ist nach Japan gereist?«

Jussef nickte. Er hatte nicht gewußt, daß sie Baydars Tätigkeit so genau überwachten.

»Seine Verhandlungen mit den Japanern sind sehr interessant«, bemerkte Ali Jasfir.

»Ich weiß nur wenig darüber«, bog Jussef schnell ab.

Jasfir lächelte. »Uns wäre eine Verbindung mit Mr. Al Fay sogar noch wichtiger als das kleine Geschäft, über das wir vorhin sprachen. Wir halten sehr viel von ihm.«

»Das tun alle«, versicherte Jussef.

»Wir sind nämlich der Ansicht, daß er in unserer Sache stärkeren Einfluß haben könnte«, sagte Jasfir. »Wenn er für sie einträte, würde das vielleicht einen größeren Druck auf jene ausüben, die wie er konservativere Ansichten hegen.«

Jussef schwieg. Jasfir hatte recht; das war beträchtlich wichtiger als der Transport von Rauschgift.

»Wenn Sie eine Möglichkeit finden, ihn so zu beeinflussen, daß er unsere Sache unterstützt«, fuhr Jasfir fort, »können Sie den Rest Ihrer Tage in Luxus verleben, und Allah würde Sie für die Hilfe, die Sie seinem unterdrückten Volk gewähren, mit seinem Segen überschütten.«

»Mr. Al Fay ist nicht der Mann, der sich leicht beeinflussen läßt.«

»Er ist ein Mensch«, sagte Jasfir. »Man wird einen Weg finden. Früher oder später.«

Jussef verlangte die Rechnung und zeichnete sie ab. Auf dem Weg zum Ausgang begegneten sie Jordana.

»Ich dachte, Sie seien mit Mr. Vincent beim Mittagessen«, sagte sie, »und ich wollte ihm gerade sagen, daß ich heute abend gern zu der Party komme.«

»Ich werde es ihm mitteilen«, entgegnete Jussef. »Vielleicht können wir zusammen hingehen.«

Sie bemerkte Ali Jasfir, der daneben stand. Er verneigte sich. »Madame Al Fay«, sagte er. »Wie nett, Sie zu sehen.«

Jussef sah ihren verlegenen Blick. »Sie erinnern sich doch an Mr. Jasfir«, half er schnell. »Er war auf Ihrer Geburtstagsparty.«

»Natürlich«, sagte sie. »Wie geht es Ihnen, Mr. Jasfir?«

Er verneigte sich wieder. »Danke, gut, und Sie sind sogar noch schöner, als ich es in Erinnerung hatte. Aber ich muß mich entschuldigen, ich komme bereits zu spät zu meiner nächsten Verabredung.«

Sie schaute ihm nach, als er durch die Halle davonging, dann wandte sie sich an Jussef. »Hoffentlich macht Baydar keine Geschäfte mit diesem Mann.«

Jussef war überrascht. Es war das erstemal, daß sie etwas über Baydars Geschäftspartner sagte. »Ich glaube nicht«, antwortete er. Dann überkam ihn die Neugierde. »Was veranlaßt Sie zu dieser Bemerkung?«

Ein Schleier schien über ihre Augen zu fallen. »Ich weiß nicht«, sagte sie. »Vielleicht ist es weibliche Intuition, aber ich spüre in ihm etwas Gefährliches.«

15

Jordana sah sich in dem großen, verdunkelten Salon um und griff nach ihrem Glas Wein. Die übrigen Gäste saßen auf Sofas und Stühlen und starrte gebannt auf die große Kinoleinwand im Hintergrund. Es war nicht die Art angeregte Hollywoodparty, die sie erwartet hatte. Alles war ziemlich steif.

Sie schaute zum anderen Ende des Raums, wo der Gastgeber allein, mit dem Rücken zur Leinwand, an der Bar saß. Seit Beginn der Filmvorführung schien er alles Interesse an seinen Gästen verloren zu haben. Vielleicht war es das, was man Vorrecht des Stars nannte.

Rick Sullivan war viele Jahre lang ein Filmstar in Monumentalfilmen gewesen, wie sie von C.B. de Mille und in letzter Zeit von Michael Vincent gemacht wurden, aber er war nicht mehr in Mode. Sullivan hatte die Titelrolle in Vincents Film über Moses gespielt, und das war der Grund für die Einladung. Es hatte sich in Hollywood herumgesprochen, daß Vincent im Begriff stand, wieder einen großen Film zu machen, und es erschien Sullivan keine schlechte Idee zu sein, den Regisseur daran zu erinnern, daß er noch im Geschäft war.

Nicht, daß er das Geld gebraucht hätte. Oder die Arbeit. Seit fünf Jahren spielte er in einer der erfolgreichsten Fernsehserien. Aber für sein Selbstbewußtsein war Fernsehen nicht das gleiche wie Film.

Er mochte keine großen Partys, deshalb hatte er die Zahl der Gäste auf sechzehn beschränkt. Natürlich waren sein Agent und sein Public-Relations-Mann und einer von Hollywoods führenden Kolumnisten da. Andere Gäste waren gemeinsame Freunde von ihm und

Vincent, ein paar Schauspieler und Schauspielerinnen, aber nicht bedeutend genug, um seinen Status als Star des Abends zu bedrohen.

Sullivan drehte sich um und sah den gelangweilten Blick Jordanas, die die Filmleinwand betrachtete. Sie war durchaus nicht so, wie er sie sich vorgestellt hatte.

Aus irgendeinem Grund hatte er eine ältere Frau erwartet. Vielleicht, weil er annahm, daß ein Mann mit so viel Geld, wie Al Fay angeblich besaß, älter sein mußte. Er warf einen Blick auf den Mann, der mit ihr gekommen war, diesen Ziad. Er saß neben Vincent auf der großen Couch. Zuerst dachte er, der Mann sei vielleicht ihr Liebhaber, dann aber gab er den Gedanken auf. Der Mann war ganz klar ein Homo. Er mußte der Aufpasser sein.

Das Abendessen war angenehm gewesen, die Unterhaltung entwickelte sich von selbst, strotzend von gegenseitigen Komplimenten. Jeder liebte jeden – ein typisches Hollywooder Tischgespräch. Nach dem Essen verkündete er, er habe eine Kopie von Michael Vincents großartigem Film bekommen und werde ihn nun vorführen. Michael war erfreut, und die Gäste schienen zufrieden, als sie in den Salon gingen und ihre Plätze vor der Leinwand einnahmen.

Rick nahm seinen Drink, schlenderte hinüber zu Jordana und setzte sich neben sie. Er warf einen Blick auf die Leinwand und wandte sich gleich wieder ab. Es war eine der ersten Szenen, das erste Zusamentreffen von Moses mit dem Pharao. Der Film war fast zwanzig Jahre alt, und er haßte es, Filme anzusehen, in denen er jung war; sie machten ihm zu sehr sein jetziges Alter bewußt.

Er sah, daß sie ihn beobachtete, und lächelte wehmütig. »Ich sehe mich nicht gern auf der Leinwand. Ich glaube, es ist der Gipfel der Eitelkeit oder so ähnlich.«

»Ich kann mir vorstellen, daß das ein Problem ist«, sagte sie höflich.

»Sie scheinen auch kein Interesse für den Film zu haben.«

»Ich habe ihn schon gesehen«, antwortete sie offen. »Und auch damals war er nicht mein Fall.«

Er lachte. »Was für Filme sehen Sie gern?«

Sie dachte einen Augenblick nach. »Moderne Filme. Wissen Sie, solche, wie man sie heute dreht.«

»Sie meinen nicht sogenannte X-Filme?«

»Ich habe noch nie einen X-Film gesehen.«

Er blickte sie eine Weile an. »Möchten Sie einen sehen?«

Sie erwiderte seinen Blick. »Ich glaube schon. Aber ich kann mir nicht vorstellen, daß ich in eines dieser Sexkinos gehen könnte.«

»Das brauchen Sie auch nicht. Ich könnte eine Vorführung für Sie arrangieren.«

»Das wäre vielleicht interessant. Wann könnten Sie das einrichten?«

»Wie wäre es mit gleich?« fragte er und bemerkte ihre verdutzte Miene, als sie sich schnell im Salon umsah. »Natürlich in einem anderen Zimmer.«

»Und die anderen?«

»Die werden uns nicht vermissen. Dieser Film läuft noch zweieinhalb Stunden. Bis dahin sind wir längst wieder hier.«

Keiner blickte auch nur auf, als sie den Raum verließen. Sie folgte ihm in den Gang und dann in sein Schlafzimmer. Er schloß die Tür hinter sich. »Hoffentlich macht es Ihnen nichts aus, ihn in meinem Schlafzimmer zu sehen?« fragte er mit einer beiläufigen Handbewegung.

»Keineswegs, aber ich sehe keine Leinwand.«

Er lachte und drückte auf einen Knopf an der Wand. Das Surren eines Motors ertönte, und von der Decke schwebte eine Plattform herunter, auf der ein nach vorn geneigter riesiger Fernsehapparat stand. »Ich habe die Filme auf Videokasetten übertragen lassen«, erklärte er. »Der einzige Nachteil ist, daß man sie vom Bett aus ansehen muß.«

»Gar so unbequem sieht das Bett ja nicht aus.«

»Ich muß eine Kassette einlegen«, sagte er.

Er wandte sich zur Tür, blieb aber stehen und zeigte auf den Nachttisch. »In der Dose sind Zigaretten aus feinstem kolumbianischem Marihuana; in dem rosa Glasfläschchen mit den goldenen Löffeln finden Sie das beste Kokain, das es in der Stadt gibt.«

»Herrlich«, lächelte sie. »Darf ich Sie dann bitten, eine Flasche kalten Weißwein mitzubringen? Drogen trocknen mich immer so aus.«

Als er zurückkam, lag sie nackt auf dem Bett und hielt eine Haschischzigarette vorsichtig zwischen den Fingern. Der Film lief bereits.

Schnell streifte er seine Sachen ab und setzte sich neben sie. Er griff nach der Kokainflasche und einem Löffel. »Wie wäre es mit einem Hit?« fragte er. »Das Zeug bringt einen enorm hoch.«

»Klingt gut.«

Er schnupfte eine kräftige Portion mit jedem Nasenloch, dann hielt er ihr den Löffel hin. Er konnte sehen, wie ihre Augen aufleuchteten, als die Droge wirkte. »Wie schmeckt es?« fragte er.

»Könnte nicht besser sein.« Sie griff nach ihm. »Du bist kräftig gebaut.«

»Das glaubte ich auch, bis ich das Männchen dort oben auf dem

Bildschirm sah. Der ist wirklich groß.«

Sie kicherte. »Ich kann es nicht glauben, der muß ein Monstrum sein.« Sie starrte gebannt auf den Bildschirm. »O nein!« rief sie aus. »Das Mädchen kriegt das nicht alles in den Mund. Da ist sicher ein Trick dabei!«

»Es ist kein Trick«, sagte er. »Seit dieser Film herauskam, hat sie ein Vermögen damit verdient, den Damen von Beverley Hills beizubringen, wie man das macht. Sie behauptet, es komme nur darauf an, wie man seine Kehle entspannt.«

Jordana beugte sich nieder, ihre Zunge berührte ihn zart. »Ich bin froh, wenn ich deinen zur Hälfte in den Mund kriege.«

Er lachte laut, und sie schaute ihn fragend an. »Weißt du«, sagte er, »als ich dich kennenlernte, dachte ich, du seist eine sehr konventionelle Dame.«

»Ich bin eine sehr konventionelle Dame.« Sie lächelte geziert. »Ich habe noch nie einen Fickfilm gesehen.« Dann neigte sie sich ganz auf ihn nieder.

»Schön«, sagte er und betrachtete sie, wobei er nach unten langte und auf den unsichtbaren Knopf unter der Bettkante drückte, der das Aufzeichnungsgerät in Gang setzte. Er sagte ihr nicht, daß er von sich nur gern Filme sah, die von einer versteckten Kamera auf diesem Bett aufgenommen wurden.

Nach einer Weile wurde es Jussef langweilig. Der Film schien kein Ende nehmen zu wollen. Er sah sich müßig im Salon um. Plötzlich war der Film vergessen. Jordana war fort. Und der Gastgeber gleichfalls. Jussef ärgerte sich über sich; er hatte sie nicht weggehen sehen.

Er erhob sich, Vincent sah ihn an. »Ich muß mal raus«, erklärte Jussef flüsternd, verließ auf Zehenspitzen den Raum und stand im Gang.

Es war ein großes Haus. Sie mochte in jedem von einem halben Dutzend Zimmern sein. Er suchte sie im Arbeitszimmer, Speisezimmer, Frühstücksraum, Patio, konnte sie aber nicht finden.

Ärgerlich ging er ins Badezimmer und wusch sich Gesicht und Hände mit kaltem Wasser. Wie dumm von ihm! Er hätte wissen müssen, daß sie mit dem Gastgeber verschwinden würde. Er war groß, gutaussehend und vor allem ein Filmstar; etwas ganz anderes als die Gigolos, die sie an der Côte d'Azur fand.

Er kam aus dem Badezimmer und ging durch die Halle zum Salon. Da hörte er das Surren einer Maschinerie hinter einer der geschlossenen Türen. Er blieb stehen. Es konnte die Klimaanlage sein; die Amerikaner hatten die Gewohnheit, solche Einrichtungen in Wandschränke einzubauen. Dann hörte er jedoch ein leises Geräusch, das wie Stimmen aus einem Lautsprecher klang. Er griff nach dem Türknopf. Die Tür ließ sich nicht öffnen. Sie war abgeschlossen.

Er sah sich schnell um, um sich zu vergewissern, daß der Korridor leer war. Jusef hatte allerhand Tricks gelernt, auch den, wie man Plastikkreditkarten als Dietrich verwendet.

Die Tür des Wandschranks war schnell geöffnet, und er starrte verwundert auf den kleinen Monitor eines Videobandaufnahmegeräts. Der Ton war gedämpft, aber das Bild farbig und sehr scharf. Jordana lag nackt auf dem Rücken und schien direkt in die Kamera zu starren, ihre Beine preßten sich eng um die Taille eines Mannes, der auf ihr saß wie ein Zureiter. Das leise Echo ihres Stöhnens ertönte im Lautsprecher, als der Höhepunkt erreicht war. Dann wälzte er sich langsam auf die Seite und wandte sich lächelnd Jordana zu, während seine Hand den Knopf unter dem Bettrand suchte. Jussef hatte gerade noch Zeit, das Gesicht des Gastgebers zu erkennen, dann wurde der Schirm schwarz.

Einen Moment lang stand er wie erstarrt, dann handelte er schnell. Er kannte den Apparat. Baydar hatte den gleichen auf seinem Boot eingebaut, aber nur das Vorführ-, nicht das Aufnahmegerät. Jussef drückte auf den Knopf, der die Kassette freigab, und nahm sie aus dem Apparat. Er schob sie unter seine Jacke und trat auf den Gang. Er schloß die Tür und hörte, wie das Schloß einschnappte.

Dann ging er durch die Halle zum Vorraum. Ein Diener erhob sich aus dem Stuhl beim Eingang und öffnete die Tür, als Jussef herankam.

»Geht der Herr schon?« fragte er.

»Nein, ich möchte nur ein wenig frische Luft schöpfen.«

»Sehr wohl, Sir«, sagte der Diener und schloß die Tür hinter ihm.

Jussef ging zu seinem Wagen. Der Chauffeur stieg aus. »Ist meine Aktenmappe noch im Kofferraum?« fragte Jussef.

»Ja, Sir.« Der Chauffeur öffnete den Kofferraum, nahm die Aktentasche heraus und reichte sie Jussef. Jussef legte schnell die Kassette hinein und schloß die Tasche ab. Er gab sie dem Chauffeur. »Erinnern Sie mich daran, daß ich sie mitnehme, wenn wir ins Hotel zurückfahren.«

»Bitte sehr, Sir.«

Jussef sah zu, wie der Mann die Tasche wieder in den Kofferraum legte, dann ging er zurück ins Haus. Er spürte, wie sein Herz klopfte. Das war sogar mehr, als er geplant, mehr, als er erhofft hatte. Jetzt war es nur noch eine Frage des Entschlusses, wann er den Film verwenden sollte.

Er ließ sich in den Stuhl neben Vincent sinken und blickte auf die

Leinwand. Vincent wandte sich ihm zu und flüsterte: »Rick war ein phantastischer Moses, finden Sie nicht?«

»Ja«, antwortete Jussef. »Wieso wußten Sie, daß er die Rolle so gut spielen würde?«

Vincent lächelte. »Da konnte ich nicht fehlgehen«, erklärte er. »Sullivan änderte seinen Namen, als er zum Film kam; vorher hieß er Solomon.«

Jussef starrte auf die Großaufnahme von Moses, die die ganze Leinwand ausfüllte. Natürlich. Wieso hatte er das nicht schon vorher erkannt? Der Mann hatte das Gesicht eines Juden.

Es gab ein Geräusch hinten im Salon. Jordana und Rick waren wieder da. Jussef beobachtete sie aus dem Augenwinkel, wie sie zur Bar gingen und sich dort setzten. Er sah, wie Rick einen Blick über die Schulter warf und etwas zu ihr sagte. Sie lachte und griff nach dem frischen Glas Wein, das der Barmann vor sie hingestellt hatte.

Jussef spürte eine Welle des Hasses. »Lach nur, du Luder!« dachte er grimmig. »So ist's recht, lach, du judenfickendes Dreckstück!«

Nun wußte er genau, was er mit den Bändern tun würde. Baydar würde ihm ewig dankbar dafür sein, daß er seinen Namen schützte und die Tatsache vor der Welt verheimlichte, daß seine Frau ihn mit einem Juden betrogen hatte.

16

Leila schaute durch den Raum zu ihrer Mutter hinüber. »Ich habe es dir schon oft gesagt, Mutter. Hamid ist nur ein Freund von mir, sonst nichts. Nichts Ernstes. Ich beabsichtigte nicht, ihn zu heiraten. Er ist nur ein Freund.«

Maryam seufzte schwer. »Ich weiß nicht, was mit dir los ist. Er ist nur ein gewöhnlicher Syrer, nicht einmal aus guter Familie. Ich kann mir nicht vorstellen, was du in ihm siehst.«

Leila zündete eine Zigarette an. »Ich brauche jemanden, mit dem ich reden kann.«

»Es gibt viele nette Jungen, mit denen du reden kannst. Mein Vater sagt, der Industrielle Fawaz habe sich an ihn gewandt. Sein Sohn ist im heiratsfähigen Alter, und sie interessieren sich für dich.«

»Wer?« fragte Leila sarkastisch. »Fawaz oder sein Sohn?«

»Sei nicht respektlos! Großvater will nur das Beste für dich.«

»Wie er es auch für dich wollte?« fragte Leila anzüglich.

»Das war nicht seine Schuld«, wehrte Maryam ab. »Damals wußte keiner von uns, wie dein Vater war. Wir handelten völlig korrekt. Niemand kann mit dem Finger auf uns zeigen.«

»Ich sehe aber auch keinen, der mit dem Finger auf meinen Vater zeigt«, höhnte Leila. »Offensichtlich kümmert sich niemand darum, was man tut, wenn man nur genug Geld hat.«

Maryam schüttelte erbittert den Kopf. »Es ist so, wie ich immer sagte, du schlägst mehr deinem Vater nach als mir. Du siehst die Dinge nur so, wie du sie sehen willst. Ich hätte dich nicht in die Schweiz zur Schule schicken sollen. Dort hat man dich nur gelehrt, wie du deiner Mutter widersprechen kannst. Deine Schwester benimmt sich nicht so.«

»Meine Schwester ist dumm!« brauste Leila auf. »Die kümmert sich nur um ihr Heim und ihre Kinder und um ihre Probleme mit den Dienstboten.«

»Das ist auch alles, worum sich eine Frau zu kümmern hat«, sagte Maryam. »Was gibt es sonst noch?«

Leila wies zum Fenster. »Dort draußen liegt eine ganze Welt, Mutter. Siehst du das denn nicht? Zu viele Jahre lang wurden wir unterdrückt, wurde unser Volk lächerlich gemacht und versklavt. Unsere Brüder jammern unter dem Joch der Juden in Palästina. Und du fragst, was es sonst gibt!«

»Das sind Probleme, welche Männer lösen müssen«, meinte Maryam. »Wir sollten uns um unsere eigenen Angelegenheiten kümmern.«

»Es hat keinen Sinn«, sagte Leila und ging zur Tür. »Ich gehe aus.«

»Wohin? Triffst du wieder mit diesem Hamid zusammen?«

»Nein. Nur aus. Sonst nichts.«

»Warum dann so eilig? Wir essen gleich zu Abend.«

»Ich hab keinen Hunger. Warte nicht auf mich.«

Maryam sah zu, wie sich die Tür hinter ihrer Tochter schloß. Wenige Minuten später hörte sie den Wagen vor dem Haus davonfahren. Sie erhob sich, ging zum Fenster und sah gerade noch, wie das Mercedeskabriolett in die Straße einbog.

Leila war wie ihr Vater. Es gab niemanden, der sie beeinflussen konnte. Sie dachte an den Tag im vorigen Monat, als sie mit ihrem syrischen Freund Hamid am Eingang aufgetaucht war. Sie wirkte so abgerissen und schmutzig, daß die Dienerin, die neu im Hause war, sie nicht einlassen wollte. Schließlich hatte sie wiederwillig ihre Herrin gerufen.

Maryam war entsetzt über das Aussehen ihrer Tochter. Ihre Haut war dunkel und ledern, als hätte sie ganze Tage in der Wüstensonne zugebracht, und ihr Körper hatte keine Rundungen mehr. Sie war so mager und flach wie ein Junge.

»Was ist geschehen?« rief Maryam.

»Nichts, Mutter«, antwortete Leila ruhig.

»Aber sieh dich doch an, du bist ja ganz zerlumpt! Du siehst aus, als hättest du monatelang nicht gebadet.«

»Mit mir ist alles in Ordnung, Mutter«, antwortete Leila bockig.

»Woher kommst du? Ich dachte, du seist noch in der Schule.«

»Wir sind per Anhalter gekommen«, antwortete Leila.

»Weshalb? Du hättest doch nur telefonieren brauchen. Wir hätten dir eine Flugkarte geschickt.«

»Wenn ich eine gewollt hätte, hätte ich angerufen. Ich wollte es so.«

Jetzt erst bemerkte Maryam Hamid, der auf der Schwelle stand. Sie schaute ihn an und dann ihre Tochter.

»Das ist mein Freund Hamid«, stellte Leila vor.

Hamid machte einen Schritt vorwärts und berührte mit seinem Finger die Stirn. *»Tascharrafna.«*

»Hasalli scharaf«, antwortete Maryam automatisch; die übrigen Worte des Willkommensgrußes fügte sie nicht hinzu.

»Ich traf Hamid unterwegs«, erklärte Leila. »Er ist auf der Heimreise nach Damaskus.«

Maryam sagte nichts.

»Er war sehr nett zu mir«, fuhr Leila fort. »Ohne ihn hätte ich ziemliche Unannehmlichkeiten haben können.«

Maryam wandte sich an den Syrer.»Kommen Sie herein«, sagte sie. »Willkommen in unserem Hause!«

Er verneigte sich wieder. »Danke, Madame, aber ich habe Freunde, bei denen ich wohnen kann.«

Sie erhob keinen Einwand. Er schien ihr doch zu grob und gewöhnlich. Aber das waren fast alle Syrer.

»Ich bin froh, daß du zu Hause bist«, sagte er zu Leila. »Ich muß jetzt gehen.«

Leila gab ihm die Hand. »Du meldest dich bei mir, bevor du Beirut verläßt, ja?«

Er nickte, und sie schüttelten sich die Hände. Trotz ihres förmlichen Benehmens spürte Maryam die Vertrautheit, die zwischen den beiden bestand. »Ich werde dich anrufen«, sagte er.

Das war jedoch schon einen Monat her, und er hatte Beirut noch immer nicht verlassen. Was er tat, wußte Maryam nicht. Aber sie wußte, daß er und Leila sich fast täglich im *Hotel Phoenicia* trafen. Das hatten ihr Freunde erzählt, die die beiden dort bei einem Cola im Café gesehen hatten.

Leila parkte den Wagen auf der Straße und betrat das Café durch den äußeren Eingang. Sie ging nicht gern durch die überladene Halle, die mit amerikanischen und europäischen Touristen überfüllt war. Er saß allein an seinem gewohnten Tisch beim Fenster, vor sich das übliche Glas Coca-Cola mit der Zitronenscheibe. Er schaute hoch, als sie ihm gegenüber Platz nahm. Die Kellnerin brachte ihr wortlos eine Cola.

Er wartete, bis die Kellnerin weg war. »Ich fahre morgen.«

Sie sah ihn ausdruckslos an. »Nach Hause?« fragte sie.

»Warum nicht?« sagte er. »Hier ist nichts los. Mein Vetter hat mir geschrieben. Ich kann in der Armee einen Sergeantenjob mit Freizeit und Prämien bekommen. Sie suchen erfahrene Frontkämpfer.«

»Ich verstehe das nicht«, sagte sie. »Jetzt bin ich schon einen Monat hier und habe noch kein Wort gehört.«

Er zuckte die Achseln.

»Vielleicht glauben sie, ich sei zusammen mit all den anderen getötet worden.«

»Sie wissen, daß du hier bist. Ich habe es ihnen gesagt, als ich dort war, um meinen letzten Sold zu kassieren.«

»Warum rufen sie mich dann nicht? Ich werde noch verrückt bei dieser Warterei. Meine Mutter hackt dauernd auf mir herum.«

»Sie haben andere Sorgen. Man erzählt sich, Al-Iquah wollte von deinem Vater, daß er ihre Auslandsinvestitionen verwaltet.«

»Ich weiß. Er hat abgelehnt, als ich noch in Frankreich war.« Sie schlürfte ihr Getränk durch den Strohhalm. »Sie sind verrückt. Mein Vater rührt keinen Finger für einen anderen!«

»Sie werden sich wieder an ihn wenden. Anscheinend halten sie ihn für einflußreich.«

»Ich wünsche ihnen viel Glück. Es gibt nur eine Methode, ihn dazu zu bringen, ihnen zu helfen: ein vorgehaltenes Gewehr.«

»Wie kommst du denn darauf?«

»Ich kenne meinen Vater. Er glaubt immer, daß Geld alles heilt.«

»Jedenfalls fahre ich morgen. Der Posten beim Militär ist besser als gar nichts.«

»Vielleicht sollte ich hingehen und mit ihnen reden. Ich habe doch diese ganze Ausbildung nicht gemacht, um hier bei meiner Mutter herumzusitzen.«

»Tu das nicht«, sagte er schnell. »Du hast Befehl erhalten, zu warten, bis man sich an dich wendet.«

Sie schaute ihn an. »Mußt du wirklich gehen?«

»Ich muß was tun. Mein Geld ist schon fast alle.«

»Ich habe Geld.«

»Nein, danke.«

Sie schwieg eine Weile und starrte in ihr Glas, dann sah sie ihn an. »Ich hatte gehofft, sie würden uns zusammen zu einem Auftrag schicken.«

»Dafür bin ich nicht der Richtige«, sagte er. »Für Aufträge nehmen sie lieber Studenten. Die fallen bei den Leuten weniger auf.«

»Du bist doch nicht so alt. Man könnte dich immer noch für einen Studenten halten«, sagte sie schnell.

»Möglich«, lachte er, »im Dunkeln.«

»Wenn du wieder in die syrische Armee eintrittst, lassen die dich nie wieder raus.«

»Vielleicht will ich das gar nicht. Nach dem, wie bei uns gerüstet wird und wie Ägypten sich vorbereitet, besteht Aussicht, daß etwas geschehen wird. Und wenn es Krieg gibt, kann ich Offizier werden.«

»Willst du das denn?«

»Nein.«

»Was willst du denn?«

»Einfach viel Geld verdienen«, er lächelte, »wie dein Vater.«

»Sprich nicht dauernd von ihm!« fauchte sie, plötzlich wütend. »Ich kann hinkommen, wo ich will, überall heißt es, mein Vater dies, mein Vater jenes. Sogar meine Mutter redet dauernd von ihm.«

»Hast du die heutige Zeitung gelesen?«

»Nein.«

»Das solltest du aber tun. Vielleicht wüßtest du dann, warum man von deinem Vater spricht.«

»Was hat er getan?«

»Er hat gerade den größten Tankervertrag abgeschlossen, der je mit Japan zustandekam. Er hat zehn Schiffe gekauft, und man baut ihm noch weitere zwanzig dazu. Alles Supertanker. Die größte Schifffahrtslinie der Welt wird in arabischem Besitz sein.«

»Gelobt sei Allah«, sagte sie sarkastisch. »Um wieviel macht ihn das reicher?«

»Er tut wenigstens etwas. Es gibt keinen Grund, warum die Griechen und all die anderen das Monopol auf die Verschiffung aus unseren Häfen haben sollte.«

»Und wie hilft das den Palästinensern?« fragte sie.

Er schwieg.

»Entschuldige«, sagte sie sofort. «Ich wollte nicht mit dir streiten. Das Herumsitzen fällt mir nur auf die Nerven.«

»Ist schon recht.«

Sie blickte ihn an. »Möchtest du, daß ich mit dir in dein Zimmer komme?«

»Okay«, lächelte er. »Aber bist du einverstanden, daß wir vorher in ein Kino gehen? Die Filme, die in Damaskus laufen, sind mindestens zehn Jahre alt.«

Baydar spürte, wie ihm der warme Sake in den Kopf stieg, als er das Täßchen hinstellte. Kaum stand es auf dem Tisch, wurde es von der hinter ihm knienden Geisha schon wieder gefüllt. Baydar war Trinken nicht gewohnt; gelegentlich ein Glas Champagner, aber nicht mehr. Und obwohl er nur ein paar Täßchen getrunken hatte, spürte er sie.

»Genug«, sagte er und versuchte aufzustehen, wobei ihm leicht schwindlig wurde. Die Geisha kam ihm zu Hilfe als er die Hand ausstreckte. Er lächelte ihr zu. »Schlafen«, sagte er.

Sie sah ihn verständnislos an.

»Schlafen«, wiederholte er, legte seine Handflächen aneinander, hielt sie an seine Wange und schloß die Augen.

»Hai! Hai! Schlafen.«

Er nickte.

Mit dem einen Arm stützte sie ihn unter dem Ellbogen, mit dem anderen schob sie die Zwischenwand beiseite, welche die Zimmer trennte. Sie führte ihn ins Schlafzimmer und schloß die Wand hinter sich. Das Bett war sehr niedrig, und er wäre fast gefallen, als er sich darauf setzte. Das erschien ihm sehr komisch, und er lachte. Sie lachte mit ihm.

»Fast wäre ich umgefallen.«

»Hai, Hai«, sagte sie und zog die Schärpe auf, die sein Gewand zusammenhielt. Sie nahm es ihm sanft von den Schultern, und er ließ sich auf das Bett zurückfallen, während sie ihn weiter auszog.

»Müde«, murmelte er in das Kissen und rollte sich auf den Bauch. Er hörte wie aus großer Entfernung das Rascheln ihres Kimonos und roch das zarte Parfüm von Talkpuder, das sich wie eine sanfte Wolke auf seine Haut legte.

Ihre Hände fühlten sich an wie Federn, als sie sachte seinen Rücken streichelte und mit den Fingern die Wirbelsäule entlangstrich. Dann begann sie, ihn mit leicht gewärmtem Öl zu kneten. Er seufzte zufrieden.

Ihre Hände glitten über seinen Rücken nach unten, umfaßten seine Hinterbacken und streichelten sie. Dann schob sie sie auseinander und führte vorsichtig einen Finger ein. Sie fand seine Prostata und massierte sie mit einer kreisenden Bewegung.

Schon beinahe schlafend, spürte er, wie sein Penis steif wurde, und wälzte sich auf die Seite. Mit zarter, jedoch fester Hand hielt sie ihn so, daß er sich nicht bewegen konnte. Ihre andere, mit warmem Öl befeuchtete Hand begann seinen pulsenden Phallus zu streicheln.

Er versuchte sich ihrer Bewegung anzupassen, doch es gelang ihm nicht. Da merkte er, daß nicht eine, sondern zwei Geishas im Zimmer waren. Die zweite kam zur anderen Bettseite und kniete sich hin. Jetzt waren es nicht mehr zwei, sondern vier Hände.

Es gab keine Stelle an ihm, die nicht berührt und gestreichelt wurde. Der Druck auf seine Prostata und seine Hoden, die zunehmende Geschwindigkeit der sich bewegenden Hand an seinem Penis übermannten ihn. Er krampfte sich zusammen. Die Erregung wurde fast unerträglich, er stöhnte und öffnete die Augen.

Die kleine Japanerin in ihrem Kimono lächelte ihn lieblich an. Dann öffnete sie den Mund und umschloß zart das Ende seines Glieds. Die Explosion kam, und einen Augenblick fühlte er sich dem Tode nah, als der Samen wie eine Springquelle aus ihm hervorbrach. Eine Explosion folgte der anderen, bis er völlig entleert war und nur noch eine milde, angenehme Leere übrigblieb.

Er beobachtete die kleine Geisha, die sich erhob und lautlos davonglitt. Andere Hände zogen die weichen Leintücher um ihn zurecht. Er schloß die Augen und verfiel in traumlosen Schaf.

Als er erwachte, schien es ihm, als habe er nur wenige Minuten geschlafen. Aber es war heller Tag, und Dschabir stand vor seinem Bett.

»Entschuldigt die Störung, Herr«, sagte er, »aber dieses Telegramm ist soeben angekommen, und Mr. Carriage sagte, es sei höchst wichtig.«

Er setzte sich langsam auf und griff nach dem gelben Blatt. Die Nachricht klang einfach, war aber in ihrer echten Bedeutung nur für ihn und den Fürsten verständlich:

DAS DATUM FÜR DIE INVESTITUR DEINES SOHNES ALS MEIN ERBE IST FESTGESETZT STOP BITTE KOMM SOFORT ZURÜCK ZWECKS FESTLEGUNG ALLER VORBEREITUNGEN FÜRST FEIJAD

Er war sofort hellwach. Er wußte, daß es mit seinem Sohn nichts zu tun hatte: sie hatten vor langer Zeit schon besprochen, was diese Nachricht bedeuten würde.

Krieg. Krieg mit Israel. Der Augenblick, sich für die Niederlage des Jahres 1967 zu rächen, stand kurz bevor. So dachten sie jedenfalls. Traurigkeit übermannte ihn.

Es war zu früh. Viel zu früh. Vielleicht würden sie anfänglich einen kleinen Sieg erringen, aber die Israelis waren ihnen an Erfahrung weit voraus. Wenn der Krieg länger als eine Woche dauerte, mußte er eine neue Niederlage für die Araber bringen.

Darüber war sogar der Fürst mit ihm einig. Aber es mußte eine Menge getan werden. Wenn die Welt glaubte, daß sie untereinander einig waren, konnte vielleicht mehr als ein kleiner Sieg errungen werden. Nicht auf dem Schlachtfeld, wo die Männer starben, sondern in den Banken und den Börsensälen, wo sie lebten.

Intermezzo: Oktober 1973

Der staubige Volkswagen, dessen gelblicher Lack durch Jahre im Wüstensand und -wind blatternarbig geworden war, hielt hustend und spuckend wenige Meter vor dem Eingang zum Parkplatz. Die Wachtposten betrachteten neugierig einen alten Mann in ebenso staubiger Beduinenkleidung, der ausstieg und zur Rückseite des Wagens ging. Er öffnete die Motorhaube und starrte verdrossen auf den Motor.

Einer der Posten kam heran. »Was ist los, Alter?«

»Wenn ich das wüßte! Auch ein Kamel braucht mitunter Wasser. Aber dieses Geschöpf – ich sage dir, es ist etwas Abscheuliches an einem Geschöpf, das nie Waser braucht. Wäre es ein Kamel, dann wüßte ich, was zu tun wäre.«

Der junge Soldat lachte. »Was würdest du tun, wenn es ein Kamel wäre?«

»Ich würde ihm Wasser geben. Und wenn das nicht nützte, einen Tritt in den Arsch.«

»Warum versuchst du das nicht?« schlug der Soldat vor.

»Hab ich schon, aber es nützt nichts. Nichts nützt.«

Der Soldat ließ den Alten weiter auf den Motor starren und warf einen Blick ins Wageninnere. Das war so altersschwach wie das Äußere. Die Polsterung war zerfetzt, das Armaturenbrett von einer Staubschicht verkrustet. Der Soldat langte ins Innere und wischte den Schmutz von der Benzinuhr, dann richtete er sich auf und wandte sich an den Alten. »Der Benzintank ist leer.«

»Das verstehe ich nicht. Das ist noch nie passiert.«

»Aber jetzt ist es passiert«, sagte der Soldat ein wenig von oben herab.

Der Alte zuckte die Achseln. »Na schön, ich bin froh, daß es nichts Ernstes ist. Ich hatte schon Angst, das arme Ding sei gestorben.« Er ging zum Eingang. »Schieb es auf die Seite«, rief er über die Schulter zurück. »Ich werde jemand schicken, der den Tank auffüllt.«

»Einen Augenblick, Alter!« Der Wachtposten pflanzt sich vor ihm auf. »Ohne Passierschein kannst du da nicht rein. Das ist Sperrgebiet.«

»Ich habe einen Passierschein«, entgegnete der alte Mann und streckte die Hand aus. Die Plastikkarte reflektierte den Sonnenschein wie ein Spiegel.

Der Soldat nahm die Karte, schaute sie an und stand sofort stramm. »Bitte um Entschuldigung, Herr General«, sagte er und salutierte.

Ben Esra erwiderte den Gruß. »Ist gut, Soldat. Rühren!«

Der junge Mann stand bequem. »Kennen Sie den Weg, Sir?« fragte er respektvoll.

»Ich kenne den Weg«, lächelte Ben Esra und streckte die Hand aus. »Kann ich die Karte wiederhaben?«

»Ja, Sir«, sagte der Wachtposten schnell. »Und machen Sie sich keine Sorge um Ihren Wagen, Sir. Wir kümmern uns darum.«

Der General lächelte. »Danke.« Er drehte sich um und entfernte sich, wobei seine Beduinenkleidung flatterte.

»Wer war das?« fragte der andere Soldat neugierig.

Der erste sagte leise und ehrfürchtig: »General Ben Esra.«

»Der Löwe der Wüste?« Die Stimme des zweiten Soldaten klang überrascht; er blickte dem alten Mann nach. »Ich dachte, der sei schon tot.«

»Das ist er nicht«, sagte der erste Soldat. »Komm, hilf mir mit dem Wagen des Generals.«

Im Sitzungszimmer saßen nur fünf Männer um den Tisch: die drei Amerikaner, die bei der ersten Besprechung dabeigewesen waren, Ben Esra und General Eschnew.

»Es tut mir leid, meine Herren, daß wir nur so wenige sind«, entschuldigte sich Eschnew, »aber alle anderen kämpfen an der Front.«

»Sie brauchen sich nicht zu entschuldigen«, sagte Weygrin, »wir verstehen das.« Er lächelte. »Übrigens, ich gratuliere Ihnen: Ihre Jungs haben mit der Abriegelung der ägyptischen Dritten Armee gute Arbeit geleistet.«

Eschnew nickte grimmig. »Sie nehmen da etwas vorweg. Wir sind noch gar nicht so sicher.«

»Sie haben sie in der Tasche«, meinte der amerikanische Oberst zuversichtlich.

»Wir brauchen aber trotzdem Hilfe«, sagte Eschnew. »Viel Hilfe. Wir mußten einen hohen Preis dafür bezahlen, daß wir uns überraschen ließen.«

»Keiner konnte damit rechnen, daß sie am Jom Kippur angreifen würden«, versuchte Harris zu trösten.

Ben Esra sagte sachlich: »Ich rechnete damit und sagte es bei unserer letzten Zusammenkunft sehr deutlich.«

»Das war nur eine Vermutung«, verteidigte sich Harris.

»Alles ist Vermutung«, erwiderte Ben Esra ruhig. »Aber auch wenn es das nicht gewesen wäre, hättet ihr nichts dagegen unternommen, oder?«

Harris antwortete nicht.

»Sagen Sie«, fragte der General in vertraulichem Ton, »haben Sie eigentlich Ihrem Chef davon berichtet?«

Harris nickte. »Natürlich.«

Ben Esra blickte ihn an und schüttelte traurig den Kopf. »Diese ganze Tragödie hätte vermieden werden können.«

»Ich sehe nicht recht, wie«, meinte Harris.

»Wir hätten das Gleiche tun sollen wie das letztemal. Dann wäre der Krieg jetzt schon vorbei.«

»Und die Weltmeinung wäre gegen euch«, sagte Harris.

»Was nützt uns die Weltmeinung?« gab Ben Esra zurück. »Ich sehe keine Armeen, die uns zu Hilfe kommen.«

»Das alles ist jetzt müßig«, warf Eschnew schnell ein, »und nicht der Zweck unserer Besprechung. Wir sind hier, um Ihre Einschätzung der jetzigen Lage zu hören.«

»Damit ihr sie ebenso ignorieren könnt wie das letztemal«, sagte Ben Esra sarkastisch. Er sah Eschnews gekränkten Blick und bereute sofort seine Bemerkung. »Entschuldigen Sie, mein Freund«, fuhr er in sanfterem Ton fort. »Ich vergaß, daß Sie noch frustrierter sein müssen als ich.«

Eschnew antwortet nicht.

Ben Esra warf den Amerikanern über den Tisch einen Blick zu. »Man ist einsam, wenn man alt wird«, erklärte er.

Allgemeines Schweigen herrschte um den Tisch.

»Würden die Herren mir freundlicherweise eine Frage beantworten?« fuhr er fort. »Sagen Sie mir, warum sind Sie zu dieser Besprechung gekommen? Es muß Ihnen doch ebenso klar sein wie mir, daß dabei nichts herauskommen, nichts geändert, nichts getan werden wird.«

»Das ist nicht wahr, General«, protestierte Oberst Weygrin sofort.

»Wir haben größte Hochachtung für Ihre Ansichten und Ideen.«

Ben Esra lächelte. »Und ich für die Ihren. Wenn ich sie nur verstünde. Mir ist immer noch nicht klar, ob Sie uns lieben oder hassen.«

Wieder versuchte Eschnew, die Besprechung zurück zum Thema zu bringen. »Haben Sie die Akte über Al Fay bekommen?«

»Ja.« Ben Esra nickte.

»Welche Schlüsse ziehen Sie daraus?«

»Wenn die Araber klug wären, würden sie ihre Armeen entlassen, noch drei Männer wie ihn suchen und die Welt ohne einen Schuß erobern.«

»Wie wäre das möglich?« fragte Harris.

Ben Esra gestattete sich ein Lächeln. »Ganz einfach. Sie würden die Welt kaufen.«

Keiner lachte.

»Der Krieg ist bereits verloren, das wissen Sie ja«, konstatierte der alte Mann.

»Wie meinen Sie das?« fragte Weygrin. »Er ist noch nicht vorbei. Die Israelis sind auf dem Vormarsch ins Innere Ägyptens und von Syrien. Sadat redet schon von Frieden. Er weiß, wann er verloren hat.«

»Er weiß, wann er gesiegt hat«, sagte Ben Esra trocken. »Er wollte den Stolz der Araber wiederherstellen. Das hat er geschafft. Die arabischen Soldaten haben tapfer gekämpft. Ihre Ehre ist wiederhergestellt. Das war sein Ziel.« Er griff in seinen Mantel und nahm ein Blatt Papier aus der Tasche. »Wir können diesen Krieg noch immer gewinnen, aber es hängt davon ab, wieviel Zeit Sie uns lassen.«

»Das verstehe ich nicht ganz«, sagte Harris.

»Wir brauchen noch zwei Wochen«, erklärte Ben Esra. »Ägypten ist nicht mehr wichtig. Wir müssen Kairo beiseite lassen, Libyen auf der einen Seite besetzen und Syrien erobern. Wenn wir das tun, brechen wir der angedrohten Ölblockade das Rückgrat; tun wir es nicht, dann ist es nur eine Frage der Zeit, bis wir isoliert sein werden.«

»Was haben wir mit der Zeit zu schaffen?« fragte Harris. »Rußland setzt uns bereits wegen eines Waffenstillstands unter Druck.«

Ben Esra sah ihn an. »So dumm könnt ihr doch nicht sein!« Er schüttelte traurig den Kopf. »Wo waren die Russen, als die Araber siegten? Haben sie etwa versucht, uns durch ein Verlangen nach Waffenstillstand zu schützen? Nein. Sie schwiegen, bis das Schlachtenglück sich gewendet hatte. Jetzt verlangen sie einen Waffenstillstand, um ihre Gewinne zu schützen.«

Harris antwortete nicht.

»Die Araber haben eine bessere Waffe eingesetzt, als sie je

erträumt hatten – ein Ölembargo. Das kann die westliche Welt schneller zum Stillstand bringen als eine Atombombe.

Wenn wir das Öl Libyens und die syrischen Pipelines haben, bricht das Embargo zusammen. Nötigenfalls könnten wir die ganze Welt beliefern. Der Iran steht bereits entschieden im westlichen Lager, Jordanien würde schnell herüberwechseln, und die Drohung existierte nicht mehr.

Tun wir es aber nicht, bricht wahrscheinlich die gesamte Weltwirtschaft rund um uns zusammen. Die Araber werden die Welt entzweien. Frankreich wird sofort versuchen, abzuspringen und die europäische Gemeinschaft zu sprengen. Japan wird gezwungen sein mitzuhalten, weil es achtzig Prozent seines Öls von den Arabern bezieht. Nach und nach werden die Araber die Länder der Welt gegen uns aufhetzen. Und man könnte es ihnen nicht einmal vorwerfen, denn für sie ist ihr Überleben ebenso wichtig wie das unsere für uns.«

»Ich glaube, diese Diskussion sprengt den Rahmen unseres Zusammentreffens«, unterbrach Harris, »und sollte auf höherer Ebene behandelt werden. Uns interessiert im Augenblick am meisten, was wir über Al Fay sagen können.«

Ben Esra blickte ihn an. »Da können wir gar nichts anderes tun als beten, daß er dem Druck von links weiter widersteht und sich möglichst an einen mittleren Kurs hält. Er ist ganz bestimmt nicht daran interessiert, seinen Reichtum und seine Macht mit den Massen zu teilen – ebensowenig wie jeder andere der reichen Scheichs. Aber sie wandern auf einem schmalen Grat. Wie lange sie das noch können, läßt sich nur vermuten.« Er wandte sich an Eschnew. »Haben Sie seit Kriegsbeginn noch andere Informationen über ihn erhalten?«

»Sehr wenig«, antwortete Eschnew. »Die Verbindungen waren schwierig. Al Fay wurde kurz vor Beginn des Konflikts nach Hause gerufen, wo er seither geblieben ist.«

»Glauben Sie, daß er irgendwelchen Einfluß auf die Ölpolitik haben wird?« fragte Harris.

»Anfangs sehr wenig«, meinte Eschnew. »Später vielleicht mehr, sobald ihnen aufgeht, daß eine Krise oder ein Zusammenbruch der Weltwirtschaft auch zum Verlust ihrer eigenen Investitionen führen wird. Ich glaube, Al Fay und sein Fürst Feijad haben das ziemlich klar erkannt, und da Al Fay eine unpolitische Stellung innehatte, ist seine Position für freie Verhandlungen mit beiden Seiten denkbar günstig.«

»Wo ist seine Familie?« fragte Ben Esra.

»Seine Frau und die Söhne sind noch in Beirut«, antwortete Eschnew. »Seine erste Frau und die Tochter ebenfalls.«

»Die Tochter, die in der Schweiz auf der Schule war?« fragte der Alte neugierig.

»Ja«, sagte Eschnew.

»Nicht mehr.« Der CIA-Agent sprach zum erstenmal. »Die jüngere Tochter, Leila, ist vor drei Tagen nach Rom geflogen. Zusammen mit einem zweiten Mädchen und einem jungen Mann.«

Eschnew wunderte sich. »Wie haben Sie das erfahren?«

»Durch den jungen Mann«, antwortete Smith. »Wir beobachteten ihn schon lange. Er war an Rauschgiftschmuggel in Vietnam beteiligt und kam vor einiger Zeit in den Mittleren Osten.« Er nahm sich eine Zigarette. »Er gehörte früher der Mafia an, begann aber in letzter Zeit, für Ali Jasfir zu arbeiten.«

»Welcher Zusammenhang besteht zwischen ihm und Al Fays Tochter?« fragte der Alte.

»Das überprüfen wir gerade«, erklärte Smith. »Einige Informationen habe ich bereits. Sie verließ im letzten Frühjahr plötzlich die Schule und machte ein Guerillatraining durch. Danach verbrachte sie aus irgendwelchen Gründen den Sommer zu Hause. Dort setzte sich dieser Mann mit ihr in Verbindung, und eine Woche später flog sie nach Rom.«

»Ist unser Geheimdienst darüber informiert?« fragte Eschnew.

»Ja. Ich gab die Informationen noch am selben Tag weiter.«

»Sind die drei noch in Rom?« fragte Eschnew.

»Das weiß ich nicht«, antwortete Smith. »Sie trennten sich auf dem Flughafen. Die Mädchen nahmen sich ein Taxi und der junge Mann auch. Unser Agent konnte nur einem der Wagen folgen. Er hielt sich an den jungen Mann.«

»Ist dieser Mann noch in Rom?« fragte Eschnew weiter.

»Ja. Im Leichenschauhaus. Er wurde zwei Stunden nach seiner Ankunft getötet. Die Polizei meint, es handelte sich um einen Bandenmord. Das war es wahrscheinlich auch. Die Mafia liebt es nicht, einen ihrer Soldaten an die Konkurrenz zu verlieren.«

»Wir sollten das Mädchen ausfindig machen«, warf der Alte ein.

»Ich werde meine Leute darauf ansetzen«, versprach Eschnew und erhob sich. »Ich glaube, das wär's, meine Herren. Es sei denn, Sie haben noch etwas zu besprechen.«

Die Amerikaner wechselten Blicke. Dann erhoben sie sich und schüttelten ringsum verabschiedend die Hände. Dabei benahmen sich Oberst Weygrin und Harris dem Alten gegenüber sehr förmlich, Smith jedoch verzog sein Gesicht zu einer Art Lächeln, als er zu Ben Esra aufsah. »Wissen Sie, General«, sagte er im näselnden Tonfall des amerikanischen mittleren Westens, »Sie haben völlig recht. Ich wünschte nur, mehr unserer Leute würden auf Sie hören.«

»Danke, Mr. Smith, das wünsche ich mir auch.«

»Sie haben meine Karte«, sagte der CIA-Mann. »Rufen Sie mich an, wenn ich etwas für Sie tun kann.«

»Nochmals besten Dank«, sagte Ben Esra.

Die Amerikaner verließen den Raum, und die beiden Israelis blickten einander an. »Was meinst du, Isajah?« fragte Eschnew.

Der Alte zuckte mit den Achseln. »Sprichst du jiddisch, Lev?«

»Nein«, antwortete Eschnew. »Ich bin ein Sabre, ich habe es nie gelernt.«

»Es gibt ein Sprichwort«, sagte der Alte. »Ich glaube, es stammt aus Polen oder Rußland, aus der Zeit eines Pogroms. ›Schwer ze sein a Jid‹ heißt es.« Der Alte lächelte, aber es war ein Lächeln ohne Humor.

DRITTES BUCH

Herbstende 1973

Dick Carriage klopfte leise an Baydars Schlafzimmertür. Baydars »Herein« klang gedämpft.

Dick öffnete die Tür und blinzelte kurz. Die Vorhänge waren weit geöffnet, und der Raum war von den Strahlen der Schweizer Morgensonne durchflutet. Baydar saß an einem kleinen Schreibtisch mit dem Rücken zum Fenster, das Gesicht im Schatten. Er blickte zu Carriage auf. »Ja?«

»Die Franzosen sind hier, Boss.«

Baydar schaute auf die Uhr. »Die sind früh aufgestanden.«

Carriage lächelte. »Sie wollen kein Risiko eingehen.«

Baydar lachte. »Das ist das Nette an den Franzosen. Man kann sich immer darauf verlassen, daß sie keinem die Treue halten außer sich selbst.«

»Was soll ich ihnen sagen?«

»Sie sollen warten.« Er reichte Carriage einen Aktendeckel. »Was wissen Sie darüber?«

Carriage nahm ihn und sah ihn sich an. In roten Blockbuchstaben stand darauf: ARABDOLLS LTD. Außer einem kurzen Bericht waren nur ein paar Versandscheine und Rechnungen darin, jede Rechnung mit »Bezahlt« gestempelt. Carriage sah sich das an und meinte dann: »Nicht mehr als Sie, außer daß sie ihre Rechnungen prompt bezahlen.«

Baydar nahm die Mappe wieder an sich. »Genau das ist ungewöhnlich. Kennen Sie einen Libanesen, der seine Rechnungen prompt bezahlt?«

»Ich verstehe nicht ganz. Es sind gute Kunden. Worüber sollten wir uns beklagen?«

»Noch etwas«, sagte Baydar. »Sie bezahlen Zuschlag für Eilbeförderung. Was, zum Teufel, ist so wichtig an Puppen, daß man sie Expreß transportieren müßte?«

»Weihnachten steht vor der Tür. Vielleicht brauchen die Kunden die Puppen rechtzeitig fürs Weihnachtsgeschäft.«

»Das wäre ein Grund, wenn sie jetzt abgeschickt worden wären. Aber sie haben bereits im September mit dem Versand begonnen.« Baydar gab Carriage den Aktendeckel mit den Papieren. »Besorgen Sie mir genaue Auskünfte über diese Gesellschaft.«

»Wird gemacht, Boss.« Er ging zur Tür. »Sonst noch etwas?«

Baydar schüttelte den Kopf. »Lassen Sie den Franzosen Kaffee bringen. Ich komme in ein paar Minuten.«

Nachdem sich die Tür hinter Carriage geschlossen hatte, stand Baydar auf, öffnete die Glastür hinter dem Schreibtisch und trat auf die Terrasse. Die klare Morgenluft enthielt das erste Versprechen des bevorstehenden Schweizer Winters. Baydar atmete tief ein.

Klar und blaugrün ragten die Berge in der Ferne empor, die Gipfel bereits von Schnee bedeckt. Baydar blickte hinunter auf die Stadt, die eben im Begriff stand zu erwachen.

Genf. Da lag es in seiner vollen Bedeutung: Geld, Macht, Diplomatie, Handel. Hier würde der Krieg gewonnen werden, nicht auf den Schlachtfeldern im Mittleren Osten. Die Banken und Handelshäuser dieser seltsamen alten Schweizer Stadt vermittelten die Illusion, über Hader und Streit zu stehen, aber sie waren bestrebt, von jedem Windumschwung zu profitieren, gleichgültig, aus welcher Richtung er kam.

Baydar ging zurück in sein Zimmer und sah sich um. Die Hotelsuite war auf Jahresbasis gemietet und hatte ihren Zweck bei seinen gelegentlichen Besuchen gut erfüllt. Doch im nächsten Jahr würde er viel mehr Zeit hier verbringen müssen, und dann war sie nicht groß genug, nicht repräsentativ genug für die Einladungen, die er geben mußte.

Je mehr er darüber nachdachte, desto klarer wurde ihm das. Ein ständiger Wohnsitz hier würde sich gewiß lohnen. Außerdem war die Schweizer Wintersaison immer gut. Zwischen Sankt Moritz und Gstaad tummelte sich die ganze Welt. Und Jordana würde das sicher ausgezeichnet gefallen, die Partys, das gesellschaftliche Leben, der Wintersport.

Er nahm sich vor, sie später anzurufen und ihr seinen Entschluß mitzuteilen. Und auch durch Carriage den Grundstücksmakler darüber zu informieren, daß er ein Heim in Genf und eine Villa in Gstaad kaufen wollte. Das würde sich schnell finden lassen. Geld hatte die Eigenschaft, allerhand durchzusetzen.

Er ging zum Spiegel und betrachtete sich. In seinem weißen Hemd und der dunklen Hose sah er eher europäisch als arabisch aus. Er ging ins Ankleidezimmer und kam gleich darauf mit seiner arabischen Kleidung über dem Arm wieder heraus. Schnell schlüpfte er in die dunkelbraune Mischlah und befestigte mit der schwarzen Schnur das weiße Kopftuch, das ihm bis auf die Schultern fiel. Wieder betrachtete er sich im Spiegel. Diesmal nickte er zufrieden, jetzt sah er aus wie ein Araber. Er lächelte sich zu und ging zur Tür. Es hatte seine Vorteile, als Eingeborener aufzutreten. Besonders bei Verhandlungen mit den Franzosen, die sich jedem auf dieser Erde überlegen fühlten.

»Wir sind ein kleines Land, Monsieur Duchamps«, sagte Baydar auf französisch, »ohne Zugang zum Meer, es sei denn dank der Freundlichkeit unserer Nachbarn; Sie können also unser Problem wohl verstehen: Wasser. Wir haben Öl, aber kein Wasser. Ich habe meinen Fürsten oft sagen hören, wir würden dieses Übermaß an Ölquellen mit Freuden gegen Wasserquellen eintauschen. Wasser könnte unser Land zum Blühen bringen.«

Duchamps warf seinem Gefährten einen Blick zu und nickte verständnisvoll. »Monsieur Al Fay, Frankreich gehörte zu den ersten Nationen der Welt, welche die Schwierigkeiten der Völker im Mittleren Osten und ihren Wunsch nach Selbstbestimmung und Freiheit verstanden haben. Wir haben die Ausbeutung Ihrer Bodenschätze öffentlich bedauert und, oft zum Schaden für unsere Beziehungen zu den Großmächten und im Gegensatz zur öffentlichen Meinung, unserer Unterstützung für Ihre Sache Ausdruck verliehen. Sie erinnern sich doch wohl, daß wir im letzten Konflikt, im Jahre siebenundsechzig, die Lieferung von fünfzig Mirageflugzeugen an Israel verweigerten?«

»Ich habe es nicht vergessen.« Er erinnerte sich auch daran, daß Frankreich Israel nicht nur die Lieferung, sondern auch die Rückzahlung der hundert Millionen Dollar verweigerte, die es als Vorauszahlung für die Flugzeuge erhalten hatte, erwähnte es aber nicht. Eine kleine beißende Bemerkung konnte er sich jedoch nicht versagen. »Seit Sie Algerien so großzügig die Freiheit gaben, standen Sie stets in der Reihe jener, welche das Grundprinzip der arabischen Selbstbestimmung anerkannten.«

Über das Gesicht der Franzosen huschte ein Ausdruck des Unbehagens, der aber gleich wieder verschwand. »Frankreich ist bereit, jegliche Bestellung von Kriegsmaterial für die arabischen Länder auszuführen. Unsere Fabriken arbeiten auf Hochtouren, stellen Flugzeuge, Autos, Panzer, beinahe alles her, was die arabische Welt braucht, um ihre Verteidigungsfähigkeit zu demonstrieren.«

Baydar lächelte höflich. »Das freut mich. Ich werde diese Botschaft dem dafür zuständigen Komitee zur Kenntnis bringen. Wie Sie wissen, hat jedoch meine Tätigkeit mit der Materialbeschaffung absolut nichts zu tun. Meine Kompetenz liegt auf dem Gebiet der industriellen Entwicklung. Wenn Sie eine Maschine haben, die Wasser erzeugt, so würde mich das sehr interessieren.«

»Es gibt Werke, die Wasser herstellen können, aber leider brauchen sie dafür Wasser als Ausgangsmaterial.«

Baydar stellte sich naiv. »Ja?«

»Es sind nukleare Entsalzungsanlagen. Sie sind kostspielig, aber sie funktionieren. Doch leider hat Ihr Land ja keinen Zugang zum Meer.«

»Allerdings. Aber wir haben Abmachungen mit unseren Nachbarn – Syrien, dem Irak, Jordanien, Saudi-Arabien – für die Entwicklung wassererzeugender Hilfsmittel zum gemeinsamen Vorteil.«

»Vertreten Sie auch diese Länder?« fragte der Franzose.

»Die arabische Welt ist auf diesem Gebiet zum erstenmal geeint. Wir werden unser industrielles und landwirtschaftliches Potential gemeinsam ausbauen. Wir haben zum Beispiel mit Fiat in Italien ein neues Abkommen über die Herstellung eines ihrer Autotypen getroffen. Die Fabriken werden auf unsere verschiedenen Länder verteilt, so daß die Arbeiter jedes Landes davon Nutzen haben.«

»Sehr löblich«, sagte der Franzose steif.

»Natürlich wird es uns etwas mehr kosten, diese Wagen selbst zu erzeugen, anstatt sie zu importieren. Da wir aber weniger am Nutzen interessiert sind als daran, unseren Bedarf selbst befriedigen zu können, glauben wir, daß sich dies durchaus lohnt. Wir verhandeln auch auf anderen Gebieten, wie Haushaltsmaschinen und Fernseher. Es ist erstaunlich, wie viel man erreichen kann, wenn man wirklich daran arbeitet.«

»Um wieviel wird es Ihrer Schätzung nach mehr kosten, diese Dinge im Land herzustellen, statt sie zu importieren?« fragte Duchamps.

Baydar zuckte die Achseln. »Fünfzig, hundert Prozent. Und wenn auch. Wir können es uns leisten.«

Der Franzose schwieg eine Weile. Als er wieder sprach, war er nicht mehr ganz so selbstsicher wie vorher. »Auch wir interessieren uns dafür, an Ihrem Industrialisierungsprogramm mitzuhelfen. Wir können sicher viele Projekte finden, die für beide Seiten von Nutzen sind. Unsere Industrie ist in der Welt unübertroffen.«

»Freut mich, das zu hören. Was mich besonders interessiert, sind Ihre Pläne für die nukleare Wasserentsalzung. Das ist sicher ein Gebiet, das intensives Studium verdient und auf dem wir bestimmt zusammenarbeiten können.«

»Es ist vielleicht das kostspieligste Projekt von allen«, wandte Duchamps sofort ein.

»Geld spielt, wie gesagt, keine Rolle. In meinem kleinen Land allein übersteigen die täglichen Einnahmen aus dem Öl eine Million Dollar. Wenn Sie das mit der ganzen übrigen arabischen Welt multiplizieren, kommen Sie auf astronomische Summen.«

»Frankreich ist nicht arm. Wir haben so viel Dollar, wie wir brauchen. Eigentlich sogar mehr als genug.«

»Das ist mir klar, aber es gibt andere Tauschmittel, und wenn ich auch die Politik nicht bestimme, so werden meine Vorschläge doch geschätzt, wenn Entscheidungen zu treffen sind.«

Der Franzose blickte ihn ruhig an. Sie wußten beide, was Baydar mit seinen Worten meinte. Die Verhandlungsbasis war das Öl, war Zusammenarbeit. »Monsieur Al Fay«, sagte er, »ich kann Ihnen gar nicht sagen, wie sehr es mich freut, daß wir ein Gebiet gefunden haben, auf dem wir zusammenarbeiten können. Sie können sich darauf verlassen, daß ich bald mit mehreren konkreten Vorschlägen wieder zu Ihnen kommen werde.«

Baydar erhob sich. »Ich sehe Ihrem nächsten Besuch mit großen Erwartungen entgegen.« Auch der Franzose und sein Kollege erhoben sich. Baydar verneigte sich förmlich und mit der konventionellen arabischen Abschiedsgeste. »Gehen Sie in Frieden.«

Kaum waren die Franzosen gegangen, trat Carriage ins Zimmer. »Da draußen stauen sie sich schon«, sagte er. »Es geht zu wie in einer kleinen UNO - Deutsche, Italiener, Rumänen, Norweger.«

»Es hat sich schnell herumgesprochen, nicht wahr?«

Carriage schüttelte den Kopf. Sie waren erst am Vortag angekommen. »Wie Hunde, die hinter einer läufigen Hündin her sind.«

Baydar lachte. »Sie sollten in der Bank anrufen, ob sie uns nicht zwei Sekretärinnen leihen können. Dann stellen Sie einen Terminkalender auf. Wir werden mit allen sprechen müssen.«

»Warum? Es sind doch nur sehr wenige, die uns etwas zu bieten haben.«

»Das weiß ich, aber darauf kommt es nicht an. Im Augenblick stehen sie alle unter dem Schock des Embargos. Sie können es noch gar nicht glauben. Wenn es in Kraft tritt, werden sie in Panik geraten und bösartig werden. Eine unserer Aufgaben besteht darin, möglichst viele Freunde zu behalten.«

»In Ordnung, Boss.« Carriage wandte sich zur Tür.

Baydar hielt ihn zurück. »Dick, verbinden Sie mich doch bitte mit Mrs. Al Fay; sie ist im Haus meines Vaters in Beirut.«

»Sofort.« Die Tür schloß sich hinter ihm, und kurz danach läutete das Telefon. Das Schweizer Telefonamt war stolz auf seine Tüchtigkeit. Jordana war am Apparat.

»Wie geht es den Kindern?« fragte er.

Jordanas Stimme klang unlustig. »Gut.«

»Gefällt es ihnen in der Schule?«

»Ob es ihnen gefällt oder nicht, das weiß ich nicht.«

»Hast du viel zu tun?«

Einen Augenblick herrschte Stille. »Du machst wohl Spaß«, sagte sie. »Ich bin in Beirut. Hier gibt es für mich absolut nichts zu tun.«

»Dann wird es dir vielleicht nichts ausmachen, nach hier zu kommen und mir auszuhelfen. Ich habe beschlossen, hier in Genf ein Haus und in Gstaad eine Villa zu kaufen, und ich bin viel zu beschäftigt, um mich darum zu kümmern.«

»Meinst du das im Ernst, Baydar?«

»Warum denn nicht? Vermutlich werden wir in der nächsten Zukunft eine Menge Zeit hier verbringen. Wirst du kommen?«

Sie lachte. »Mit dem nächsten Flugzeug.«

»Fein.« Er lächelte ins Telefon. »Gib uns die Flugnummer bekannt, dann lasse ich dich von Dschabir auf dem Flugplatz abholen.«

Gleich nachdem er aufgelegt hatte, kam Dick herein, einen merkwürdigen Ausdruck im Gesicht. »Draußen ist ein Mädchen, das Sie sprechen will.«

Baydar wurde ärgerlich. »Sie sollten wirklich klüger sein, Dick«, sagte er scharf. »Ich habe heute zu viel zu tun, um mich mit Mädchen zu befassen. Schicken Sie sie fort.«

»Das habe ich schon getan, Sir«, erwiderte Dick. »Aber sie kam wenige Minuten später mit Dschabir wieder. Er sagte, Sie würden sie sehen wollen.«

Baydar fand das merkwürdig. Gewöhnlich gab sich Dschabir nie mit Frauen ab. »Wer ist sie?«

»Ich weiß nicht, Sir. Sie wollte mir ihren Namen nicht nennen, Dschabir auch nicht. Sie sagten, sie wollten Sie überraschen.«

Baydar überlegte einen Augenblick. Es mußte wohl etwas Wichtiges sein. Dschabir hatte keinen Hang zu Späßen. »Also gut, ich werde mit ihr sprechen«, sagte er. »Aber nur kurz. Und sagen Sie Dschabir, ich tue es nur ihm zuliebe und wünsche nicht, daß so etwas noch mal vorkommt.«

»Ja, Sir.«

Baydar ging zu der Anrichte, goß sich eine Tasse Kaffee ein und kehrte damit zu seinem Schreibtisch zurück. Er hörte, wie die Tür geöffnet wurde, und wandte sich um.

In der Türöffnung stand, beinahe schüchtern, eine junge Frau. Baydar betrachtete sie. Irgendwie kam sie ihm bekannt vor. Sie war hübsch, das Gesicht fast herzförmig, mit dunkelblauen Augen und glänzend schwarzem Haar, das ihr über die Schultern fiel. Sie trug Hemd und Bluejeans wie die meisten jungen Leute heutzutage und hatte, soweit er sehen konnte, eine gute Figur. In ihren dunkelblauen Augen lag ein Anflug von Angst. Plötzlich wußte er es.

»Leila!« rief er.

Ein nervöses Lächeln löste die Angst in ihren Augen ab. »Guten Tag, Vater«, sagte sie leise.

Er ging quer durchs Zimmer und schloß sie in die Arme.

2

»Ich bin schon fast neunzehn, Vater, und die Schule sagt mir nichts mehr«, erklärte sie. »Zu viele wichtige Dinge passieren in der Welt, und ich will an ihnen teilhaben.«

Er lächelte. Sie hatte so vieles an sich, was ihn an sich selbst erinnerte. Die gleiche Ungeduld, die gleiche Neugier und der gleiche Wunsch, überall dabei zu sein. »Was würdest du denn gern machen?«

Sie antwortete ausweichend. »Ich weiß nicht. Ich weiß nur, was ich nicht machen will. Ich will nicht so sein wie meine Schwester. Ich will nicht, daß Heirat und Familie die einzigen Ziele in meinem Leben sind. Es muß doch auch für mich etwas zu tun geben.«

»Hast du mit deiner Mutter darüber gesprochen?«

»Du kennst ja Mutter. Sie versteht das nicht. Sie glaubt, ich sollte genauso leben, wie ich eben nicht leben will. Großvater hat mir sogar schon jemanden zum Heiraten ausgesucht.«

Baydar war belustigt. »Dein Großvater hat sich nicht geändert. Ich nehme an, einen reichen Mann aus sehr guter Familie?«

»Natürlich.« Sie lachte. »Darin war er ja schon immer groß.«

Baydar lachte auch. »Das weiß ich nur zu gut. Aber im Ernst, es gäbe eine ganze Menge zu tun. Zum Beispiel unterrichten. Wir brauchen so viele Lehrer wie möglich.«

»Du meinst die üblichen Berufe für junge Damen aus gutem Hause.« Es gelang ihr nicht, den leicht verächtlichen Ton zu unterdrücken. »Genau das will ich nicht. Ich will keinen von diesen Berufen, die man den Frauen schon seit Generationen erlaubt. Ich will bei etwas Wirklichem mitmachen, bei etwas, das uns vorwärts bringt. Ich möchte auf meine Art tun, was du tust, mithelfen, uns den Weg in die heutige Welt zu öffnen und die Welt dazu bringen, uns zu unseren eigenen Bedingungen zu akzeptieren.«

»Das ist gar nicht leicht. Weißt du, wie viele Leute in dieser Welt noch überzeugt sind, wir seien halbe Wilde?«

»Ich weiß«, warf sie schnell ein, »und gerade das will ich ändern. Jetzt, wo wir den Krieg gewonnen haben, hätten wir die Chance, die Welt zu der Einsicht zu zwingen, daß wir genauso gut sind wie sie.«

»Glaubst du, daß wir den Krieg gewonnen haben?« fragte Baydar interessiert.

»Ich weiß es. Hätte man uns nicht zur Waffenruhe gezwungen, dann hätten wir die israelischen Armeen ein für allemal vernichten können. Sie waren gerade dabei, direkt in die Fallen zu gehen, die wir ihnen in Syrien und in Ägypten aufgestellt hatten.«

Baydar sah seine Tochter an. Es gab so viel, das sie nicht wußte. Das war genau die Standardversion, die den Leuten von panarabischen Propagandisten eingetrichtert wurde. Es war für ihn immer wieder erstaunlich zu erfahren, daß die Mehrheit der Araber daran glaubte. Daß Israel die ägyptische Dritte Armee abgeschnitten hatte und in wenigen Tagen sowohl Kairo wie Damaskus hätte besetzen können, schien ihnen nicht in den Sinn zu kommen. »Ich weiß noch immer nicht, was du tun könntest«, sagte er.

»Ich habe eine Idee.«

»Was?«

»Ich könnte doch für dich arbeiten.« Sie schaute ihm direkt in die Augen und sprach so ernsthaft, daß er ein Lächeln unterdrückte.

»Auf welche Weise?« fragte er freundlich.

»Ich könnte deine Assistentin werden«, meinte sie ernst. »Mutter sagte immer, ich hätte ein Junge werden sollen, ich sei genauso wie du.«

»Das geht leider nicht«, sagte er milde. »Alle meine Mitarbeiter wurden für ihre Stellungen speziell ausgebildet. Ein Großteil der Arbeit ist höchst fachtechnisch und spezialisiert.«

»Ich meine ja nicht sofort«, entgegnete sie hastig. »Ich könnte zuerst als Bürokraft oder vielleicht als Sekretärin anfangen, bis ich genug gelernt habe.«

»Kannst du Stenographieren und Maschine schreiben?«

»Ein bißchen Maschine schreiben.«

Er schwieg, dann schüttelte er den Kopf. »Das reicht leider nicht. Sogar dafür brauchen wir ausgebildete Kräfte.«

»Ich könnte als Empfangsdame beginnen. Für den Anfang bin ich mit jeder Stellung zufrieden.«

»Du bist meine Tochter. Was glaubst du, wie das aussehen würde?«

»Es braucht ja keiner zu wissen. Wir könnten es geheimhalten.«

»Das geht nicht. In diesem harten Geschäft gibt es keine Geheimnisse.«

Sie war niedergeschlagen. »Ich gehe nicht zurück in die Schule«, beharrte sie hartnäckig. »Ich hasse sie.«

»Das brauchst du auch nicht. Ich habe eine andere Idee.«

Sie sah hoffnungsvoll zu ihm auf.

»Wenn es dir ernst ist mit dem, was du sagst, könnte ich es einrichten, daß du in den Staaten eine Universität besuchst und Betriebswirtschaft studierst. In ein paar Jahren wärst du dann so weit, daß du einen Posten in unserer Organisation einnehmen könntest.«

»Das würde Jahre dauern«, erwiderte sie ungeduldig. »Und was ist jetzt? Wenn ich mit dem Studium fertig bin, ist die Hauptarbeit schon getan.«

Er lachte. »Das glaube ich nicht. Es gibt mehr als genug zu tun, mehr als für mein und dein ganzes Leben.«

»Kann ich denn nicht hier studieren?« fragte sie. »Dann könnte ich nach der Schule bei dir arbeiten und gleichzeitig lernen.«

»Das ist nicht das gleiche. Hier könntest du nur auf eine Handelsschule gehen, wo man dir Steno, Tippen und vielleicht die Grundlagen der Buchhaltung beibringt.«

»Aber das wäre doch wenigstens ein Anfang, und wenn ich dann herausfinde, wofür ich besonders begabt bin, kann ich dann in den Staaten weiterstudieren.«

»Laß es mich überlegen.«

»Da gibt es nichts zu überlegen«, sagte sie entschieden. »Ich habe vorhin gehört, wie dein Mitarbeiter bei der Bank anrief und nach Sekretärinnen fragte. Bis die kommen, könnte ich Anrufe beantworten und als Empfangsdame arbeiten. Ich bin sehr geschickt am Telefon. Ehrlich.«

Er lachte. »Du bist eine sehr entschlossene junge Dame.«

Sie hielt seinem Blick stand. »Du weißt gar nicht, wie entschlossen!«

»Allmählich merke ich das.« Er grinste, dann war das Lächeln aus seinem Gesicht verschwunden. »Du bist dir darüber im klaren, daß ich mit deiner Mutter sprechen muß.«

»Warum? Du hast doch noch nie mit ihr über mich gesprochen.«

»Hat sie das gesagt?«

»Ja.« Einen Moment lang senkte sie den Blick, dann sah sie ihn wieder an. »Warum wolltest du uns nie mehr sehen, nachdem du uns verlassen hattest?«

Baydar sah sie an. »Hat dir das deine Mutter gesagt?«

Sie nickte.

Baydar schwieg. Es hatte keinen Sinn, ihr zu erzählen, wie oft er versucht hatte, sie zu besuchen oder zu erreichen, daß sie ihn besuchte. Maryam hatte das stets mit der Begründung abgelehnt, sie wolle nichts mehr mit ihm zu tun haben. Leila wußte nur, daß er sie verlassen hatte. Er atmete tief ein und dann langsam wieder aus. »Das ist eben nicht wahr«, sagte er ruhig.

Sie schwieg, und er spürte ihren Zweifel. »Es spielt aber jetzt keine Rolle mehr«, sagte er freundlich. »Du bist hier, und ich spreche mit dir.«

Sie nickte immer noch schweigend.

»Wie geht es deiner Schwester?« fragte er ein wenig unbeholfen.

»Gut. Sie ist verheiratet. Ich sehe sie und ihren Mann nur selten. Wir haben keine gemeinsamen Interessen. Sie gehen viel in Gesellschaft. Ach ja, und Amal glaubt, sie sei schwanger.«

Er lächelte. »Du meinst, ich werde bald Großvater?«

»Das wäre möglich.«

Er stieß einen leisen Pfiff aus.

»Das ist sehr amerikanisch«, sagte sie sofort.

»Was denn?«

»Dieser Pfiff. Was willst du damit ausdrücken?«

Er lachte. »Ich muß mich wohl an einiges gewöhnen; zuerst steht plötzlich eine neunzehnjährige Tochter vor mir, und jetzt soll ich auch noch Großvater werden.«

Leila lachte. »Verlaß dich nicht darauf. Amal glaubt jeden Monat, sie sei schwanger. Möglich, daß es diesmal genauso blinder Alarm ist wie sonst.«

»Du hast zwei kleine Brüder, weißt du das?«

»Ich weiß. Muhammed und Samir.«

»Du kennst ihre Namen?«

»Das ist nicht gerade ein Geheimnis. Die Zeitungen bringen dauernd Artikel über euch. Und Bilder.«

»Es sind brave Jungen. Sie würden dir gefallen.«

»Ich möchte sie gern kennenlernen.«

»Das wirst du. Bald.« Er erhob sich. »Wo wohnst du?«

»Bei einer Freundin«, antwortete sie. »Ihre Familie lebt in Genf.«

»Schweizer?«

»Ja.«

»Möchtest du dort bleiben oder hierher zu mir ziehen?«

»Wie du willst«, sagte sie und wandte den Blick ab.

»Dann hol deine Sachen«, sagte er. »Kannst du bis zum Abendessen wieder zurück sein?«

Sie hob den Kopf und lächelte. »Ich glaube ja.«

»Gut, dann gehst du jetzt am besten. Ich habe zu arbeiten.« Sie erhob sich und legte ihm die Arme um den Hals. »Danke, Vater.«

Er küßte sie leicht auf den Kopf. »Bedank' dich nicht. Ich bin schließlich dein Vater, nicht wahr?«

Sie stand auf der Schwelle des Cafés und ließ einen prüfenden Blick über die Tische gleiten. Das Restaurant war fast leer, nur ein paar Büroangestellte saßen hier und dort über einer Tasse Kaffee, bevor sie wieder zur Arbeit gingen. Sie schaute auf die Uhr. Elf Uhr. Sie mußten jeden Augenblick kommen. Sie setzte sich an einen Tisch.

Sofort erschien ein Kellner. »Bitte, Mademoiselle?«

»Ein Coca mit Zitrone.«

Er brachte das Gewünschte und verschwand. Sie zündete eine Zigarette an und probierte die Cola. Sie war süß; weniger süß als im Libanon, aber süßer als in Frankreich, obwohl sie auf französische Art serviert wurde, mit Zitrone und dürftigen Eisstückchen, die nicht ausreichten, um das Getränk wirklich zu kühlen.

Zwei junge Männer und eine junge Frau betraten das Café. Sie trugen Jeans, Hemd und Jacke; Leila winkte ihnen zu; sie kamen an ihren Tisch und setzten sich. Wieder erschien der Kellner, brachte Kaffee und entfernte sich.

Die drei sahen Leila erwartungsvoll an. Wortlos legte sie ihre Zigarette hin und hob zwei Finger im V-Zeichen.

Die anderen lächelten erleichtert. »Glatt gegangen?« fragte die Frau in holprigem Englisch.

»Tadellos.«

»Hat er keine Fragen gestellt?«

»Nur die üblichen väterlichen Fragen«, antwortete sie. Dann grinste sie. »Weißt du, ich werde darüber mit deiner Mutter sprechen müssen«, ahmte sie ihn nach.

Das Gesicht der Frau drückte Besorgnis aus. »Und wenn er es tut?«

»Das wird er nicht«, meinte sie zuversichtlich, »ich kenne meine Mutter. Sie hat seit zehn Jahren nicht mehr mit ihm gesprochen und wird es auch jetzt nicht tun.«

»Wirst du für ihn arbeiten?« fragte der eine der jungen Leute.

»Teilweise. Er findet, ich sollte zuerst auf eine Handelsschule, um was zu lernen. Erst dann kann ich richtig für ihn arbeiten.«

»Machst du das?« fragte die Frau.

»Natürlich, sonst könnte er mißtrauisch werden. Außerdem ist es ja nur für kurze Zeit.»

»Wie ist er denn?«

»Ich sehe ihn an«, sagte Leila bitter, »und sehe in ihm alles, wogegen wir kämpfen. Geld, Macht, Selbstsucht. Die Art Mensch, die nur an sich denkt. Das Ringen unseres Volkes ist ihm völlig gleichgültig; er denkt nur an den Profit, den er dabei machen kann.«

»Glaubst du das wirklich?«

»Wenn ich das nicht glaubte«, antwortete Leila mit harter, kalter Stimme, »wäre ich nicht hier und täte nicht das, wozu ich mich bereiterklärt habe.«

3

Als Jordana ins Zimmer kam, war Leilas erster Gedanke: wie schön sie ist! Groß gewachsen, honigfarbenes blondes Haar, die leuchtend braune Haut, die schlanke Figur und die reizvollen langen Beine. Sie war alles, was eine Araberin nie sein konnte. Einen Augenblick lang verstand sie, warum ihr Vater so gehandelt hatte.

Dann kam wieder die alte Bitterkeit und Feindseligkeit in ihr hoch, und sie hatte die größte Mühe, sich nichts davon anmerken zu lassen, als Jordana auf sie zu kam.

»Das ist Leila«, stellte Baydar stolz vor.

Jordana schaute sie klar und offen an, ihr Lächeln war echt und warm. Sie streckte ihr die Hand entgegen. »Ich freue mich so, dich endlich kennenzulernen. Dein Vater hat oft von dir gesprochen.«

Leila ergriff ihre Hand. Jordanas Händedruck war so herzlich wie ihre Begrüßung. »Auch ich freue mich, Sie kennenzulernen«, sagte Leila unsicher.

»Baydar, dein Vater, sagt mir, daß du vorhast hierzubleiben.«

»Wenn ich nicht störe.«

»Ganz sicher nicht«, versicherte Jordana. »Ich freue mich so. Vielleicht werde ich jetzt jemanden haben, mit dem ich sprechen kann, wenn Baydar fort ist. Er reist sehr viel.«

»Ich weiß«, sagte Leila. Sie sah ihren Vater an. »Entschuldige, ich bin ein wenig müde. Du hast doch nichts dagegen, wenn ich nicht zu Abend esse und gleich ins Bett gehe?«

Baydar warf Jordana einen raschen Blick zu, dann sagte er zu Leila: »Natürlich nicht.«

»Und Sie auch nicht, oder?« fragte sie Jordana. »Übrigens habt ihr beide gewiß allerhand zu besprechen.«

»Aber bitte«, antwortete Jordana.

»Dann also gute Nacht.«

»Gute Nacht.«

Als sich die Tür hinter ihr geschlossen hatte, wandte sich Baydar an Jordana. »Was meinst du?« fragte er.

»Ich glaube, sie mag mich nicht.«

»Wie kannst du das sagen?« fragte er verwundert. »Sie kennt dich doch gar nicht.«

»Deine Tochter ist eifersüchtig.«

»Sei doch nicht albern«, wies er sie ärgerlich zurecht. »Wieso sollte sie eifersüchtig sein? Ich bat sie doch hierzubleiben, oder?«

Jordana sah ihn an. Es gab Dinge, die konnten Männer einfach nicht begreifen. Aber sie erinnerte sich genau, wie besitzergreifend sie selbst mit ihrem Vater gewesen war und was sie empfunden hatte, als sie ihn zum erstenmal mit seiner neuen Frau gesehen hatte. »Das ist auch unwichtig«, lenkte sie ein, »und ich freue mich für dich.«

Er antwortete nicht.

»Sie ist ein sehr hübsches Mädchen«, sagte sie.

»Ja.«

»Wieso hat sie so plötzlich die Schule verlassen?«

»Sie sagte, sie hätte das Gefühl, das Leben gehe an ihr vorbei«, antwortete er. Dann lachte er leise. »Mit neunzehn!«

»Das ist gar nicht so komisch«, meinte Jordana. »Ich kann es verstehen.«

»Wirklich?« Er war überrascht. »Vielleicht kannst du mir dann auch erklären, warum sie mich nach so vielen Jahren plötzlich sehen wollte?«

»Warum nicht? Du bist ihr Vater. Töchter haben für ihre Väter eine ganz besondere Zuneigung.«

Er schwieg eine Weile. »Ich sollte ihre Mutter anrufen und mit ihr über die Sache sprechen.«

»Ich habe das Gefühl, das brauchst du nicht; ihre Mutter weiß es sicher schon.«

»Wie kommst du darauf?«

»Dein Vater erzählte mir, daß Leila fast den ganzen Sommer bei ihrer Mutter verbracht hat und Beirut erst vor wenigen Wochen verlassen hat. Ihre Mutter muß gewußt haben, wohin sie gefahren ist.«

Er starrte sie an. Merkwürdig. Leila hatte ihn im Glauben gelassen, sie sei direkt von der Schule gekommen. Sie hatte nichts davon gesagt, zu Hause gewesen zu sein. Er fragte sich, warum sie ihm das nicht erzählt hatte, beschloß jedoch, Jordana nichts zu sagen. »Ich werde meinen Vater anrufen«, sagte er, »er kann dann mit ihrer Mutter sprechen.«

Jordana lächelte. In mancher Hinsicht war er so leicht durchschaubar. Er wollte nicht mit seiner ersten Frau sprechen. »Die Jungen haben angefragt, ob sie zu Besuch kommen dürfen, wenn wir ein neues Haus haben. Sie hatten noch nie Gelegenheit, im Schnee zu spielen.«

Baydar lachte. »Sag ihnen, am ersten Tag, an dem es schneit, dürfen sie herkommen.«

Dick Carriage lehnte sich in einem Sessel zurück und nahm die Brille ab. Er zog ein Kleenex aus der Schachtel auf seinem Schreibtisch, drehte seinen Sessel weg von dem grellen Lampenlicht und begann langsam die Gläser zu putzen. Draußen vor dem Fenster schwebten träge, große, weiße Flocken vorbei.

Sie waren schon fast einen Monat in der Schweiz gewesen, bevor der erste Schnee fiel. Wie versprochen, hatte Baydar noch am selben Tag seine Söhne mit dem Flugzeug holen lassen. Nun war die ganze Familie zum Wochenende in Gstaad. Dick war in Genf geblieben, um einen Stoß von Geschäftspapieren aufzuarbeiten. Baydar hatte am Morgen in sehr guter Stimmung angerufen. Die Jungen unterhielten sich blendend.

Carriage lächelte. Väter waren doch alle gleich, egal, woher sie stammten. Seine und Baydars Gefühle für ihre Söhne waren ganz ähnlich. Er drehte den Sessel zum Schreibtisch zurück und betrachtete die Fotos von seiner Frau und seinen Söhnen. Sie waren in seinem Garten in Kalifornien aufgenommen und gaben ihm plötzlich ein Gefühl von Einsamkeit. Wie weit war das alles doch entfernt vom Schweizer Schnee!

Er hörte das Klicken des Schlosses an der Eingangstür und schaute automatisch auf die Uhr: es war kurz nach zwei Uhr morgens. Das Klappern von Schuhen mit harten Sohlen war auf dem Marmorboden des Vorraums zu hören, zweifellos in einem weiblichen Rhythmus. Es mußte Leila sein. Als einziges Familienmitglied war sie nicht nach Gstaad gefahren. Sie hatte etwas von Spezialkursen der Schule am Samstagnachmittag gemurmelt, war dann aber bis nach dem Essen in ihrem Zimmer geblieben, ausgegangen und kam erst jetzt zurück.

Irgend etwas ist merkwürdig an ihr, dachte er. Trotz äußerlicher Freundlichkeit und offensichtlicher Bereitwilligkeit zur Mitarbeit spürte er ein gewisses Widerstreben, eine Zurückhaltung in ihren berechnenden Augen. Gelegentlich erhaschte er sogar Regungen von Unmut, besonders Jordana gegenüber, obwohl sie sichtlich bemüht war, das zu verbergen.

Die Schritte näherten sich der Treppe, erklommen die Stufen und hielten gleich darauf an. Versuchsweise wurde der Türknopf des Arbeitszimmers bewegt. »Herein«, rief Dick.

Die Tür wurde geöffnet, und Leila in ihren unvermeidlichen Bluejeans erschien. Manchmal fragte er sich, ob sie überhaupt etwas anderes anzuziehen besaß.

»Ich möchte Sie nicht stören. Ich sah nur Licht unter der Tür.«

»Schon gut. Sie stören mich nicht. Ich wollte ohnehin eine Pause machen.«

Sie kam herein, und er sah die schmelzenden Schneeflocken in ihrem Haar und auf ihrer Kleidung. »Seit mein Vater gestern früh abgefahren ist, arbeiten Sie ununterbrochen.«

Er lächelte. »Das ist die einzige Möglichkeit, mit dem Papierkrieg nachzukommen. Wenn Ihr Vater hier ist, habe ich dafür keine Zeit.«

»Nehmen Sie denn nie Urlaub?«

»Doch, gewiß. Als wir vor einigen Monaten in Kalifornien waren, war ich eine ganze Woche bei meiner Familie.«

»Aber seither«, beharrte sie. »Sie nehmen sich nicht einmal an den Wochenenden frei.«

»Wozu auch?« fragte er. »Hier kann ich sowieso nichts damit anfangen.«

»Sie könnten zum Essen ausgehen. Oder ins Kino.«

»Ich arbeite lieber. Allein macht mir das alles keinen Spaß.«

»Aber Sie brauchten ja gar nicht allein zu sein. Es gibt genug Mädchen in Genf, die sich gern ausführen lassen.«

»Es gibt überall genug Mädchen. Aber Sie vergessen, daß ich verheiratet bin.«

»Mein Vater ist auch verheiratet, was ihn aber keineswegs hindert«, sagte sie.

Er schaute sie scharf an und fragte sich, wieviel sie wohl wußte. »Ihr Vater hat viele gesellschaftliche Verpflichtungen«, erklärte er schnell. »Das gehört zu seinem Geschäft.«

»Wirklich? Ich habe viele Geschichten über ihn gehört.«

Er schwieg.

»Auch über Jordana habe ich Geschichten gehört.« Ihr Blick war herausfordernd. »Gehört das auch zum Geschäft?«

Kühl erwiderte er ihren Blick. »Es gibt immer Leute, die mit

Klatsch schnell bei der Hand sind. Die meisten wissen nicht, wovon sie reden. Ich habe gelernt, daß der wichtigste Beitrag, den ich zum Geschäft Ihres Vaters leisten kann, darin besteht, mich um meine eigenen Angelegenheiten zu kümmern.«

Sie lachte. »Ich verstehe langsam, warum mein Vater Ihnen derartig vertraut. Sie sind sehr loyal.«

»Er ist mein Arbeitgeber«, sagte er steif. »Ich empfinde großen Respekt für ihn.«

»Aber mögen Sie ihn gern?« fragte sie anzüglich.

Seine Antwort kam prompt und direkt. »Ja.«

»Auch wenn er Ihnen keinen Tag frei gibt?«

»Das liegt an mir«, entgegnete er ruhig. »Wenn ich mir keinen freien Tag nehme, ist das meine Sache.«

Sie kam näher und schaute auf die vielen Papiere auf seinem Schreibtisch. »Mit Geld kann man eine Menge Dinge kaufen, nicht wahr?« Es war keine Frage, sondern eine Feststellung. »Sie sind genauso ein Sklave des Systems wie jeder andere.«

»Ich kenne nur *eine* bessere Art, seinen Lebensunterhalt zu verdienen«, sagte er auf arabisch, »und die besteht darin, einen reichen Vater zu haben.«

Er sah, wie ihre Augen zornig aufblitzten, und wußte, daß er eine empfindliche Stelle getroffen hatte. »Ich habe nicht . . .« Dann besann sie sich und brach jäh ab.

»Was haben Sie nicht?« fragte er sanft.

Sie hatte sich wieder ganz in der Hand und lächelte. »Nichts. Wo haben Sie so gut arabisch gelernt?«

»Zu Hause.«

Sie war überrascht. »Ich dachte, Sie seien Amerikaner.«

»Das bin ich auch. Aber meine Eltern kamen aus Jordanien. Sie hießen Khureidschi. Mein Vater änderte noch vor meiner Geburt, als er sein erstes Restaurant eröffnete, seinen Namen und nannte sich Carriage.«

»Leben Ihre Eltern noch?«

»Nein.«

»Wollten sie nicht in ihre Heimat zurückkehren?«

»Doch.«

»Vielleicht war es besser, daß sie nicht gegangen sind«, sagte sie schnell, »so lange die Juden an ihrer Schwelle standen.«

Er blickte sie wortlos an. Die wahre Tragödie war gewesen, daß sie zurückgegangen waren. Sonst wären sie vielleicht noch am Leben.

Sie hielt sein Schweigen für Zustimmung. »Es wird nicht immer so bleiben. Bald werden wir die Juden verjagen. Beinahe hätten wir es diesmal geschafft, aber wir wurden verraten.«

»Von wem?«

»Von einigen unserer eigenen Leute. Leute, die nur an ihre eigene Tasche, an ihre eigene Macht dachten. Wenn die uns nicht gestoppt hätten, wir hätten die Juden ins Meer getrieben.«

»Ich weiß noch immer nicht, wer diese Leute sind.«

»Sie werden es noch erfahren«, sagte sie, plötzlich verschlossen. »Und zwar bald genug.« Sie lächelte und wechselte das Thema. »Soll ich Ihnen Kaffee kochen?«

»Sehr liebenswürdig, aber ich möchte Ihnen keine Mühe bereiten.«

»Das ist keine Mühe. Außerdem möchte ich selbst eine Tasse. Amerikanisch oder türkisch?«

»Türkischen«, sagte er, obwohl er amerikanischen Kaffee bei weitem vorzog.

»Gut«, meinte sie und ging zur Tür. »Ich bin gleich wieder da.«

Er starrte ihr nach. Ein merkwürdiges Mädchen. Wenn er nur hätte herausfinden können, was sie wirklich dachte. Er griff zerstreut nach dem obersten Aktendeckel auf dem Papierstapel. Es war der Bericht über Arabdolls Ltd., um den Baydar gebeten hatte. Die Buchstaben verschwammen vor seinen Augen, und er legte die Papiere wieder auf den Tisch. Er hatte gar nicht gemerkt, wie müde er war. Das konnte bis nach dem Kaffee warten.

Es dauerte fast eine Viertelstunde, bis sie mit dem Kaffee zurückkam. Als er sie sah, blieb ihm vor Staunen der Mund offen. Sie besaß also doch noch andere Kleider. Statt der ewigen Bluejeans trug sie nun einen weißen Kaftan mit einer Goldborte, dessen freizügiger Schnitt verriet, daß sie nichts darunter anhatte. Ihre gebräunte Haut schimmerte golden durch die Öffnungen.

Sie stellte das silberne Tablett auf ein Tischchen vor der Couch. Weiße Dampfspiralen stiegen auf, als sie den Kaffee langsam in die Täßchen goß. Sie schaute zu ihm hoch. »Kommen Sie hinter diesem Schreibtisch hervor und trinken Sie Ihren Kaffee«, sagte sie. »Ich verspreche Ihnen, es meinem Vater nicht zu erzählen.«

Er erhob sich lächelnd. »Ich habe das Gefühl, das würden Sie sowieso nicht tun.«

»Richtig.«

Er setzte sich neben sie auf die Couch. Sie reichte ihm eine Tasse. »Probieren Sie.«

Er trank folgsam. Der Kaffee war ihm viel zu süß; er trank ihn sonst immer ungezuckert.

»Süß genug?«

»Tadellos«, sagte er, ohne mit der Wimper zu zucken.

Sie lächelte erfreut. »Ich mag Kaffee nur extrasüß.«

»Er ist ausgezeichnet.«

Sie nippte an ihrem Kaffee. »Rauchen Sie?« fragte sie.

»Ich habe Zigaretten auf dem Schreibtisch«, entgegnete er und wollte aufstehen.

Ihre Hand hielt ihn zurück. »Ich meine nicht diese Sorte.«

»Ach so«, meinte er. »Manchmal. Aber nicht, wenn ich arbeite.«

Sie öffnete die kleine Silberdose, die auf dem Tablett stand. »Glauben Sie nicht, daß Sie für heute genug gearbeitet haben?«

Er betrachtete angelegentlich die sorgfältig gerollten Zigaretten.

»Die hab ich von Dschabir«, erklärte sie. »Er hat den besten Hasch der Welt. Er rollt sie speziell für meinen Vater.«

»Ich weiß.«

Sie nahm eine Zigarette und zündete sie an. Nach ein paar Zügen hielt sie sie ihm hin.

Er rührte sich nicht.

»Los«, drängte sie, »entspannen Sie sich. Die Arbeit läuft Ihnen nicht davon.«

»Also gut.« Er nahm ihr die Zigarette aus der Hand und zog daran. Nach einigen Zügen gab er sie ihr zurück.

»Gut«, sagte er.

»Na also«, meinte sie und nahm einen kräftigen Zug. »Jetzt sehen Sie zum erstenmal menschlich aus.«

Wieder reichte sie ihm die Zigarette, und wieder zog er daran. In seinem Kopf begann es zu summen. »Wie sehe ich denn sonst aus?«

Sie lehnte sich auf der Couch zurück. »Meistens sehr seriös. Immer sehr geschäftsmäßig. Ausdruckslos. Sie lächeln sehr selten. Sie wissen schon, was ich meine.«

»Das war mir gar nicht bewußt.«

»Die meisten Leute sind sich nicht darüber klar, wie sie aussehen.« Sie betrachtete ihn genau. »Wissen Sie, ohne diese Brille würden Sie recht gut aussehen.« Sie nahm ihm dieBrille von der Nase. »Gehen Sie doch zum Spiegel und sehen Sie selbst.«

»Das ist unnötig. Ich rasiere mich ja jeden Morgen.«

Sie brach in Lachen aus. »Sehr komisch.«

Er lächelte. »Wirklich?«

Sie nickte. »Wissen Sie, für einen Amerikaner sind Sie gar nicht übel. Gewöhnlich mag ich Amerikaner nicht. Aber Sie scheinen anders zu sein. Vielleicht, weil Sie arabische Eltern haben.«

Er schwieg.

Eine Weile starrte sie ihn ebenfalls schweigend an, dann plötzlich beugte sie sich vor und küßte ihn auf den Mund. Er war völlig überrumpelt und regte sich nicht.

Sie richtete sich wieder auf und sah ihm in die Augen. »Was ist los? Magst du das nicht?«

»Das ist es nicht«, sagte er verlegen. »Aber ich bin schließlich verheiratet.«

»Das weiß ich. Aber deine Frau sitzt am anderen Ende der Welt.«

»Sollte das einen Unterschied machen?«

»Macht es einen?« fragte sie.

Er antwortete nicht, statt dessen nahm er noch einen Zug von der Zigarette. Plötzlich wich das Summen in seinem Kopf einem Gefühl außerordentlicher Klarheit, so als wären all seine Sinne geschärft. Er war nicht mehr müde. »Was willst du eigentlich von mir?«

Sie erwiderte seinen Blick. »Ich möchte alles über die Tätigkeit meines Vaters erfahren. Und du kannst es mir beibringen.«

»Das würde ich auch tun, ohne daß du mit mir schläfst.« Er sagte ihr nicht, daß Baydar ihm aufgetragen hatte, ihr Interesse für das Geschäft zu ermutigen.

Ihr Blick war ruhig. »Ich möchte aber mit dir schlafen.«

Er faßte nach ihr, aber sie wehrte ab. »Warte einen Augenblick.«

Er sah ihr zu, wie sie sich erhob, zum Schreibtisch ging und das Licht ausmachte. Fast schien es, als schwebte sie. Langsam löschte sie überall im Zimmer die Lichter, nur eine Lampe in der hinteren Ecke ließ sie brennen. Dann kam sie zurück zur Couch, blieb vor ihm stehen, öffnete die Knöpfe ihres Kaftans, ließ ihn zu Boden fallen und sank in die Arme, die er ihr entgegenstreckte. Er preßte fast brutal seinen Mund auf ihre Lippen.

»Langsam«, flüsterte sie, »du bist ja noch ganz angezogen.« Sie begann, die Knöpfe an seinem Hemd zu öffnen. »Entspann dich, laß dich von mir ausziehen.«

Später, als sie ihren gesunden jungen Körper fest an ihn preßte, als sie unter ihm stöhnte, begann sie fast unhörbar zu wimmern.

Er zwang sich zu klarem Denken, so daß er die Worte verstehen konnte. Es war immer wieder dasselbe Wort, das sie wie in einem gleichzeitig körperlichen und geistigen Orgasmus hervorstieß.

»Vater! Vater! Vater!«

4

Trotz Kälte und Regen, die das spätnovemberliche Paris einhüllten wie ein düsterer grauer Mantel, war Jussef gut gelaunt, als er die Avenue George V hinauf und an *Fouquet's* vorbei in sein Büro auf den Champs Elysées ging. Er betrat den engen französischen Fahrstuhl, schloß die Tür und drückte auf den Knopf für das oberste Stockwerk.

Er lächelte vor sich hin und dachte an seinen neuen Freund, einen schlanken, jungen Griechen mit kohlschwarzen Löckchen rund ums Gesicht und riesigen schwarzen Augen.

Der Junge war verliebt in ihn, da war er ganz sicher. Und es mußte wirklich Liebe sein. Denn als er ihm Geld angeboten hatte, war der Junge so gekränkt gewesen, daß ihm die Tränen kamen. Er hatte sich schleunigst entschuldigt und ihm die Tränen weggeküßt. Und wie er gestrahlt hatte, als er ihm versprach, ihn am nächsten Abend wiederzusehen!

Der Aufzug machte quietschend halt. Jussef stieg aus, schloß sorgfältig die Tür hinter sich und ging auf sein Büro am Ende des Ganges zu. Auf der Milchglasscheibe seiner Bürotür stand in schwarzen Lettern der Name der Gesellschaft: MEDIA (FRANCE) SA.

Seine Sekretärin, die auch als Empfangsdame fungierte, sah hoch, als er eintrat, und sagte lächelnd: »Bonjour, Monsieur Ziad.«

»Bonjour, Marguerite«, gab er zurück und ging an ihr vorbei in sein Zimmer. Er schloß die Tür hinter sich, zog den Regenmantel aus und trat ans Fenster. Die Champs Elysées waren trotz des Regens voller Menschen – Touristen kauften bereits Karten für die Abendvorstellung im Lido auf der gegenüberliegenden Seite, und in den Läden wimmelte es von Kunden.

Die Tür hinter ihm öffnete sich, und ohne sich umzudrehen, hielt er Marguerite seinen Regenmantel entgegen. »Gibt es etwas Neues?« fragte er, als sie ihm den Mantel abnahm.

»Ein Fernschreiben aus Genf«, antwortete sie.

»Wo ist es?«

»In dem Aktendeckel auf Ihrem Schreibtisch. Ich habe ihn zuoberst gelegt.«

Er schlug die Mappe auf, nahm schnell das gelbe Textblatt heraus und las es:

ZIADMED. ANNULLIERET FILMPROJEKT UND SCHLIESSET SOFORT VERGLEICH MIT VINCENT STOP ABLEHNET AUCH WEITERE SENDUNGEN FÜR RECHNUNG

ARABDOLLS BIS AUF WEITERES. WIR HOLEN AUSKUNFT ÜBER DIE FIRMA EIN STOP INFORMIERET MICH BALDIGST ÜBER BEDINGUNGEN ABKOMMEN VINCENT STOP GRÜSSE ALFAYMED

Seine Eingeweide krampften sich schmerzhaft zusammen. Er sank in seinen Sessel, Schweiß bedeckte seine Stirn. Die Gedanken jagten sich in seinem Kopf. Irgend etwas war schiefgegangen. Irgendwie war er entdeckt worden. Übelkeit stieg ihm in die Kehle, und er konnte gerade noch rechtzeitig den Waschraum erreichen.

Nachdem er sich übergeben hatte, fühlte er sich wohler. Er füllte ein Glas mit Wasser aus der Karaffe, die auf seinem Schreibtisch stand, trank langsam aus und las noch einmal das Fernschreiben. Sein Magen beruhigte sich allmählich. Vielleicht war es gar nicht so, wie er zuerst angenommen hatte; sein eigenes Schuld- und Angstgefühl hatte ihn übermannt. Baydar konnte tausend andere stichhaltige geschäftliche Gründe haben.

Also hieß es ruhig bleiben, um zu überlegen und die wahren Ursachen für Baydars Handeln festzustellen. Dann würde er wissen, was zu tun war. Jussef zündete eine Zigarette an und legte das Fernschreiben mit der Vorderseite nach unten auf den Tisch. Als erstes mußte er die Anordnungen ausführen. Er nahm den Hörer ab. »Stellen Sie fest, wo ich Michael Vincent finden kann«, sagte er zu seiner Sekretärin.

»*Oui,* Monsieur Ziad«, antwortete Marguerite. »Wollen Sie mit ihm sprechen?«

»Nein, noch nicht«, erwiderte er. »Zuerst will ich mit Monsieur Jasfir sprechen. Den müssen Sie wohl auch suchen.«

Er legte den Hörer auf und bemühte sich, seine Gedanken zu ordnen. Er hatte bereits vierhunderttausend Dollar Honorar für Vincent erhalten, ihm aber erst die Hälfte davon ausgezahlt. Ob es ihm gelingen würde, den Vergleich auf dieser Basis abzuschließen? Dann würden sie nur so viel an der Sache verlieren, wie sie bereits bezahlt hatten. Das mußte auf Baydar einen guten Eindruck machen. Allmählich erholte er sich. Vielleicht stand es nicht so schlimm, wie es ihm erschienen war.

Das Telefon auf seinem Schreibtisch summte. »Ich habe Monsieur Jasfir für Sie am Apparat«, zirpte Marguerite.

»Wo ist er?«

»In Genf.«

Er drückte auf den Knopf und sprach arabisch, so daß man ihn nicht verstand, falls jemand zuhörte. »Ich habe Weisung erhalten, die Sendungen für Arabdolls einzustellen. Haben Sie eine Ahnung warum?«

Jasfir antwortete ruhig: »Nein. Hat man einen Grund angegeben?«

»Eigentlich nicht. Es heißt nur, daß man Auskünfte über die Firma einholt.«

Jasfir schwieg.

»Ich werde unserem Beiruter Büro telegrafieren müssen«, sagte Jussef.

»Nein.« Jasfirs Stimme war kalt. »Wir haben zwei Sendungen wöchentlich bis Weihnachten eingeplant. Das ist die wichtigste Jahreszeit für uns.«

»Ich kann nichts machen«, erklärte Jussef. »Wenn ich mich nicht füge, kostet es mich meinen Posten.«

»Das ist Ihr Problem, mein Freund. Wenn diese Sendungen nicht geliefert werden, könnten meine Partner über zwanzig Millionen Dollar verlieren. Und das würden sie ungern tun.«

»Ich kann nichts machen«, wiederholte Jussef. »Ich verliere meine Provision auch nicht gern. Aber ich muß meinen Posten behalten.«

»Sie haben immer noch nicht richtig verstanden«, sagte Jasfir. »Keinen Posten und am Leben, oder den Posten – und tot!«

Die Verbindung wurde plötzlich unterbrochen, und sofort meldete sich die französische Telefonistin. »Ist das Gespräch zu Ende, Monsieur?«

Jussef starrte einen Augenblick auf das Telefon. »*Oui*«, antwortete er dann schnell. Und wieder spürte er den Krampf in seinen Eingeweiden, und der Angstschweiß trat ihm auf die Stirn. Er ließ den Kopf auf seine Hände sinken. Er mußte nachdenken, mußte eine Möglichkeit finden, um Baydar umzustimmen.

Wieder summte das Telefon. Er hob ab. Die Stimme seiner Sekretärin klang so heiter, daß es ihn ärgerte. Erstaunlich, wie Franzosen jedes erfolgreich vermittelte Ferngespräch als einen persönlichen Sieg betrachteten. »Monsieur Vincent ist gerade von London nach Paris abgeflogen«, verkündete sie. »Er wird um ein Uhr im *George V.* erwartet.«

»Lassen Sie ihn wissen, daß ich ihn zum Lunch treffen muß.«

Er legte den Hörer auf und nahm ihn gleich wieder ab. »Bringen Sie mir zwei Aspirin«, befahl er. »Und dann verbinden Sie mich mit Monsieur Carriage in Genf.«

Das Aspirin half ihm nicht viel, und die Leitungen nach Genf waren besetzt. Jussef schaute auf die Uhr. Es war elf vorbei. Er trank gewöhnlich nicht viel, aber diesmal durfte er wohl eine Ausnahme machen.

Er erhob sich und verließ sein Büro. »Ich bin bald wieder hier«, sagte er zu seiner Sekretärin.

Marguerite wunderte sich. »Fühlen Sie sich nicht wohl?« fragte sie besorgt.

»Mir fehlt nichts«, schnappte er, ging auf den Gang hinaus und bestieg den Fahrstuhl, der ihn langsam ins Erdgeschoß brachte. Er verließ das Gebäude und wandte sich nach links zu *Fouquet's*.

Er ging an die Bar. Der Barmann kam sofort zu ihm. »Bonjour, Monsieur Ziad, was darf ich Ihnen bringen?«

»Was haben Sie, um einen nervösen Magen zu beruhigen?«

Der Barmann sah ihn an. »Alka Seltzer. Ich finde es sehr wirkungsvoll.«

»Nein«, wies Jussef ihn schroff ab. »Etwas Stärkeres.«

»Fernet-Branca, Monsieur«, schlug der Barmann vor. »Ein altes Mittel, aber immer noch das beste.«

»Dann geben Sie es mir. Eine doppelte Portion.«

»Einen Doppelten, Monsieur?« Der Barmann warf ihm einen merkwürdigen Blick zu.

»Ja. Und machen Sie schnell!« Jussef war verärgert. Warum mußte alles so schwierig sein?

»Gewiß, Monsieur.« Der Barmann wandte sich um und nahm eine Flasche vom Regal. Gleich darauf stand die dunkelbraune Flüssigkeit in einem altmodischen Glas vor Jussef. »Ich glaube, das ist zu viel«, sagte der Barmann. »Trinken Sie es langsam.«

Jussef sah ihn verachtungsvoll an. Die Franzosen bestanden immer darauf, daß man alles nach ihrer Nase machte. Er nahm das Glas und kippte den Inhalt in einem Zug hinunter. Einen Moment lang stand er wie gelähmt da, während das schauderhaft schmeckende Zeug ihm brennend durch die Kehle floß. Dann hielt er sich die Hand vor den Mund, drehte sich um und rannte die Treppe nach oben zur Toilette.

Michael Vincent war entspannt, als er Jussef die Tür seines Hotelzimmers öffnete; er hielt ihm lächelnd die Hand entgegen. »Eine gute Nachricht für Sie«, sagte er herzlich. »Ich bin mit der ersten Fassung des Drehbuchs fertig.«

Jussef schaute ihn ohne Begeisterung an. »Wir haben Probleme zu besprechen, mein Freund.«

Vincent war sofort auf der Hut. »Probleme« war im Lexikon des Filmgeschäftes ein verhängnisvolles Wort. Er war aber nicht so dumm, direkt darauf einzugehen. »Es gibt keine unlösbaren Probleme.«

Jussef betrachtete den Amerikaner. Der Mann schien zum erstenmal, seit er ihn kannte, völlig nüchtern. Warum ausgerechnet dieses Mal? Mit einem angetrunkenen Vincent hätte er viel besser verhandeln können. »Ich habe mir gestattet, unten einen Tisch für den Lunch reservieren zu lassen«, sagte er.

»Sehr gut. Ich bin halb verhungert. Ich habe nicht mal gefrühstückt. Gehen wir gleich hinunter.«

»Was würden Sie gern trinken?« fragte Jussef, nachdem beide an ihrem Tisch Platz genommen hatten.

Vincent schüttelte den Kopf. »Nicht auf leeren Magen.«

Jussef wandte sich an den Ober. »Dann wollen wir erst einmal die Speisekarte sehen.«

»Wir haben ausgezeichneten Lachs, Monsieur Ziad«, schlug der Ober vor.

Jussef war es gleichgültig, was er aß. »Klingt recht gut.« Er wandte sich an den Amerikaner. »Und Sie?«

»Für mich auch.«

Jussef fluchte lautlos. Der Mann war viel zu freundlich. Er hatte gehofft, er würde etwas trinken. »Eine Flasche Montrachet«, bestellte er. Vielleicht würde ein guter Weißwein helfen.

Der Ober entfernte sich. Die beiden schwiegen eine Weile. Dann sprach Vincent als erster. »Sie haben Probleme erwähnt?«

»Ja«, antwortete Jussef ernst. Er sah Vincent an und beschloß, so fremd es seiner Natur auch war, es mit der direkten Methode zu versuchen. »Ich habe heute früh Weisung erhalten, das Filmprojekt rückgängig zu machen.«

Vincents Miene blieb ausdruckslos. Dann seufzte er leise. »Ich dachte mir schon, daß so was kommen würde. Es war zu schön, um wahr zu sein.«

»Es überrascht Sie nicht?«

Der Regisseur schüttelte den Kopf. »Nein, es überrascht mich nicht, da ich vor ein paar Wochen in den Hollywooder Fachblättern las, daß eine andere Gesellschaft im nächsten Frühjahr in Marokko eine Geschichte des Propheten zu drehen beabsichtigt.«

Jussef atmete auf. Das also war die Ursache des Fernschreibens. Und nicht, weil sie seinen Dispositionen mißtrauten. »Ja«, sagte er mit möglichst teilnahmsloser Miene.

»Machen Sie kein so finsteres Gesicht«, lachte Vincent. »Wenn Sie schon so lange im Filmgeschäft wären wie ich, hätten Sie schon Schlimmeres erlebt.«

»Es gibt da aber noch eine unangenehme Sache, die wir bereinigen müssen. Ihr Vertrag. Ich wurde beauftragt, einen Vergleich mit Ihnen auszuarbeiten.«

»Da gibt es nichts zu vergleichen.« Vincent wurde sehr hellhörig. »Ich habe einen festen Vertrag. Ich bekomme eine Million Dollar, ob der Film gedreht wird oder nicht.«

»Das glaube ich nicht. Wie ich es verstehe, ist die Hälfte Ihres Honorars während der Dreharbeiten fällig. Wenn wir mit der Produktion nicht beginnen, fallen diese Zahlungen weg. Außerdem sind in der Gesamtsumme zweihunderttausend für Spesen enthalten. Auch diese Summe brauchen wir nicht zu bezahlen.«

»Ich fasse den Vertrag anders auf. Meiner Ansicht nach kann ich die Bezahlung des vollen Betrags erzwingen.«

»Wie denn?« fragte Jussef kurz. »Wenn Sie den Vertrag durchlesen, werden Sie finden, daß die Abmachungen den libanesischen Gesetzen unterstehen und der Gerichtsstand Beirut ist. Glauben Sie, daß Sie, ein Ausländer, eine Chance gegen Al Fay hätten? Sie würden keinen Cent erhalten. Wahrscheinlich würden Sie nicht einmal einen Rechtsanwalt finden, der Ihren Fall gegen uns übernähme.«

Vincent schwieg. Das war die einzige Vertragsklausel, die ihm mißfallen hatte. Es war auch die einzige, auf der sie bestanden hatten. Nun wußte er, warum.

Jussef wurde nun sicherer. »Freunde haben in einem Gerichtssaal nichts zu suchen«, sagte er. »Es wäre viel angenehmer, wenn wir einen Vergleich schließen könnten. Die Welt ist klein. Man kann nie wissen, wann wir einander noch behilflich sein können.«

»Was schlagen Sie vor?«

»Sie haben bereits zweihunderttausend erhalten. Die Zahlung von weiteren hundertausend erfüllt unsere Verpflichtung für das Drehbuch. Ich schlage vor, wir lassen es dabei bewenden.«

Vincent schwieg.

»Und ich verzichte auf meine Provision«, fuhr Jussef schnell fort. »Das scheint mir angemessen, da das Projekt nicht zur Ausführung gelangt. Auf diese Weise würden Sie die ganze Summe bekommen.«

»Wie steht es mit meinen Spesen?« fragte Vincent. »Hunderttausend davon sollten während der Arbeiten am Drehbuch bezahlt werden.«

Jussef überlegte einen Augenblick. Was der Amerikaner sagte, war richtig. Außerdem hatte Jussef dieses Geld bereits, so daß es da kein Problem gab. Soviel Baydar wußte, war die Summe schon ausbezahlt worden. Aber trotzdem konnte er seine natürliche Habgier nicht unterdrücken. »Wenn wir die Spesen bezahlen, bestehe ich auf meiner Provision.«

Vincent rechnete schnell im Kopf. Dreihunderttausend Dollar oder vierhunderttausend minus zwanzig Prozent. Der Unterschied betrug nur zwanzigtausend Dollar, aber es war besser als nichts. Plötzlich lachte er. »Abgemacht«, sagte er, »unter einer Bedingung.«

»Nämlich?« fragte Jussef vorsichtig.

»Daß Sie Ihren Einfluß benützen, mich in dem anderen Film unterzubringen.«

Jussef lächelte erleichtert. »Das würden wir ohnehin tun«, erklärte er.

Der Weinkellner entkorkte mit großartiger Geste die Flasche und goß eine Probe für Jussef ein. *»Très bon«,* sagte Jussef und bedeutete dem Kellner mit einem Wink, Vincents Glas zu füllen.

Vincent hob abwehrend die Hand. »Ich habe es mir andes überlegt«, sagte er. »Bringen Sie mir einen doppelten Scotch!«

5

Ali Jasfir betrat das Café gegenüber dem *Hotel Wilson* in Genf. Er schaute auf die Uhr. Es war fast sechs, und im Café wimmelte es von Büroangestellten, die sich einen Drink genehmigten, bevor sie aus der City nach Hause in die Vororte fuhren. Er fand einen ruhigen Tisch im hinteren Teil des Restaurants, bestellte Kaffee und machte sich darauf gefaßt, zu warten. Sie hatte ihm gesagt, daß sie wahrscheinlich vor sechs nicht weg könne. Er schlug die Pariser Ausgabe der *Herald Tribune* auf.

Die Zeitung war voll von Geschichten über die Panik in den Vereinigten Staaten wegen des Ölembargos. Zuerst hatte das Land einen Schock erlitten. Die Leute konnten nicht glauben, daß ihnen das wirklich passierte. Dann rafften sie sich jedoch auf und begannen herumzumanövrieren, um ihre Vorräte zu vergrößern. Er lächelte; viel konnten sie da nicht tun. Im Winter würden sie den Engpaß erst richtig zu spüren bekommen. Wenn es ihnen dann im Frühjahr klar wurde, daß sie fünf Jahre brauchen würden, um ihre eigenen Ölquellen, die sie wegen der billigen Importe vernachlässigt hatten, wieder auszubauen, würden sie auf den Knien um Gnade bitten.

Vorausgesetzt allerdings, daß die Araber imstande waren, ihre Einigkeit beizubehalten. Es zeigten sich bereits Risse in der Rüstung. Es gab Gerüchte, wonach immer noch Öltanker mit Bestimmung

Amerika nicht nur vom Iran, sondern auch von den Vereinigten Arabischen Emiraten, Kuweit und sogar aus Saudi-Arabien durch den Golf von Oman schlüpften. Er zweifelte keinen Augenblick an der Wahrheit dieser Gerüchte. Alle diese Länder waren nicht nur durch Gefühle, sondern auch durch hartes Geld mit Amerika verbunden. Ihre Investitionen in der amerikanischen Wirtschaft waren so groß, daß sie schon aus Angst, es könnte zum Chaos kommen und sie ihre sämtlichen Investitionen verlieren, nicht wagten, sich allzu viel in diese Dinge einzumischen. Die Tatsache, daß ihr Selbstinteresse der völligen Freiheit für die arabische Welt im Wege stand, war den wenigen Auserwählten, die diese Länder regierten, völlig egal. Sie benutzten die Krise nur, um ihre Macht, den eigenen Reichtum, zu vermehren. Es waren Männer wie Al Fay - vielleicht der Schlimmste von allen-, Männer, die beseitigt werden mußten, bevor die Araber ihren rechtmäßigen Platz an der Sonne einnehmen konnten. Was sie der Bewegung an Hilfe gaben, war ein reines Almosen, gemessen an ihrem Profit.

Der Prophet hatte gesagt: »Denk an den Tag des Gerichtes!« Aber die Bruderschaft war nicht gewillt, so lange zu warten. Die Pläne, die Macht dieser Männer gegen sie selbst zu richten, warteten nur auf ihre Ausführung, und mit der Zeit würden sie den Zorn des verratenen Volkes zu fühlen bekommen.

Ali Jasfir war bei seiner zwei ten Tasse Kaffe, als die junge Frau eintrat und vor ihm stehenblieb. Er wies wortlos auf den Stuhl gegenüber.

Sie nahm Platz, und der Kellner erschien. »Coca-Cola mit Zitrone«, bestellte sie. Als der Kellner verschwunden war, sagte sie: »Entschuldige, daß ich so spät komme, aber ich konnte mich nur schwer so kurzfristig freimachen.«

»Ich hätte dich nicht gestört, wenn es nicht wichtig wäre.«

»Das verstehe ich.« Der Kellner kam mit ihrem Getränk und entfernte sich wieder. »Was ist denn los?« fragte sie.

»Eine ganze Menge«, antwortete er ernst. »Das Schlimmste ist vielleicht die Gefahr einer Umgehung des Embargos.«

Die Augen unverwandt auf ihn gerichtet, trank sie ihre Cola.

»Die Vereinigten Staaten üben auf Leute wie deinen Vater einen starken Druck aus. Sie drohen mit der Konfiszierung ihrer Investitionen in den Staaten.«

»Davon habe ich nichts gemerkt. Und ich bin jeden Tag im Büro. Ich lese fast jedes Papier, das ins Büro kommt.«

»So dumm sind die nicht! Es gibt Dinge, die man niemals zu Papier bringen würde. Aber die Drohungen sind da. Und dein Vater reagiert darauf.«

»Wie? Mein Vater hat mit den Ölzuteilungen nichts zu tun.«

»Aber er hat großen Einfluß. Früher oder später wird man auf ihn und andere seiner Art hören.«

Sie zündete eine Zigarette an und inhalierte tief. »Die Dinge sind ja nie wirklich so, wie sie scheinen, nicht wahr?«

Ali Jasfir nickte. »Möglich, daß wir früher losschlagen müssen, als wir dachten.»

Sie stieß langsam den Rauch aus.

»Du hast es dir nicht anders überlegt?« fragte er plötzlich. »Du glaubst noch immer an die gleichen Dinge?«

»Ich habe es mir nicht anders überlegt. Wie könnte ich das! Ich erinnere mich noch immer an die von den israelischen Flugzeugen gegen uns begangenen Greuel. Ich sehe noch die Leichen und die Gesichter meiner Freundinnen vor mir. Ich habe die ohne Veranlassung begangenen Gewalttaten der Israelis erlebt. Ich werde meine Meinung nicht ändern, ehe sie alle tot sind.«

Er entspannte sich ein wenig. »Ich hatte befürchtet, dein amerikanischer Liebhaber hätte dich vielleicht umgestimmt.«

Sie begegnete ruhig seinem Blick. »Er ist nicht mein Liebhaber«, sagte sie kalt. »Ich benutze ihn, um Einblick in die Geschäfte meines Vaters zu gewinnen.«

»Dann weißt du wohl auch von der Anweisung, die Sendungen von Arabdolls zu stoppen?«

»Ja.«

»Kennst du den Grund?«

»Ich bin nicht sicher, aber ich glaube, sie haben den Verdacht, daß Ziad bestochen wurde. Sie stellen jetzt Nachforschungen an, um herauszufinden, ob das stimmt.«

»Für uns ist es sehr wichtig, daß diese Sendungen weiterlaufen. Sie sind unsere Hauptquelle für amerikanische Dollars. Glaubst du, du hast genug Einfluß auf deinen amerikanischen Freund, um zu erreichen, daß diese Anordnungen rückgängig gemacht werden?«

»Ich weiß nicht«, antwortete sie zweifelnd. »Er hat von meinem Vater den Auftrag erhalten, diese Sendungen zu stoppen.« Sie sah ihn an. »Wie wäre es, wenn ich direkt mit meinem Vater spräche?«

»Nein. Dein Vater weiß nichts über diese Sendungen. Sonst hätte er sie längst gestoppt. Er hat uns schon immer abgelehnt.«

»Dann weiß ich nicht, was ich tun kann.«

»Vielleicht kannst du den Amerikaner überreden, deinem Vater zu berichten, daß mit den Sendungen alles in Ordnung sei und Ziad von Arabdolls kein Geld bekommt.«

»Stimmt das?«

»Natürlich nicht«, sagte er irritiert. »Sei nicht so naiv. Wie glaubst du denn, kriegt man ein Schwein wie ihn dazu, mit uns zu arbeiten, wenn nicht durch Bestechung? Du könntest deinem Freund sagen, du hättest gerade erfahren, daß Arabdolls Freunden von dir gehört und daß es dir unangenehm wäre, wenn sie Schwierigkeiten bekämen.«

»Meinst du, er würde das glauben?«

»Wer weiß? Das solltest du eigentlich am besten wissen.«

Ein leises Lächeln spielte um ihre Lippen. »Vielleicht tut er es. Als mein Vater in Gstaad war, waren wir mindestens viermal am Tag zusammen. Er ist wie ein Verrückter. Er läßt mich nie in Ruhe.«

»Wenn das wahr ist, solltest du doch keine Schwierigkeiten mit ihm haben.«

»Wenn er sich aber weigert?«

»Du kannst drohen, daß du zu deinem Vater gehst und ihm von eurer Affäre erzählst.« Er bemerkte ihre erschrockene Miene und fügte schnell hinzu: »Aber nur als letzter Ausweg. Vorläufig fragst du ihn nur. Morgen abend treffen wir uns um die gleiche Zeit, und du berichtest mir, was er geantwortet hat.«

»Sonst noch etwas?«

»Im Augenblick nicht.«

»Wie lange muß ich noch bleiben?« fragte sie. »Ich habe doch nicht die ganze Zeit im Trainingslager verbracht, um Sekretärin zu spielen! Wann kriege ich die Gelegenheit, wirklich was zu tun?«

»Du tust gerade jetzt etwas für uns sehr Wichtiges; und vielleicht wird das andere schneller kommen, als du glaubst.«

Als der Kurier des Konsularbüros gegangen war, schaute Carriage auf die Uhr. Sieben Uhr. Er öffnete eine Schreibtischschublade und entnam ihr den passenden Schlüssel für die Posttasche. Es mußte etwas sehr Wichtiges sein, wenn es mit der Diplomatentasche mit dem letzten Flugzeug des Tages von Beirut geschickt worden war.

Es war nur ein einziger Aktendeckel mit nur einem Blatt Papier darin. Auf dem Deckel standen in auffallenden roten Buchstaben die Worte VERTRAULICHER BERICHT – ARABDOLLS.

Er schlug die Mappe auf und las den Inhalt schnell durch. Er war kurz und sachlich. Arabdolls war ein Aushängeschild für das Rauschgiftsyndikat. Unter den registrierten Besitzern befanden sich ein amerikanischer Mafioso, ein Korse, der im Zusammenhang mit Heroinraffinerien bekannt war, und zwei Libanesen, von denen der eine weitverzweigte Verbindungen zu den Mohnpflanzern im Libanon und in der Türkei besaß und der andere verschiedene Fedajingruppen als Bankier in ihren Finanztransaktionen vertrat.

Jetzt wurden die Eilfrachtgebühren verständlich. Sie hatten für Arabdolls eine einwandfreie Schiffahrtsgesellschaft gefunden, um das Rauschgift in die Vereinigten Staaten zu bringen, denn MEDIA besorgte nicht nur den Transport, sondern verzollte als konzessionierter Zollagent die Sendungen auch selbst und lieferte die Ware direkt an den New Yorker Empfänger. Der war zwar eine bekannte amerikanische Großhandels-Importfirma für Spielzeug, aber Dick war überzeugt, daß ein entsprechendes Abkommen zur Beförderung der Sendungen in den Staaten vorlag.

Carriage hob den Telefonhörer ab und ließ sich mit dem Direktor des Schiffsmaklerbüros MEDIA in Beirut verbinden.

Der Direktor meldete sich stotternd vor Aufregung über die Ehre, von Mr. Al Fays persönlichem Assistenten angerufen zu werden. Es war das erstemal, daß er mit jemandem sprach, der in der Hierarchie höher stand als Jussef, und war entsprechend entgegenkommend.

Nein, er persönlich wußte nichts über Arabdolls, nur daß sie sehr höflich waren und daß ihre Rechnungen prompt bezahlt wurden. Wären nur all seine Kunden so pünktlich – aber Sie wissen ja, wie die leider sind.

Dick zeigte sich verständnisvoll und sagte, Mr. Al Fay sei sich der Probleme bewußt und habe dafür Verständnis. Dann fragte er, durch wen sie Arabdolls als Kunden bekommen hätten – welcher ihrer Agenten die Firma gebracht habe.

Der Direktor entschuldigte sich. Leider sei es keinem seiner Leute gelungen, die Firma als Kunden anzuwerben. Dieses Verdienst müsse er allein Mr. Ziad zuschreiben, der alle Vereinbarungen in Paris getroffen habe. Hier in Beirut hätten sie nur den Kundendienst zu versehen. Und sie bemühten sich besonders, diesen Kunden stets zufriedenzustellen. So gute Kunden fand man nicht oft.

Dick dankte und legte den Hörer auf. Er fragte sich, wieviel Jussef über den Inhalt dieser Sendungen wußte. Er konnte nur schwer glauben, daß Jussef es wagte, gegen Baydars Politik zu verstoßen. Besonders nach dem Zwischenfall mit Ali Jasfir im vorigen Sommer in Cannes. Er wußte doch genau, daß Baydar es abgelehnt hatte, als Strohmann für die illegale Tätigkeit der Fedajin zu fungieren, gleichgültig, wie wichtig deren Motive angeblich waren.

Doch das Geschäft konnte nur auf *eine* Weise zustande gekommen sein. Jemand mußte sich an Jussef gewandt haben. Er hätte gern gewußt, wie gut Jussef Ali Jasfir kannte. Er versuchte sich zu erinnern, ob er die beiden in Cannes zusammen gesehen hatte. Aber es fiel ihm nur ein, daß er selbst Jussef beauftragt hatte, Ali Jasfir zu der Party einzuladen.

Er hatte gerade den Aktendeckel ins Safe geschlossen, da kam Leila zurück. Er sah sie an und beschloß, Baydar gleich am Morgen anzurufen.

»Was ist los?« fragte Leila sofort. »Du siehst so ernst aus.«

»Wahrscheinlich, weil ich an zu viele Dinge denken muß.« Er zwang sich zu einem Lächeln. »Wie waren deine Freundinnen?«

Sie erwiderte sein Lächeln. »Blöde Gänse. In der Schule waren sie nett, aber jetzt bin ich ihnen anscheinend entwachsen. Ihr einziger Gesprächsstoff sind Jungen.«

Er lachte. »Das scheint mir normal.«

»Sie denken auch an nichts anderes.«

»Und woran denkst du?«

Sie kam zu seinem Schreibtisch und beugte sich über ihn, so daß ihr Gesicht beinahe das seine berührte. »Mit dir zu ficken«, sagte sie.

6

Baydar rief an und sagte fröhlich: »Guten Morgen, Dick.«

»Morgen, Boss. Wie geht's bei Ihnen?«

»Prächtig. Und die Jungens sind begeistert. Sie sollten sie auf den Skiern sehen. Richtige Naturtalente.«

»Hier gibt es einiges, das zu besprechen wäre. Ist Ihr Telefon abhörsicher?«

»Nein«, antwortete Baydar. »Rufen Sie in zehn Minuten noch mal an.«

Dick legte den Hörer auf. Er dachte an die vergangene Nacht zurück. Die Affäre Arabdolls wurde immer merkwürdiger. Jetzt gab es eine neue Perspektive: Plötzlich hatte Leila ein ganz unerwartetes Interesse dafür gezeigt.

Sie war auf echt arabische Art auf Umwegen darauf zu sprechen gekommen. Sie lagen nackt auf seinem Bett und rauchten; er fühlte sich leicht benebelt. »Ob wir wohl weiter so zusammenkommen können, wenn mein Vater zurück ist?« eröffnete sie das Gespräch.

»Ich werde schon einen Weg finden.«

»Du wirst gar keine Zeit haben. Wenn er hier ist, hast du doch keinen freien Augenblick.«

Er antwortete nicht.

»Manchmal glaube ich, du bist noch mehr Sklave als Dschabir.«

»So schlimm ist es nun auch wieder nicht.«

»Schlimm genug«, erwiderte sie und hatte plötzlich Tränen in den Augen.

»Aber laß das doch!« sagte er und griff nach ihr.

Sie legte den Kopf an seine Brust. »Entschuldige«, flüsterte sie. »Ich bin gerade dabei, mich an dich zu gewöhnen und festzustellen, wie wunderbar du bist.«

»Du bist auch nicht so übel!«

»Ich muß dir etwas gestehen.«

»Keine Geständnisse!«

Aber sie fuhr fort: »Du bist der erste wirkliche Mann, mit dem ich je zusammen war. Alle anderen waren nur Jungen. Mit ihnen hab ich nie etwas Ähnliches gefühlt wie mit dir.«

Er antwortete nicht.

»Geht es dir auch so? Fühlst du mit deiner Frau das gleiche wie mit mir?«

Er dachte an Frau und Söhne, die zehntausend Kilometer entfernt waren, und empfand Gewissensbisse. »Das ist unfair«, sagte er vorwurfsvoll.

»Verzeih, es war dumm von mir. Ich werde dich nie wieder fragen.« Sie nahm ihm die Zigarette aus der Hand. »Laß mich einen Zug machen.«

Er betrachtete sie, während sie den süßen Duft einatmete. Nach ein paar Zügen gab sie ihm die Zigarette zurück, und er legte sie in einen Aschenbecher. Dann drehte er Leila auf den Rücken, glitt nach unten und begann sie zu küssen.

Sie stöhnte leise, mit den Händen preßte sie sein Gesicht an sich. »Beim Leben Allahs, wie ich das liebe!« Sie hob sein Gesicht, um ihn anzusehen. »Weißt du, daß du der erste Mann bist, der mich da geküßt hat?«

Er schüttelte den Kopf.

»Von den Jungen, mit denen ich gegangen bin, hat das keiner gemacht. Aber das waren alles Araber. Arabische Jungen sind miese Liebhaber. Die denken nur an ihr eigenes Vergnügen. Sag mir, machen das alle Amerikaner?«

»Das weiß ich wirklich nicht.«

»Machst du es gern?«

Er nickte.

»Dann laß mich auch«, sagte sie und beugte sich herunter. Nach einer Weile hob sie den Kopf. »Du bist fabelhaft gebaut.«

Er lachte laut.

»Hast du nur Araber gekannt?« fragte er.

»Nein, einmal war es ein Franzose. Aber es war dunkel, und er kam so schnell, daß ich gar keine Möglichkeit hatte, ihn mir anzuschauen.« Sie schaute an ihm herunter. »Er wird mir fehlen, weißt du.«

Dann lachte sie unerwartet. »Mir ist etwas Verrücktes eingefallen. In einem Inserat in einer Illustrierten haben sie aufblasbare Puppen in Lebensgröße angepriesen. Soll ich mir so eine nach deinen Maßen machen lassen? Dann könnte ich dich in meinem Zimmer aufbewahren, und wenn du selbst nicht da bist, blase ich einfach die Puppe auf und habe dich bei mir!«

»Tatsächlich eine verrückte Idee.« Er lachte.

»Ich wette, ich könnte mir so etwas von meinem Freund bei Arabdolls machen lassen«, kam sie endlich zum Thema.

Die Warnglocke in seinem Kopf klingelte laut und deutlich. »Ich hätte nicht gedacht, daß die so was herstellen«, sagte er.

»Für mich würden sie es vielleicht tun. Essam Mafrads Vater ist der Inhaber der Firma, und der ist ein guter Freund vom Vater meiner Mutter.«

Mafrad war der libanesische Bankier, der Al Iquah vertrat, und es war höchst wahrscheinlich, daß ihr Großvater ihn kannte. Nach ihrer nächsten Frage jedoch schaltete er die Möglichkeit eines bloßen Zufalls aus.

Sie setzte sich im Bett auf, und als wäre ihr plötzlich etwas eingefallen, fragte sie: »Ist das nicht die Firma, deren Sendungen mein Vater nicht mehr befördern will?«

Er nickte.

»Das kann er doch nicht machen! Es sind so gute Freunde von uns. Das würden sie nie verzeihen.«

»Dann sag das deinem Vater. Wenn er das erfährt, wird er sicher seinen Entschluß ändern.«

»Das kann ich nicht tun. Du kennst ja meinen Vater. Der läßt sich doch von niemandem etwas vorschreiben.«

Er schwieg.

»Aber du könntest etwas tun. Du könntest doch die Sendungen durchlassen.«

»Und dein Vater? Wenn er es merkt, wirft er mich raus.«

»Er braucht es ja nicht zu erfahren. Du zeigst ihm einfach die Protokolle nicht. Er hat so viel im Kopf, er würde das gar nicht merken.«

»Das ist unmöglich.«

»Warum denn? Du würdest ihm doch nur einen Gefallen tun. Unsere Familien sind seit Jahren befreundet, und du könntest ihm eine Menge Ärger ersparen.«

»Das ist nicht meine Sache. Ich habe gar keine Kompetenz dafür.«

»Dann tu es mir zuliebe. Und wenn Vater es erfährt, kannst du ihm sagen, daß ich dich darum gebeten habe. Ich will ja nur Schwierigkeiten zwischen den beiden Familien vermeiden.«

»Tut mir leid«, sagte er entschieden.

Plötzlich wurde sie böse. Sie sprang aus dem Bett und stellte sich vor ihn hin. »Du benimmst dich, als wäre ich nichts anderes als ein blödes Ding!« schrie sie. »Fürs Bett bin ich gut, aber für was anderes langt's nicht mehr!«

»Moment mal«, sagte er versöhnlich, »davon kann gar keine Rede sein. Ich respektiere durchaus deine Meinung. Ich bezweifle gar nicht, daß du recht hast, aber du verlangst von mir, etwas zu tun, wozu ich nicht befugt bin. Aber ich kann etwas anderes machen. Ich berichte morgen deinem Vater, was du mir erzählt hast, und ich bin sicher, daß er dann die Sendung genehmigen wird.«

»Ich brauche keinen Gefallen von dir!« fauchte sie ihn an. »Ich will nicht, daß du ihm etwas sagst, verstehst du? Nichts!«

»Dann eben nicht, wenn du es so willst.«

»Genau das will ich. Wenn ich ihm etwas zu sagen habe, werde ich es ihm selbst sagen.«

»Schon gut, schon gut«, besänftigte er.

Sie angelte ihr Kleid vom Stuhl und ging zur Tür, dann drehte sie sich noch einmal um. »Ihr habt alle Angst vor meinem Vater, ich aber nicht. Das werdet ihr schon noch merken!«

Er blieb noch lange im Bett sitzen und rauchte eine Zigarette nach der anderen. Es mußte mehr sein als Zufall. Selbst wenn die Familien Riad und Mafrad gut befreundet waren, war es doch ein wenig zu auffällig, daß sie das Ganze gerade in diesem Augenblick aufs Tapet brachte.

Er überlegte, ob er Baydar davon erzählen solle, beschloß jedoch, es nicht zu tun. Es würde nur ihre Beziehung bloßstellen, und damit wäre er seinen Posten los. So liberal Baydar auch über vieles dachte, er war doch ihr Vater.

Vielleicht hatte sie sich bis zum Morgen beruhigt. Inzwischen beschloß er, eines zu tun.

Er nahm trotz der späten Stunde den Hörer des Privattelefons auf seinem Nachttisch ab und drückte auf einen Knopf, so daß niemand im Haus von einem Nebenanschluß aus mithören konnte. Er wählte die Nummer eines Privatdetektivs, der schon einige Male für die Firma gearbeitet hatte.

Nachdem er mit dem Mann gesprochen und das Telefon aufgelegt hatte, fühlte er sich besser. Sobald Leila von jetzt an das Haus verließ, wurde sie überwacht. Ende der Woche würde er ziemlich genau wissen, mit wem sie zusammentraf und mit wem sie in Genf befreundet war. Wenn er das alles beisammen hatte, konnte er vielleicht einen Sinn in ihrem Vorgehen entdecken.

Er war vor acht Uhr ins Büro gekommen, da er wußte, daß er zu dieser Zeit dort allein war und Baydar beim Frühstück erwischen konnte. Dick wählte die Nummer.

Baydar meldete sich sofort. »Dick?«

»Ja.«

»Was gibt es?«

»Arabdolls«, sagte er kurz. »Die Firma ist ein Aushängeschild. Ich fürchte, wir haben für sie Rauschgift transportiert.« Er berichtete rasch, was er erfahren hatte.

Baydar schwieg eine Weile. »Wie sind wir da hineingeraten?« fragte er. »Wurde das Geschäft in Beirut abgeschlossen?«

»Nein, in Paris. Man hat mir berichtet, daß der Vertrag von Jussef selbst kam.«

»Das habe ich befürchtet. Ich habe schon gehört, daß er mit Ali Jasfir zusammengetroffen ist. Ich glaubte aber nicht, Jussef hätte die Frechheit, so etwas auf eigene Verantwortung zu machen. Er muß sehr viel Geld bekommen haben, wenn er sich dazu hat verleiten lassen.«

Carriage wunderte sich. »Sie wußten von der Verbindung zwischen den beiden?«

»Ja, aber ich dachte, es sei nur Jasfirs Art, in Kontakt zu bleiben. Das war offenbar ein Irrtum. Ich habe all die Nebengeschäftchen Jussefs hingenommen; die waren mehr oder minder üblich. Aber das hier ist etwas anderes.«

»Was wollen wir unternehmen?«

»Viel können wir nicht tun. Wir dürfen die Sache nicht publik machen, sonst könnte sie für uns zu einer Büchse der Pandora werden. Ein Wort zuviel, und wir verlieren unsere Lizenz als US-Zollagenten und unsere Speditionskonzession dazu. Wir müssen die Sache intern regeln. Als erstes werde ich Jussef hierherzitieren, um herauszufinden, wie tief wir tatsächlich drinstecken.«

»Wollen Sie hier mit ihm zusammentreffen?« fragte Dick.

»Nein. In Genf wimmelt es von Neugierigen. Sagen Sie ihm lieber, er soll zu mir nach Gstaad kommen.«

»Gut. Wollen Sie mich dabei haben?«

»Ich glaube, Sie bleiben lieber in Genf. Je weniger Leute er hier sieht, desto besser.«

»Übrigens, noch etwas. Ich habe gehört, die Familien Mafrad und Riad seien eng befreundet. Glauben Sie, daß Ihr ehemaliger Schwiegervater möglicherweise in die Sache verwickelt ist?«

»Ausgeschlossen!« Baydars Reaktion war überzeugend. »Riad ist ein altmodischer Konservativer. Er würde sich mit einem Gauner wie Mafrad nicht einlassen, und wenn der in Gold gewickelt wäre.«

»Ich dachte nur, Sie sollten darüber Bescheid wissen«, sagte Dick. Er dachte wieder an Leila. Fast hätte er davon angefangen, aber er überlegte es sich doch anders. Das hatte bis Ende der Woche Zeit, und dann würde er mehr wissen. Nachdem er den Hörer aufgelegt hatte, blieb er eine Weile in Gedanken verloren sitzen. Warum hatte sie so ausdrücklich diese Freundschaft betont, wenn es zwischen den beiden Familien gar keine Verbindung gab? Nichts von alledem ergab einen plausiblen Zusammenhang, zumindest bis jetzt noch nicht.

Die Tür ging auf, und seine Sekretärin kam herein. Sie blieb überrascht stehen. »Mr. Carriage«, sagte sie, »Sie sind so früh schon hier?«

»Ich hatte einige wichtige Anrufe zu erledigen.«

»Möchten Sie eine Tasse Kaffee?«

»Gerne. Und bringen Sie bitte Ihren Block mit. Ich muß ein Fernschreiben an Ziad in Paris schicken.«

Als sie mit ihrem Stenoblock wiederkam, überlegte er es sich anders und beschloß, Jussef lieber anzurufen. Baydars Aufforderung ließ sich am Telefon zwangloser weitergeben als in einem kalten Fernschreiben. Er trank seinen Kaffee, als Jussef sich meldete.

»Der Boss hat mich ersucht, Sie anzurufen und zu bitten, wenn Sie frei sind, zu ihm nach Gstaad zu kommen«, sagte er.

Jussefs Stimme klang ein wenig beunruhigt. »Ist etwas Besonderes los?«

Dick lachte. »Ich glaube nicht. Unter uns, ich glaube, es langweilt ihn schon ein wenig, den Familienvater zu spielen. Vielleicht sucht er einen Vorwand, um sich zu verdrücken.«

Dick spürte geradezu Jussefs Erleichterung. »Ich habe gerade einen solchen Vorwand bei der Hand. Vincent hat eingewilligt, vom Vertrag zurückzutreten, ohne daß wir ihm mehr zahlen müssen, als er schon bekommen hat. Ich kann sagen, daß der Boss herkommen muß, um die Papiere zu unterzeichnen.«

»Das wird ihm passen«, sagte Carriage.

Im Gefühl, daß nun eine gewisse Vertraulichkeit hergestellt war, gestattete sich Jussef einen kameradschaftlichen Ton. »Wie kommt es eigentlich, daß sich der Boss plötzlich so für Arabdolls interessiert?«

»Das weiß ich wirklich nicht«, antwortete Dick im gleichen Ton. »Aber Sie kennen ihn ja ebensogut wie ich. Er interessiert sich für jedes Geschäft, das irgendwie nach Gewinn riecht. Vielleicht will er sich daran beteiligen.«

»Soviel ich gehört habe, ist es nur ein kleines Unternehmen. Ich glaube nicht, daß es für ihn wichtig genug ist.«

»Das könnten Sie ihm ja direkt sagen, falls die Rede darauf kommen sollte.«

»Das tue ich auch.« Dick konnte beinahe hören, wie die Räder in Jussefs Kopf rotierten. »Ich habe hier noch einiges zu erledigen. Sagen Sie bitte dem Boss, daß ich irgendwann heute abend rüberkomme.«

»Ich werde es ihm ausrichten«, sagte Dick und legte auf.

Seine Sekretärin brachte ihm noch Kaffee. »Miss Al Fay ist draußen«, sagte sie und stellte das Tablett auf seinen Tisch. »Sie fragt, ob Sie im Lauf des Morgens einen Augenblick Zeit für sie hätten?«

»Bitten Sie sie herein«, ordnete Dick an. Leila mußte eine bestimmte Absicht haben, dachte er und goß sich Kaffee ein. Gewöhnlich kam sie morgens nie ins Büro.

Heute wirkte sie mehr denn je wie ein junges Mädchen, als sie zögernd vor seinem Schreibtisch stand. »Hoffentlich störe ich nicht«, sagte sie kleinlaut. »Ich werde dir nicht viel Zeit stehlen.«

»Schon gut. Möchtest du Kaffee?«

»Nein, danke. Ich bin nur gekommen, um mich wegen gestern abend zu entschuldigen.«

»Schwamm drüber. Ich habe es schon vergessen.«

»Nein, ich meine es ernst«, beharrte sie. »Ich habe mich wie ein verwöhntes Kind benommen. Ich hatte kein Recht, so etwas von dir zu verlangen. Hoffentlich ändert das nichts zwischen uns.«

»Es wird sich nichts ändern.«

»Ehrlich?«

»Ehrlich«, antwortete er.

Er sah die Erleichterung und ein merkwürdig triumphierendes Aufflackern in ihren Augen. »Kann ich heute abend zu dir kommen?« fragte sie, immer noch schüchtern.

»Ich wäre sehr unglücklich, wenn du nicht kämst.«

»Ich habe mich mit einigen Freundinnen zum Abendessen verabredet. Ich mache so schnell ich kann, und dann komme ich möglichst bald nach Hause.«

»Ich warte auf dich.«

Sie ging um den Schreibtisch herum, nahm seine Hand und hielt sie an ihre Brust. »Ich weiß nicht, ob ich bis heute abend warten kann«, sagte sie.

Das Telefon läutete. Er nahm seine Hand von ihrer Brust, um abzuheben. »Ich fürchte, das werden wir beide müssen«, sagte er mit gespieltem Ernst. Er nahm den Hörer ab. »Einen Augenblick«, bat er, bedeckte die Sprechmuschel mit der Hand und warf ihr einen ungeduldigen Blick zu. »Du siehst, ich habe zu arbeiten.«

Sie küßte ihn flüchtig auf den Mund und ging zur Tür. Auf halbem Weg blieb sie stehen, als wäre ihr plötzlich noch etwas eingefallen. »Übrigens, du wirst doch meinem Vater gegenüber nichts davon erwähnen, nicht wahr?«

»Nein«, antwortete er, die Hand noch immer über der Sprechmuschel.

»Gut.« Sie warf ihm eine Kußhand zu. »Wiedersehen – heute abend.«

Er lächelte, bis sich die Tür hinter ihr geschlossen hatte, doch als er die Hand dann von der Muschel nahm, war seine Miene betroffen. In tiefster Seele wußte er, daß da etwas nicht in Ordnung war. Ganz und gar nicht in Ordnung.

7

Baydar hob den Hörer ab. Jussefs Stimme klang heiter. »Ich bin im Hotel in der Stadt und habe Ihnen etwas ganz Besonderes aus Paris mitgebracht«, sagte er. »Wollen Sie herüberkommen und mit uns zu Abend essen?«

»Ich fürchte, das geht leider nicht.«

»Sie kennen mich doch, Boss. Wenn ich sage, es ist etwas Besonderes, dann ist es das auch. Sie hat einen unglaublichen Körper und ist einfach verrückt. Es gibt überhaupt nichts, wozu sie nicht liebend gern bereit ist.«

»Legen Sie sie auf Eis für ein andermal. Wir haben Gäste.«

»Dann vielleicht morgen.«

»Das geht auch nicht. Da habe ich hier im Hause einige Besprechungen.«

»Wann wollen Sie mich also sehen?« fragte Jussef. »Morgen zu Mittag?«

»Ich bin den ganzen Tag über besetzt. Sie müssen noch heute nacht kommen.«

»Heute nacht?« Jussefs Stimme klang beunruhigt.

»Ja. Meine Gäste werden vermutlich gegen Mitternacht gehen. Kommen Sie um halb eins.«

»Wollen Sie wirklich nicht ins Hotel herüberkommen?« schlug Jussef vor. »Das Mädchen wird sehr enttäuscht sein. Ich habe ihr erzählt, was für ein großartiger Mann Sie sind.«

»Kaufen Sie ihr eine Kleinigkeit beim Juwelier im Hotel, und geben Sie es ihr mit Grüßen von mir; sagen Sie ihr, ich sei ebenso enttäuscht wie sie.«

»Also gut, Boss, dann komme ich heute nacht. Um zwölf Uhr dreißig, ja?«

»Gut«, sagte Baydar und legte auf. Er saß noch im Halbdunkel der Bibliothek, als Jordana eintrat.

»Die Jungen gehen zu Bett«, sagte sie. »Sie fragen, ob du ihnen noch gute Nacht sagen kommst.«

»Natürlich«, sagte er und erhob sich. Als er an ihr vorbeiging, hielt sie ihn mit der Hand zurück.

»Ist etwas los?« fragte sie und schaute ihm in die Augen.

»Warum fragst du?«

»Du kommst mir besorgt vor. Wer war da eben am Telefon?«

»Jussef. Er kommt her, sobald unsere Gäste gegangen sind.«

»Ach so.«

»Er komm allein. Wir haben wichtige Geschäfte zu besprechen.«

Sie schwieg.

»Du magst ihn nicht, nicht wahr?«

»Ich mochte ihn nie«, antwortete sie, »das weißt du. Er ist wie viele von den Männern, die ich in deiner Umgebung sehe. Sie umschwärmen dich wie Beutegeier in der Hoffnung, sich auf die Überbleibsel zu stürzen. Inzwischen kriechen sie vor dir wie vor einer Art Gott. Es gibt da noch einen, den ich zweimal getroffen habe, einmal auf dem Schiff und einmal in Kalifornien, nachdem du fort warst. Ali Jasfir. Das ist auch so einer.«

»Ich wußte nicht, daß er in Kalifornien war«, sagte Baydar.

»Er war dort. Ich sah ihn in die Polo Lounge kommen, als ich gerade ging. Er war mit Jussef verabredet. Ich würde nicht wagen, einem von den beiden den Rücken zuzukehren.«

Er starrte sie an. Seltsam, daß sie die beiden in dieselbe Gruppe einordnete. Sie war wachsamer, als er gedacht hatte.

»Geh nach oben«, bat sie, »die Jungen warten, und es bleibt dir nicht mehr viel Zeit zum Umziehen, bevor die Gäste kommen.«

»Gut.«

»Baydar!«

Er wandte sich wieder um.

»Danke.«

»Wofür?«

»Ich habe die Jungen noch nie so glücklich gesehen. Ist dir bewußt, daß du ihnen in den letzten zwei Wochen mehr Zeit gewidmet hast als in den letzten drei Jahren? Sie haben es gern, wenn ihr Vater da ist. Ich auch.«

»Mir hat es auch gefallen.«

»Hoffentlich läßt es sich öfter einrichten.« Sie legte ihre Hand auf seinen Arm. »Es war schon lange nicht mehr so.«

Er regte sich nicht.

»Glaubst du, das wird möglich sein?« fragte sie.

»Wir wollen sehen. Es gibt immer so viel zu tun.«

Sie zog ihre Hand zurück und bemühte sich um eine ausdruckslose Miene. »Beeile dich«, sagte sie und wandte sich ab. »Es sind noch ein paar letzte Anordnungen für das Diner zu treffen.«

Er sah ihr nach, wie sie auf die Tür zum großen Salon zuging. Erst als sie verschwunden war, ging er in die Halle und stieg die Treppe zum Zimmer der Jungen empor.

Sie saßen in ihren Betten und erwarteten ihn. Er fragte auf arabisch: »Habt ihr euch gut unterhalten?«

Sie antworteten fast im Chor in derselben Sprache: »Ja, Vater.«

»Eure Mutter sagte, ihr wolltet mich sprechen.«

Die Kinder wechselten einen Blick. »Frag du ihn«, sagte Muhammed.

»Nein«, widersprach Samir. »Du fragst, du bist der ältere.«

Baydar lachte. »Einer von euch beiden fragt jetzt besser, denn ich muß mich umziehen gehen.«

»Frag ihn doch«, drängte Samir seinen Bruder.

Muhammed schaute seinen Vater mit großen Augen ernst an. »Es gefällt uns hier, Vater.«

»Das freut mich.«

Muhammed warf seinem Bruder einen hilfeheischenden Blick zu.

»Mir gefällt es auch«, sagte Samir mit seinem dünnen Stimmchen und wandte sich wieder an seinen Bruder im anderen Bett. »Jetzt kannst du ihn fragen.«

Muhammed holte tief Atem. »Wir möchten gern hier leben, Vater. Bei dir.«

»Und was ist mit Beirut?«

»Dort gefällt es uns nicht, Vater«, antwortete Muhammed sofort. »Was soll man dort auch anfangen? Es gibt keinen Schnee und nichts.«

»Und die Schule?«

»Unser Arabisch ist jetzt viel besser«, kam es eilig von Samir. »Könntest du nicht – wir dachten...« Er verstummte und schaute hilfesuchend Muhammed an.

»Wir dachten«, fuhr dieser fort, »könntest du nicht die Schule hierher zu uns bringen? Auf diese Art könnten wir den Schnee haben und trotzdem zur Schule gehen.«

Baydar lachte. »So einfach geht das nicht.«

»Warum nicht?« fragte Samir.

»Man kann doch nicht einfach eine ganze Schule nehmen und woandershin bringen. Was sollen denn die anderen Schüler tun? Die hätten dann ja keine Schule mehr!«

»Sie könnten mitkommen«, sagte Muhammed. »Sicher würde es ihnen hier auch besser gefallen.«

»Unser Fräulein sagt, du kannst alles, was du willst«, erklärte Samir.

Baydar lächelte. »Da täuscht sie sich aber; es gibt einiges, was sogar ich nicht kann. Zum Beispiel ganze Schulen verpflanzen!«

Er sah ihre enttäuschten Mienen. »Aber ich will euch sagen, was wir machen«, fügte er hinzu.

»Was?« fragte Muhammed.

»In ungefähr zwei Monaten habt ihr wieder Schulferien. Dann dürft ihr wieder herkommen.«

»Aber dann ist der ganze Schnee vielleicht schon fort«, jammerte Samir.

»Er ist noch da, ich verspreche es euch.« Er beugte sich vor und küßte die Knaben auf die Stirn. »Und jetzt wird geschlafen. Ich werde mit dem Skilehrer sprechen. Vielleicht läßt er uns morgen den Nordhang versuchen.«

»Wo die großen Jungen fahren?« fragte Muhammed aufgeregt.

»Ja, aber ihr müßt versprechen, ganz vorsichtig zu sein.«

»Wir versprechen es«, riefen beide zugleich.

»Dann also gute Nacht.«

»Gute Nacht, Vater.«

Er ging zur Tür. »Vater«, rief Muhammed ihm nach.

»Ja.«

»Wir haben vergessen, dir zu danken. Danke, Vater.«

Er stand einen Augenblick ganz still. »Möge Allah euch beschützen, meine Söhne. Schlaft gut.«

Als er aus dem Kinderzimmer kam, erwartete Jordana ihn in der Halle. »Schlafen sie?«

Er lächelte. »Ich habe ihnen gerade den Gutenachtkuß gegeben. Wußtest du, was sie von mir wollten?«

»Nein. Sie wollten es mir nicht sagen, nur daß es wichtig ist.«

Er ging an Jordanas Seite durch den Gang zur Schlafzimmersuite. »Sie erklärten, sie würden gern hier leben. Sie wollen nicht zurück nach Beirut.«

Jordana schwieg.

»Sie wollten sogar, ich sollte die Schule mit allen Schülern hierher bringen.« Er lachte. »Man kann nie wissen, auf was für ausgefallene Gedanken Kinder kommen.«

»So ausgefallen ist das gar nicht«, meinte sie, »wenn man weiß, um was sie wirklich bitten.«

»Und das wäre?«

Sie sah ihm in die Augen. »Sie lieben dich«, sagte sie. »Du bist ihr Vater, und nichts kann dich ersetzen. Sie wollen bei dir leben.«

»Hast du ihnen nie erklärt, daß ich sehr viel zu arbeiten habe? Das kann man ihnen doch sicher begreiflich machen.«

»So leicht, wie du glaubst, ist das nicht«, antwortete sie. »Wie soll man einem Kind erklären, daß es die Sonne, von der alles Leben kommt, nicht jeden Tag am Himmel haben kann?«

8

Trotz der Kälte war Jussefs Gesicht von einer dünnen Schweißschicht bedeckt, als er seine schwere Reisetasche die Stufen zur Villa hinauftrug. Dschabir öffnete die Tür. *»Ah-lan«,* sagte er.

»Ahlan fik«, erwiderte Jussef, trat über die Schwelle und stellte die Tasche hin. »Kann ich das bei dir lassen, bis ich wegfahre?« fragte er.

»Mit Vergnügen, Sir«, antwortete Dschabir. »Der Herr erwartet Sie in der Bibliothek. Wollen Sie mir bitte folgen.«

Jussef legte seinen Mantel ab und reichte ihn Dschabir, dann folgte er ihm durch die große Vorhalle zu einer schweren hölzernen Flügeltür. Dschabir klopfte leise.

»Herein«, rief Baydar.

Dschabir öffnete für Jussef die Tür und schloß sie dann geräuschlos hinter ihm. Jussef sah sich in der Bibliothek um. Es war ein großer, altmodischer Raum mit Bücherregalen vom Fußboden bis zur Decke. Baydar saß hinter einem Schreibtisch, mit dem Rücken zu den hohen Glastüren, die in den Garten führten. Das einzige Licht kam von einer Lampe mit einem wunderschönen Schirm, die auf seinem Schreibtisch stand und sein Gesicht im Schatten ließ. Er blieb sitzen, als Jussef auf ihn zuging.

»Die Villa ist schön«, sagte Jussef.

»Sie ist sehr bequem.«

»Sie hätten mich vor der Fahrt herauf warnen sollen« bemerkte Jussef lächelnd. »Die Straße war teilweise vereist, besonders in den Kurven nahe der Paßhöhe.«

»Daran habe ich nicht gedacht«, sagte Baydar höflich. »Ich vergaß, daß es auf der Straße nachts manchmal Glatteis gibt. Ich hätte Sie von einem der Chauffeure abholen lassen sollen.«

»Macht nichts, ich habe es ja geschafft.« Er ließ sich in den Sessel vor dem Schreibtisch sinken. »Zu schade, daß Sie nicht ins Hotel kommen konnten. Das Mädchen war sehr enttäuscht.«

»Hat das kleine Geschenk ihren Schmerz nicht gelindert?«

»Ich habe ihr eine goldene Piaget gekauft. Als Trostpflaster.«

Baydar betrachtete Jussef. Viel Phantasie hatte er nicht. Aber was sollte man auch einem Mädchen in der Schweiz anderes kaufen als eine Uhr? Er sah, daß Jussefs Gesicht vor Schweiß glänzte. »Möchten Sie eine Tasse Kaffee? Oder etwas Kaltes, vielleicht Champagner?«

»Gibt es sonst noch etwas?« fragte Jussef lachend, etwas zu beflissen.

Baydar zog an der Klingelschnur hinter sich. Sofort erschien Dschabir. »Eine Flasche Champagner für Monsieur Ziad.«

»Hat Dick Ihnen berichtet, wie ich mich mit Vincent verglichen habe?« fragte Jussef, als Dschabir hinausgegangen war, um den Champagner zu holen.

»Ja. Wieso konnten Sie ihn so leicht loswerden?«

»Es war nicht so leicht, aber schließlich machte ich ihm klar, daß er bei Gericht keinerlei Chancen gegen uns hätte. Daß wir den Prozeß jahrelang hinausziehen würden und daß ihn das alles kosten würde, was er bereits an Honoraren erhalten hat. Dann versprach ich ihm, wir würden uns bemühen, ihn in dem anderen Film unterzubringen, und bestimmt wieder auf ihn zurückkommen, wenn wir in Zukunft etwas planen sollten.«

»Das war sehr gute Arbeit«, lobte Baydar.

Dschabir kam mit einer Flasche Dom Pérignon in einem Eiskübel und zwei Gläsern auf einem Silbertablett zurück.

»Ich freue mich, daß Sie zufrieden sind«, sagte Jussef und betrachtete Dschabir, der fachgerecht die Flasche öffnete und die beiden Gläser füllte. Der Diener verließ das Zimmer wieder, und Jussef ergriff ein Glas. »Trinken Sie nicht?« fragte er mit einem Blick auf Baydar.

Baydar schüttelte den Kopf. »Ich muß früh aufstehen. Ich habe den Jungen versprochen, mit ihnen Ski zu laufen.«

»Dann also Prost.« Jussef leerte sein Glas in einem durstigen Zug und füllte es wieder. »Ich hatte gar nicht gemerkt, daß ich so durstig war.«

Das zweite Glas trank Jussef langsamer. Er lehnte sich zurück, fühlte sich entspannter. Dem machten Baydars nächste Worte jedoch schnell ein Ende.

»Berichten Sie mir über Arabdolls«, sagte er.

Jussef spürte, wie ihm erneut der Schweiß ausbrach. »Was gibt es da zu berichten? Gute Kunden. Mehr weiß ich auch nicht.«

Baydar sah ihn ruhig an. »Das sieht Ihnen aber gar nicht ähnlich. Gewöhnlich wissen Sie alles über die Leute, mit denen wir Geschäfte machen. Das war immer einer unserer Hauptgrundsätze.«

»Es sind keine sehr großen Kunden. Ich hatte keine Ursache, sie mir genauer anzusehen. Es handelte sich ja immer nur um kleine Sendungen, aber sie zahlten sehr gut.«

»Mit Zusatzgebühren«, unterbrach Baydar. »Hat Sie das nicht neugierig gemacht?«

»Nein. Ich hatte andere, wichtigere Geschäfte im Kopf.«

»Fanden Sie es nicht ungewöhnlich, daß man sich direkt an Sie in Paris statt an unser Beiruter Büro gewandt hat? Das wäre doch sicher für ein Geschäft dieser Größe der normalere Weg gewesen.«

»Ich hielt es einfach für Zufall«, erwiderte Jussef schnell. »Ich lernte einen Amerikaner in der Bar des *George V.* kennen, und er erzählte mir von seinen Problemen beim Import von Puppen in die Vereinigten Staaten; ich sagte ihm, er solle sich an unser Beiruter Büro wenden. Vielleicht könnten wir ihm helfen.«

»Laut Mitteilung des Beiruter Büros hielt man sich dort aber an einen Frachtvertrag, den Sie geschickt haben. Amerikaner haben sich nie an jemanden in der Beiruter Firma gewandt.«

Jussef spürte den Schweiß in seinen Achselhöhlen. »Das kann möglich sein. Vielleicht habe ich meiner Sekretärin entsprechende Anweisungen gegeben. Ich hielt es, wie gesagt, nicht für wichtig genug, um mich selbst damit zu befassen.«

»Sie lügen«, sagte Baydar ruhig.

Jussef war bestürzt. »Was? Was?« stammelte er, als habe er nicht verstanden.

»Ich sagte, ›Sie lügen‹«, wiederholte Baydar. »Wir wissen inzwischen alles über diese Gesellschaft. Durch Ihre Schuld haben wir Rauschgift in die Vereinigten Staaten geschmuggelt. Und können dadurch alles verlieren, wofür wir all die Jahre gearbeitet haben. Ich verlange jetzt, daß Sie mir die Wahrheit sagen.«

Baydar beobachtete Jussef, wie er mit zitternden Fingern nach einer Zigarette griff und sie anzündete. »Sagen Sie mir«, fragte er ruhig, »wieviel hat Ali Jasfir Ihnen gezahlt, damit Sie diese Sendungen ausführen?«

Jussef verlor völlig die Fassung. Seine Stimme zitterte ebenso wie seine Finger. »Ich mußte es tun, Herr. Er hat mich dazu gezwungen«, heulte er. »Ich tat es nur, um Sie zu schützen!«

»Mich schützen?« Baydars Stimme war eisig.

»Er hatte Fotos, Herr. Er drohte, sie publik zu machen.«

»Für wen sollten Fotos von mir eine Drohung darstellen? Und schon gar aus einer solchen Quelle? Warum bist du nicht gleich zu mir gekommen?«

»Ich wollte Sie nicht kränken, Herr. Es waren Filme von Ihrer Frau.« Jussefs Augen füllten sich mit echten Tränen.

»Hast du sie dabei?«

»Ja, Herr«, sagte Jussef mit gedämpfter Stimme. »Sie sind in der Reisetasche, die ich in der Vorhalle gelassen habe. Ich hoffte, es würde nicht so weit kommen.«

»Hol sie«, befahl Baydar ruhig.

Jussef rannte beinahe aus dem Zimmer und kam bald darauf mit seiner Reisetasche zurück. Baydar sah ihm wortlos zu, wie er die Tasche öffnete und ein tragbares Fernsehkassettengerät und einen kleinen amerikanischen Fernsehapparat herausnahm. Mit schnellen Griffen stellte er die Verbindung zwischen den beiden Apparaten her, dann sah er sich im Zimmer nach einer Steckdose um. Neben dem Schreibtisch fand er eine, schloß die Apparate an und legte die Kassette ein.

Zögernd schaute er zu Baydar hinüber. »Ich glaube noch immer,

Sie sollten sich dem nicht aussetzen, Herr.«

»Einschalten!« Baydars Stimme klang beinahe wild.

Jussef drückte auf den Startknopf, und der Bildschirm wurde hell. Das leise Summen vom Abspulen des Magnetbandes war zu hören. Gleich darauf erschienen die ersten unscharfen Farbbilder. Jussef stelle den Apparat richtig ein, und die Bilder wurden deutlich erkennbar.

Jordana und ein Mann lagen auf dem Rücken im Bett, offensichtlich von einer Kamera über dem Bett aufgenommen. Beide waren nackt, rauchten abwechselnd an einer Zigarette und betrachteten etwas, das außerhalb des Blickfeldes der Kamera lag. Plötzlich verschwand das Bild für einen Augenblick, kam dann aber mit Ton zurück. Jordana beugte sich gerade zu dem Mann hinab. »Einfach bildschön«, seufzte er.

Baydar sagte kein Wort, bis das Band zu Ende war. Dann langte er über den Tisch und schaltete den Apparat aus. Sein Gesicht war undruchdringlich; »Ich habe den Mann schon gesehen. Wer ist es?«

»Ein amerikanischer Schauspieler«, antwortete Jussef. »Rick Sullivan. In Wirklichkeit heißt er Israel Solomon.«

»Ein Jude?«

Jussef nickte. »Auch deswegen wollte ich nicht, daß diese Bilder an die Öffentlichkeit gelangen.«

Baydars Gesicht war noch immer ausdruckslos. »Wann war das?«

»Bei einer Party im Haus des Schauspielers in Kalifornien. Nach Ihrem Abflug nach Tokio.«

»War Jasfir bei der Party?«

»Nein.«

»Warst du dort?«

»Ja. Ich begleitete Michael Vincent und Ihre Frau, ging aber mit Kopfschmerzen vorzeitig weg.«

»Wie kam Jasfir in den Besitz dieses Bandes?«

»Ich weiß nicht. Er hat es mir nicht gesagt.«

»Gibt es noch andere Kopien davon?«

Jussef holte tief Atem. Wenn Baydar seine nächste Behauptung glaubte, konnte er sich vielleicht noch retten. »Er sagte, er habe noch andere, die er verteilen würde, falls die Sendungen von Arabdolls durch irgend etwas gestoppt wurden.«

»Warum hat er dir diese überlassen?«

Jussef zögerte. »Das weiß ich nicht.«

»Hat er dir nicht vielleicht vorgeschlagen, mir dieses Band zu zeigen, falls es Probleme geben sollte?«

»Nein, Herr, Sie müssen mir glauben«, erklärte Jussef aufrichtig. »Nur der Gedanken, daß Sie dachten, ich könnte Sie betrügen, zwang mich dazu, Ihnen das zu enthüllen.« Er sank auf die Knie vor Baydar, erfaßte seine Hand und küßte sie. »Beim Leben meines Vaters, ich würde lieber sterben, als Sie verraten.« Er begann zu weinen.

Baydar blickte schweigend eine Weile auf ihn nieder. Dann sagte er heiser: »Nimm dich zusammen, Mann. Weine nicht wie ein Weib.«

Jussef erhob sich, Tränen rollte über seine Wangen. »Ich muß die Worte der Vergebung von Euren Lippen hören, o Herr«, schluchzte er.

»Ich verzeihe dir«, sagte Baydar ernst. Er erhob sich und wies auf eine Tür. »Wasch dir dort im Waschraum das Gesicht. Du kannst nicht so vor den Bedienten erscheinen.«

»Ich danke Euch, Herr!« sagte Jussef inbrünstig, ergriff erneut Baydars Hand und küßte sie. »Das Licht kommt wieder zurück in mein Leben, da nun die Last von meiner Seele genommen ist.«

Baydar sah ihm nach, als er in den Waschraum ging und die Tür schloß. Er glaubte Jussef kein Wort. Jussef hatte sich mit seinen Worten selbst verurteilt; nur er konnte sich dieses Band verschafft haben. Jasfir hatte keine Möglichkeit dazu gehabt, wenn er nicht bei der Party gewesen war. Schweigend ging Baydar durch den Raum und öffnete die Flügeltür.

Dschabir saß auf einer Bank im Gang. Als er Baydar sah, erhob er sich sofort.

»Ja, Herr?«

Baydars Stimme war ganz ruhig: »Dieses Stück Kameldreck hat schweren Schaden über unseren Namen gebracht.«

Dschabirs Blick wurde kalt, die Haut spannte sich über seinen Backenknochen. Er sagte nichts.

»Eine Meile von hier macht die Straße eine Kurve, und die Felswand fällt fast zweihundert Meter tief ab. Bedauerlich, daß sein Wagen auf der vereisten Straße ins Schleudern geraten und abstürzen muß.«

Dschabir nickte. Seine Stimme war nur ein tiefes Knurren. »Es wird ein tragischer Unfall sein, Herr.«

Baydar kehrte zurück in die Bibliothek. Kurz darauf hörte er durch das geschlossene Fenster das Anlassen eines Motors. Er schaute durch den Vorhangspalt und sah gerade noch, wie Dschabirs Landrover durch die Einfahrt verschwand. Er ging zum Schreibtisch und ließ sich in seinen Sessel fallen.

Wenig später kam Jussef aus dem Waschraum zurück. Er hatte sich anscheinend gefaßt. Sogar seine Stimme ließ das wiedergewonnene Selbstvertrauen erkennen. »Was wollen wir nun unternehmen, Boss?«

»Ich brauche Zeit zum Überlegen, bevor ich einen Entschluß fassen kann. Heute nacht können wir sowieso nichts mehr ausrichten.«

»Wahrscheinlich nicht«, stimmte Jussef zögernd bei.

»Es ist gescheiter, wir gehen schlafen. Fahren Sie ins Hotel zurück.«

Jussef schaute auf die Apparaturen. »Soll ich das für Sie aufbewahren?«

»Nein, lassen Sie es hier.« Baydar erhob sich. »Ich lasse Sie hinaus. Die Dienstboten schlafen alle schon.«

Erst als der starke Landrover ohne Licht aus dem Dunkel auf ihn zuraste und seinen gemieteten kleinen Opel unerbittlich auf den Abgrund zutrieb, sah Jussef Dschabir, der sich grimmig über sein Lenkrad beugte, und erinnerte sich an etwas, das er nie hätte vergessen dürfen. Der Gedanke schoß ihm genau in dem Augenblick durch den Kopf, als sein Wagen das schwache Geländer durchbrach und in die Luft geschleudert wurde. Er hörte seinen eigenen Angstschrei nicht mehr, den er ausstieß, als er ins Nichts stürzte. Nur dieser letzte Gedanke brannte noch in seinem Gehirn.

Dschabir ging nie schlafen, wenn Baydar wach war.

9

Baydar saß allein beim Frühstück, las die Pariser Ausgabe der *Herald Tribune* und trank Kaffee, als der versnobte englische Butler eintrat. Der Mann räusperte sich, und Baydar blickte hoch.

Die korrekte Stimme des Butlers klang leicht mißbilligend: »Zwei Herren von der Polizei wünschen Eure Exzellenz zu sprechen.«

Baydar sah sich seinen Butler an. Wie oft er ihm auch erklärt hatte, daß er keinen Rang innehatte, der ihn zu der Anrede »Exzellenz« berechtigte, der Mann weigerte sich konstant, ihn anders anzureden. Sein letzter Arbeitgeber war der spanische Thronprätendent gewesen, und er war nicht bereit, von »Hoheit« weiter herunter als bis zu »Exzellenz« zu steigen.

»Führen Sie sie in die Bibliothek«, sagte Baydar.

»Sehr wohl, Euer Exzellenz.« Der Butler verließ den Raum, wobei er durch besonders steife Haltung sein Mißfallen ausdrückte.

Baydar faltete gemächlich die Zeitung zusammen und legte sie ordentlich auf den Tisch. Er trank einen letzten Schluck Kaffee, erhob sich und ging in die Bibliothek.

Die beiden Polizeibeamten erhoben sich. Der eine war in Uniform, der andere in Zivil. Der Mann in Zivil machte eine knappe Verbeugung. Er sprach englisch. »Mr. Al Fay?«

Baydar nickte.

Der Beamte verbeugte sich wieder. »Ich bin Inspektor Fröhlich, und das ist mein Mitarbeiter, Sergeant Werner.«

»Was wünschen die Herren?«

»Zuerst muß ich mich entschuldigen, daß wir Sie beim Frühstück stören, aber leider bringe ich Ihnen recht unangenehme Nachrichten. Kennen Sie einen Herrn Jussef Ziad?«

»Ja. Er ist der leitende Direktor meines Pariser Büros. Wir hatten letzte Nacht eine Besprechung. Warum fragen Sie? Ist er in irgendwelchen Schwierigkeiten?«

»Nein, Mr. Al Fay, er ist in keinerlei Schwierigkeiten mehr. Er ist tot«, antwortete der Inspektor.

»Tot!« Baydar heuchelte Schock. »Was ist geschehen?«

»Er scheint die Kontrolle über seinen Wagen verloren zu haben, kam von der Straße ab und stürzte fast zweihundert Meter tief in einen Abgrund.«

Baydar starrte den Inspektor eine Weile an, dann ging er zu seinem Schreibtisch und setzte sich hin. »Entschuldigen Sie, meine Herren, aber das ist ein schwerer Schlag für mich. Mr. Ziad war ein alter und geschätzter Mitarbeiter.«

»Wir verstehen das, Sir«, sagte der Mann in Zivil höflich. »Wir müssen Ihnen einige Routinefragen stellen, werden uns dabei aber möglichst kurz fassen.« Er zog ein kleines Notizbuch aus der Tasche und schlug es auf. »Sie erwähnten, daß Sie in der letzten Nacht mit Mr. Ziad zusammenkamen. Um welche Zeit kam er hier an?«

»Etwa um zwölf Uhr dreißig.«

»Gab es einen besonderen Grund für diesen späten Besuch?«

»Wir hatten wichtige Geschäfte zu besprechen. Und leider hatten meine Frau und ich Gäste zum Abendessen, so daß wir uns nicht früher treffen konnten.«

»Wann ungefähr ist er weggefahren?«

»Ich denke, gegen zwei Uhr.«

»Hat Mr. Ziad während seines Besuchs etwas getrunken?«

»Nicht viel.«

»Könnte Sie das genauer präzisieren?«

»Ungefähr eine Flasche Dom Pérignon. Aber das kann ihm kaum etwas ausgemacht haben, er trank dauernd Champagner. Es war Mr. Ziads Lieblingsgetränk.«

»Er hatte einen guten Geschmack«, bemerkte der Inspektor. Er wechselte einen Blick geheimen Einverständnisses mit dem Sergeant. Dann schloß er sein Notizbuch und wandte sich wieder an Baydar. »Ich denke, das genügt, Mr. Al Fay«, erklärte er mit befriedigter Stimme. »Besten Dank für Ihr Entgegenkommen.«

Baydar erhob sich. »Ich werde Anordnungen für das Begräbnis treffen müssen. Seine Leiche muß in die Heimat geflogen werden. Wo ist er jetzt?«

»Im Leichenschauhaus der Polizei.« Es war das erste Mal, daß der Sergeant sprach. »Was von ihm noch übrig ist.«

»So schlimm?«

Der Inspektor schüttelte traurig den Kopf. »Wir haben die Überreste eingesammelt, die wir finden konnten. Die Identifizierung wurde durch seine Brieftasche und seinen Paß ermöglicht. Der Wagen ist vollkommen zertrümmert. Es ist ein Jammer, daß die Menschen sich nicht darüber klar sind, was auch nur die geringste Menge Alkohol nachts auf einer vereisten Straße ausmachen kann.«

Nachdem die Polizeibeamten gegangen waren, blieb Baydar noch eine Weile sitzen, dann hob er den Telefonhörer ab und rief Dick in Genf an.

Als Dick sich meldete, sagte Baydar ausdruckslos: »Soeben hat die Polizei das Haus verlassen. Jussef ist gestern nacht mit dem Wagen von der Straße abgekommen, in einen Abgrund gestürzt und getötet worden.«

»Mein Gott! Was ist passiert?«

»Die Straße war vereist, und die Polizei glaubt, daß er etwas zuviel getrunken hatte. Als er von hier abfuhr, war er ziemlich aufgeregt und hatte fast eine ganze Flasche Champagner geleert.«

Dick schwieg eine Weile. »Haben Sie von ihm etwas über Arabdolls erfahren?«

»Er behauptet, er sei von Ali Jasfir gezwungen worden.«

»Dann hatten wir also recht. Gab er zu, daß er dafür bezahlt wurde?«

»Nein. Er schwor, er hätte kein Geld bekommen.«

»Das glaube ich nicht.«

»Es spielt jetzt auch keine Rolle mehr, oder? Er ist tot, und es ist vorbei.«

»Meinen Sie?« erwiderte Dick. »Wir wissen nicht, was Jasfir jetzt tun wird.«

»Er kann wenig tun. Er weiß, daß er uns nicht zwingen kann.«

»Hoffentlich. Aber bei so einem Schweinehund kann man nie wissen. Wer weiß, was der als nächstes aushecken wird.«

»Damit werden wir uns befassen, wenn es dazu kommt«, sagte Baydar ruhig. »Im Augenblick haben wir anderes zu erledigen. Vielleicht schicke ich Sie nächste Woche nach Paris, damit Sie das Büro übernehmen, bis wir einen Ersatz für ihn finden.«

»Gut.«

»Inzwischen sorgen Sie bitte dafür, daß seine Familie und das Pariser Büro von dem Unfall informiert werden. Treffen Sie auch Anordnungen mit einem Beerdigungsinstitut, damit die Überreste aus dem Polizei-Leichenschauhaus in Gstaad abgeholt und nach Hause überführt werden.«

»Ich werde dafür sorgen.«

»Benachrichtigen Sie die Besatzung, sie soll das Flugzeug für Freitag zum Flug nach Beirut startklar machen. Jordana und die Jungen werden nach Hause fliegen.«

»Ist das nicht eine Woche früher als geplant, Boss?«

Baydars Stimme wurde schneidend. »Tun Sie, was ich sage! Ich halte es für besser, wenn sie zu Hause sind.« Er knallte den Hörer auf die Gabel und starrte auf den kleinen Fernsehapparat.

Dann stand er abrupt auf, durchquerte das Zimmer und schloß die Türen ab. Er zog einen Schlüssel aus der Tasche, schloß die mittlere Schreibtischschublade auf und nahm die Kassette heraus. Er legte sie in den Apparat ein und drückte auf den Startknopf.

Der Schirm wurde für eine Weile weiß, dann kamen Bild und Ton. Er blieb fast reglos sitzen, als die Bandaufzeichnung vor ihm abrollte. Alles war da, genau wie es mit ihm gewesen war. Die Schönheit ihres Körpers, die sinnlichen Bewegungen, die Worte, die leisen tierähnlichen Schreie, die sich zum orgiastischen Crescendo steigerten. Alles war da, aber diesmal nicht für ihn, sondern für einen anderen Mann. Für einen Juden.

Der Bildschirm wurde in dem Augenblick dunkel, als sich der Krampf in seinem Magen in brennenden Schmerz verwandelte. Wütend schlug er mit der Faust auf den Abstellknopf, wobei er fast den Apparat zertrümmert hätte. Dann hielt er seine Hände vor sich hin und starrte auf seine zitternden Finger.

Plötzlich ballte er die Fäuste und schlug damit auf die Schreibtischplatte. Wieder und wieder schlug er zu, im Rhythmus mit den hervorgestoßenen Worten – »Sei verdammt! Sei verdammt! Sei verdammt!« –, bis seine Hände schmerzten.

Wieder starrte er seine Hände an und dann auf den Apparat. »Jordana!« schrie er. »Bin ich dafür zum Mörder geworden?

Der Bildschirm antwortete ihm nicht. Er war leer. Mit dem Gesicht auf der Schreibtischplatte weinte Baydar, wie er seit seiner Knabenzeit nicht mehr geweint hatte. Ein Gebet aus seiner Kindheit kam ihm auf die Lippen:

»Im Namen Allahs, des Wohltätigen, des Barmherzigen,
Ich suche Zuflucht bei dem Herrn der Menschen,
Dem König der Menschen,
Dem Gott der Menschen,
Vor den sündigen Einflüsterungen des verworfenen Teufels,
Der sie den Menschen heimlich ins Herz wispert.«

Der Trost des Gebetes durchdrang ihn. Die Tränen versiegten, und er fühlte, wie Schmerz und Qual wichen. Allzu leicht vergaß man Allahs Weisheit, die vom Propheten offenbarte Weisheit. Und viel zu leicht vergaß man, daß die vom Propheten offenbarten Gebote Allahs den Menschen gegeben wurden, damit sie danach lebten.

Zu lange hatte er versucht, nach den Gesetzen der Ungläubigen zu leben, aber sie waren nicht für ihn. Jetzt würde er so leben, wie es für ihn bestimmt war. Nach den Gesetzen Allahs.

Jordana betrat die Bibliothek. Aus ihrer Stimme hörte man noch den Schock. »Ich habe gerade von Jussef gehört«, sagte sie. »Ich kann es gar nicht glauben.«

»Er war Dreck«, sagte Baydar kalt. »Doch jetzt steht er vor dem Thron des göttlichen Gerichtes und muß selbst für seine Sünden einstehen. Und sogar Allah, der Allbarmherzige, wird keine Vergebung für ihn finden. Jussef wird sicher in alle Ewigkeit die Feuer der Hölle erdulden.«

»Aber er war doch dein Freund.« Sie konnte seine Veränderung nicht begreifen. »Er hat dir viele Jahre lang gedient.«

»Er hat nur sich selbst gedient. Er war keines Menschen Freund, nur sein eigener.«

Sie war bestürzt. »Was ist zwischen euch beiden vorgefallen? Was hat er getan?«

Sein Gesicht war eine undurchdringliche Maske, seine Augen von den Lidern verdeckt. »Er hat mich verraten, genauso wie du.«

Sie starrte ihn an. »Jetzt weiß ich wirklich nicht, wovon du sprichst.«

Er blickte durch sie hindurch, als sähe er sie nicht. »Nein?«

Sie schüttelte wortlos den Kopf.

»Dann werde ich es dir zeigen.« Er ging zum Schreibtisch und schaltete den Fernsehapparat ein. »Komm her!«

Sie trat neben ihn hinter den Schreibtisch und schaute auf den kleinen Bildschirm. Einen Augenblick lang flimmerte er weiß und glänzend, dann kam das Bild. Sie stieß einen leisen Schrei aus, der Atem blieb ihr vor ungläubigem Entsetzen in der Kehle stecken. »Nein!« schrie sie laut.

»Doch«, sagte er ruhig.

»Ich will das nicht sehen!« sagte sie und wollte gehen. Aber er packte sie am Arm, so fest, daß sie den Schmerz bis in die Schulter hinauf spürte. »Du bleibst!«

Sie schloß die Augen und wandte den Kopf ab. Seine Finger legten sich wie Stahlklammern um ihr Kinn und drehten ihr Gesicht dem Bildschirm zu. »Du wirst es dir ansehen«, sagte er kalt. »Das Ganze. Deine ganze Schande. Wie ich es tun mußte.«

Schweigend stand sie dort, während das Band lief, eine Ewigkeit lang. Sie fühlte Übelkeit in sich aufsteigen. Es war verrückt, das Ganze. Die ganze Zeit hatte eine Kamera sie gefilmt. Das konnte nur einer gewesen sein: Sullivan selbst.

Dann erinnerte sie sich. Wie er kurz vorher aus dem Zimmer gegangen war. Da hatte er wohl den Apparat eingeschaltet. Und wie er dauernd auf dem oberen Teil des riesigen Bettes geblieben war. Sicher war die Kamera auf diese Stelle gerichtet gewesen.

Endlich war es vorbei. Der Bildschirm wurde dunkel, und Baydar schaltete den Apparat aus. Sie sah ihn an.

Sein Gesicht war ausdruckslos. »Ich hatte von dir Diskretion verlangt. Du warst nicht diskret. Ich hatte dir ausdrücklich befohlen, Juden zu meiden. Der Mann ist Jude.«

»Nein!« rief sie. »Er ist ein Schauspieler namens Rick Sullivan.«

»Ich kenne seinen Namen. In Wirklichkeit heißt er Israel Solomon.«

»Das wußte ich nicht.«

Er schwieg. Offensichtlich glaubte er ihr nicht.

Plötzlich erinnerte sie sich. Jussef war bei dieser Party gewesen. »Hat Jussef dir das Band gebracht?«

»Ja.«

»Es ist mehr als drei Monate her. Warum hat er so lange gewartet, bis er es dir gab?«

Keine Antwort.

»Er muß etwas auf dem Kerbholz gehabt haben«, kombinierte sie scharfsinnig. »Und er dachte, er könne sich damit entlasten.«

»Er behauptete, von jemand, der ihm dieses Band gebracht habe, unter Druck gesetzt worden zu sein. Und daß man dich bloßstellen würde, wenn er nicht täte, was sie verlangten.«

»Das glaube ich nicht! Er war der einzige, der ein Interesse daran hatte, es sich zu verschaffen. Er muß gelogen haben!«

Wieder gab er keine Antwort. Alles, was sie sagte, bestätigte nur seine eigene Auffassung.

»Gibt es noch andere Kopien?«

»Hoffentlich nicht, um meiner Söhne und um deinetwillen. Sie brauchen nicht zu erfahren, daß ihre Mutter mit einem Juden Ehebruch begangen hat.«

Zum ersten Mal verriet seine Stimme den Schmerz, den er empfand. »Weißt du, was du getan hast, Weib? Wenn das an die Öffentlichkeit gelangte, könnte Muhammed niemals Thronerbe werden. Wie kann ein Araber jemand als seinen Herrscher und geistigen Führer anerkennen, dessen Mutter mit einem Juden Ehebruch begangen hat? Sogar seine eigene Legitimität würde in Frage gestellt. Durch dein Verhalten hättest du nicht nur das Erbe deines Sohnes, zu dem er geboren wurde, vereiteln, sondern auch den Verlust von all dem verursachen können, wofür mein Vater und ich unser Leben lang gekämpft haben.«

»Es tut mir leid, Baydar«, sagte sie, »aber wir haben uns so weit auseinandergelebt, daß ich glaubte, es würde dir nichts mehr ausmachen, was ich tue. Ich wußte ja auch von deinen Frauen, nahm sie sogar hin. Jetzt sehe ich, daß ich nicht das Recht hatte, die Möglichkeiten zu benutzen, die du mir zuerkanntest, als du mir deine Bedingungen stelltest. Vielleicht hätte ich das gewußt, wenn ich eine Araberin wäre. Aber ich bin keine. Und ich könnte nie ein Leben der Verstellung führen, wie sie es tun; sehen, aber nicht sehen, und Worte glauben, welche die Handlungen Lügen strafen.«

»Dafür ist es jetzt zu spät. Ich habe angeordnet, daß du übermorgen mit den Kindern nach Beirut zurückfliegst. Dort bleibst du eingeschlossen in deinem Heim. Du wirst das Haus nicht verlassen, niemanden treffen, mit niemandem korrespondieren oder telefonieren, außer mit unseren engsten Familienangehörigen und Dienern; bis Januar, wenn Muhammed offiziell als Prinz und Thronerbe eingesetzt wird.«

»Und danach?«

»Am Tag nach der Einsetzung kannst du zurück nach Amerika reisen und deine Eltern besuchen. Dort wirst du bleiben, bis du die Scheidungspapiere erhältst.«

»Was geschieht mit den Kindern?«

Seine Augen hatten die Farbe von blauem Eis. »Du wirst sie nie wiedersehen.«

Der Schmerz in ihrem Herzen schnitt ihr den Atem ab. »Und wenn ich mich weigere?« gelang es ihr zu sagen.

Noch nie hatte sie ihn so unerbittlich gesehen. »Es bleibt dir keine Wahl. Nach den Geboten des Islam wird die Ehebrecherin mit dem Tod durch Steinigen bestraft. Willst du, daß deine Söhne das mitansehen?«

»Das könntest du nicht tun!« rief sie entsetzt.

Seine Augen blieben ungerührt. »Ich würde es tun.«

Plötzlich erkannte sie die Wahrheit. »Jussef! Du hast ihn getötet!«

»Jussef hat sich selbst getötet«, sagte er verächtlich und wies auf das Kassettengerät. »Damit!«

Sie war geschlagen. Nicht länger imstande, ihre Tränen zurückzuhalten, nicht länger fähig, ihn anzusehen, sank sie auf die Knie und bedeckte ihr Gesicht mit den Händen. Ihr Körper wurde von Schluchzen geschüttelt.

Ungerührt stand er da und schaute auf sie hinunter; nur das Pulsieren an seiner Schläfe verriet seine Anstrengung, sich zu beherrschen.

Nach einer Weile hörte sie auf zu weinen und blickte zu ihm hoch. Ihre Augen waren geschwollen, ihr Gesicht vor Schmerzen verzerrt. »Was soll ich tun?« flüsterte sie mit heiserer, hohler Stimme fast zu sich selbst. »Wie soll ich ohne sie leben?«

Er antwortete nicht.

Langsam erhob sie sich und ging zur Tür. Auf halbem Weg wandte sie sich um. »Baydar«, sagte sie flehentlich.

Die gleiche kalte Unversöhnlichkeit lag noch immer in seiner Stimme. »Vergeude nicht deine Zeit, Weib, indem du mich um Verzeihung bittest. Geh lieber und danke Allah für Seine Barmherzigkeit.«

Ihr Blicke trafen sich für einen kurzen Moment, dann senkte sie die Augen. Ihr Kampfgeist war erloschen. Langsam verließ sie den Raum.

Er schloß die Tür hinter ihr ab und ging wieder zum Schreibtisch. Lange blickte er auf das Kassettengerät, dann drückte er noch einmal auf den Startknopf, fast zugleich jedoch auf den anderen Knopf, bei dem »LÖSCHEN« stand.

Das Magnetband raste mit zehnfacher Geschwindigkeit durch den Apparat. Vierzig Minuten liefen in vier Minuten durch. Es klickte, und er drückte auf den Haltknopf. Gleich darauf drückte er wieder auf den Startknopf. Diesmal lief das Band im Normaltempo, aber der Bildschirm blieb dunkel und leer.

Die Aufzeichnung war gelöscht.

Könnte man doch nur auf einen Knopfdruck hin auch sein Lebensband löschen und so wieder neu beginnen!

10

Als Jordana ins Flugzeug stieg, war sie sehr überrascht, Leila mit zwei jungen Männern vorzufinden. Die jungen Männer trugen schlecht sitzende schwarze Anzüge mit ausgebeulten Taschen, wie sie meist von Angestellten aus dem Mittleren Osten getragen wurden, die im Ausland arbeiten; die beiden erhoben sich höflich.

»Ich wußte nicht, daß du mit uns kommst«, sagte Jordana.

Leila erwiderte in merkwürdig herausforderndem Ton auf arabisch: »Hast du etwas dagegen?«

Jordana war verwirrt. Leila hatte mit ihr immer englisch oder französisch gesprochen. Aber vielleicht konnten ihre Freunde diese Sprache nicht so gut wie sie. So ging Jordana darüber hinweg und anwortete auf arabisch: »Keineswegs, ich freue mich, daß du mitkommst. Ich war nur überrascht. Dein Vater hat nichts davon erwähnt.«

»Vielleicht hat er es vergessen«, sagte Leila leichthin.

Er hat es nicht vergessen, dachte Jordana. Sie hatte ihn seit dem Morgen, an dem er ihr befohlen hatte, abzureisen, nicht mehr gesehen. Er fuhr am gleichen Tag noch nach Genf und war noch einmal kurz nach Gstaad gekommen, um sich von den Kindern zu verabschieden. »Er hat viel im Kopf«, sagte sie immer noch auf arabisch.

Leila verstand den Wink und stellte sie vor. »Madame Al Fay, die zweite Frau meines Vaters; Fuad Aziz und Ramadan Sidki; sie besuchen mich für ein Wochenende zu Hause.«

»Ahlan«, sagte Jordana.

»Ahlan fik«, anworteten sie linkisch und verneigten sich so ruckartig, als wären sie es nicht gewohnt.

Die beiden Kinder, ihre schottische Erzieherin und Jordanas Zofe bestiegen das Flugzeug. Die Jungen brachen in Freudenrufe aus, als sie ihre Schwester sahen. »Leila! Leila!« schrien sie und rannten auf sie zu.

Sie war fast kühl zu ihnen, während sie bei ihrer ersten Begegnung großes Aufhebens von ihnen gemacht und an den zwei Tagen vor ihrer Abreise nach Gstaad die meiste Zeit mit ihnen gespielt hatte.

Jordana dachte, Leila wolle sich wegen ihrer Freunde nicht mit den Kindern abgeben. »Geht auf eure Plätze, Kinder«, sagte sie deshalb, »und schnallt euch ordentlich an. Wir werden in wenigen Minuten starten.«

»Dürfen wir bei Leila sitzen?« fragte Samir. »Dürfen wir?«

Sie sah Leila an. »Wenn eure Schwester nichts dagegen hat?«

»Mir macht es nichts aus«, antwortete Leila. Wieder bemerkte Jordana ihren mürrischen Ton.

»Also gut, aber ihr müßt brav sein.«

»Warum sprichst du arabisch, Mutter?« fragte Muhammed.

Jordana lächelte. »Weil die Freunde deiner Schwester vielleicht nicht so gut englisch sprechen wie wir. Da verlangt es die Höflichkeit, daß wir in einer Sprache sprechen, die alle verstehen.«

»Wir sprechen englisch, Madame«, sagte der junge Mann, der Ramadan hieß, mit deutlich britischem Akzent.

»Ach ja«, erwiderte Jordana und sah zu Leila hinüber, deren Gesicht ausdruckslos blieb. »Dann verzeihen Sie meinen Irrtum.«

Der Steward Raoul kam in die Kabine zurück. »Captain Hyatt läßt fragen, Madame, ob Sie zum Start bereit sind?«

»Sobald alle ihre Plätze eingenommen haben, sind wir soweit«, sagte sie und setzte sich in den Lehnsessel vor dem runden Tisch, den Baydar gewöhnlich einnahm.

Es gab den üblichen Wirbel, bis die Kinder angeschnallt waren und die anderen alle auf ihren Plätzen saßen. Raoul und die Stewardess, eine hübsche Amerikanerin namens Margaret, machten noch einmal die Runde in der Kabine und kontrollierten die Sicherheitsgurte. Roaul nickte Jordana zu und ging nach vorne. Wenig später rollte das große Flugzeug über die Startbahn.

Als sie in der Luft waren und das Signal »Anschnallen« erlosch, erhob sich Jordana von ihrem Platz. Sie winkte Raoul heran. »Bitte machen Sie mir das Bett in Mr. Al Fays Kabine. Ich möchte mich hinlegen und ausruhen.«

»Bitte sehr, Madame.« Er winkte der Stewardess und gab ihr den Auftrag weiter.

Die Kinder kletterten auf Leilas Schoß, die nervös war und es lästig zu finden schien. »Quält eure Schwester nicht!« sagte Jordana scharf. »Sie ist vielleicht müde.«

Folgsam kehrten die Knaben zu ihren Plätzen zurück.

»Ich fühle mich nicht ganz wohl«, erklärte Jordana. »Ich glaube, ich lege mich ein wenig hin.«

Leila nickte wortlos. Sie beobachtete Jordana, wie sie nach hinten ging und das Privatabteil betrat. Sie konnte wirklich nicht verstehen, was ihr Vater in ihr sah. Im hellen Tageslicht war Jordana nicht so hübsch, wie sie anfangs geglaubt hatte. Ohne Make-up wirkte ihr Gesicht abgespannt, sie hatte dunkle Ringe unter den Augen, und ihr Haar war strähnig und nicht ganz so blond, wie es zuerst geschienen hatte. Gut, daß sie schlafen ging. Das konnte die Dinge vereinfachen.

Sie sah zu Fuad und Ramadan hinüber. Fuad schaute auf die Uhr und sagte: »Noch eine halbe Stunde.«

Sie nickte, lehnte sich zurück an die Kopfstütze und schloß die Augen. Nach all der Zeit, die sie mit Vorbereitungen verbracht hatte, war eine weitere halbe Stunde keine lange Wartezeit mehr.

Es schien Jordana, als habe sie eben erst die Augen geschlossen, da hörte sie in ihrem Schlaf ein Kind weinen. Sie bewegte sich unruhig und hoffte, das Geräusch würde aufhören. Es hörte aber nicht auf, und langsam drang ihr ins Bewußtsein, daß da eines ihrer Kinder weinte. Sie setzte sich jäh auf und lauschte.

Es war Samir. Aber es war nicht sein übliches Weinen oder Wimmern. Es klang anders. Nach Angst.

Sie erhob sich schnell und strich ihr Kleid glatt. Dann öffnete sie die Tür, ging durch den schmalen Gang in den vorderen Salon. Im Eingang blieb sie wie gebannt stehen. Sie begriff nicht gleich, was sie sah. Es muß ein Alptraum sein, dachte sie entsetzt. Bestimmt.

In dem kleinen Raum, den Carriage, wenn er an Bord war, als Büro benutzte, standen eng aneinandergedrängt die Kinder, die Erzieherin, die Zofe und das Kabinenpersonal, Raoul und Margaret. Raouls Gesicht war von einer Schramme an seinem Backenknochen blutüberströmt. Vor ihnen standen Leila und ihre beiden Freunde.

Aber es war eine Leila, die sie noch nie gesehen hatte. Sie hielt eine Pistole in der Hand, am Gürtel ihrer Bluejeans hingen zwei Handgranaten. Die zwei Männer waren noch schwerer bewaffnet. Außer den Handgranaten trug jeder noch ein Schnellfeuergewehr.

Samir erblickte sie zuerst. »Mammi! Mammi!« schrie er, riß sich von der Erzieherin los und rannte auf Jordana zu.

Leila wollte ihn packen, aber er war zu schnell.

Jordana beugte sich vor, und das Kind stürzte sich in ihre Arme. Tränen liefen ihm über die Wangen. »Sie haben Raoul geschlagen, und er blutet!« schluchzte er.

»Schon gut, schon gut«, sagte sie beruhigend und drückte ihn fest an sich.

Leila winkte mit der Waffe. »Rüber zu den anderen!« befahl sie.

Jordana starrte sie an. »Bist du verrückt geworden?« fragte sie zornig.

»Hast du gehört?« entgegnete Leila. »Rüber zu den anderen!«

Jordana machte kehrt und wollte durch den Gang zur Kabine. Leila bewegte sich so schnell, daß Jordana sie erst bemerkte, als ein plötzlicher Stoß in den Rücken sie in dem schmalen Gang zu Boden schleuderte und das Kind aus ihren Armen glitt.

Der Kleine begann sofort wieder zu weinen. Mit erhobenen Fäustchen ging er auf seine Schwester los. »Hör auf, meine Mammi zu hauen, du böses Mädchen!«

Ungerührt versetzte Leila ihm eine Ohrfeige, so daß er neben seiner Mutter zu Boden stürzte. Sie legte tröstend ihren Arm um ihn.

Am anderen Ende der Kabine begann nun auch Muhammed zu weinen. Er riß sich von der Erzieherin los, lief zu seiner Mutter und kniete neben ihr nieder. Jordana legte ihren anderen Arm um ihn.

»Diese Kinder sind deine Brüder«, sagte sie und ignorierte den stechenden Schmerz im Kreuz, als sie versuchte, sich aufzusetzen. Sie blickte zu Leila hoch. »Du wirst deine Sünden vor Gott zu verantworten haben.«

»Du Schlampe!« fuhr Leila sie an. »Sie sind nicht meine Brüder. Es sind die Kinder einer amerikanischen Hure!«

»Im Koran steht geschrieben, daß Geschwister durch den gemeinsamen Vater verbunden sind«, erwiderte Jordana.

»Zitiere mir nicht das heilige Buch, du Dreckstück!« fauchte Leila. »Echte Brüder und Schwestern sind durch den Vater verbunden, aber nicht solche, die du meinem Vater als seine Söhne untergeschoben hast. Meine Mutter hat mir das alles erzählt.«

»Du begehst trotzdem ein Verbrechen gegen deinen Vater«, sagte Jordana.

Leila lachte. »Mein Vater hat jegliches Gefühl verscherzt, das ich je für ihn haben mochte. Er hat sein eigenes Volk verraten und ist ein Komplice und Werkzeug der Juden und der Imperialisten geworden.«

Merkwürdig, dachte Jordana, um sich selbst empfand sie keine Angst, nur um die Kinder. »Es wird alles wieder gut werden«, flüsterte sie ihnen zu. »Hört auf zu weinen.«

»Aufstehen!« schrie Leila.

Jordana rappelte sich qualvoll hoch. Leila trieb sie mit der Pistole vorwärts. Unter Schmerzen ging Jordana, mit Samir auf einem Arm und Muhammed an der anderen Hand, durch die Kabine.

»Gib die Kinder der Erzieherin!« befahl Leila.

Jordana zögerte.

»Tu, was ich sage! Sofort! Oder es geht ihnen schlecht!«

Wortlos schob Jordana die Kinder der Erzieherin zu. Mit verängstigten Augen schauten sie ihre Mutter an. Jordana tätschelte sie beruhigend: »Habt keine Angst, es geschieht euch nichts.«

Sie hätte beinahe aufgeschrien vor Schmerz, als sie den Pistolenlauf in ihrem Rücken spürte. Sie wandte sich um, sah das eigenartige Aufleuchten in Leilas Augen und preßte die Lippen zusammen: sie würde ihr nicht die Freude machen, sie stöhnen zu hören.

»Geh mit Ramadan nach vorn«, befahl Leila.

Der junge Mann schob Jordana vor sich her. Als sie die Tür zum Cockpit öffnete, stieß er sie heftig vorwärts. Sie stolperte, fiel auf die Knie, und er sprang hinter ihr in den engen Raum.

Captain Hyatt, der Copilot Bob und der Bordmechaniker George wandten sich überrascht um. George langte über sich nach einem Schraubenschlüssel.

Ramadan reagierte blitzschnell und schlug ihm den Gewehrkolben seitlich ins Gesicht, so daß er auf den Sitz zurückfiel. Aus seiner gebrochenen Nase strömte Blut. »Macht keinen Unsinn«, sagte Ramadan mit seinem trockenen britischen Akzent, »sonst werden alle in diesem Flugzeug sterben.«

Andy Hyatt schaute zu ihm hoch, dann fragte er den Bordmechaniker. »Geht's wieder, George?«

George hielt sich das Taschentuch an die Nase. Er nickte. Jordana kam auf die Füße. »Wo ist das Verbandzeug?« fragte sie.

»In dem Schränkchen über Georges Platz«, antwortete Bob. Sie holte den Metallkasten herunter, öffnete ihn schnell, riß den Umschlag mehrerer Gazebandagen auf und reichte sie George. »Raoul hat eine böse Wunde an der Wange«, erklärte sie und wollte zurück in die Kabine.

»Augenblick!« Ramadan vertrat ihr den Weg. »Sie sind hier noch nicht fertig.« Er wandte sich an den Captain. »Wir sind drei hier an Bord und alle mit automatischen Waffen und Handgranaten bewaffnet. Wir haben somit das Kommando über dieses Flugzeug übernommen. Verstanden?«

»Drei?« fragte Hyatt überrascht.

»Leila gehört zu ihnen«, sagte Jordana.

»Leila?« Hyatt stieß einen langen Pfiff aus. »Also, da hol mich der Teufel! Das ist ja die Höhe! Von der Tochter seines Chefs entführt zu werden!«

»Da Sie nun begriffen haben, werden Sie meine Befehle genau befolgen«, schnarrte Ramadan.

Hyatt sah fragend auf Jordana. Sie nickte. »Ja«, antwortete er.

»Erstens teilen Sie Beirut mit, daß es eine Änderung im Flugplan gegeben hat; Sie verlangen vom Libanon Freigabe zur Landung in Damaskus.«

Hyatt machte sich Notizen auf dem Schreibblock neben sich. »Verstanden.«

»Sobald wir in Syrien sind, geben Sie eine weitere Änderung im Flugplan bekannt und verlangen Freigabe über Irak und Teheran.«

»Wir haben nicht genug Treibstoff bis Teheran.«

»Keine Sorge«, sagte Ramadan selbstsicher, »da fliegen wir auch nicht hin.«

»Wohin denn?« fragte der Captain. Ramadan zog aus seiner Jackentasche einen Zettel, den er dem Piloten reichte. »Da fliegen wir hin.«

Der Captain warf einen Blick darauf. »Sie sind wahnsinnig«, sagte er. »Dort kann man ein Flugzeug dieser Größe nirgends landen; dort gibt es nichts als Berge.«

»Es gibt eine Stelle«, erklärte Ramadan. »Ich zeige sie Ihnen, wenn es soweit ist.«

»Gibt es dort Anlagen für eine Instrumentenlandung?« fragte Hyatt.

»Nein«, entgegnete Ramadan mit einem leicht nervösen Lachen. »Aber Sie genießen den Ruf, einer der besten Piloten zu sein. Für Al Fay ist immer nur das Beste gut genug. Sie werden keine Schwierigkeiten mit einer Sichtlandung haben.«

»Hoffentlich haben Sie recht«, brummte Hyatt. »Ich werde jetzt Beirut rufen.«

»Augenblick!« Ramadan nahm den Reservekopfhörer vom Pult des Bordmechanikers und hielt sich eine Hörmuschel ans Ohr, ohne den Finger vom Abzug der Maschinenpistole zu nehmen. »Jetzt können Sie rufen. Und denken Sie dran – kein Wort von einer Entführung, sonst erschieße ich Sie auf der Stelle.«

Hyatt nickte mit grimmigem Blick

»Kann ich jetzt nach hinten gehen und Raoul helfen?« fragte Jordana.

»Natürlich.« Ramadan wirkte entspannter. »Und bei der Gelegenheit können Sie den anderen sagen, daß ich hier alles unter Kontrolle habe.«

11

Gegen vier Uhr nachmittags kam Baydar in Dicks Büro und schaute sich um. »Wo ist Leila?« fragte er.

Dick sah ihn erstaunt an. »Sie ist heute früh nach Beirut geflogen.«

»Beirut?«

Dick sah Baydars bestürzten Gesichtsausdruck. »Ich dachte, Sie wüßten davon. Sie hat Jordana und die Kinder begleitet. Sie sagte mir, Sie seien damit einverstanden, daß sie und zwei Freunde mitflögen. Sie wollte übers Wochenende nach Hause.«

»Ich muß wohl alt werden. Ich kann mich überhaupt nicht an so etwas erinnern. Merkwürdig.«

Er ging in sein Büro und schloß die Tür hinter sich. Dick starrte ihm nach, eine vage Vorahnung stieg in ihm auf. Es sah Baydar gar nicht ähnlich, etwas zu vergessen. Das Telefon klingelte. Er hob den Hörer ab, hörte eine Weile zu, dann stellte er durch und ging in Baydars Büro.

Baydar blickte von seinem Schreibtisch auf. »Ja?«

»Ich habe unseren Mann vom Beiruter Flughafen am Apparat«, sagte Dick sehr ruhig. »Er ist seit ein Uhr dort, und das Flugzeug ist noch nicht gelandet.«

Baydar hob den Hörer ab und bedeckte die Muschel mit einer Hand. »Um wieviel Uhr war es fällig?«

»Ungefähr ein Uhr dreißig.«

Baydar wurde ein wenig blaß. Er nahm die Hand von der Sprechmuschel. »Hier spricht Al Fay«, sagte er. »Rufen Sie die Luftraumüberwachung an und erkundigen Sie sich, ob man dort etwas von dem Flugzeug gehört hat. Ich bleibe am Apparat.«

Er sah Dick an und bedeckte den Hörer wieder mit der Hand. »Hoffentlich ist nichts passiert.«

»Keine Sorge«, sagte Dick beruhigend. »Andy ist ein zu guter Pilot, als daß ihm etwas passieren könnte.«

Die Stimme meldete sich wieder im Hörer. Baydar hörte zu, dann schien seine Spannung ein wenig nachzulassen. »In Ordnung, besten Dank.«

Er legte auf. Sein Gesicht hatte einen merkwürdigen Ausdruck. »Ich verstehe das nicht. Die Beiruter Luftüberwachung sagt, der Pilot habe Freigabe für Damaskus verlangt.«

Dick sagte nichts.

»Rufen Sie Damaskus an und erkundigen Sie sich, ob sie dort gelandet sind.«

»Sofort, Boss.« Dick ging in sein Büro und nahm den Hörer ab. Es dauerte zwanzig Minuten, bis er mit der Luftüberwachung in Damaskus Verbindung bekam. Er hörte eine Weile zu, dann nickte er, verlangte ein weiteres Gespräch und ging zurück in Baydars Büro.

»Sind sie dort gelandet?« fragte Baydar.

Dick schüttelte den Kopf. »Nein. Man sagte mir, sie hätten Freigabe über Bagdad nach Teheran verlangt.«

»Hyatt ist verrückt geworden!« explodierte Baydar. »Den werde ich mir vorknöpfen!« Dann beruhigte er sich. »Rufen Sie die Flughäfen an und sehen Sie, was Sie erfahren können.«

»Das habe ich bereits getan«, sagte Dick.

»Gut. Berichten Sie mir, sobald Sie etwas Neues erfahren.« Er lehnte sich in seinem Sessel zurück und sah Dick nach, bis sich die Tür hinter ihm schloß. Es gab nur einen möglichen Grund für diese Änderung im Flugplan: Jordana; sie versuchte, ihm die Kinder zu entführen. Er ärgerte sich über seine Torheit. Er hätte sich nicht darauf verlassen dürfen, daß sie seinen Anordnungen folgen würde.

Eine halbe Stunde später kam Carriage wieder. Sein Gesicht war düster. »In Teheran sind sie nicht gelandet, und Bagdad meldet, daß sie beim Überfliegen irakischen Gebiets nicht gesichtet wurden. Ich habe in Damaskus rückgefragt, und sie berichten keine Anzeichen von Schwierigkeiten und keinen Funkspruch von der Maschine, seit sie Syrien um etwa zwei Uhr nachmittags überflog.«

»Das Flugzeug kann nicht einfach spurlos verschwunden sein!« Baydar schwieg eine Weile. »Ich glaube, wir müssen eine Suchaktion starten.«

»Bevor wir das tun, sollten Sie meiner Ansicht nach mit dem Mann sprechen, der draußen wartet«, sagte Dick.

»Jetzt ist wirklich nicht der Moment«, schnauzte Baydar ihn an. »Ich habe Wichtigeres im Kopf als Geschäfte!«

»Ich glaube, was er zu sagen hat, könnte einen Hinweis darauf geben, wo sich das Flugzeug befindet.«

Baydar starrte ihn an. »Lassen Sie ihn herein.«

Dick öffnete die Tür. »Treten Sie bitte näher, Mr. Dupré.« Ein mittelgroßer Mann in einem unauffälligen grauen Anzug kam herein. Dick führte ihn zum Schreibtisch. »Mr. Dupré, Mr. Al Fay.«

Dupré verbeugte sich. »Es ist mir eine Ehre, Monsieur.«

Baydar nickte wortlos und sah Dick fragend an. »Was hat er mit dem Flugzeug zu tun?«

»Möglicherweise nichts«, sagte Dick schnell. »Aber vielleicht sollte ich erst noch etwas erklären.«

Dick räusperte sich; offensichtlich war ihm unbehaglich zumute. »Mr. Dupré ist Privatdetektiv. Wir haben ihn schon früher für vertrauliche Angelegenheiten zu Rate gezogen, und er erwies sich als völlig vertrauenswürdig. Anfang dieser Woche beschloß ich, Leila auf Grund einiger Bemerkungen, die sie machte, von ihm beobachten zu lassen.«

»Warum?« Baydars Stimme klang kalt.

Dick erwiderte seinen Blick. »Weil sie mich zwei Tage, nachdem wir die Sendungen von Arabdolls gestoppt hatten, bat, das rückgängig zu machen. Als ich ablehnte, weil das gegen Ihre Anweisungen gewesen wäre, sagte sie, die Familien Riad und Mafrad seien alte Freunde, und ihr Großvater würde darüber sehr verärgert sein. Dann bat sie mich, ich sollte doch die Sendungen weiterlaufen lassen, ohne daß Sie etwas davon wüßten.« Er holte tief Atem. »Als ich aber von Ihnen erfuhr, daß die Familien gar nicht befreundet sind, beschloß ich, mich näher über Leila zu informieren.«

Baydar wandte sich an den Privatdetektiv. »Was haben Sie herausgefunden?«

Mr. Dupré zog einige Papiere aus seiner inneren Jackentasche und entfaltete sie. Er legte einen Durchschlag auf den Schreibtisch vor Baydar, gab Dick einen anderen und behielt das Original in der Hand. »Auf diesem Blatt stehen die Namen aller Personen, die diese Woche mit Ihrer Tochter zusammentrafen, ebenso Zeit und Ort der Begegnungen.«

Baydar schaute auf das Blatt. Ein Name fiel ihm sofort ins Auge: Ali Jasfir. Leila hatte ihn in dieser Woche fünfmal getroffen, gestern zweimal. Mehrere andere Namen kamen wiederholt vor, aber sie waren ihm unbekannt.

»Leider hatte Ihre Tocher gefährlichen Umgang, Monsieur«, sagte Dupré. »Fast alle Namen auf dieser Liste sind die von bekannten arabischen Terroristen oder Partisanen, die von der Schweizer Polizei genau überwacht werden. Es sind junge Leute, und ein Mann namens Jasfir scheint ihr größter finanzieller Helfer zu sein.

Deshalb atmete die Schweizer Polizei auf, als Fuad Aziz und Ramadan Sidki, die als die gefährlichsten galten, mit Ihrer Tochter an Bord des Flugzeugs stiegen und das Land verließen. Sie können sich darauf verlassen, daß sie kein Einreisevisum mehr erhalten werden.«

Baydar betrachtete das Papier eine Zeitlang. »Sonst etwas?«

»Nur noch eines, Monsieur«, antwortete Dupré. »Ich habe mir erlaubt, in der Schule anzurufen, die Ihre Tochter in Montreux besuchte. Ich hoffte, Informationen über einige Mädchen zu erhalten, mit denen sie verkehrte. Aber dort konnte man mir nichts sagen, nur, daß man Ihre Tochter seit Anfang Mai nicht mehr gesehen hat; damals hat sie die Schule in Gesellschaft eines gewissen Mr. Jasfir verlassen, der sich als einer Ihrer Geschäftspartner vorgestellt hatte. Der Schule wurde mitgeteilt, daß sie zum Filmfestival nach Cannes fahren würden, um Sie dort zu treffen.«

Baydar blickte Dick an, dann wandte er sich nochmals an den Detektiv. »Ich danke Ihnen sehr, Mr. Dupré, Sie haben uns sehr geholfen.«

Der Detektiv seufzte. »Die Kinder heutzutage.« Er breitete mit typisch gallischer Gebärde die Hände aus. »Ich habe selbst eine siebzehnjährige Tochter. Man kann nie wissen, was ihnen einfällt.« Er verbeugte sich. »Wenn ich noch etwas für Sie tun kann, Monsieur Al Fay, bitte, ich stehe zur Verfügung.« Er nickte Dick grüßend zu und verließ das Büro.

Dick wandte sich an Baydar. »Was ich denke, gefällt mir gar nicht. Was meinen Sie?«

»Das gleiche.« Baydar atmete tief. »Aber nun wissen wir wenigstens, daß dem Flugzeug nichts passiert ist, wenn auch nicht, wo es ist.«

»Es ist ein großes Flugzeug. Das kann man nicht lange verstecken.«

»Möglich.« Baydars Stimme verriet nichts.

»Was sollen wir jetzt tun?«

»Warten.«

»Warten?« fragte Dick erstaunt.

»Ja«, gab Baydar zurück. »Wir wollten wissen, was Ali Jasfirs nächster Schritt sein würde. Jetzt wissen wir es. Er wird sich bald mit uns in Verbindung setzen und sagen, was er will.«

Sie standen am Rande des Wäldchens und blickten zurück auf die silberne 707. Neun Mann kletterten auf dem Flugzeug herum und zogen die Tarnnetze zurecht, so daß es aus der Luft nicht mehr sichtbar war. Ein Flugzeug hätte schon sehr tief heruntergehen müssen, um es noch auszumachen.

Jordana wandte sich an Hyatt, der neben ihr stand und die Augen nicht von dem Flugzeug losreißen konnte. »Sie haben sie prachtvoll aufgesetzt, Captain. Vielen Dank.«

»Einen Moment lang sah es ziemlich haarig aus. Ich dachte, wir würden dort in den Bäumen am Ende der Rollbahn landen. Was meinen Sie, warum hat man hier oben wohl eine so große Rollbahn gebaut? Es sieht aus, als wäre sie seit mindestens drei Jahren nicht mehr benützt worden.«

»Ich habe keine Ahnung, Captain«, sagte sie.

Der Mann namens Fuad kam zu ihnen. »Okay, vorwärts!« Sein Englisch hatte einen amerikanischen Akzent. Er wies mit seinem Gewehr in Richtung des Waldes.

Jordana ging zu den Kindern, die zwischen ihrer Erzieherin und der Zofe Magda standen. Die Knaben beobachteten mit großem Interesse das Tarnmanöver am Flugzeug. Jordana nahm sie an der Hand und wartete.

Vor ihnen standen zwei Soldaten in schlecht sitzenden Kampfanzügen; sie trugen keine Abzeichen, aus welchen man hätte ersehen können, welcher Armee sie angehörten. Auf ein Zeichen Fuads hin setzten sie sich in Marsch. Weitere Soldaten tauchten auf und begleiteten die Gefangenen, andere schlossen sich dem Zug an. Alle hielten ihre Gewehre auf die Gefangenen gerichtet.

Jordana ging schweigend mit den Kindern. Leila und Ramadan waren nirgends zu sehen. Sie waren als erste aus dem Flugzeug gestiegen und wenige Minuten nach der Landung verschwunden.

Der Wald wurde dichter, und sie blieben an den Zweigen der Bäume und im Gebüsch hängen und zerrissen sich die Kleider. Jordana versuchte, die Kinder zu schützen, aber nach kaum zehn Minuten hatten sie zerkratzte Arme und Gesichter. Sie rief die Erzieherin: »Anne, wenn Sie, Magda, Margaret und ich vorangehen und die Kinder dicht hinter uns, werden sie nicht so viele Kratzer abbekommen.«

Die Erzieherin nickte. Die anderen Frauen und sie bildeten einen Halbkreis und nahmen die Kinder in die Mitte.

Nach wenigen Minuten erreichten sie eine schmale, schmutzige Straße. Zwei Jeeps mit ihren Fahrern warteten dort. »Einsteigen!« befahl Fuad. »Die Frauen mit den Kindern in den ersten Wagen, die Männer in den zweiten.«

Kurz darauf fuhren die Wagen die Straße hinauf; sie war holperig und voller Schlaglöcher, schien sich in und aus dem Wald zu schlängeln und stieg dabei ständig an. Nach etwa zehn Minuten wurde die Luft kühler.

Jordana sah zum Himmel auf. Es wurde dunkler, der Abend war gekommen. Hätte sie doch nur die Mäntel der Kinder mitgenommen. Aber die waren mit allem anderen an Bord des Flugzeugs zurückgeblieben.

Nach fünf Minuten erreichten sie eine Lichtung, an deren Rand eine Gruppe verfallener Holzhäuser stand. Sie waren von einer niedrigen Mauer umgeben, auf der in Abständen von etwa zehn Schritten schwere Maschinengewehre aufgestellt waren. Jedes wurde von zwei Soldaten bedient. Und an jeder Ecke standen Scheinwerfer.

Jordana betrachtete die Soldaten, als sie in das Lager einfuhren, und die starrten mit unverhülltem Interesse zurück. Einige riefen ihnen zotige Bemerkungen nach, die man jedoch bei dem Lärm der ratternden Jeepmotoren nicht verstehen konnte.

Vor dem größten Gebäude machten die Jeeps halt. Der Fahrer bedeutete ihnen, auszusteigen.

Aus dem Gebäude kamen zwei Soldaten und beobachteten sie. Der eine war Ramadan, jetzt in Uniform. Jordana mußte jedoch zweimal hinschauen, bevor sie den anderen erkannte. Sie hatte sich durch die Uniform täuschen lassen. Der zweite Soldat war Leila.

Leila kam auf sie zu. In ihrer Uniform wirkte sie irgendwie breiter und gröber. Die ganze hübsche Erscheinung, die Jordana in ihr gesehen hatte, wurde durch ihr rauhes Benehmen ausgelöscht. »Eine Hütte ist für dich und die Kinder und Frauen bestimmt«, sagte sie, »die anderen sind für die Männer. In einer Stunde wird euch das Essen gebracht. Nach dem Essen wird das Licht für die Nacht gelöscht. Nach Einbruch der Dunkelheit ist jegliches Rauchen verboten. Jeder Verstoß gegen unsere Vorschriften wird streng bestraft. Habt ihr das verstanden?«

»Du wirst nicht ungestraft davonkommen«, sagte Jordana. »Wenn dein Vater davon erfährt, wird es auf Erden und im Himmel keinen Platz geben, wo du dich verstecken kannst.«

Leila starrte sie verächtlich an. »Mein Vater wird tun, was man ihm befiehlt, wenn er auch nur einen von euch lebendig wiedersehen will.«

12

Erst am nächsten Morgen hörten sie von Jasfir. Seine Stimme krächzte durch die Leitung. »Wir haben wichtige Dinge zu besprechen, viel zu wichtig für das Telefon. Ich glaube, ein Zusammentreffen zwischen uns wäre für uns beide von Nutzen.«

»Möglich«, antwortete Baydar kühl.

»Wo würde es Ihnen passen?« fragte Jasfir.

»Ich bin in meinem Büro.«

»Das halte ich für keine gute Idee. Bei allem Ihnen gebührenden Respekt – es gibt dort zu viele Möglichkeiten, belauscht zu werden.«

»Wir wären allein.«

»Allah allein weiß, wie viele Abhörwanzen in den Wänden der Häuser verborgen sind«, sagte Jasfir.

»Was schlagen Sie vor?«

»Eine uns beiden zusagende Stelle, vielleicht eine Bank in dem Park gegenüber Ihrem Hotel?«

»Wann wollen Sie hinkommen?«

»Ich kann in fünfzehn Minuten dort sein.«

»Gut, ich komme.« Baydar legte den Hörer auf. Er drückte den Klingelknopf auf seinem Tisch, und Dick kam herein. »Ich soll ihn in dem Park gegenüber vom Hotel treffen. Glauben Sie, daß unser Techniker von hier aus unser Gespräch mit einem Teleskopmikrofon abhören kann?«

»Ich weiß nicht. Versuchen können wir es.«

»Lassen Sie ihn heraufkommen. Wir haben nur fünfzehn Minuten Zeit.«

Nach zehn Minuten war der Mann da. Baydar führte ihn ans Fenster und zeigte ihm den Park auf der anderen Straßenseite. »Können Sie uns von hier aus abhören?«

»Vielleicht«, meinte der Mann. »Es hängt von vielen Dingen ab. Straßenlärm, Bewegung. Es wäre gut, wenn Sie an ein und derselben Stelle bleiben könnten.«

»Das weiß ich nicht«, sagte Baydar. »Das kommt auf den anderen Mann an, den ich dort treffe.«

»Ich werde es versuchen. Wir sehen dann ja, was passiert.«

Der Mann arbeitete schnell. Er prüfte gerade seinen Verstärker, als Dick den Kopf durch die Tür hereinstreckte. »Es ist beinahe Zeit.«

Baydar machte sich widerwillig zum Weggehen bereit; er hätte lieber noch ein paar Minuten gewartet, um festzustellen, ob das elektronische Abhörgerät funktionierte, fürchtete aber, sich zu verspäten. Als er durch das äußere Büro zur Tür ging, erhob Dschabir sich automatisch.

Baydar winkte ab. »Warte hier«, sagte er.

Dschabir setzte sich wieder auf seinen Platz. Kaum hatte sich die Tür hinter Baydar geschlossen, winkte Dick ihn zu sich. »Dein Herr geht in den Park auf der anderen Straßenseite«, sagte er. »Geh ihm nach, aber halte dich auf Distanz.«

Dschabir nickte und verließ wortlos das Büro. Als er aus dem Hoteleingang trat, überquerte Baydar bereits die Straße. Dschabir stellte sich an die Straßenecke, von wo aus er ihn im Auge behalten konnte.

Baydar erreichte die andere Straßenseite und betrat den kleinen Park. Auf der ersten Bank saß eine alte Frau, eingemummt gegen den Herbstwind, und fütterte die Tauben. Baydar setzte sich ans andere Bankende. Er sah sich nach allen Seiten um. Es war niemand da - nicht einmal Büroangestellte, die den Park als Abkürzung auf dem Weg zur Arbeit benutzten. Baydar zog eine Zigarette heraus.

Fünfzehn Minuten später war er bei seiner vierten Zigarette und fragte sich, ob Jasfir ihn etwa an der Nase herumgeführt habe, als die alte Frau sich plötzlich erhob und ging. Er sah ihr neugierig nach, als sie den Park verließ und auf der Straße in ein Taxi stieg. Seltsam, daß eine so schäbig gekleidete Frau sich ein Taxi leisten konnte. Dann dämmerte es ihm. Er warf einen Blick auf die Ecke der Bank, wo die Frau gesessen hatte. Dort lag unter der Erdnußtüte, die sie zurückgelassen hatte, ein Blatt einfaches weißes Papier. Er nahm es auf und las die maschinengeschriebene Nachricht:

> Ich muß mich entschuldigen, daß ich nicht kommen kann, aber dringende Geschäfte rufen mich aus dem Land. Übrigens hätte unser Zusammentreffen auch keinen großen Sinn gehabt, denn unsere Wünsche sind einfach und können mit diesem Blatt Papier übermittelt werden. Ich freue mich, Ihnen mitzuteilen, daß Ihre Frau und Ihre Kinder wohlbehalten an ihrem Bestimmungsort eingetroffen sind und daß es allen gut geht. Morgen früh werden Sie ein Tonband mit der Stimme Ihrer Frau erhalten, die Sie darüber beruhigen wird. Um unser unvermindertes Interesse am Wohlergehen Ihrer Familie zu sichern, werden Sie den folgenden Aufforderungen nachkommen:
> 1. Sie zahlen jeden Morgen vor 12 Uhr mittags 100 000 US-Dollar auf das Konto Nr. AX 1015 bei der Banque d'Assurance in Genf ein. Dies zur Entschädigung für die Ihrer Familie von uns gewährte Gastfreundschaft.
> 2. Sie lassen die von Ihnen rückgängig gemachten Sendungen planmäßig ausliefern. Die nächste Sendung erfolgt in vier Tagen, dann weitere Sendungen an jedem zweiten Tag bis zum Jahresende.
> 3. Sie lassen eine rechtsgültige Übertragungsurkunde in der Höhe von 50 Prozent des Grundkapitals Ihrer Gesellschaften auf-

setzen, die Sie blanko unterzeichnen. Diese Urkunde muß bis spätestens 5. Januar 1974 zusammen mit einer Zahlung von 10 000 000 US-Dollar auf dem obengenannten Bankkonto deponiert werden.

Vorausgesetzt, daß all diese Bedingungen prompt erfüllt werden, werden Ihre Frau und Ihre Söhne vor dem 10. Januar, rechtzeitig für die Ernennung Ihres ältesten Sohnes zum Kronprinzen, zurückgebracht werden. Jeglicher Bruch der Geheimhaltung dieses Abkommens oder die Nichterfüllung einer der angegebenen Bedingungen könnte zum Tod eines oder aller Mitglieder Ihrer Familie führen. Als weiteren Beweis unseres guten Willens und um Sie vom Wohlergehen Ihrer Familie zu überzeugen, werden Sie täglich in Ihrem Genfer Büro eine Bandaufnahme der Stimme Ihrer Frau erhalten, in der sie Ihnen eine Schlagzeile der Pariser Ausgabe der *Herald Tribune* vom Vortag vorlesen und einige persönliche Worte über das Allgemeinbefinden Ihrer Familie sagen wird. Selbstverständlich wird Ihre Hilfe im Krieg gegen unsere gemeinsamen Feinde erwartet.

IDBAH AL-ADU!

Die Unterschrift lautete: BRUDERSCHAFT PALÄSTINENSISCHER FREIHEITSKÄMPFER.

Baydar erhob sich langsam und machte sich auf den Rückweg in sein Büro im Hotel. Dick erwartete ihn, als er eintrat.

»Was ist passiert? Wir haben niemanden gesehen und konnten nichts hören.«

»Es kam niemand«, sagte Baydar, »nur dies hier.« Er reichte Dick das Papier.

Baydar ließ sich schwer in seinen Schreibtischsessel sinken. Dick las die Mitteilung Jasfirs, der Techniker sammelte seine Geräte zusammen und entfernte sich.

»Die sind verrückt«, rief Dick, als er zu Ende gelesen hatte. »Diese Forderungen können wir unmöglich erfüllen.«

Baydar nickte müde. Der dritten und letzten Forderung konnte er beim besten Willen nicht nachkommen. Er besaß keine fünfzig Prozent von den Gesellschaften, die auf seinen Namen lauteten. Bestenfalls waren es durchschnittlich zwanzig Prozent. »Das weiß ich, und das wissen Sie«, sagte er erschöpft, »aber die wissen es nicht. Und wie soll man mit jemandem verhandeln, der nicht mit einem spricht? Mit jemandem, den man nicht finden kann?«

»Wir müssen ihn finden. Es muß ein Möglichkeit geben.«

»Wir werden ihn schon finden, aber ich mache mir Sorgen, was mit Jordana und den Kindern geschehen wird, wenn wir ihn finden.«

»Was sollen wir also tun?« fragte Dick.

»Vorerst sorgen wir dafür, daß die täglichen Zahlungen erfolgen, und lassen die Sendungen wie verlangt ausliefern. Damit gewinnen wir Zeit.«

»Diese Sendungen können den Tod von Hunderten von Menschen in den Staaten zur Folge haben. Ich hätte das nicht gern auf dem Gewissen.«

»Ich auch nicht. Wir müssen einen Weg finden, um die Sendungen auf der anderen Seite zu stoppen.«

»Wie stellen Sie sich das vor?«

»Ich habe einen Freund in New York, Paul Gitlin. Er ist Rechtsanwalt, ein Mann von großer moralischer Kraft und mit einem ausgeprägten Gerechtigkeitssinn. Ich bin sicher, daß er für meine Lage Verständnis haben und unser Vertrauen respektieren wird. Er wird einen Weg finden, um die Sendungen drüben zu stoppen und uns gleichzeitig zu schützen.«

»Und dann?«

»Wir müssen die Zeit nutzen, um herauszufinden, wo sie meine Familie festhalten, und sie befreien.« Er erhob sich und ging ans Fenster. »Geben Sie Anweisungen für die Zahlungen, und verbinden Sie mich mit New York«, sagte er, ohne sich umzudrehen.

»Ja, Sir«, antwortete Dick und ging zur Tür.

»Und, Dick . . .«

Dick wandte sich um.

Baydar sah ihn an; in seinem Gesicht waren plötzlich Falten, die Dick noch nie gesehen hatte. »Rufen Sie Uni-Jet an und chartern Sie ein Flugzeug für mich. Ich werde meinen Vater in Beirut abholen und mit ihm zusammen zum Fürsten fliegen. Vielleicht kann er uns helfen.«

Der alte Fürst las die Botschaft zu Ende, dann nahm er mit zitternden Fingern die Brille ab. Sein zerfurchtes Falkengesicht unter der Ghutra schaute Baydar und seinen Vater mitfühlend an. »Ich kenne diese Organisation«, sagte er. »Es ist eine Splittergruppe, die wegen ihrer nihilistischen Ziele aus der Al Fatah ausgeschlossen worden ist.«

»Das hatte ich gehört, Hoheit«, sagte Baydar. »Ich dachte, wir könnten mit Eurer Gönnerschaft genug Beistand zusammenbringen, um sie herauszulocken.«

»Und was wollt ihr dann tun?« fragte der Fürst.

»Sie vernichten!« entgegnete Baydar wild. »Sie sind Diebe, Erpresser und Mörder. Sie entwürdigen die Sache, der sie zu dienen vorgeben, und bringen Schande über sie.«

»Alles,was du sagst, ist wahr, mein Sohn. Aber wir können nichts tun.«

»Warum nicht?« fragte Baydar. Er konnte nur mit Mühe seinen Zorn bezähmen. »Es ist Euer Erbe, der Erbe Eures Thrones, dessen Leben in Gefahr ist.«

Die Augen des alten Mannes waren schwach und tränten, aber seine Worte waren klar und deutlich. »Er ist noch nicht mein Erbe. Und er wird es erst ein, wenn ich ihn ernenne.«

»Dann bietet Ihr mir keine Hilfe an?« fragte Baydar.

»Ich kann nicht – offiziell«, erwiderte der Fürst. »Und auch die Oberhäupter anderer Staaten, an die du dich vielleicht wenden willst, können es nicht. Diese Organisation, die sich die Bruderschaft nennt, hat bei manchen Elementen große Unterstützung gefunden. Sogar Al Fatah kann nicht gegen sie einschreiten.« Er reichte Baydar das Blatt Papier.

Der nahm es wortlos entgegen.

»Wenn du herausfindest, wo diese Teufel deine Familie gefangen halten, kannst du von mir – inoffiziell – für ihre Befreiung so viele Männer und so viel Geld bekommen, wie du brauchst.«

Baydar erhob sich mit schwerem Herzen. »Ich danke für Eure Güte, Eure Hoheit«, sagte er korrekt. Aber er wußte, es war zwecklos; ohne offizielle Hilfe würde man sie nicht finden.

Der alte Fürst reichte ihm die Hand. »Wenn ich jünger wäre«, sag te er, »würde ich bei deiner Suche an deiner Seite stehen. So kann ich nur zu Allah um Rettung für deine Lieben beten.«

In der grellen Sonne vor dem großen Palast wartete Dick im Wagen. »Was hat er gesagt?« fragte er.

»Er kann nichts tun«, antwortete Baydars Vater.

Baydar starrte aus dem Fenster. »Es ist hoffnungslos«, sagte er mit dumpfer Stimme. »Man kann nichts tun. Niemand ist bereit, mir zu helfen.«

Dick schwieg längere Zeit. Es stand so viel auf dem Spiel: all die Jahre, alle Arbeit, alle Mühe, die er aufgewandt hatte, um auf diesen Posten zu gelangen, würden umsonst sein. Aber es gab Dinge, die wichtiger waren als Karriere. Zum Beispiel das Leben unschuldiger Kinder. Er dachte an seine eigenen beiden Söhne, und was er empfinden würde, wenn er in der gleichen Lage wäre, das gab schließlich den Ausschlag.

Er wandte sich um, so daß er Baydar ins Gesicht sehen konnte. »Ich kenne Leute, die Ihnen helfen würden«, begann er.

»Wer?«

»Die Israelis«, entgegnete Dick ruhig.

Baydars Lachen klang bitter. »Warum sollten sie mir helfen wollen? Ich wurde als ihr Feind geboren.«

Samir sah seinen Sohn an. »Menschen werden nicht als Feinde geboren. Das ist etwas, das sie lernen.«

»Was macht das für einen Unterschied?« erwiderte Baydar sarkastisch. Er wandte sich wieder an Dick. »Warum sollten sie mir helfen?« fragte er nochmals.

Dick schaute ihm in die Augen. »Weil ich sie darum bitten werde«, sagte er ruhig.

Baydar schwieg einen Augenblick, dann seufzte er müde.

»Sie arbeiten für sie?«

Dick nickte. »Ja.«

»Sie sind kein Israeli«, sagte Baydar. »Warum also?«

»Meine Eltern kehrten aus Amerika zurück nach Jordanien«, erklärte Dick. »Eines Tages kam ein Mann namens Ali Jasfir zu ihnen und verlangte, man solle seiner Organisation gestatten, das Dörfchen, in dem sie lebten, als Stützpunkt zu verwenden. Nach einigen Monaten, in denen drei Mädchen vergewaltigt und viele verführt wurden, verlangten die Dorfbewohner, die Männer sollten das Dorf verlassen. Die Antwort der Fedajin war Mord. Ali Jasfir selbst führte seine Leute von einem Haus zum anderen und ließ systematisch alle Einwohner abschlachten. Nur einem Knaben und zwei Mädchen gelang es zu entkommen. Sie erzählten uns die wahre Geschichte, während die Fedajin laut die neueste Greueltat der Juden verkündeten. Die beiden Mädchen sahen mit eigenen Augen, wie meine Eltern von Ali Jasfir ermordet wurden.«

»Und nun, da Sie mich verraten haben«, sagte Baydar bitter, »glauben Sie, Sie müßten mir helfen?«

Dick erwiderte seinen Blick offen und ehrlich. »Nicht aus diesem Grund, sondern weil wir beide glauben, daß die Israelis und die Araber in Frieden leben und zusammenarbeiten können. Männer wie Ali Jasfir sind es, die diese Möglichkeit zerstören. Sie sind unsere Feinde, sie sind es, die vernichtet werden müssen.«

13

Baydar betrachtete die beiden Männer im Eingang. Sie sahen womöglich arabischer aus als sein Vater oder er selbst. Der alte Mann war groß gewachsen. Sein Kopftuch verbarg sein Gesicht fast völlig. Seine staubige, verschossene Dschellaba schleppte am Boden. Der junge Mann war schwarzhaarig, dunkelhäutig und trug einen buschigen syrischen Schnurrbart; seine Kleidung bestand aus verschossenem Khakizeug.

Baydar und sein Vater erhoben sich, als General Eschnew die beiden zu ihnen führen. »Dr. Al Fay, Mr. Al Fay - General Ben Esra.«

Der General starrte Samir eine Weile an, dann lächelte er. »Es ist lange her, mein Freund«, sagte er.

Samir wurde plötzlich blaß; er spürte, wie er innerlich zitterte. Er warf Baydar einen verstohlenen Blick zu und hoffte, man würde seine Nervosität nicht bemerken. Baydars Blick lag auf dem General.

»Und dies ist Ihr Sohn«, sagte der General. »Allah war gut zu Ihnen. Er ist ein prächtiger Mann.«

Samirs Nervosität schwand. »Ich freue mich, Sie wiederzusehen, General.«

Baydar sah seinen Vater erstaunt an. »Ihr kennt euch?«

Sein Vater nickte. »Unsere Wege kreuzten sich einmal in der Wüste. Vor vielen Jahren.«

General Eschnew sprach schnell. »Ich muß unsere offizielle Position noch einmal wiederholen, meine Herren, damit wir sie alle klar verstehen. Im Augenblick besteht ein sehr heikler Waffenstillstand, deshalb dürfen wir keine offizielle Aktion dulden, bei der es zum Betreten feindlichen Gebiets kommen könnte. Eine solche Aktion könnte die ehrlichen Bemühungen, den Frieden, den Israel so sehnlichst wünscht, zerstören.«

Er machte eine Atempause. »Wir können aber nichts gegen Aktionen von Privatleuten unternehmen, so lange wir nicht wissen, was sie vorhaben. Habe ich mich klar ausgedrückt?«

Die anderen nickten.

»Gut«, sagte er. »General Ben Esra ist natürlich ein Privatmann; er gehört der israelischen Armee schon seit vielen Jahren nicht mehr an. Das gleiche gilt für den jungen Mann in seiner Begleitung. Er war früher Sergeant in der syrischen Armee, wurde auf den Golanhöhen gefangengenommen, auf Ersuchen des Generals freigelassen und in seine Obhut gegeben. Sein Name ist Hamid.«

Der Syrer verneigte sich respektvoll. »Es ist mir eine Ehre.«

»Ganz unsererseits«, antworteten Baydar und sein Vater.

»Und nun muß ich Sie verlassen, meine Herren«, sagte General Eschnew. »Ich habe leider Pflichten, die mich anderswohin rufen.«

Als die Tür sich hinter ihm schloß, nahmen sie an dem runden Tischchen Platz. Ben Esra zog mehrere zusammengerollte Landkarten unter seiner Dschellaba hervor und legte sie offen auf den Tisch. »Nach Ihrer Ankunft in Tel Aviv vor einer Woche wurde mir von Ihrem Problem berichtet. Ich unternahm es auf eigene Faust, die Möglichkeiten für einen Befreiungsplan zu prüfen. Ich wußte, daß wir vor allem den Standort des Lagers finden mußten, wo die Gefangenen festgehalten werden. Zu diesem Zweck erbat ich die Freilassung Hamids. Vor vielen Jahren, als Hamids Großvater und ich jung waren, dienten wir zusammen in der britischen Armee; Hamid wurde der Familientradition getreu Berufssoldat. Ich wußte, daß er zuletzt vor dem Krieg Ausbilder in einem bestimmten Lager war, in dem die Bruderschaft eine ähnliche Frauentruppe ausbildete wie jene der Al Fatah. Das mißlang.«

Nach einem Blick auf Baydar fuhr er im gleichen Ton fort: »In diesem Lager verbrachte Ihre Tochter Leila drei Monate. Hamid berichtet mir, sie sei ein guter Soldat, viel ernster als die meisten anderen in ihrer Pflichterfüllung und viel idealistischer in ihren politischen Ansichten. Nach dem Trainingskurs begleitete Hamid sie nach Beirut, wo er blieb, bis er sich entschloß, nach Syrien zurückzukehren und in die Armee einzutreten, da es für Söldner keine Möglichkeiten mehr bei den Fedajin gab.«

Baydar sah Hamid an. »Sie kannten also meine Tochter?«

»Ja, Sir.«

»Hat sie je von mir gesprochen?«

»Nein, Sir.«

»Worüber sprach sie denn?«

»Hauptsächlich davon, Palästina zu befreien«, antwortete Hamid. »Ihrer Ansicht nach waren es nicht nur die Juden, welche die Befreiung verzögerten, sondern auch die reiche arabische Elite, die ihre Herrschaft über Land und Leute nicht aufgeben wollte.«

»Glauen Sie, daß sie mich auch zu dieser Gruppe zählte?«

Hamid zögerte, dann nickte er. »Ja, Sir, ich glaube, das tat sie.«

Baydar wandte sich wieder an Ben Esra. »Verzeihen Sie, General, ich versuche noch immer zu verstehen, was geschehen ist.«

Der General nickte. Er betrachtete die Karten und wies auf eine Stelle. »Wir glauben, das einzige Lager gefunden zu haben, wo sie sein können. Sie sagen, Ihr Flugzeug ist eine 707?«

»Ja.«

»Dann bin ich sicher, daß wir es gefunden haben«, sagte Ben Esra triumphierend. »Es gibt ein altes, von den Syrern gebautes und vor mehr als zehn Jahren aufgegebenes Lager. Es liegt nördlich von der jordanischen Grenze, westlich von Ihrer Heimat. Es wurde als Stützpunkt für Riesenbomber gebaut, da sie diese Flugzeuge aber nicht kaufen konnten, wurde das ganze Projekt aufgegeben. Aber die Rollbahn ist noch dort, und es gab Gerüchte, wonach das Lager von der Bruderschaft besetzt worden sei. Es gibt aber eine große Schwierigkeit: Die Rollbahn liegt siebenhundert Meter hoch auf einem Gebirgsplateau und das Lager noch hundertfünfzig Meter höher. Es gibt nur zwei Zugänge. Der eine durch die Luft, aber der Motorenlärm würde sie warnen, und sie würden die Gefangen töten, bevor wir sie befreien könnten. Die andere Möglichkeit ist, zu Fuß hinzugelangen. Um eine Entdeckung zu vermeiden, müßten wir mindestens achtzig Kilometer vom Lager entfernt landen, uns tagsüber verstecken und nachts durch sehr schwieriges Gelände marschieren. Wir müßten die Entfernung in zwei Nächten bewältigen und in der dritten Nacht angreifen. Nach der Größe des Lagers schätze ich die Belegschaft auf hundert Mann. Sogar wenn es uns also gelingt, die Gefangenen zu befreien, bleibt noch immer das Problem, wie wir sie in Sicherheit bringen, bevor wir verfolgt werden. Das wär's. Irgendwelche Fragen?«

»Woher wissen wir, daß wir das richtige Lager angreifen? Oder daß sie noch dort sind, wenn wir hinkommen?« fragte Baydar.

»Wir wissen es nicht«, antwortete der General kühl, »aber wir müssen das Risiko eingehen. Im Augenblick haben wir keine andere Möglichkeit. Es sei denn, Sie kennen eine andere Stelle, wo eine 707 landen kann.«

»Ich kenne keine andere.«

»Dann ist es an Ihnen, zu entscheiden, ob wir so vorgehen sollen oder nicht.«

Nach einem kurzen Blick auf seinen Vater wandte sich Baydar wieder dem General zu. »Ich sage ja.«

Der General lächelte. »Gut. Da dies keine offizielle Aktion ist, werden wir Freiwillige brauchen. Ich würde sagen fünfzehn, höchstens zwanzig Mann. Mehr als das würde uns unbeweglich und auffällig machen. Für ein so gefährliches Unternehmen müssen sie natürlich sehr gut bezahlt werden.«

»Ich zahle jeden Preis, den sie verlangen.«

»Gut. Ich kenne zehn Mann, auf die ich mich verlassen kann.«

»Ich melde mich freiwillig«, warf Hamid ein. »Ich war einmal in diesem Lager. Ich kenne die Anlage.«

»Einverstanden«, sagte der General grimmig.

»Mein Fürst versprach mir so viele Leute, wie ich brauche«, erklärte Baydar.

»Gute Leute?«

»Seine Leibgarde besteht ausschließlich aus Bergkriegern aus dem Jemen.«

»Die genügen«, sagte der General. Die jemenitischen Bergbewohner galten als die wildesten Krieger des ganzen Islam. »Wir werden Ausrüstung brauchen, Waffen, Munition, Proviant, Wasser und Flugzeuge, die uns zu unserem Ausgangspunkt bringen. Das wird kostspielig.«

»Sie werden alles bekommen.«

»Und noch etwas. Wir brauchen einen Hubschrauber, der uns herausbringt. Seine Ankunft muß zeitlich genau mit unserem Angriff abgestimmt werden.«

»Dafür sorge ich auch«, sagte Baydar.

Der General nickte.

»Wie lange dauert es, bis Sie bereit sind?« fragte Baydar.

»Drei Tage, wenn Sie bis dahin Ihre Leute hier haben können.«

»Sie werden hier sein«, antwortete Baydar. Er wandte sich an seinen Vater. »Würdest du die Güte haben, zum Fürsten zu gehen und ihn um die versprochene Hilfe zu bitten? Ich möchte mit dem General hierbleiben und dafür sorgen, daß alles bereit ist.«

Samir nickte. »Das werde ich erledigen.«

»Ich danke dir, Vater.«

Samir sah seinen Sohn an. »Es sind auch meine Enkel.« Er wandte sich an Ben Esra. »Ich bin dir von Herzen dankbar, mein Freund«, sagte er. »Es scheint, daß dich Allah noch einmal in meiner höchsten Not zu mir gesandt hat.«

»Danke mir nicht, mein Freund«, antwortete Ben Esra auf arabisch. »Mir scheint, daß wir uns beide glücklich schätzen sollten.«

14

»Mammi, wann kommt Vater uns holen?«

Jordana schaute auf Samirs Gesichtchen hinunter, das sie über den Rand der Decke ansah. Sie warf auch einen Blick auf

Muhammed auf der anderen Pritsche; er schlief schon, seine Augen waren fest geschlossen, sein Gesicht an das harte Kissen gepreßt. »Bald, mein Liebling, bald«, flüsterte sie tröstend.

»Wenn er nur schon morgen käme«, sagte Samir. »Hier gefällt es mir nicht. Die Leute sind nicht lieb.«

»Dein Vater wird bald kommen. Schlaf jetzt.«

»Gute Nacht, Mammi.«

Sie beugte sich nieder und küßte ihn auf die Stirn. »Gute Nacht, Liebling.« Sie richtete sich auf und ging in das andere Zimmer der kleinen, zweiräumigen Hütte, die sie bewohnten. In der Mitte des Tischchens, an dem sie ihre Mahlzeiten einnahmen, brannte ein Petroleumlämpchen. Die drei anderen Frauen saßen um den Tisch und starrten in die Lampe. Sie hatten nichts zu tun, nichts zu lesen. Sogar die Gespräche waren versiegt. Nach zwei Wochen gab es keinen Gesprächsstoff mehr, und sie hatten von Anfang an nicht viel miteinander gemein gehabt.

»Die Kinder schlafen«, sagte Jordana, nur um den Klang einer Stimme zu hören.

»Gott schütze die Kleinen«, sagte Anne, die Erzieherin. Die anderen hoben nicht einmal den Kopf.

»Mein Gott!« rief Jordana. »Seht euch doch an! Wir sind ja geradezu unvorstellbar schäbig!«

Das ließ die anderen doch aufblicken. »Wir müssen etwas unternehmen«, sagte sie energisch. »Morgen müssen wir etwas für unser Aussehen tun. Irgendwo in diesem verdammten Lager muß es doch Nadel und Faden geben.«

»Wenn ja«, entgegnete Margaret, die Stewardess, »dann werden sie es uns wahrscheinlich nicht erlauben. Wir alle haben Kleider genug im Flugzeug, aber sie schicken keinen hin, um sie zu holen.«

»Wir müssen darauf bestehen.«

»Das wird uns nichts nützen«, sagte Margaret und mit einem Blick auf Jordana: »Ich verstehe nicht, warum Mr. Al Fay das Lösegeld nicht bezahlt und uns hier rausholt.«

Jordana erwiderte ihren Blick. »Woher wollen wir wissen, ob er es nicht getan hat? Und ob sie nicht noch mehr verlangen?«

»Mir ist das unbegreiflich«, meinte Margaret. Sie bedeckte ihr Gesicht mit den Händen und begann zu weinen. »Es ist entsetzlich hier. Sie lassen uns nicht hinaus, nur auf die Toilette, und dann steht die Wache noch vor der offenen Tür und sieht zu. Sie lassen uns nicht mit den Männern sprechen. Wir wissen nicht einmal, wie es ihnen geht. Vielleicht sind sie sogar schon tot, und wir erfahren es nicht.«

»Es geht ihnen gut«, sagte Jordana. »Ich sah erst kürzlich, wie ein Mann ihnen die Mahlzeit brachte.«

Die Stewardess hörte plötzlich auf zu weinen. »Verzeihen Sie, Mrs. Al Fay, es war nicht meine Absicht, es an Ihnen auszulassen. Wahrscheinlich geht es einfach über meine Kräfte.«

Jordana nickte verständnisvoll. »Ich glaube, das gilt für uns alle. Wirklich schrecklich daran ist, daß wir nicht erfahren, was vorgeht. Das wissen sie, und deshalb behandeln sie uns so.«

Sie trat zu dem mit Brettern zugenagelten Fenster und spähte durch einen schmalen Spalt hinaus, konnte aber nichts sehen als das nächtliche Dunkel. Sie kam zurück an den Tisch und setzte sich auf den leeren Stuhl.

Sie verlor jegliches Zeitgefühl. Sie wußte nicht, ob eine halbe, eine ganze oder zwei Stunden vergangen waren, als die Tür der Hütte plötzlich aufgerissen wurde. Die Frauen starrten überrascht auf die zwei Soldaten, die auf der Schwelle standen.

Der eine zeigte auf Jordana. »Du«, sagte er heiser auf arabisch. »Du kommst mit uns!«

»Ich?« fragte sie bestürzt. Es war das erste Mal, daß man sie herausholte. Sogar die täglichen Bandaufnahmen wurden sonst in der Hütte gemacht. Man gab ihr dafür einen kleinen Ausschnitt aus der *Herald Tribune* mit dem Datum des Vortags und der Schlagzeile, sonst nichts. Sie las den Text ins Mikrofon und sagte dann noch ein paar Worte über sich und die Kinder. Sie konnte sich denken, daß die Tonbänder dazu verwendet wurden, Baydar die Gewißheit zu geben, daß sie am Leben und gesund waren.

»Ja, du!« wiederholte er.

Die anderen sahen sie ängstlich an. »Keine Sorge«, sagte Jordana schnell, »vielleicht ist die Nachricht gekommen, auf die wir warten. Wenn ich zurückkomme, erzähle ich euch alles.«

Sie erhob sich und ging zur Tür. Die Soldaten führten sie schweigend bis zur Hütte des Lagerkommandanten. Sie öffneten ihr die Tür, blieben selbst aber draußen.

Sie stand blinzelnd in der ungewohnten Helle. Hier gab es keine Petroleumlampen. Irgendwo hinter dem Haus summte ein Generator: Elektrizität. Im Hintergrund spielte ein Radioapparat arabische Musik.

Leila und Ramadan saßen am Tisch mit einem Mann, den

Jordana erst erkannte, als er sich erhob und sie begrüßte.

»Madame Al Fay.« Er verbeugte sich.

Sie starrte ihn an. »Mr. Jasfir!«

Er lächelte. »Ich sehe, Sie erinnern sich an meinen Namen. Ich bin geehrt.«

Sie antwortete nicht.

»Ich hoffe, Sie sind gut untergebracht«, sagte er aalglatt. »Leider können wir Ihre verschwenderische Gastfreundschaft nicht erwidern, aber wir tun unser Möglichstes.«

»Mr. Jasfir«, sagte sie kalt, »vielleicht lassen Sie den Quatsch beiseite und kommen zur Sache!«

Jasfirs Blick verhärtete sich. »Beinahe hätte ich vergessen, daß Sie Amerikanerin sind.« Er nahm ein Blatt Papier vom Schreibtisch hinter sich. »Sie werden diese Erklärung in ein Bandgerät sprechen.«

»Und wenn ich mich weigere?«

»Das wäre höchst bedauerlich. Die Nachricht, die Sie vorlesen sollen, ist unsere letzte Bemühung, Ihr Leben und das Leben Ihrer Kinder zu retten.«

Ihr Blick wanderte von ihm zu Leila, deren Gesicht völlig ausdruckslos war. Vor ihr auf dem Tisch stand eine halbgeleerte Coca-Cola-Flasche. Jordana wandte sich wieder an Jasfir. »Ich werde sie lesen.«

»Hier bitte.« Er führte sie in die andere Zimmerecke, wo auf einem Tisch das Bandgerät stand. Er reichte ihr das Mikrofon. »Sprechen Sie langsam und deutlich«, sagte er. »Es ist sehr wichtig, daß jedes Wort klar verständlich ist.« Er drückte auf den Startknopf. »Los!«

Sie begann laut zu lesen:

»Baydar, diese Nachricht wird von mir verlesen, weil es eine letzte Warnung ist. Man hat soeben erfahren, daß alle gemäß dem Abkommen mit dir beförderten Sendungen in den Vereinigten Staaten beschlagnahmt worden sind. Man glaubt, daß du für diese Verluste verantwortlich bist, und es wird dir hiermit eine Zahlung von weiteren zehn Millionen Dollar auf das vereinbarte Konto bis spätestens Montag nach Empfang dieses Tonbands auferlegt. Wenn du diese Summe nicht zahlst und weitere Sendungen beschlagnahmt werden, stellt das einen Bruch des Abkommens dar und wird die sofortige Vollstreckung der Todesstrafe zur Folge haben. Nur du kannst jetzt die Hinrichtung deiner Familie verhindern.« Sie hielt inne und starrte Jasfir entsetzt an.

Er bedeutete ihr, weiterzulesen.

»Es wurde auch bekannt, daß du dich an deinen Fürsten und verschiedene andere arabische Stellen um Hilfe gewandt hast. Wir nehmen an, du bist jetzt überzeugt, daß die arabische Welt auf unserer Seite ist. Und wir raten dir, deine Zeit nicht weiter mit der Suche nach einer Hilfe zu vergeuden, die du nicht finden wirst.«

Jasfir riß ihr das Mikrofon aus der Hand und sprach hinein: »Dies ist unsere letzte Nachricht. Es wird keine Warnungen mehr geben. Nur Taten.« Er drückte auf den Stopknopf.

»Das können Sie nicht im Ernst meinen«, sagte Jordana.

»Natürlich nicht«, erwiderte er schmierig lächelnd. »Aber wie Sie wissen, ist Ihr Mann ein recht schwieriger Mensch. Er muß vom Ernst unserer Drohung überzeugt werden.« Er erhob sich. »Sie sind gewiß erschöpft«, sagte er. »Darf ich Ihnen etwas zu trinken anbieten?«

Sie blieb wortlos wie betäubt sitzen. Plötzlich war das alles zuviel für sie geworden, sie konnte es nicht mehr verstehen. Das war mehr als eine bloße Entführung; es gab da politische Hintergründe, die ihr vorher nicht in den Sinn gekommen waren. Es schien ihr, daß es in Gottes ganzer Welt keinen Weg gab, wie Baydar alle an ihn gestellten Forderungen erfüllen konnte.

Sie würde sterben müssen, das wußte sie nun. Und – merkwürdig – es machte ihr nichts mehr aus. Sogar wenn sie am Leben blieb, würde das Leben keinen Inhalt mehr für sie haben. Sie hatte selbst jede Möglichkeit zerstört, um Baydars Liebe je wiedergewinnen zu können.

Dann schrak sie zusammen. Die Kinder! Sie hatten nichts getan, um ein solches Schicksal zu verdienen. Man durfte sie nicht für die Sünden ihrer Eltern büßen lassen.

Sie erhob sich. »Ich glaube, jetzt möchte ich etwas trinken«, sagte sie. »Hätten Sie vielleicht ein Glas Wein?«

»Selbstverständlich.« Jasfir wandte sich um. »Leila, bring die Weinflasche.«

Leila starrte ihn an und erhob sich langsam. Widerwillig ging sie ins Nebenzimmer und kam mit dem Wein zurück. Sie stellte ihn auf den Tisch und wollte wieder zu ihrem Platz gehen.

»Zwei Gläser, Leila«, befahl Jasfir.

Sie ging zu einem Schrank und kam mit zwei gewöhnlichen Wassergläsern zurück. Sie stellte sie neben die Weinflasche. »Wir haben keinen Korkenzieher«, sagte sie.

»Das macht nichts«, erwiderte Jasfir und ging mit der Flasche zum Waschbecken in der Zimmerecke. Er schlug den Flaschenhals scharf gegen den Rand des Beckens, der Hals brach glatt ab. Der Schlag war so fachmännisch erfolgt, daß nur wenige Tropfen verlorengingen. Jasfir kam lächelnd zurück, füllte die zwei Gläser und reichte eines davon Jordana.

Sie starrte fasziniert auf den roten Wein in dem Glas. Die Farbe erinnerte sie an Blut. Ihr Blut. Ihrer Kinder Blut.

»Trinken Sie!« sagte Jasfir rauh.

Seine Stimme durchbrach die Starre, die sie ergriffen hatte. »Nein!« schrie sie plötzlich und schlug ihm das Glas aus der Hand. »Nein!«

Das Glas flog gegen seine Brust und befleckte Anzug und Hemd mit Rotwein. Er blickte an sich herunter und dann mit wütenden Augen auf Jordana. »Du Dreckstück!« schrie er und schlug sie ins Gesicht.

Sie stürzte zu Boden. Merkwürdigerweise fühlte sie keinen Schmerz, nur einen dumpfen Schock. Der Raum schien sich um sie zu drehen. Dann sah sie, wie er sich über sie beugte, und sah seine Hand. Sie schloß die Augen, als der Schmerz in ihrem Gesicht brannte, zuerst auf der einen, dann auf der anderen Wange; wie aus weiter Ferne hörte sie Leilas Lachen.

Dann hörten die Schläge auf, und sie spürte, wie Hände an ihrer Kleidung zerrten, wie der Stoff zerriß, als man ihr das Kleid vom Leib riß. Sie schlug die Augen auf. Plötzlich war der Raum voller Soldaten.

Jasfir stand über sie gebeugt, das Gesicht rot vor Anstrengung; neben ihm stand Leila, in ihren Augen glühte eine seltsame Lust. Langsam wandte Jordana den Kopf. Die zwei Soldaten, die sie hergebracht hatten, schauten auf sie herunter, daneben standen die zwei Wachen, die vor der Hütte gestanden hatten, dahinter noch andere Soldaten, die sie nie gesehen hatte. Alle Gesichter wirkten gleich, sie zeigten denselben gierig sinnlichen Ausdruck. Nur Ramadan war unbeweglich sitzen geblieben, deutliche Verachtung im Gesicht.

Plötzlich wurde sich Jordana ihrer Nacktheit bewußt. Sie versuchte sie mit den Händen vor den gierigen Blicken der Männer zu verbergen.

Wieder lachte Leila. »Die Hure versteckt, was sie früher so stolz gezeigt hat.« Sie ließ sich auf ein Knie fallen, packte Jordanas Handgezeigt hat.« Sie ließ sich auf ein Knie fallen, packte Jodanas Handgelenke und riß ihr die Hände vom Körper weg, so daß sie mit ausgebreiteten Armen auf dem Boden lag. Leila sah zu den Soldaten hoch. »Wer will sich als erster an meines Vaters Hure gütlich tun?«

»Ich bin deines Vaters Weib!« schrie Jordana, sich unter Leilas Griff aufbäumend. »Wir wurden vor Allahs Augen nach dem Koran getraut!«

Plötzlich wurde es still im Raum, die Stimmung der Soldaten war umgeschlagen. Sie blickten einander verlegen, unangenehm berührt an, dann begannen sie langsam zur Tür zu schlurfen.

»Seid ihr Feiglinge?« kreischte Leila hinter ihnen her. »Habt ihr Angst, eure Männlichkeit an dieser Hure zu erproben?«

Die Soldaten drehten sich nicht um. Einer nach dem anderen schlichen sie aus der Hütte. Nur Jasfir blieb zurück und schaute auf die Frauen herunter. Dann wandte auch er sich ab, ging zum Tisch und setzte sich hin. Mit zitternden Fingern hob er das Weinglas an die Lippen und trank es in einem Zug aus.

Plötzlich ließ Leila Jordanas Handgelenke los und erhob sich. Sie warf den zwei am Tisch sitzenden Männern einen verachtungsvollen Blick zu, ging in die hintere Zimmerecke, ließ sich neben dem Bandgerät auf den Stuhl sinken und blieb schweigend sitzen, ohne die anderen anzusehen.

Zum erstenmal bewegte sich Ramadan. Er kniete neben Jordana nieder und schob einen Arm als Stütze unter ihre Schultern. Dann half er ihr sanft auf die Beine.

Sie versuchte vergeblich, sich mit dem zerrissenen Kleid zu bedecken. Er führte sie zur Tür, nahm einen Soldatenmantel, der an der Wand hing, und legte ihn ihr um. Dann öffnete er die Tür und rief den Soldaten draußen zu: »Führt Madame Al Fay zurück in ihre Hütte.«

»Danke«, flüsterte sie.

Er antwortete nicht.

»Gibt es keine Hoffnung für uns?« fragte sie.

Obwohl er nicht sprach, gab ihr die leise Veränderung im Ausdruck seiner Augen die Antwort.

Sie blickte ihm voll ins Gesicht. »Was ihr mit mir tut, ist mir gleichgültig. Aber meine Kinder . . . Bitte lassen Sie sie nicht sterben.«

15

Hamid senkte das Nachtfernglas. Aus seiner Position in einem Baum knapp hinter dem Lager hatte er feststellen können, in welcher Hütte die Frauen untergebracht waren. Die Männer mußten wohl die Hütte nebenan bewohnen. Vorsichtig und lautlos glitt er vom Baum zur Erde.

Ben Esra erwartete ihn. »Nun?«

»Ich habe festgestellt, in welchen Hütten sich die Gefangenen befinden. Die Hütten liegen in der Mitte des Lagers, und wir müssen an allen anderen Gebäuden vorbei, um sie zu erreichen. In der ersten Hütte wohnen die Männer, in der zweiten die Frauen. Vor und hinter jeder Hütte sind je zwei Wachen postiert. Die große Hütte gleich hinter dem Eingang ist die des Kommandanten. Im Augenblick stehen drei Jeeps davor.«

»Wieviel Mann sind deiner Schätzung nach im Lager?«

Hamid überlegte. Auf den Mauern waren zwölf Maschinengewehre postiert; bei jedem hatten zwei Mann ständig Dienst. Wenn jeder Mann zwölf Stunden Dienst machte, so erforderte schon das allein achtundvierzig Mann. Acht Wachtposten für die Hütten der Gefangenen, dazu die anderen, die er gesehen hatte. »Neunzig, vielleicht hundert Mann.«

Ben Esra nickte nachdenklich. Er hatte höchstens achtzehn Mann für den Überfall. Zwei Mann mußte er zur Sicherung der Landebahn zurücklassen, die sie vor weniger als einer Stunde erobert hatten. Sieben Soldaten der Bruderschaft hatten sie bewacht. Sie waren alle tot. Die Jemeniten machten niemals Gefangene. Ben Esra hatte daran leider zu spät gedacht.

Er wollte Baydar und Carriage als Wache bei der Rollbahn lassen, aber Baydar bestand darauf, mitzukommen, so daß er zwei seiner Freiwilligen dort lassen mußte, die ihm bei dem Überfall sehr fehlen würden. Er schaute auf die Uhr. Es war zehn Uhr abends. Um vier Uhr morgens würde der große Hubschrauber, den Baydar gechartert hatte, auf der Rollbahn auf sie warten. Dr. Al Fay mit einem vollständigen Sanitätsteam würde an Bord sein. Es würde auf jede Sekunde ankommen, denn sie mußten mit den befreiten Gefangenen die Rollbahn erreichen, bevor die Gegner die Verfolgung aufnehmen konnten.

Der Angriff war auf zwei Uhr festgesetzt. Spätestens um drei mußten sie auf dem Weg nach unten zu der Rollbahn sein. Eine Stunde war knapp genug für den Fußmarsch, vor allem da sie nicht wußten, in welcher Verfassung sie die acht Gefangenen vorfinden würden. Er hoffte, sie würden kräftig genug sein, um den Weg ohne Hilfe zurückzulegen. Wenn einer von ihnen getragen werden mußte, fehlten ihm dafür wahrscheinlich die erforderlichen Leute.

Wieder sah er auf die Uhr. Noch vier Stunden bis zum Angriff. »Glaubst du«, fragte er Hamid, »du könntest dich einschleichen und die Plastikbomben anbringen?«

»Ich kann es versuchen.«

»Als erstes müssen die vier Scheinwerfer zerstört werden. Dann die Jeeps.«

Hamid nicke.

»Alle Zeitzünder müssen auf zwei Uhr eingestellt sein.«

»Wird erledigt«, antwortete Hamid.

»Brauchst du Hilfe?«

»Ich könnte einen Mann gebrauchen«, sagte Hamid bescheiden.

Ben Esra wandte sich um und sah sich seine Solaten an. Es waren alles Profis, erstklassig ausgebildete Leute. Er konnte wirklich keinen entbehren, jeder von ihnen hatte seine feste Aufgabe. Sein Blick fiel auf Dschabir. Der Mann war zwar nicht mehr jung, machte aber einen besonnenen, fähigen Eindruck. Er winkte ihn zu sich.

»Hamid braucht einen Mann als Hilfe beim Anbringen der Plastikbomben«, sagte Ben Esra. »Bist du dazu bereit?«

Dschabir warf einen Blick auf Baydar, der hinter ihm stand. »Es wird mir eine Ehre sein, wenn du meinen Herrn beschützt.«

»Ich werde ihn beschützen wie meinen eigenen Sohn.« Erst später fiel ihm auf, was er da gesagt hatte. Baydar war ja wirklich sein Sohn.

Er rief den israelischen Unteroffizier zu sich, der diese Gruppe führte. »Stellt die Raketenwerfer auf und richtet sie auf die Mauern unterhalb der Maschinengewehre. Das nächste Ziel wird dann die Kommandohütte sein.«

Der Israeli salutierte und entfernte sich.

Dann winkte er den Jemenitenhauptmann herbei. »Ich habe deine Soldaten gewählt, um den Angriff auszuführen. Bei der ersten Detonation der Plastikbomben zielt ihr auf die Männer an den Maschinengewehren. Dann folgt ihr mir durch die Einfahrt, und du umstellst mit deinen Leuten die Hütten der Soldaten, während wir die Gefangenen herausholen.«

Der Hauptmann salutierte. »Wir danken für die ehrenvolle Aufgabe, die du uns zugedacht hast. Wir werden unter Einsatz unseres Lebens unsere Pflicht tun.«

Ben Esra erwiderte den Gruß. »Ich danke dir, Hauptmann.«

Er wandte sich um und betrachtete die Lagermauern, die geisterhaft weiß in dem schwachen Mondlicht aufragten. Die Männer schwärmten schon aus, nahmen ihre Stellungen ein und bereiteten sich für den Angriff vor. Er ging langsam zu Baydar und Carriage zurück und hockte sich neben sie.

»Wie läuft es?« fragte Baydar.

Ben Esra betrachtete seinen Sohn. Seltsam, dachte er, wir hätten einander so viel bedeuten können. Aber die Wege des Herrn entzogen sich menschlichem Verstehen. Nach so vielen Jahren trafen sie nun in einem fremden Land zusammen, reichten einander die Hände über die Grenzen des Hasses hinweg, um gemeinsam einer Notlage zu begegnen.

Der alte Mann schien in Gedanken verloren. »Wie läuft es?« fragte Baydar wieder.

Ben Esras Blick wurde klar. Er nickte bedächtig. »Es geht«, sagte er. »Von jetzt an sind wir in Gottes Hand.«

»Wann greifen wir an?«

»Punkt zwei Uhr.« Seine Stimme wurde streng. »Und ich wünsche nicht, daß Sie uns im Weg sind. Sie sind kein Soldat, und ich will nicht, daß Sie getötet werden.«

»Dort drinnen ist meine Familie«, widersprach Baydar.

»Sie werden ihr nicht dadurch helfen, daß Sie sich in Gefahr begeben.«

Ben Esra wandte sich an den israelischen Unteroffizier. »Fünfzehn Minuten bis zur Stunde Null. Weitersagen.«

Der Soldat entfernte sich. Die Miene des Generals drückte Besorgnis aus. »Hamid und Dschabir sind noch nicht zurück.«

Baydar erhob sich und spähte ins Lager hinüber. Es war alles still.

Da raschelte es rechts unter den Bäumen. Gleich darauf tauchten Hamid und Dschabir auf.

»Wo wart ihr so lange?« fragte der General ägerlich.

»Wir mußten die Wachtposten umgehen«, antwortete Hamid. »Sie kriechen überall herum wie die Fliegen. Ich glaube, meine Schätzung war zu niedrig. Es sind eher hundertfünfzig Mann.«

»Dadurch ändert sich nichts«, erklärte Ben Esra. »Du bleibst an meiner Seite, wenn wir eindringen. Sobald die Raketen losgehen, kommen uns die Israelis zu Hilfe.«

»Ja, Sir.« Hamid sah sich um. Baydar war außer Hörweite. »Ich habe seine Tochter gesehen; sie ist mit zwei Männern in der Kommandohütte. Einen habe ich erkannt. Es ist Ali Jastir. Den anderen kenne ich nicht.«

Ben Esra verzog das Gesicht. Ob es ihm gefiel oder nicht, sie war seine Enkelin. »Gib durch, daß man sie wenn möglich schont«, befahl er.

»Ja, Sir.« Hamid verschwand zwischen den Bäumen.

Zehn Minuten bis zum Angriff. Ben Esra schnallte seinen alten ledernen Schwertgurt um seine wallende Kleidung. Er zog den

Krummsäbel aus der Scheide; der schön geschwungene Stahl glänzte im Mondlicht. Ben Esra fühlte sich wieder jung. Das Schwert, ohne das er nie in den Kampf gezogen war, lag in seiner Hand. Es war alles in Ordnung in der Welt.

Leila holte sich eine frische Coca-Cola-Flasche und stellte sie auf den Tisch. »Wann fährst du zurück?« fragte sie Ali Jasfir.

»Morgen früh.«

»Ich wünschte, ich könnte mit dir fahren. Hier werde ich noch verrückt. Es gibt nichts zu tun.«

»Du bist das einzige Mädchen unter einhundertvierzig Männern, und du langweilst dich?«

»Du weißt schon, was ich meine«, erwiderte Leila ärgerlich.

»Bald ist es vorbei. Dann kannst du nach Beirut zurückkommen.«

»Was geschieht mit ihnen, wenn es vorbei ist?«

Er zuckte mit den Achseln.

»Muß das sein? Auch wenn mein Vater alles tut, was wir verlangen?«

»Es sind zu viele. Sie können uns jederzeit identifizieren.«

»Aber die Kinder, müssen die auch sterben?«

»Was hast du denn? Ich dachte, du haßt sie. Sie haben dich um dein Erbe betrogen.«

»Nicht die Kinder. Jordana und mein Vater ja, aber nicht die Kinder.«

»Die Kinder können uns auch identifizieren.«

Sie blieb einen Moment still sitzen, dann erhob sie sich plötzlich. »Ich glaube, ich gehe hinaus«, sagte sie.

Nachdem sich die Tür hinter ihr geschlossen hatte, wandte sich Jasfir an Ramadan. »Wenn ich nicht rechtzeitig zurück bin, habt ihr eure Befehle.«

»Ja«, antwortete Ramadan.

»Sie muß als erste erledigt werden«, befahl Jasfir. »Sie kann uns mehr als irgend jemand anderer an den Galgen bringen. Sie weiß zu viel über uns.«

Die Nachtluft war kühl und angenehm. Leila schlenderte langsam in Richtung ihrer Hütte. So viel war geschehen, was sie nicht vorausgesehen hatte. Nichts von dem Zauber und der Erregung war eingetreten, die sie sich vorgestellt hatte. Eigentlich nur Langeweile. Langeweile und leere Tage und Nächte.

Und auch nicht das Gefühl, an der Sache der Freiheit teilzuhaben. Längst hatte sie den Versuch aufgegeben, was hier vorging, mit dem

Befreiungskampf der Palästinenser in Verbindung zu bringen. Alle Soldaten waren Söldner. Und noch dazu sehr gut bezahlte. Nicht einer von ihnen schien sich um die Sache zu kümmern, sondern nur um den monatlichen Sold. Es war gar nicht das, wovon die Jungen und Mädchen in der Schule geredet hatten. Hier war Freiheit ein Wort wie jedes andere.

Sie blieb auf der Schwelle ihrer Hütte stehen und schaute auf das Lager. Es herrschte vollständige Stille. Aber etwas störte sie, sie wußte nur nicht, was es war. Ihre Augen blieben an einer Bewegung auf der Mauer hängen. Einer der MG-Schützen hatte sich aufgerichtet. Sie sah im fahlen Mondlicht, wie er die Hände erhob. Dann plötzlich stürzte er kopfüber ins Lager. Gleich darauf krachte ein Gewehrschuß. Sie sah starr vor Staunen, wie der Himmel barst und die Feuer der Hölle auf sie niederzuprasseln schienen.

Sie begann zu laufen, und dabei zuckte ihr ein Gedanke durch den Kopf. Nun wußte sie, was sie gestört hatte: die Stille. Es war viel zu still gewesen.

16

Die Kinder erwachten schreiend. Die kleine Hütte bebte von Explosionen ringsherum. Jordana sprang von ihrer Pritsche hoch, lief zu ihren Söhnen und preßte sie an sich.

Sie hörte eine der Frauen im Nebenraum schreien, wußte aber nicht, welche es war. Durch die Ritzen in den mit Brettern zugenagelten Fenstern sah sie rotes und orangefarbenes Licht aufblitzen. Die ganze Hütte schien zu erzittern, als eine neue Explosion die Nachtluft zerriß.

Jordana spürte keine Angst. Zum erstenmal seit der Entführung fühlte sie sich sicher.

»Was ist das, Mammi?« schluchzte Muhammed unter Tränen.

»Dein Vater kommt uns holen, Liebling. Hab keine Angst.«

»Wo ist Vater?« fragte Samir. »Ich will ihn sehen.«

»Bald«, sagte sie. »Nur noch ein paar Minuten.«

Die Erzieherin erschien in der Türöffnung. »Sind Sie alle unverletzt, Madame?« fragte sie.

»Nichts geschehen!« rief Jordana duch den Lärm. »Und ihr?«

»Magda hat einen Holzsplitter in den Arm bekommen, sonst sind wir alle unverletzt.« Sie brach ab, als eine weitere heftige Detonation die Hütte erschütterte. »Brauchen Sie Hilfe mit den Kindern?«

»Nein, es ist alles in Ordnung«, erwiderte Jordana. Jetzt erinnerte sie sich an einen Kriegsfilm, den sie einmal gesehen hatte. »Sagen Sie den Mädchen, sie sollen sich mit den Armen über dem Kopf auf den Boden legen. Dann sind sie sicherer.«

»Ja, Madame«, antwortete Anne, deren schottische Unerschütterlichkeit intakt geblieben war. Sie verschwand wieder im anderen Raum.

»Auf den Boden, Kinder!« befahl Jordana und zog die beiden Knaben mit sich herunter. Sie legten sich flach neben die Mutter, und sie breitete die Arme über sie, wobei sie die Köpfe mit ihren Schultern schützte.

Die Detonationen ließen nach. Jetzt war immer mehr Gewehrfeuer zu hören, vermischt mit dem Lärm umherlaufender, schreiender Männer. Sie hielt die Kinder fest und wartete.

Leila lief durch das Lager, das erfüllt war von wirr durcheinanderlaufenden Männern. Der Angriff schien von allen Seiten zu kommen. Nur ein Mann schien ein bestimmtes Ziel zu verfolgen. Sie sah Ramadan mit dem Gewehr in der Hand zu der Frauenhütte laufen.

Plötzlich erinnerte sie sich an die automatische Pistole in ihrem Gürtel und zog sie heraus. Der schwere, kalte Stahl in ihrer Hand beruhigte sie. Nun fühlte sie sich nicht mehr so allein und schutzlos. »Ramadan!« schrie sie ihm nach.

Er hörte sie nicht, lief weiter und verschwand um die Ecke der Frauenhütte. Ohne zu wissen, warum, lief sie ihm nach.

Als sie die Hütte erreichte, stand die Tür weit offen. Sie rannte hinein und blieb plötzlich erstarrt stehen. An der Rückwand des hinteren Zimmers drängten sich die Frauen und die Kinder eng um Jordana. Ramadan stand in der schmalen Türöffnung zwischen den beiden Zimmern; er kehrte Leila den Rücken zu und hielt sein Gewehr in Schußbereitschaft.

»Leila!« schrie Jordana, »es sind deine Brüder!«

Ramadan drehte sich um, sein Gewehr zielte auf Leila.

Erst als sie Ramadans kaltes, ausdrucksloses Gesicht sah, erkannte sie die Wahrheit. Für Al Iquah bedeutete sie selbst nicht mehr als ihre Brüder. Al Iquah blieb sich der Bande des Blutes bewußt, auch wenn sie von Leila geleugnet wurden. Sie war für Al Iquah nur ein Werkzeug, das man benutzte und wegwarf, wenn man es nicht länger brauchte.

Sie faßte die schwere Automatik mit beiden Händen. Reflexartig krümmte sich ihr Finger um den Abzug. Erst als das Magazin leergeschossen war und Ramadan krachend zu Boden stürzte, wurde Leila klar, daß sie gefeuert hatte.

Sie sah über die Leiche hinweg zu Jordana, die schnell die Gesichter der Knaben an sich preßte.

Plötzlich spürte sie, wie ein Paar starke Arme sie von hinten umfaßten und ihr die Arme an den Körper preßte. Sie wehrte sich heftig.

»Hamid!« schrie sie überrascht. »Wo kommst du her?«

»Dafür ist später Zeit.« Er zog sie durch die Tür nach draußen. Dann lockerte er seinen Griff, hielt sie jedoch am Arm fest und zerrte sie hinter sich her durch eine Bresche, die in die Lagermauer gesprengt worden war.

Als sie zum Waldrand kamen, drückte er sie flach auf die Erde. Sie hob den Kopf, um ihn anzuschauen. »Was tust du hier?«

Er drückte ihren Kopf nieder. »Hast du vergessen, was ich dir als erstes beigebracht habe?« sagte er rauh. »Halt den Kopf unten!«

»Du hast mir nicht geantwortet«, beharrte sie.

»Ich bin gekommen, um dich zu holen.«

»Warum, Hamid, warum?«

»Weil ich nicht wollte, daß du dich umbringen läßt, deshalb«, sagte er mit heiserer Stimme. »Du warst immer ein lausiger Soldat.«

»Hamid, du liebst mich.« Ihre Stimme klang verwundert.

Ben Esra sah sich grimmig um. Der Widerstand schien nachzulassen. Er suchte nach Hamid, konnte ihn aber nirgends entdecken und stieß einen lauten Fluch aus. Er haßte Soldaten, die sich so vom Kampf mitreißen ließen, daß sie die ihnen erteilten Befehle vergaßen. Er hatte Hamid befohlen, in seiner Nähe zu bleiben.

Er winkte dem israelischen Unteroffizier. »Sammle deine Leute«, rief er, »wir bringen die Gefangenen hinaus!«

Am anderen Lagerende ertönte Gewehrfeuer, ein paar Jemeniten rannten hin. Ben Esra nickte grimmig. Seine Wahl war richtig gewesen. Es waren großartige Kämpfer.

Als erster betrat Baydar die Hütte. Sein Herz machte einen Sprung, als er seine Söhne erblickte. Er ließ sich auf ein Knie nieder, um sie in die Arme zu schließen, als sie zu ihm kamen.

Er küßte den einen, dann den anderen, und spürte die eigenen salzigen Tränen auf seinen Lippen.

»Wir hatten keine Angst, Vater, wirklich nicht«, beteuerte Muhammed. »Wir wußten, du würdest uns holen kommen.«

»Ja«, quiekte Samir. »Mammi hat es uns jeden Tag gesagt.« Baydar sah zu Jordana hoch, Tränen trübten seinen Blick. Er erhob sich langsam.

Jordana regte sich nicht; ihr Blick war fest auf ihn gerichtet.

Wortlos streckte er ihr die Hand entgegen.

Sie ergriff sie langsam, fast zögernd.

Lange sah er ihr in die Augen. Seine Stimme war heiser. »Beinahe hättenwir es nicht geschafft.«

Sie lächelte zurückhaltend. »Ich habe keinen Augenblick daran gezweifelt.«

»Kannst du mir verzeihen?« fragte er.

»Mit Leichtigkeit. Ich liebe dich«, sagte sie. »Kannst aber du mir verzeihen?«

Er grinste. Plötzlich war er wieder der Baydar, den sie kennen und lieben gelernt hatte. »Mit Leichtigkeit«, sagte er. »Ich liebe dich auch.«

»Abmarsch!« schrie der israelische Unteroffizier von der Tür her. »Wir haben nicht die ganze Nacht Zeit!«

Ben Esra stand am Lagereingang. »Fehlt jemand?« fragte der General.

»Wir sind vollzählig«, antwortete der Unteroffizier. Er wandte sich an den jemenitischen Hauptmann. »Nachhut abkommandiert?«

»Ja, Sir«, antwortete der Hauptmann. »Vier Mann mit automatischen Gewehren sollten sie für einige Zeit aufhalten. Wir warten nicht auf die vier. Sie werden sich durchschlagen, und wir holen sie dann in einigen Tagen an unserem ursprünglichen Landungspunkt ab.«

Ben Esra nickte. Das war gute Soldatenarbeit. »Wieviel Verluste?«

»Ein Toter, ein paar Leichtverletzte – sonst nichts.«

Ben Esra wandte sich an den Israeli.

»Zwei Tote.«

»Wir hatten Glück«, sagte der General düster. »Wir haben sie überrumpelt!« Er schaute auf die Straße hinaus. Die Gefangenen waren alle in guter Verfassung. Sie standen in einer dichten Gruppe zusammen und sprachen alle zugleich. »Sie sollen sich auf den Weg machen«, befahl Ben Esra. »Es wird nicht lange dauern, bis unsere Freunde merken, wie wenig wir sind, und dann werden sie uns verfolgen.«

Der Israeli marschierte mit seinen Leuten und den befreiten Gefangenen ab. Ben Esra rief ihn noch mal zurück. »Hast du den Syrer gesehen?«

Der Soldat schüttelte den Kopf. »Seit dem Angriff nicht mehr. Da ging er vor mir, war dann aber plötzlich verschwunden.«

Ben Esra wunderte sich. Er sah auf die Uhr; es war drei, der Abmarsch erfolgte genau plangemäß.

Wenn nun noch der Hubschrauber pünktlich eintraf, würden sie am Morgen im Palast des Fürsten frühstücken.

17

Dick Carriage wanderte langsam durch das Lager. Durch das offene Tor sah er, wie die anderen über die Straße abmarschierten. Er war noch nicht abmarschbereit. Für ihn gab es noch etwas zu erledigen.

Aus den verschiedenen Ecken des Lagers ertönten nur noch sporadisch Schüsse. Die Jemeniten erfüllten ihre Aufgabe.

Langsam, vorsichtig öffnete er eine Hüttentür nach der anderen, aber alle Hütten waren leer.

Der Mann mußte aber hier sein, er konnte nicht vor dem Angriff verschwunden sein. Niemand konnte das Lager unbemerkt verlassen haben. Außerdem hatte er gehört, wie Hamid dem General berichtete, er habe ihn fünfzehn Minuten vor Beginn des Angriffs noch gesehen.

Er wandte sich zur Kommandohütte. Drei ausgebrannte Jeeps standen davor. Nachdenklich betrachtete er sie. Er hatte die Hütte zwar schon einmal durchsucht, aber vielleicht doch etwas übersehen.

Vorsichtig näherte er sich nochmals der Tür. Die Automatik schußbereit, trat er zur Seite und stieß die Tür weit auf. Aus dem Inneren war kein Laut zu hören.

Nach einer Weile trat er ein. Der erste Raum war ein Trümmerhaufen. Die Raketen hatten in die Hüttenwände gähnende Löcher gerissen. Papier und Möbel lagen im Raum umher, als hätte ein Tornado hier gewütet.

Er ging in den zweiten Raum und sah sich bedächtig um. Es war unmöglich, es gab einfach keinen Platz, wo sich der Mann hätte verstecken können! Er wollte schon wieder hinausgehen, als er plötzlich stehenblieb.

Die Haare in seinem Nacken sträubten sich. Der Mann war hier, das sagte ihm sein Instinkt. Wenn er ihn auch nicht finden konnte: der Mann war hier!

Er machte kehrt und blickte sich noch einmal in dem Raum um. Nichts. Eine Weile blieb er ganz still, dann näherte er sich der Bank neben dem Waschbecken, auf der mehrere Petroleumlampen standen.

Er nahm die Lampen und vergoß das Petroleum ringsum im Raum. Dann nahm er einen Stuhl, stellte ihn auf die Schwelle und setzte sich, das Gesicht dem Raum zugewandt, darauf. Er zog ein Streichholzbriefchen aus der Tasche, zündete eines der Streichhölzer an, hielt es fest, bis das ganze Streichholzheft aufflammte, dann warf er es ins Zimmer.

Das Feuer breitete sich rasch auf dem Boden aus, erreichte die Wände und züngelte daran hoch. Der Raum füllte sich mit Rauch; Dick Carriage blieb sitzen. Es wurde sehr heiß, aber er regte sich nicht.

Plötzlich hörte er ein leises Geräusch. Er spähte in den Rauch, konnte aber nichts entdecken. Wieder war das Geräusch zu hören, ein Knarren, als würde eine Tür mit rostigen Angeln geöffnet. Aber es gab keine Tür.

Dann bewegte sich etwas auf dem Fußboden. Dick erhob sich. Ein Teil des Holzbodens schien sich zu bewegen. Dick schlich lautlos wie eine Katze näher.

Er blieb neben der Falltür stehen, nahm ein Taschentuch heraus und hielt es sich zum Schutz gegen den Rauch über Mund und Nase. Plötzlich wurde die Falltür auf einer Seite aufgeklappt, und ein Mann setzte sich hustend auf.

Der israelische Agent nickte befriedigt. Das war der Mann, den er gesucht hatte. Es waren nie die Idealisten, die man fürchten mußte, sondern immer die Männer, die das Ideal korrumpierten. Dieser Mann hier war der Verbrecher, der das alles auf dem Gewissen hatte. Langsam, bedächtig, bevor der Mann auch nur merkte, daß jemand im Raum war, leerte Dick das Magazin seiner Automatik in ihn.

Dann wandte er sich um und ging, ohne einen einzigen Blick zurückzuwerfen, zur Hütte hinaus und auf die Straße: zurück blieb der tote Ali Jasfir in seinem feurigen Sarg.

Kaum einen halben Kilometer weiter unten auf der Straße stieß er auf die beiden. Er bog gerade um die Kurve, als sie aus dem Wald auftauchten. Alle drei blieben stehen und starrten einander an.

»Leila!« rief Dick.

Hamid sah ihren merkwürdigen Blick und schwieg.

»Dick«, sagte sie mit gepreßter Stimme, »ich...«

Ein Gewehrschuß unterbrach die Stille. Auf Dicks Gesicht zeigte sich plötzlich ein verblüffter Ausdruck. Dann erschien an seinem Mundwinkel eine Blutblase, und er sank langsam zu Boden.

Hamid reagierte sofort. Er schleuderte Leila zu Boden, warf sich selbst auf den Bauch und spähte in die Richtung, aus welcher der Schuß gekommen war. Zwischen den Bäumen war ein Mann zu sehen. Hamid zielte sorgfältig auf die Stelle zwischen zwei Bäumen, wartete, bis der Mann genau in der Mitte war, und drückte dann auf den Abzug. Die Gewehrsalve schnitt den Mann fast mitten durch.

Hamid wandte sich zu Leila. »Komm, verschwinden wir!«

Dick stöhnte.

»Wir können ihn nicht hierlassen«, sagte Leila. »Er wird sterben!«

»Er wird auf jeden Fall sterben«, erwiderte Hamid gefühllos. »Gehen wir!«

»Nein. Du mußt mir helfen, ihn zur Rollbahn zu bringen.«

»Bist du verrückt? Weißt du, was mit dir geschieht, wenn du zu denen zurückgehst? Wenn sie dich nicht hängen, verbringst du den Rest deines Lebens im Kerker!«

»Das ist mir egal«, sagte sie starrköpfig. »Hilfst du mir oder nicht?«

Hamid schaute sie an und schüttelte den Kopf. Er gab ihr das Gewehr. »Da, nimm das.« Dann hob er Dick hoch und legte ihn sich über die Schultern. »Vorwärts! In ein paar Minuten werden andere nachkommen!«

Ben Esra schaute auf die Uhr. Fast vier. »Wo ist der verdammte Hubschrauber?«

Kaum hatte er die Worte gesagt, hörte er aus der Ferne das typische Geräusch der Rotoren. Er blickte zum Himmel empor, sah aber nichts als die dunkle Nacht.

Zehn Minuten später ertönte das Geräusch unmittelbar über ihren Köpfen. Gleich darauf überflog die Maschine den Bergkamm und verschwand.

Von der Straße her drang Geknatter von Gewehrfeuer durch den Wald. Der israelische Unteroffizier kam angerannt. »Sie kommen hinter uns die Straße herunter!«

»Haltet sie auf! Der Hubschrauber muß jeden Augenblick landen!«

Aber das Gewehrfeuer wurde heftiger, und noch immer landete der Hubschrauber nicht. Gelegentlich war sein Motorenlärm zu hören, dann verschwand er wieder.

Der Unteroffizier kam zurück. »Wir müssen uns beeilen, General«, rief er. »Sie kommen jetzt mit wirklich schweren Brocken über uns.«

»Geh sofort zurück!« herrschte Ben Esra ihn an. Er sah zum Himmel empor. »Wissen Sie, was ich glaube? Daß der verdammte Narr dort oben sich verirrt hat und uns im Dunkel nicht findet.«

»Vielleicht sollten wir ein Feuer anzünden«, schlug Baydar vor.

»Gute Idee!« stimmte der General zu. »Aber womit? Es würde viel zu lang dauern, Zweige zu sammeln, und dann würden sie nicht richtig brennen. Es ist viel zu naß hier.«

»Ich habe etwas, das brennen wird.«

»Was?«

Baydar wies auf die getarnte 707. »Die würde ein Riesenfeuer geben.«

»Das können Sie doch nicht tun!« wandte Ben Esra zweifelnd ein.

Der Kampflärm näherte sich. »Ich bin gekommen, um meine Familie hier herauszuholen, und das werde ich tun.«

Er wandte sich an Captain Hyatt. »Andy, was würden Sie tun, um die Maschine möglichst schnell in Brand zu setzen?«

Der Pilot sah ihn unsicher an.

»Es ist mein Ernst, Andy«, schrie Baydar, »Unser Leben hängt davon ab!«

»Die Flügeltanks öffnen und ein paar Brandbomben hineinschießen«, sagte Hyatt.

»Dann tun Sie das!« befahl Baydar.

Andy und sein Copilot rannten zum Flugplatz, einer kletterte in die Kanzel, der andere lief auf die andere Seite der Maschine. Nach kaum zwei Minuten waren sie wieder zurück. »Befehl ausgeführt«, meldete Andy, »aber Sie müssen alle in Deckung ans andere Ende der Rollbahn, falls die Maschine explodiert.«

Ben Esra schrie seine Befehle. Es dauerte fast fünf Minuten, bis alle das andere Ende der Rollbahn erreiht hatten. »Alle niederlegen!« schrie er und gab dann den Schützen das Zeichen.

Schüsse krachten, ein eigenartiges Zischen ertönte, und die Maschine explodierte unter Donnergetöse. Eine Stichflamme schoß dreißig Meter hoch in die Luft.

»Wenn sie das nicht sehen, sind sie blind«, bemerkte Hyatt traurig.

Baydar sah seinen Kummer. »Kränken Sie sich nicht. Das ist nur Geld«, sagte er. »Wenn wir hier rauskommen, kriegen Sie ein neues Flugzeug.«

Hyatt lächelte freudlos. »Ich werde uns die Daumen drücken, Boss.«

Baydar betrachtete den Himmel mit düsterem Blick. Das Knattern des Gewehrfeuers kam immer näher. Er trat zu Jordana. »Bei euch alles in Ordnung?«

Sie nickte, die Knaben klammerten sich an ihr fest. Alle beobachteten den Himmel.

»Ich glaube, ich höre was«, schrie Muhammed.

Sie horchten. Ein leises Geräusch von Propellern wurde hörbar und verstärkte sich ständig. Zwei Minuten später beleuchtete der Feuerschein des brennenden Flugzeugs den Hubschrauber, der langsam niederging.

Das Mündungsfeuer der Gewehre blitzte jetzt schon fast am Rand der Rollbahn auf, als die Soldaten sich planmäßig zurückzogen.

Der Hubschrauber setzte auf. Der erste, der heraussprang, war Baydars Vater. Die zwei Knaben liefen auf ihn zu. »Großvater!«

Er hob sie in seinen Armen hoch, während Baydar und Jordana ihn umarmten. Dann beeilten sich alle einzusteigen. Nur ein paar Mann blieben noch auf dem Feld, um die Guerillas abzuwehren.

Baydar stand am Fuß der Rampe neben Ben Esra. »Sind alle an Bord?« fragte der General.

»Ja«, antwortete Baydar.

Ben Esra bildete mit den Händen ein Sprachrohr. »Alle Mann zurück, Korporal!« brüllte er mit einer Stentorstimme, die über das ganze Feld hallte.

Ein Treibstofftank der 707 explodierte und tauchte den ganzen Platz in taghelles Licht. Baydar sah, wie sich die restlichen Soldaten unter ständigem Feuern vom Rand des Flugfeldes auf den Hubschrauber zu bewegten.

Kurz darauf waren sie am Fuß der Rampe. Der erste stieg die Treppe hoch. Ben Esra schlug ihm anerkennend mit dem Schwert auf den Hintern.

Das gelbe Licht des brennenden Flugzeugs verbreitete Helligkeit bis zum Waldrand. Baydar glaubte zu hören, wie ihn jemand rief. Dann plötzlich sah er sie. Sie lief aus dem Wald auf die Rollbahn zu. Hinter ihr kam ein Mann, der einen Menschen auf den Schultern trug.

Einer der Soldaten richtete automatisch sein Gewehr auf das Mädchen. Baydar schlug den Lauf nach oben, so daß er zum Himmel zielte. »Nicht schießen!« schrie er.

»Vater! Vater!« schrie Leila.

Baydar rannte auf sie zu. »Leila! Hierher!« rief er.

Sie schlug einen Haken, lief geradewegs auf ihn zu und in seine Arme. Ein Soldat kam herbeigestürzt. »Wir müssen weg, Sir!«

Baydar zeigte auf Hamid. »Hilf ihm!« befahl er dem Soldaten. Einen Arm um seine Tochter gelegt, bestieg er den Hubschrauber. Hamid und der Soldat trugen Dick mit vereinten Kräften hinter Baydar an Bord. Ben Esra kam als letzter und blieb in der Türöffnung stehen.

Hamid und der Soldat hatten Dick bereits auf eine Bahre gelegt, und Dr. Al Fay beugte sich über ihn. »Starten!« schrie Ben Esra.

Als die großen Drehflügel langsam über ihnen zu rotieren begannen, stellte Hamid sich neben den General. Er sah, wie die Guerillakämpfer das Rollfeld erreichten. »An Ihrer Stelle, General, würde ich nicht hier stehenbleiben«, sagte er respektvoll.

»Wo, zum Teufel, warst du die ganze Nacht?« schrie Ben Esra zornig, während der Hubschrauber schwerfällig vom Boden abhob.

»Ich gehorchte Ihrem Befehl, Sir«, antwortete der Syrer mit unbewegtem Gesicht und wies auf Leila, die neben Dick kniete. »Ich sorgte dafür, daß ihr nichts geschah.«

»Du hattest Befehl, an meiner Sei...« Der Zorn wich aus der Stimme des alten Mannes, an seine Stelle trat etwas wie Verwunderung. »O mein Gott!« rief er. Der Krummsäbel entfiel seiner plötzlich kraftlosen Hand. Er versuchte, einen Schritt auf den Syrer zu zu machen, dann sank er um.

Hamid fing ihn mit seinen Armen auf. Er spürte, wie das Blut des alten Mannes durch die weiche Beduinenkleidung drang, und wäre fast gestürzt, als der Hubschrauber einen Satz nach oben machte. »Der General ist getroffen!« schrie er.

Er hatte kaum ausgesprochen, als Baydar und sein Vater schon neben dem General standen. Vorsichtig trugen sie Ben Esra zu einer Bahre. Dr. Al Fay legte ihn auf die Seite und schnitt rasch sein Gewand auf.

»Mach dir keine Mühe mein Freund«, flüsterte der General. »Spare deine Zeit für den jungen Mann dort drüben.«

»Der junge Mann wird wieder gesund«, sagte Samir fast ärgerlich.

»Ich auch«, flüsterte Ben Esra. »Nun habe ich meinen Sohn gesehen und fürchte den Tod nicht mehr. Du hast deine Sache gut gemacht, mein Freund. Du hast einen Mann aus ihm gemacht.«

Samir spürte, wie Tränen in seine Augen stiegen. Er kniete nieder und sagte dicht am Ohr des Alten: »Allzu lange habe ich zugelassen, daß er mit einer Lüge lebt. Es ist an der Zeit, daß er die Wahrheit erfährt.«

Um die Lippen des sterbenden alten Soldaten spielte ein leises Lächeln. »Was ist die Wahrheit? Du bist sein Vater. Mehr braucht er nicht zu wissen.«

»Du bist sein Vater, nicht ich!« flüsterte Samir zutiefst erregt. »Er soll erfahren, daß es dein Gott war, der ihn in diese Welt brachte!«

Ben Esra blickte mit rasch erstarrenden Augen zu ihm hoch. Sein Blick heftete sich auf Baydar, dann wieder auf den Arzt. Seine Stimme wurde schwach, er bot seine ganze Kraft für den letzten Atemzug auf. Und er starb in dem Augenblick, als er sagte:

»Es gibt nur einen Gott . . .«